入戏

完结篇

RUXI

周沅 著

江苏凤凰文艺出版社
JIANGSU PHOENIX LITERATURE AND
ART PUBLISHING

图书在版编目（CIP）数据

入戏．完结篇 / 周沅著．-- 南京：江苏凤凰文艺
出版社，2025．7．-- ISBN 978-7-5594-9366-8

Ⅰ．I247.5

中国国家版本馆 CIP 数据核字第 2025T8M892 号

入戏．完结篇

周沅 著

责任编辑　曹　波

责任印制　杨　丹

特约编辑　贝　冢　面包树

封面设计　白砚川

出版发行　江苏凤凰文艺出版社

　　　　　南京市中央路 165 号，邮编：210009

网　　址　http://www.jswenyi.com

印　　刷　三河市中晟雅豪印务有限公司

开　　本　700 毫米 ×980 毫米　1/16

印　　张　21.25

字　　数　417 千字

版　　次　2025 年 7 月第 1 版

印　　次　2025 年 7 月第 1 次印刷

书　　号　ISBN 978-7-5594-9366-8

定　　价　49.80 元

RUXI

入戏

目录 CONTENTS

第一章	第二章	第三章	第四章	第五章
出戏	营业	二搭	表白	伴娘
001	037	073	111	135

第六章	第七章	第八章	第九章	
杀青	蜕变	恋爱	求婚	番外篇
163	195	213	233	273

商锐  姚绯
SHANG RUI　　YAO FEI

入戏

RU XI

"因为你，我见到了最热烈的太阳。"

她顿了下，说道：

"我喜欢太阳。"

入戏

RUXI

商锐　　♥　　姚绯
SHANG RUI　　YAO FEI

七个月的拍摄，#《寒雨》杀青＃，感谢所有的遇见。
@姚绯 @陈锋 @荣丰 @沈成 @电影《寒雨》

RU XI

白色带钻的长婚纱，

阳光下她美得像是真正的仙女，

让人不由自主地屏住呼吸，

怕打扰了她的美貌。

……

她走得很慢，婚纱太长。

入戏完结篇

第一章

出戏

RUXI

《盛夏》杀青，姚绯去B市待了两天。她给笛亚老师送了礼物，吃了顿饭，并没有过多地停留，又马不停蹄地飞回了S市。

《爱情悄悄然》的原著写得很好，女二号是女强人，和男主角是大学同学，后来两人又进了同一家律所。女主角是"成长系"的，从实习律师一路做到高级合伙人。

姚绯看完后非常欣赏女二号，男女主角间的感情线写得也不错，剧情相对完整。她给导演发去了五万字的修稿意见，导演同意了修改，她才决定接这个新剧。可直到她九月进组，正式拍摄时才发现剧本一个字都没改。

不单单剧本没改，三十五集电视剧拍摄周期被压缩到一个半月。她从进组到拍完，跟男女主演见面的次数一只手便可以数过来。因为男女主演档期太满，来剧组的时间有限，一部现代职场剧，男女主演却拥有各种替身。

姚绯跟男女主演的对手戏几乎都是对着空气演的。

最离谱的是女主演被说是"傻白甜"，号称不会背台词，导演也不觉得有什么问题。姚绯观摩了几次男女主演的对手戏，工作人员在镜头外举着写满台词的板子，疯狂提醒。两个人照本宣科还磕磕绊绊的。导演镇定自若地拍摄，仗着后期有配音。演员风风火火地来剧组，找媒体拍一堆照片，立个敬业人设，其实走个过场而已，别说入戏了，请他们进剧组都得八抬大轿。

姚绯以前以为商锐是演艺行业的底线，在这儿拍了一个月后，她对如今的演艺行业有了新的认知。

一个半月，她接触最多的是许之廖。许之廖在剧里扮演男四号，是女二号的小跟班，后来跟女主角有感情线。

姚绯也不想管其他人，只拍好自己的部分。许之廖是剧组里另一个认真的人，他跟着姚绯一块儿认真地把这部戏当成作品来拍。不管导演怎么松散，他们都高要求地完成了自己的部分。

十月姚绯的戏份杀青，苏洺按惯例过来接她，带给她一个好消息，和ES护肤经典高保湿系列签了一年的代言合同。

"一个ES的代言，十一月拍摄，还有一个零食推广，代言费都不错。这两天你要参加个直播。"苏洺把行程表递给姚绯，说道，"明天你得去寒哥的公司一趟，《盛夏》要补配音。其他人已经补完了，就剩你了。"

《盛夏》是现场收音，剧组演员几乎都用了原音，但有些部分没录到，还有些要根据后期剪辑调整，需要补音。最近《盛夏》已经进入后期制作环节。

姚绯点头。

"《盛夏》定在了春节档，二月十二号上映，新年第一天。"

《盛夏》一开始没打算去挤春节档，因为是纯爱情电影，没有太多喜剧元素，放在春节档优势不大，合家欢时刻很少有人选择去看爱情电影。但《盛夏》后期制作时间太久了，错过了国庆和元旦，今年春节和情人节又在一起，除了这个时间，也没有更好的选择。

"那几号开始宣传？"

"一月份你的档期空出来，要宣传一个月。"

"我知道了。"姚绯点头，翻看着广告流程，"现在代言的报价这么高了吗？"

"你是潜力股，这个价格不算高，在业内甚至算低的。《盛夏》没上映，《爱情悄悄然》虽然剧组烂，但外面还没人知道。这部剧投资挺多，男女主演找的都是流量艺人，看起来很有热度。这两部作品不管哪个爆了，你的人气都会水涨船高，他们这个价格找你都是赚了。"

姚绯继续往下看。

"《爱情悄悄然》的片酬已经到账，记得查看。"苏洺说，"公司给你缴了社保，S市买房要五年社保，你拿到片酬别乱花，先把钱存着，等够五年就买一套房。你估计也不会做什么理财，买房最靠谱，抗风险。记得给自己存点本钱，资产最重要，手里一定要有钱。"

姚绯没有买房的概念，她想了下，说道："我先把寒哥和俞总的钱还了吧，我最近赚的钱加一块儿应该够了。"之前她因为乔璟被诋毁，公司澄清用的那笔钱也是司以寒和俞夏出的。

"够是够了，但他们——"

"我先还钱，背着债心里不安。他们不急着要我就不还，这人品也太差了。"姚绯很怕欠债，不管是什么债她都怕欠，她笑了下，说道，"这么多钱就算放在银行，利息也很高的，我不能一直占他们便宜。房子以后再说，反正社保没缴够。"

"你怎么想得这么细？等等——你上次给寒哥的孩子送礼金，不会是想还利息吧？"上个月司以寒和俞夏的孩子满月，姚绯送过去很多现金作为贺礼。

他们都震惊了。

苏洺之前只听说过有人送现金，可真正见到的只有这一次。姚绯忙着拍戏，送完钱就走，连饭也没吃。

司以寒晚上就把钱退给了苏洺，留下一点点当礼金。姚绯不收，推辞了几天，她拿退回来的钱买了个礼物送给了司以寒的孩子。

当时苏洺还想姚绯什么时候这么会送礼了，突然开窍了？

敢情是为了还利息。

"之前给的应该是不够，我没有存过大额，不太清楚利息具体有多少。但再多我怕被人拍到后乱传绯闻，对寒哥影响不好。"姚绯抬头看着苏洺，说道，"其实我也想送礼物，他们对我很好，我应该送一个贵重点的东西。可我没接触过孩子，不知道送什么合适，怕送错了反而不好。我以为送钱方便，没想到大家反应这么大。"

苏洺转头就笑出了声，半晌才转过身来看姚绯："好吧，我来跟他们沟通，把钱还上后大家就只剩下朋友关系了，以后送礼可以送便宜点，互相都没压力。"

"我知道了。"姚绯送完钱就后悔了，太直接显得没有诚意，很不精心。

"还有一件事。"

"什么？"

"荣丰导演的助理昨天打电话过来，想约我们吃饭。"苏洺两眼放光，侧过身坐，说道，"你觉得荣导找我们会是什么事？"

姚绯愣住，半晌才发出声音："真的？"

荣丰跟她分开时，说八月份会来找她。但八月份荣丰并没有来，姚绯没有接到他的电话。她估计那事儿黄了，也就没有再抱幻想。

"是啊，指名要你一块儿过去，因为什么呢？你知道吗？"

"新剧本。"姚绯唇角上扬，忍不住笑了起来，"我不知道剧本的具体内容是什么，但他离开《盛夏》剧组时，说想让我演他的新电影。他只是口头提了一句，我没敢跟你说，怕拉高期待值后落空让人失望。"

"荣丰要开新电影？"苏洺十分震惊，"完全没消息。"

"希望是剧本。"姚绯内心期待十分，可说出口最多五分。

姚绯补完配音就跟荣丰约上了。

见面的地方是山海庄园，日式温泉度假酒店，坐落在山间。秋高气爽，山间红枫如火。苏洺的车穿梭在林间，峰回路转便看到了山海庄园。

"山海是荣丰导演在 S 市的根据地，他只要过来就住这里，寒哥有这家酒店的股份，常年给他留房间。"

难怪司以寒在业内做事那么硬气，他不单单做影视行业，也做其他，有钱任性。

"寒哥还做酒店行业？"

"他涉足的行业挺多的，影视只是一小部分。俞家以前是做房地产的，虽然后来破产了，但人脉还在，寒哥接手这些不意外。"苏洺顺口给姚绯普及，说道，"他跟商锐家差不多，什么赚钱投资什么。哦对了，商锐家在这里也有股份。"

姚绯垂下眼解开安全带，她刻意不去关注商锐的信息，因此最近连微博都不刷了。商锐上热搜的频率太高了，他大概是在微博买房了，一天到晚住在微博里。

《爱情悄悄然》开机时，剧组开始铺天盖地宣传，两个主演也铆足了劲儿拼命地推自己的热搜，试图压过对方，给自己占上热搜第一。

结果商锐凭一首《浮夸》上了热搜，压下所有人独领风骚，占据了全部的热度。他的每个热搜后面都跟着深红色的"爆"，讨论度差点儿把平台弄瘫痪，热搜流量全集中到了他身上。

导演、制片人和两个主演对着这个热搜咬牙切齿，姚绯那天在朋友圈看到剧组一票人气急败坏。

出于好奇，姚绯点进了商锐的热搜词条，那是粉丝录的一段视频。背景大概是酒吧，他穿着类似睡衣的烟灰色套装，衣服松松垮垮，显得人很懒散。衬衣领口开得很低，露出大片肌肤，锁骨十分清晰。

他站在舞台中间握着话筒，一开始单手插兜，后来渐渐地抽出了手，两只手握着话筒唱得撕心裂肺。

酒吧背景昏暗，他五官俊美，目光深邃。他头发长了一些，凌乱地耷拉在素白的额头上，他自始至终都垂着睫毛没有抬眼，只能看到他鼻梁高挺、唇色很红，配上他的肤色有种艳丽感。

他唱到高音时，声音有种撕裂的感觉，跟他唱慢歌时截然不同。

拍摄的人应该用的手机，镜头很晃。

现场群魔乱舞，尖叫声混在音乐声中。商锐的高音撕破了昏暗，他仰起头时冷白的喉结凸显，就那么映在灯光下。

莫名有种脆弱感。

"哥！我爱你！"不知道谁喊了一声，声音具有穿透性。

商锐停止唱歌，场上静了几秒，乐队随着他的停止短暂地结束音乐。

他单手插兜，随意站在舞台上，抬眼看向镜头，狭长深邃的桃花眼潋滟。他的嗓音偏哑，浸着笑慢悠悠道："有多爱呀？有我爱你多吗？"

全场疯狂尖叫。

"有！"拍摄的博主喊道，"锐哥！我爱你啊！"

商锐握着话筒愣了一会儿，转身往回走，背对着观众。他很喜欢穿软料的衣服，肩胛骨在衬衣下清晰分明，后腰衬衣下摆没完全塞进裤子里，耷拉出一截，随着他精瘦的腰松松散散地荡着。他垂下头，要笑不笑地嗤笑了一声："骗子。"

之后喧嚣的音乐响起，他又唱了一遍《浮夸》。他唱得特别高调，粤语很好听。

摄影不是专业的，摇摇晃晃，偶尔拍到他的侧脸。他唱高音时仰起头闭着眼，眼角沾到了酒吧舞台旁飘出的亮片，看起来很像眼泪，晶莹闪烁。

姚绯看完觉得剧组被挤掉热搜不算太冤，商锐玩得太大了。敢这么玩，粉丝能不奉陪吗？

免费看商锐唱歌，送他上个热搜怎么了？

商锐上了一天一夜热搜，《爱情悄悄然》剧组花的钱仿佛扔进了海里，连个响都没听见。剧的热度撞到商锐，只能自认倒霉，运气不好。

他这种自带热度的明星，买的热搜在他面前跟纸糊的似的。

"最近，他在做什么？"姚绯随口问道，很快就抿了下唇，"进组了吗？"

"没关注新闻呀？进综艺组了。"杀青那天商锐饭都没吃就走了，动静很大。很快苏洺就知道了是怎么回事。姚绯和商锐从戏杀青到现在估计都没联系过，司以寒特意把他们的配音时间调开，以防他们撞上。"他本身就不是演员，拍戏频率不高，综艺才是他的主业。"苏洺说。

姚绯推开车门下车，脚刚落到地上就看到一辆黑色跑车疾驰而来。跑车潇洒地甩尾，从后面进停车场，贴着苏洺的车就进了隔壁的停车位。

姚绯落地的脚瞬间缩了回去，怕被车轧到，即使轧不到自己的脚，车剐花了更赔不起。

两辆车靠得太近了。

跑车熄火，随即车门被推开，男人修长的腿落到了地面上。商锐微一弯腰，跋扈张扬地离开了车厢，戴着墨镜的英俊五官和一身正装显露出来。

"曜，锐哥，你这是去走红毯吗？"苏洺低头，视线从驾驶座越过姚绯由上至下打量商锐，"穿得这么——隆重。"

商锐穿着高定暗蓝色西装，一如既往地不系领带，领口散着，随意别着一枚钻石胸针。西装外套敞着，窄腰长腿，身材挺拔。他关上车门单手插兜，深邃的黑眸慢悠悠地掠过姚绯看向苏洺，薄唇一动，淡淡道："约会。"

"谈恋爱了？"苏洺立刻看向姚绯，姚绯连表情都没变，她又笑着说道，"你这套衣服是今年C家秋季新款吧？已经拿到了？"

"他们家每季新款都会先送到我那里，苏总不会不知道吧？"商锐目光再次掠过姚绯，唇角扬了下，似笑非笑地说，"谈恋爱可是个人隐私，锐哥的八卦是你能随便打探的？走了。"

他迈开腿走得飞快，很快就消失不见。

"孔雀开屏似的。"苏洺下车关上车门绕到另一边，看着两辆车之间的距离，"啧"了一声，"约会就约会，挤我的车干什么？那么大的空地不停，非要挨着我。"

姚绯下车关上车门，认真检查了一遍，说道："开车门注意点就行，擦不到。"

"指定不是跟女孩约会，谁跟女生约会来这里泡汤养生？"苏洺吐槽了商锐一句，勾住姚绯的肩膀，"走吧，我们也进去约会。"

他的约会对象是不是女孩都跟姚绯没关系。

"说不定是认识比较久的女孩，约这里还是挺正常的。"商锐穿那么正式，总不会是家宴。姚绯笑了下，说道："今天过来的只有荣导吗？"

"应该是吧，寒哥最近忙着《盛夏》后期，可没时间陪他。"

她们走进餐厅就看到了荣丰和沈成，姚绯愣住，她已经很多年没见沈成了。沈成依旧是那副清瘦的样子，戴着眼镜十分沉默。她被送进看守所后，和沈成就再也没有见过面，整整七年。

荣丰笑着招手："不认识了吗？快点过来，小姚绯。"

姚绯快步走过去跟沈成握手，眼睛弯了下去："好久不见，沈导。"

"宝宝，你在看什么？左顾右盼的，有熟人？"商锐的妈妈眼看着商锐的表情变幻莫测，往门口看去，"那两个女孩你认识？"

商锐不喜欢温泉会所这种地方，一直认为是老年人的养生场所。商锐的妈妈又极喜欢这种地方，最近天气转凉，她约了朋友在这边泡汤。商锐不知道怎么想开了，突然打电话说要来陪她。

"不认识。"商锐收回视线端起茶喝了一口，垂下浓密纤长的睫毛。

她对别人笑得可真好看。

还跟人家握手。呵。

"我还以为你认识，你看了好半天。"商锐的妈妈收回目光，夹了一只甜虾放到商锐的盘子里，说道，"尝尝甜虾，很新鲜的。"

商锐对生虾不感兴趣，并没有碰盘子里的虾："你吃吧，别给我夹了。我爸没陪你过来？"

"他要忙，工作狂。"商锐的妈妈给商锐盛了一碗汤，"先吃点东西，等会儿带你去见见徐阿姨，她在后面打牌。"

"不见，我陪您吃个饭就走。"商锐耷拉着眼皮，一副冷淡模样，他对母亲的朋友没有一丁点儿的兴趣，一个个假得要死，"我很忙。"

"你还记得静闵吗？"

"谁？"商锐抬眼。

"你徐阿姨的女儿陈静闵，比你小两岁。你七岁的时候，她第一次见你，抱着你哭了半天，喊着要嫁给你。"商锐的妈妈放下筷子笑着说，"她长得特别可爱，人在后面呢，刚回国，你要不要见见？"

商锐想不起来这号人，但听起来觉得很烦，语气冷淡道："哭着喊着想嫁给我的人多了，我哪能都记得。"

"跟你的粉丝不一样，这种喜欢和好感是会发展出现实感情的。静闵是个很好的女孩，长得漂亮，学历也好，还懂事乖巧。"商锐的妈妈说，"你可不能跟你哥似的，四十岁结婚，太晚了。"

"放心吧，我不会结婚。"商锐面无表情地把水喝完，"我更不会对能用'乖巧'两个字形容的女人感兴趣，听着就没什么个性、没什么能力。"

商锐的妈妈："……"

"哦，我慕强。"商锐面不改色，语调缓慢没有起伏，"我喜欢比我强势的女人。"

商锐的妈妈："锐锐，原来你喜欢强势的啊？"

"嗯。"商锐把水喝完，点头，"我喜欢有野心有能力的女人，我们能彼此欣赏，有共同的追求。身高一米七以上，腿要长，身材比例要好，有主见有追求，个性独立，有很强的事业心。"

最好还是那种把他玩得团团转，他还给她找理由解释合理性的女人。多刺激，多带感，出了戏立刻就把他踹开了，一点都不拖泥带水，超级酷的呢。

"宝宝，你是不是有喜欢的人了？"商锐的妈妈试探着问。

商锐看向母亲，注视她半响，抱臂往后靠在座位上："您看呢？"

"叫什么啊？做什么工作？"商锐上一次说喜欢还是十岁的时候，这都快十六年了，都说商锐女朋友多，她是一个也没见过，"当然，这些也不重要，主要是你喜欢。"

"如果我们在一起，"商锐又倒了一杯清茶，一饮而尽，握着白釉杯子垂下眼，"我会第一时间把她带回来给你们看。"

他们家的教育是两个极端，大哥是父母的第一个孩子，教育得特别严格，从小军事化管理，只堵不疏。商子明高中十分叛逆，父母没少用铁血手腕"制裁"。

后来商子明不谈恋爱不结婚，除了工作几乎没什么东西能让他感兴趣。

到商锐这里，父母害怕了，不敢再那么管孩子了。商子明和商锐年龄差足够大，商子明就接过商锐的教育大业，把他当年缺失的全部补到了商锐身上。商子明没干过的事，都恨不得让商锐做到极致。除了当年商锐报考大学时商子明阻拦过，其他时间他完全把商锐散养。

商锐自由如风。

"真的有？"商锐的妈妈提高了声音。

商锐听到开门声，往外面看了眼，恰好跟出门的姚绯对上视线。姚绯穿着一件简单的白色T恤，简单扎着高马尾，脖颈白皙。

商锐若无其事地移开眼，蹙眉。

"怎么了？"商锐的妈妈想从门缝里看外面的蛛丝马迹。

"没怎么。"

服务生送了炙烤和牛上来，商锐夹了一片缓慢地吃着。

"心情不好啊？"商锐的妈妈仔细看商锐的手腕，他最近瘦了，腕骨十分清晰，惯戴的手表都松了，"你最近是不是又瘦了？你太瘦了，不该一直减肥的，健康为主，现在人的审美太畸形了。"

"谁让你儿子当明星呢，明星就是大众选出来的审美。"商锐漫不经心道，"观众爱看这么瘦的，我就得瘦。"

"你哥一直希望你自由自在地活着，一辈子无忧无虑，谁知道你回来跳到这个坑里，做了个最大的茧，彻底地把自己束缚起来。"

"傻子才会一辈子无忧无虑什么都不想。"商锐是开车过来的，不能喝酒，面前是母亲，他不能抽烟。他最近两个月心情都不太好，那四个月的"恋爱"后劲太大了。如果他和姚绯现实中在一起，他还有个退路。姚绯直接进了新剧组，迅速地投入新的生活，他身后空无一人，从"恋爱"中出来生活就是空洞的。戒断反应让他失眠、焦虑、每天心神不宁，他最近食欲很差。"只要活在这个世上，哪有什么真正的自由。"

"才多大就感慨人生。"商锐的妈妈看着商锐，他最近又成熟了一些，五官轮廓更加锐利，眼神有了成年人的深沉，他好像突然就长大了，"那个姑娘不喜欢你吗？"

商锐抬眼，随即笑道："这么明显吗？"

"为什么？"商锐的妈妈难以置信，"这个世界上还有不喜欢我儿子的人吗？"

商锐沉默许久，开口："不喜欢你儿子的人多了，我并不是个优秀的人，不喜欢我才是常态。"

"没有啊，你很优秀。"商锐的妈妈不遗余力地夸赞着她的小儿子，"谁说我们宝贝不优秀的？白手起家走到今天，这可不是你爸和你哥的功劳，是你自己在娱乐行业打出了一片天地。你从家里出去，什么都没带，一个人走到今天。"

商锐扬起唇角没说话，倾身给母亲倒了杯水。

真想问问母亲在哪里买的滤镜，他买十个送给姚绯。

商锐对日料兴趣不大，要不是知道姚绯今天过来吃饭，他也不会过来，吃了一会儿东西就起身离开包间去了洗手间。

洗完手出来，他垂着头掏出烟盒。

面前出现了一道阴影，商锐本能地往旁边移了一步，对面也移动。他们移动的频率过于默契，再次对上，熟悉的兰花香落入鼻息。商锐抬眼就看到了姚绯，姚绯大概是喝了酒，脸上有些红，眼眸如墨，水洗过一般清澈。

"你这是想把我堵到洗手间？"商锐握着烟盒装进口袋，顺势单手插兜抬眼，意味深长地看向姚绯，"姚小姐，你对我居心不良呀。"

姚绯把手机装进裤兜，让开一大步，抬手示意："请您先走。"

"你没听说过？请神容易送神难。"商锐语调缓慢，黑眸深得发暗，盯着姚绯，

"你这个拦人的行为叫什么？恶意撩拨。"

姚绯也没想到会撞上商锐，她简直怀疑商锐是故意的，但他的语气太理直气壮了，"甩锅"①一流选手。

明明是他碰瓷。

商锐不去干厨子可惜了，这么会"甩锅"。

"你喝酒了？"姚绯没闻到酒味——也可能她喝多了酒，闻不到味。

姚绯想，商锐没喝酒的话，会来拦自己？他脱掉了那件隆重的西装外套，里面穿着白衬衣，抬手间钻石衬衣袖扣闪烁着光。他身上的很多装饰放到一般人身上都浮夸油腻，可在他身上就华丽得恰到好处。

他的五官过于精致，本身他的气质就矜贵，这种华丽只不过是锦上添花。

"你觉得我喝酒了？"商锐往前一步，脚尖几乎抵到了姚绯的鞋子，他俯身偏了下头，嗓音低沉，"姚绯——"

"锐哥哥？"旁边有人娇滴滴地喊。

商锐和姚绯同时转头看过去，两个人的呼吸擦到一块，炽热地交织。随即姚绯猛地往后退了一大步，商锐垂下稠密漆黑的睫毛，喉结滑动直起身。

眼眸深处，暗潮涌动。

穿着黑色及膝裙的女孩踩着高跟鞋走了过来，长得柔美可人，妆容精致。她径直走向商锐，抬手就往他胳膊上挽。商锐条件反射往旁边退了一大步，女孩挽空差点儿摔下台阶，踉跄了一步站直，嘴角抽了下才维持正常："锐哥哥，我是——"

"你怎么也出来了？"商锐打断她的话。电闪雷鸣一瞬间，他反应极快，抬眼注视已经退出快两米远的姚绯，强行让自己移开眼，转头面向陌生女人，"不好好吃饭出来干什么？"

姚绯真的一点都不在意吗？

"我先走了。"姚绯微笑着朝商锐点了下头，越过他快步走向洗手间。

云淡风轻，没有任何多余的表情。

商锐蹙眉盯着她单薄的背影消失不见，喉结艰难地滑动，半响后，手落到裤兜里拿到烟盒。

"锐哥哥，我去房间找你，伯母说你在这边，我就过来了。不唐突吧？"

来洗手间找男人？

"你是陈静闵？"商锐取出一支烟咬着，转身迈开长腿大步往餐厅的露天小花园走去。

小花园有一处可以抽烟的地方。

---

① 网络流行语，指推卸责任，企图将自身的矛盾转移到其他地方去，让别人来背黑锅。

"是啊，你认出来了？我们上次见面是你十五岁生日宴，没想到过去十年你还能一眼认出我来。"陈静闵跟着商锐往外面走，唇角带着自信的笑。商锐有着极优越的外表，读书时是学校风云人物，一群小姑娘追着他跑。他毕业做了明星，这回追着他跑的人更多了。听母亲说要跟商锐相亲，她惊喜万分当场就同意了。

商锐从"神坛"上走下来了？

商锐垂头拢着打火机点燃了香烟，火光一闪而逝，他把打火机装进裤子口袋，抬起羽扇般的睫毛："那位是我女朋友。"

他不认识陈静闵，只是猜测，反正猜错也没关系。

陈静闵停住脚步，笑也停在唇角：商锐有女朋友了？那位？

"我没认出来你，刚才吃饭时我妈提了你。"商锐解释了一句，"二十出头的年纪，会这么——不分场合地冲过来抱人，我想应该是你。"

陈静闵脸上的笑一寸寸敛起，最后只剩下平静。

商锐不怎么对着人抽烟，他走远了两步跟陈静闵拉开距离，抬眼："陈小姐，你找我有什么事？"

"我看到你太激动了，我平时不是这样的。"陈静闵没想到商锐说话这么直，她现在脑子有点蒙，干巴巴地笑了一声，"你女朋友也是明星？挺漂亮的。抱歉，我不怎么追国内的明星，而且国内小艺人更新换代太快，第一时间没认出来。"

商锐吐出烟雾，淡薄的白雾缓缓升腾，笼罩在他俊美的脸上。他的桃花眼更加深邃，语气沉缓而严肃："她是国际认证过的最佳女演员，拿过电影节最佳女演员奖。演员和明星还是有些差别的，你们这些喜欢追星的人不认识真正的艺术家，能理解。"

陈静闵想，这是说她肤浅？

商锐抬着修长的手指在旁边的烟灰石上弹落烟灰，抬起眼皮，淡淡道："用'漂亮'两个字形容她过于肤浅。"商锐换了个词，"也许，你知道'艳冠群芳'？"

陈静闵："……"

她看着商锐俊美的侧脸，很轻地呼吸。为什么要被这个皮囊吸引呢？她为什么要走过来？她为什么不第一时间转身？为什么要留在这里？

"我认识她之前，一直认为'倾国倾城'形容人过于浮夸。"商锐的语调慢悠悠的，"认识她之后，我发现这些词都太单薄，形容她都是种亵渎——"

"我妈妈打电话过来了。"陈静闵拿出手机装模作样说道，"我接个电话，先走一步，回头再见。"

"好啊，等有时间，我跟你讲讲我和她的爱情。"商锐隔着玻璃看到姚绯离开洗手间，她没往这边看，径直走了回去，"我们暂时还没有公开的打算，希望你能为我保密，谢谢。"

陈静闵简直是逃离了现场。

商锐冷漠地收回视线，拿出手机找到姚绯的号码，按下拨通键，若无其事地拿起手机放到耳边，把烟蒂按灭在烟灰石里。

"您拨打的用户正在通话中——"

她跟谁打电话？

商锐又拨。

五分钟后，商锐反应过来，这是拉黑提醒，姚绯把他拉黑了。很优秀，是姚绯能干出来的事。

商锐被气笑了。姚小绯你继续装啊，继续装云淡风轻，继续装不认识。

他在微信上找到姚绯，编辑消息："吃醋了？"

点击"发送"。

微信聊天页面下方出现了一排字："消息已发出，但被对方拒收了。"

鲜红的圈出现在他那条内容前面。

姚绯把他的微信也拉黑了。

荣丰和沈成带来一个好消息：他们要合作新电影。缉毒片，沈成做编剧，荣丰做导演，想让姚绯试试女一号。

剧本只写了个梗概，目前所有东西都待定。荣丰不能承诺她任何东西，也许等待了却没有结果，剧本涉及的敏感东西比较多，不一定能过审。而且这部片子，预算不高，片酬极低。

他们给了姚绯一个月的考虑时间，如果姚绯想接，那明年一整年的档期都要提前留出来。但留出来后能不能有结果，没有人能给她答案。

他们聊到暮色西沉，姚绯和苏洺才离开山海。

"你怎么打算？你刚起步就空一年，而且这一年能不能拍谁也不知道，这对你来说可能压力有点大。"苏洺原本对荣丰这个电影抱着很大的期待，做荣丰的女主演，一步登天，但看到沈成担任编剧，心里就"咯噔"了一下。沈成的故事有个很大的问题，他喜欢写大众一下子难接受的故事。

荣丰是票房的保证，那沈成就是票房的巨坑。沈成的电影票房最好的是《寒刀行》，其他的电影票房都没过亿，最惨的连成本都收不回来。

早年沈成靠口碑立足，自从《春夜》后口碑一路下滑，如今也是烂片编剧的代表了。这个人来写剧本？不知道是荣丰疯了，还是沈成突然会巫术。这两个人凑一块儿，到底是正负相抵还是一块儿堕落，谁也不知道。

姚绯看着手上的 A4 纸，封皮上整整齐齐地写着：

《寒雨》

　　编剧：沈成

　　导演：荣丰

　　"我的债都还清了。"姚绯抬起头，眼中有光芒，"我想等，无论这是个什么样的结果，我想试试。"

　　苏洺一路沉默。

　　从商业角度来说，她想劝姚绯别接《寒雨》，沈成这个秤砣太坑了，但姚绯肯定不会放弃。姚绯在拍戏上有股疯劲儿。姚绯不是明星，她是演员。

　　她仿佛为剧本而生。

　　苏洺再次想到那次姚绯在夏铭影业楼下蹲她，她们走到餐厅，聊了梦想。

　　"过了明年，我什么都可以接。"姚绯说，"拍完后我会尽力为公司赚钱，我不再挑剧本。"

　　苏洺是姚绯的恩人，苏洺也是商人，姚绯不能让苏洺没钱赚。当初她在超市里挑刀时是想彻底地结束这一切，她对人间没什么留恋，她想捅死李盛。她的人生很不幸，她对活下来的唯一期待是拍戏。

　　苏洺打电话给她后，她抱着"最后看一次人间的太阳"的心态来了S市。她拿到了《盛夏》的剧本，她留在了S市，也看到了太阳。

　　"不是赚钱的问题。"苏洺叹口气，"要是我想赚钱，当初就不会力排众议，非要把你捞出来。我只是觉得《盛夏》播出后，你应该更上一层楼，可能会爆红。可要是接了这个剧本，基本上就熄火了，后面不知道会怎么样。荣丰的片子我是不怕的，可沈成的剧本，能不能上映都是问题。你先别急，这件事也不是必须当下定下来，剧本不是还没写吗？还有一段时间呢，再看看吧。"

　　漫长的沉默，姚绯点头："我明白了。"

　　苏洺把姚绯送到楼下，说道："早点休息，过几天要去国外拍广告，调整好状态。"

　　"谢谢。"

　　爆红对姚绯的意义只有一样——选择剧本的权利。她能得到更多的剧本选择权，能挑剧本。她不想再看见《爱情悄悄然》那种剧组了，这辈子她都不想再进。

　　姚绯在电梯里拿出手机打开微博刚想看看最近有什么动静，电话就响了起来，来电显示"蔡伟"。

　　姚绯蹙眉看着手机屏幕，响到第二遍，电梯停了下来。她接通电话的同时，也走出了电梯门。

　　"蔡总，你好。"

　　"你把我拉黑了？"商锐偏低的嗓音从电话那头传过来，有些缓慢，"姚绯，你不会是吃醋了吧？我今天其实——"

"吃什么醋？"姚绯打开门打开灯，反手关上门，"杀青那天，我觉得继续留着号码可能会影响我们彼此出戏，我便把你的号码和微信都拉黑了。"

电话那头一片寂静。

姚绯坐到了沙发上："商先生，有什么事？"

"你说你杀青那天就把我拉黑了？"商锐几乎是咬牙切齿，"姚绯，你在剧组期间做的一切都是为了入戏吗？"

姚绯垂下眼靠在沙发上，沙发有些凉。

最近天冷了。

"是。"姚绯取出一支烟点燃，将打火机撂到桌子上。

"你出戏了吗？"

"出了。"姚绯吐出烟雾，垂下眼看着自己的手指，"我现在是姚绯，商先生——"

"别叫我'商先生'，你以为你是什么年代的人？叫我的名字能脏了你吗？"

电话里有短暂的沉默。

"是不是我做什么你都不在意？"商锐问，"我婚丧嫁娶都跟你没有关系？从此再没有交集？"

姚绯其实是今天拉黑他的，她倾身把烟灰弹落："你……还没出戏吗？"

商锐冷笑一声："你很希望我入戏，你希望我像个电脑一样，设定程序放进去能随意支配我的全部情绪。别说你没感受到。姚绯，你要是非说什么都是入戏，那也太虚伪了。"

"我就问你一句，你有没有喜欢过我？"商锐的声音很沉。

"你还记得你问我为什么不吃蛋糕却买了一个小蛋糕吗？"姚绯又抽了一口烟，她拿下烟架在了烟灰缸上，看一缕白烟缓缓融入空气中，"那天是我的生日，我十几年没吃过蛋糕，恰好遇到了一家蛋糕店，想给自己过个生日。因为我不知道我还能不能过下一个生日，我走进去买了个蛋糕。最后的结果你都知道了，你扔了，我一口都没吃。

"那个蛋糕十二块五，店员免费送了我一根蜡烛，送蜡烛的时候我想我真幸运，居然能拥有一根蜡烛。我想用这根蜡烛许一个愿望，其实许愿对我来说都是奢侈品，怕要求太多让老天爷厌烦，再给我加一道罪。大概是真的走到绝路了，我不知道该怎么办，只能求助玄学，求苏总帮我。

"你扔蛋糕的时候，我想冲上去狠狠跟你打一架。但我不敢，我不知道你会不会是下一个李盛，我惹不起。我连骂你一句的勇气都没有，只能看着你把我的全部希望扔进了垃圾桶。你说蛋糕是不小心滚到地上的，我信。我也知道你不是故意要扔，可我一开始就告诉你，我不想上车。我不想在生日的最后几个小时听到那些侮辱，我听得够多了，我听了整整七年，不想再多一个。"姚绯扬了下唇角，她说，"你看，我们现实中的差距就这么大。你嫌弃的垃圾，是我的全部。我不是夏瑶，你不是盛辰光。现实中的我们，你是高高在上的商锐，我是低入尘埃任人摆布的小人物。"

"你想要什么答案？"姚绯笑了一下，说道，"我喜欢你？我爱你？我想跟你在一起？如果我想攀上你，我可以这么说，我甚至可以说得更好听一些。

"和你谈恋爱可能就会收获很多，资源、金钱、荣华富贵、别人的尊重。至少在你喜欢我期间，你还是很大方的。可那我为什么不在七年前和李盛在一起呢？你和李盛又有什么区别？

"我并没有撒谎骗你，在剧组是为了入戏，有些话我不说只是我不能说也不敢说。我挺害怕和你们这些富家公子哥合作，你们一场游戏一场梦，玩的是心跳，我们玩的是人命。你们小小的任性就能让我们万劫不复，悄无声息地从这个世界上消失。我们的命运都在你们的掌心之中，随意被摆弄。我确实希望你尽快出戏，现实中的你那么优秀，有很多人爱你，你不会失落太久。你结婚那天，我会给你送贺礼。"

姚绯又不是真傻，她怎么会感受不到商锐的感情变化？

但公子哥的一时兴起能持续多久？过了那个劲儿恨不得自戳双目。

出了戏，一片狼藉。

商锐有家世、有庞大的粉丝群，他玩过就玩过了，分手也不影响什么。可姚绯呢？她会被商锐的粉丝掐死，她还会因此得罪一票人。

当初的乔璟就是教训。普通演员跟商锐谈恋爱，"非死即伤"。她往后所有的标签都不再是"演员姚绯"。

她一开始想，也许他们还能做个朋友，留个微信留个电话，偶尔看对方一眼，成为点头之交，维持着表面上的平和。曾经在孤岛上发生的一切确实存在，她在戏里靠过岸。

但她看到那个女孩站在商锐身边。

所有的一切都在提醒着他们已经出戏了，离开了《盛夏》，离开了那个夏天。姚绯和商锐在现实中没有任何关系，他们只是在幻想里短暂地碰触了彼此。

姚绯在洗手间洗了一分钟的手，冷静地抽纸擦手，拿出手机拉黑了商锐的全部联系方式，收拾了心情，若无其事地走出去。风平浪静，好像什么都没发生过，也确实什么都没发生过。

她和商锐连朋友都不能做了，老死不相往来。

她挂断商锐的电话就打给了苏洺，报备这件事。她不该在这个时候把话说尽，商锐是个很任性的人，如果因为他耽误电影票房，姚绯罪大恶极。

苏洺默了半晌，回复一句："不用担心，我会处理。"

苏洺什么都知道，姚绯不用多说。

姚绯忙完国内的一个推广就飞往国外拍摄 ES 的护肤品广告。拍摄结束，姚绯又参加了时装周。她在时装周上火了一把：她正要进秀场，有人拍摄，她回头看向镜头，及腰长发做成了微卷，墨镜足够大，遮住了半张脸，露出来的红唇明艳，下颌尖俏白皙。

她随意披着一件深色大衣，里面是黑色抹胸裙子，露出来的腿笔直修长，踩着一双线条冷硬的高跟靴。她面容冷艳，魅力四射，身后的一切都显得黯然失色。

姚绯很少直接露腿，她的腿非常漂亮，线条很直，没有一丝一毫的瑕疵。她的身材比例过于完美，几乎找不到不好看的角度。

影视行业不缺美人，但美成姚绯这样的还是很稀少。姚绯很快就被推上了热搜。大家都在看姚绯的动图——她握着手包优雅高傲，几步路走得仿若女王。

苏洺简单宣传了一下姚绯的新物料，一刷新看到姚绯的新热搜排在了第一位。

热搜词条是"姚绯高级美"。

时装周期间不少明星提高了曝光度，热搜榜上争芳夺艳，十分激烈。

"姚绯高级美"一骑绝尘，杀出重围，冲到了热搜第一，后面跟着"爆"。

这年头没有工作室敢宣传"高级美"这个词，容易被骂。

究竟是谁在搜这些？

姚绯这种埋头拍戏的人也没有竞争对手，她不爱炒作，是个为了不上热搜能在合作期间跟司以寒和商锐分机场走的人。这两个人不管蹭到谁，姚绯都能免费上一把热搜，可她不愿意。苏洺也不怎么拉着她炒作，只是让她有必要的时候出来露个脸刷刷存在感，几乎不占公共流量。

苏洺等了十分钟，按着心脏点进热搜第一，没有人嘲讽也没有人骂，全是姚绯的美照和很美的视频。质量比较高的与娱乐相关的博主全部下场，夸得真情实感，好像是一夜之间都成了姚绯的"颜粉"。

网络时代发展至今，从众心理很严重。这几年大的几场宣传都会套这个方式——大规模宣传一个人，迅速把这个人推到公众眼前，铺天盖地都是正面消息，无孔不入地宣传这个人有多好。这样大众很快就接受了他的存在，并且会根据各方面的大数据暗示迅速给他定位。

不管是论坛还是微博，姚绯的口碑都以惊人的速度在发酵。

姚绯上了一天一夜的热搜，随后 ES 宣布姚绯成为高保湿系列代言人，品牌方的热搜又续上了。姚绯复出的第一个代言是国际一线品牌，第一部电影是由荣丰监制的影片的女一号。

苏洺做经纪人这么多年，第一次全程什么都没做，艺人身价水涨船高。

始终没有人站出来领功，只是在背后默默地捧姚绯。这得多财大气粗？这种大成本的投入，一般公司都不敢这么干。

苏洺有个大胆的猜测，她怀疑是商锐干的，但她不敢问，默默把所有的念头压下去。反正这宣传对姚绯没有坏处，只要不是害姚绯，随他去吧。

姚绯回国后就受邀为 ES 的直播站台，当天姚绯带动的销量突破了纪录，她看着销量数字还以为是观看人数。

主播愣了几秒，笑出了声："绯姐，这是购买数量。"

由于姚绯震惊的表情过于真实，她又上了一次热搜。ES 直播当天姚绯带动的个人交易额度过亿，她拿到了一笔巨款分成，这个数字震惊到了她。

她把直播重新看了一遍，总觉得哪里不太对。她找苏洺跟品牌方要销售清单，品牌方拒绝了她，这是他们的内部资料。

姚绯因为带货又火了一把，她的微博粉丝数已经涨到了九百万。最近苏洺在帮她运营微博，偶尔发一张自拍，或者发一段姚绯健身的视频。

之后又有几家品牌过来找姚绯站台，姚绯全部拒绝了。她把债务还清了，不那么需要钱，就没必要带货了。

她本身也不是卖货的，她是演员，她只想把作品卖给观众、卖给粉丝，而不是卖与她无关的货物。演员拍戏，能售卖的只有作品。

《盛夏》定档二月十二号，新年第一天，挤进了春节档。成片后她过去看了一次，在 SW 传媒的小电影院。电影比想象中要好，她和苏洺坐在一起，中途苏洺好几次哭到崩溃。姚绯抽纸巾给她，注意力还在电影银幕上。

画面唯美到梦幻，这部电影她不敢预估票房，她运气一向不太好。但她在心里给电影的评分是八分以上。作为青春爱情电影，它是合格的。姚绯感受到爱情了，它在电影的每一帧里。

电影完成度非常高，故事线也很简单，少年爱恋久别重逢。司以寒第一次做电影，有瑕疵但感情饱满。

片尾有花絮。

盛夏阳光浓烈，树木高大浓绿。商锐骑着自行车带着姚绯飞驰在林荫深处，商锐穿的校服被风吹得鼓起，少年感非常强。姚绯一只手抱着两个人的书包，另一只手抱住他的腰。

载着少年的自行车朝着远方飞奔。

他们在镜头里越来越远，渐渐消失不见。

"我拥抱着那个少年，仿佛拥抱了整个夏天……"歌声飘荡在整个放映厅，悠悠扬扬。

片尾曲叫《盛夏》，司以寒写的词，请了个业内很有名的作曲家作曲。司以寒歌声很温柔，温柔的音调非常清澈，响在大厅里。

让人有点想哭。

灯亮了起来，苏洺转身抱住了姚绯："我不敢预估票房，但我觉得《盛夏》值得。我们所有人的心血，肯定会有回报。"

苏洺一半身家都砸在这部电影里，她在看到成片之前每天晚上都悬着心脏睡觉，生怕电影"翻车"，把她打拼了这么多年的身家砸了。

"我简直怀疑商锐之前的演技差是人设。"苏洺还沉浸在电影里，"他把盛辰光演活了，感觉他就是盛辰光本人。"

商锐的粉丝一开始就很排斥《盛夏》，他们看不上姚绯，认为姚绯名气太小不配跟商锐搭档，在微博上吐槽了好一阵儿。

《盛夏》第一版预告片发出来后，商锐的几个大粉都没有转发，看不上这部片子。司以寒的试水之作，女主角又是个没名气的艺人。之前两人的互动营业也让部分商锐的粉丝不爽，商锐和姚绯营业得太真了。粉丝当初为了电影，闭着眼睛夸。只有商锐真正的老粉知道，那个视频出来的第一时间，他们对姚绯有很大意见，害怕两人真有恋情。

电影博主那边很早就预测这是一部烂片，主要是这配置太混搭了，看起来就不太像什么有质量的片子。流量演员做导演，混搭了姚绯这个退圈多年的过气演员，前期宣传得风风火火，多半是烂片。对于这部片子，几乎没有人抱期待。

商锐第一个转发了剧组的微博，写了一段文案："四个月，一百二十多天，付出了全部心血去演绎盛辰光。在做演员这件事上，我一直是个差生，我希望这次我交出的是满分答卷。我在《盛夏》等你，我是盛辰光。"

商锐的微博发得太诚恳，这大概是他玩微博以来发得最谦虚的微博，简直不像商锐的风格。粉丝和路人都抱着好奇的心态点进预告片，结果沉进去了。

商锐不再是浮夸的演技，他在电影里特别有质感。少年期张扬跋扈，成年后沉稳冷静，颠覆了他一贯的风格，预告片里的他勾动着所有人的情绪。他和姚绯特别有情侣感。少年盛辰光张扬傲慢："一个月，她会跟她妈滚出我家。"下个镜头，少年拉起校服盖住两个人，甜得溢出屏幕。姚绯演少女气质纯净，穿着宽大的校服、背着大书包跟在盛辰光身后。两个人一前一后地走。

教室喧哗，他们在争论考清华还是北大的声音中无畏地说出自己的梦想。盛辰光想做摄影师，夏瑶想做医生。青春气息浓郁。镜头转到成年期，盛辰光穿上了白大褂，夏瑶拿起了相机。

开始有人发出声音："《盛夏》好像不是烂片，至少预告片很好看。"

还有一种声音："姚绯和商锐好搭！"

进入一月电影正式宣传阶段。剧组安排了两个综艺节目，一个访谈类的，一个娱乐类的。司以寒带着姚绯和商锐。

一月五号，他们要去 C 市录制节目，姚绯是从外地飞过去的。她去看望沈成，沈成在当地写剧本。商锐和司以寒是从另一个城市飞 C 市的，司以寒参加了商锐投资的综艺节目，两个人录完综艺就飞了过来。

姚绯已经尽可能排开航班，非营业时间尽量不和商锐见面。结果她的飞机延误，出机场就撞到了从另一边出来的商锐和司以寒。这两人身高腿长，一块儿走出来很显眼。姚绯最近也有了一些人气，容易被人认出来，结果躲都没地方躲，还是跟粉丝正面撞上了。

姚绯把随身带的签名明信片送给粉丝，嘱咐他们早点回家。她收起花和礼物，朝着人群道谢时就感觉到人潮汹涌朝这边过来，抬头看到司以寒和商锐走了过来。

商锐没戴墨镜，穿着黑色短款羽绒服，黑色牛仔裤勾勒出笔直修长的腿，走动间左耳上的钻石耳钉在灯下闪烁着光芒。他的眉骨很高，眼窝深邃，戴着黑色口罩直直看着这边。

"姚绯，你也是这个时间到？"司以寒喊了一声。

姚绯立刻停住脚步，等他们走过来连忙伸手跟司以寒握手。她不动声色地吸气，转头把手送到商锐面前："锐哥，好久不见。"

他们有两个月零十天没见过面，没打过电话，没发过信息。

商锐垂下浓密睫毛，他停顿的时间并不长，周围太多粉丝了，他的任何表情都会被拍下来。

商锐摘下黑色手套，露出修长的手指，他的指骨关节处有旧伤。他握住姚绯的指尖，握得很克制，也很轻，黑眸直视姚绯："你怎么这个时间到——不是……"他并不想暴露出自己特别关注过姚绯的航班时间。"你不是七点的飞机——"他狠狠咳嗽一声，松开姚绯的手，简短道，"走吧。"

"我的飞机晚点了。"姚绯收回手插兜，她穿着白色羽绒服，单手抱着一束红玫瑰，特意落到了两个人后面。

平常心，大家只是同事。

出机场往车上走时，三家粉丝撞到了一块儿，人群拥挤，姚绯尽可能往中间缩。这个时候艺人尽量不要有任何动作，多说多错，多做多错，不说话做一只鹌鹑最可爱。

肩膀被揽了下，姚绯转头就看到商锐。商锐不知道什么时候绕到了她身后，强势地护着姚绯到车前，拉开车门把她推进了车里。

商锐的手在姚绯肩膀上并没有过多地停留，一碰之下就松开了。他用掌心贴着姚绯的背，把她推进车厢。车门关上，所有的喧嚣被隔绝在外，姚绯皱了下眉往后靠在座位上。

商锐上了另一辆车。

车缓缓开了出去。

粉丝渐渐看不见了，姚绯拿出手机看微信群。为了宣传，周挺又拉了个群，剧组主创加两个主演，一共十个人。

群内蔡伟发了个地址："订好了餐厅，晚上一起吃饭。"

姚绯点进地址，看到是 C 市挺有名的一家餐厅。明天要录制节目，今晚一起吃饭很合理。唯一的意外是吃饭竟然是蔡伟提出来的，按理得司以寒请客。

周挺回复："好的。"

今天过来 C 市的只有导演加两个主演，群内这对话应该是针对他们几个的。周挺跟司以寒一辆车，蔡伟跟着商锐，就剩她了。姚绯打字："谢谢蔡总。几点过去？"

蔡伟："晚上七点。"

蔡伟："我们住在你隔壁，走的时候敲门叫你。晚上一起去餐厅，不用分开走，换了一辆车，方便。"

姚绯："谢谢蔡总。"

蔡伟回了个可爱的表情包，群内其他人沉默，没人出来说话。

姚绯觉得把别人的话摞着挺尴尬的，挑了半天，找了个可爱猫头的表情包发出去。

"晚上季家私厨吃饭。"姚绯发完表情包，返回去处理其他的消息。

"我让司机准备。"刘曼在旁边说道，"绯姐，你和锐哥上热搜了，说你们俩抱在一块儿。"

"不用准备车，蔡总安排了车，我们坐他们的车去。"

手机停在开屏的广告页上，姚绯等待期间问道："什么内容？"

"锐哥帮你挡粉丝，被粉丝拍到放到网上。"刘曼说道，"热度上升得很快，已经到二十位了。"

姚绯点开热搜的时候，"商锐抱姚绯"已经冲到了第八位，还在持续往上涨。拍照角度十分刁钻，看上去像是商锐揽着姚绯在走，姿势亲密。虽然商锐确实揽了她一下，但那一下更像是推。

评论区看上去非常激烈，那条微博发文到现在不过十几分钟，评论已经超过五万。姚绯点进去就沉默了，评论区分为三派：一边是商锐的粉丝，一边是她的粉丝，还有一边是双人团粉。

商锐和姚绯两边粉丝统一态度：同事而已，不要捆绑。

姚绯最近粉丝群体在壮大，粉丝说话也有底气了。

双人团粉从姚绯和商锐互发视频就入了坑，嗑得如痴如醉。

"商锐这种机场遇到女艺人必绕路的'狂仔'，居然会主动迎上去跟姚绯打招呼，还帮姚绯挡粉丝。妈呀，我是不是嗑到真人了？"

"两个人站在一起好搭，我好像嗑到了！《街舞团》上跟姚绯表白，微博撑华海，第一次拍营业视频。如果没记错的话，商锐的银幕初吻是跟姚绯吧？商锐以前拍吻戏用替身都被报道烂了，《盛夏》里亲得很真啊。"

"姐弟恋吗？商锐在姚绯面前好乖！我刚刚刷到一张他们在机场碰到的照片。商锐本来走得六亲不认，一看到姚绯，走路姿势都变了，握手的时候还把手套摘了。"

"你醒醒，锐哥比姚绯大一岁，哪里是弟弟了？"

"商锐真的很不对劲！他是第一次在公开场合这么护女艺人吧？他以前还因为不帮女艺人被骂不绅士，他怎么说？他劝那些女艺人坚强。商锐怎么不劝姚绯坚强？你就是'双标'①！"

评论区热火朝天。

车到酒店的时候，商锐又上了一个热搜。

"商锐双标"。

有博主把商锐过去拒绝跟女艺人肢体接触的视频做成了动图，在微博发了十八张动图，最后一张是商锐在人群中护着姚绯往前走。他的手掌贴着姚绯的肩膀，他戴着口罩。视频里他的睫毛清晰可见，垂着眼，视线在姚绯身上。

"'双标'成这样，粉丝还捂着眼说这两人没事，只是同事，我真是要笑死了！你哥以前营业是这样吗？你哥以前营业浑身上下写满了'莫挨我'！"

"山上的笋都让博主给挖完了！给大熊猫留点吧。不过说真的，这对真人有点好嗑，狂妄公子哥和冷艳御姐。"

"坐等官宣。"

"商锐年纪也不小了，谈恋爱怎么了？姚绯这个嫂子不好吗？"

下面一长溜的回复："不好。"

姚绯和刘曼拿到房卡后走向电梯，蔡伟站在电梯门口："姚绯，这里。"

姚绯把手机装进口袋走进了电梯，商锐单手插兜站在最里面。他戴上了墨镜，薄唇抿着，下颌紧绷。他耳朵上的耳钉拿掉了，整个人清冷了不少。

"一路上没看到你们的车，以为你们早上去了。"刘曼把行李箱推进来，说道，"蔡总好，锐哥好。"

"路上车多，你没注意。"蔡伟微笑着说道，"我一路上都看到你们的车，就在我们的车旁边。"

其实他们在这里已经等了十分钟了。

姚绯再不到，蔡伟真担心酒店把他们赶出去。

"晚上吃饭只有我们吗？"姚绯走进电梯，没话找话地问了一句。

---

① 即双重标准，指评论时重视行为人身份胜过证据与道理。

蔡伟迅速地按下楼层，又退回原处站在商锐的银色行李箱前："还有节目组的主持人。明天要合作，大家提前打个招呼比较方便。"

姚绯点头，拿出手机给苏洺回复微信，报备这边的行程。

电梯缓缓向上，姚绯往旁边退了半步，转头就对上了商锐的视线，猝不及防。商锐居然在看她。姚绯本能地想躲开，只动了一下就笔直地看回去，十分坦然。

她和商锐又没有见不得人的事，躲什么？

于是他们对视到电梯停在顶层，商锐没有说话也没有动作，只是靠在电梯壁上看她。电梯离开一层之后便露出了后面的透明玻璃，商锐身后是整个城市。这个城市的冬日并不枯黄，只是寒冷潮湿。

下午时分，天空暗沉，似乎在酝酿一场冬雨。他们缓缓往上升，建筑越来越小，街道渐渐看不清晰。

商锐的站姿没有变过，深邃黑眸沉静，仿佛不是在看一个人，而是在看一样东西，长时间不眨眼、不转目光。

电梯"叮"的一声停下，姚绯转身去推行李箱。

商锐的助理和蔡伟已经把行李箱全部拿出去了，说道："帮你们送到房间吧，哪有让女孩拎行李的道理。"

商锐始终走在姚绯身后，没说话也没有过多的动作，只是走在她身后。姚绯感受到他的存在，尽可能忽视。

那天她挂完电话，之后他们再没有交集。

"天气预报说今天 C 市有雨，不知道什么时候会下。"刘曼走进房间打开通风，检查了一遍房间，开始收拾行李，"这房间真豪华，《盛夏》剧组'永远的神'①，豪气冲天。"

《盛夏》剧组确实是姚绯见过的最富的剧组，从进组到后续宣传，全部最高待遇。

"绯姐，你有没有觉得锐哥变化很大？"刘曼把小行李箱搬到自己的房间，走出来把姚绯的洗漱用品往浴室放。

"哪里有变化？"姚绯走到沙发处坐下，看苏洺发过来的节目流程。

"说不出来，整个轮廓都不一样了，好像更深沉更内敛成熟，多了一种冷锐感。"

"他戴着口罩你也能看出来？"姚绯对综艺节目没什么特殊的感受，唱歌跳舞玩游戏，其中有她和商锐合唱的环节。

姚绯回消息给苏洺："我唱歌不太行。"

苏洺："彩排时先试一遍，不唱主题曲，节目组会安排很好唱的歌。不行就对口型，后期配音，节目组会安排的。"

---

① 网络流行语，常被用来赞赏自己敬佩的事物。

"看眼睛就看得出来。"刘曼说，"不信等会儿吃饭时他摘下口罩你看看，他确实很不一样了。"

他说不定都不会去吃饭。

姚绯去洗手间洗漱，她在机场待了快一天，身上的衣服已经有味了。

"绯姐。"刘曼攀着浴室门探头进来，"我想起来了。"

"什么？"

"商锐身上有种失恋的人的气场，特别强。对，就是那种感觉。"刘曼说，"他什么时候恋爱的？商锐要是恋爱，不得把热搜挤爆？竟然没有消息就失恋了。"

姚绯："……"

"你看错了。"姚绯冷静地说，"我想洗澡，你去玩会儿游戏吧。"

"真的是失恋那种气场。"刘曼退出去，说道，"需要什么叫我。"

姚绯洗完澡裹着浴袍吹头发时听到敲门声，她关掉吹风机，拉开洗手间的门。刘曼手里握着手机飞奔过去拉开门："锐哥？您有事？"

姚绯又把脚退回了浴室，走到镜子前搽护肤品。

刚洗完澡脸上有些红，她揉了把潮湿的头发，继续打开吹风机吹头发。

"您等会儿，我问问绯姐。"

姚绯听不到商锐说什么，倒是刘曼的声音很大，有穿透性。

姚绯关掉吹风机转头看到刘曼，刘曼扒在洗手间门上说："锐哥过来问你明天表演的曲目想选什么，你有时间吗？"

姚绯穿着浴袍顶着一头湿发看着刘曼，内心叹气：你说我这样有时间吗？这还用问吗？问了我要怎么回答？

"用你五分钟时间，工作。"低沉的男音在门口响起，随即商锐出现在刘曼身后。他双手插兜，穿一件雾霾蓝毛衣，抬眼看向洗手间的姚绯。他的目光有短暂的停顿，直直看着姚绯，语调平淡无波，字句缓慢："节目组那边要制作流程，让我们报几首歌，下午五点之前要。"

姚绯抱臂感受浴袍的厚度，应该不会漏点。

"你那边有备选歌单吗？我会唱的不多。"姚绯走出洗手间，越过客厅迅速往房间走，说道，"你先坐，我去换件衣服。"

商锐单手插兜若无其事地看向姚绯的背，直到房门关上。

"你喝什么？"刘曼说，"矿泉水还是咖啡？"

"水。"商锐走到沙发处坐下，敞着腿，手肘随意地压在膝盖上，抬手揉了下太阳穴位置。

刘曼把水递给商锐："你头疼啊？"

"感冒。"商锐握着冰冷的水瓶，顺势咳嗽了一声，说道，"能帮我去隔壁拿个药吗？"

"找蔡总吗？"

商锐点头。

刘曼快步走了出去，顺手带上了房门。

房间里的中央空调发出很细小的声音，暖气充斥着房间。商锐拧开水喝了一口，喉结滑动，他抬头看屋顶的水晶灯。

姚绯那天直接给他判了死刑。

这是商锐人生中第二次无能为力。

他为什么会误会姚绯喜欢他？因为他喜欢姚绯，所以他希望姚绯喜欢他。姚绯的态度不明确吗？她和商锐拍戏四个月，她的微博都没有关注他。

她关注了俞夏、苏洛、司以寒、周挺，甚至连合作很少的许之廖都关注了，却没有关注商锐。不是取消关注，而是从头到尾都没有关注。

他在姚绯二十四岁生日当天，扔了她的蛋糕。

他不知道姚绯是以什么样的心情开车六个多小时去买他喜欢吃的蛋糕，他也不知道他在姚绯面前吃蛋糕时，姚绯心里有多难过。

四个月，一百二十多天，姚绯是抱着什么样的心情跟他搭戏的呢？

他用姚绯的表演方式把自己放到那天的场景里，仔细地回忆那天的细节。姚绯怎么会爱上他呢？怎么可能会对他有好感呢？

他一句话都没说，不管原因是什么，都不过是狡辩罢了。说出的话收不回，做出的事不可能时空逆转去改变，在那一刻对她造成的伤害已经发生。

捅一刀子拔出来说"我事出有因"，虚不虚伪？刀口不会因为事出有因而愈合，就算愈合也会留下疤。

他们最好的状态是老死不相往来，对姚绯、对他都好。当什么都没发生过，大家都体面。

房门打开，姚绯披散着湿潮的头发走出来，穿着一件白色低领毛衣，搭配浅色牛仔裤。

她在对面坐下，浅浅的兰花香飘散在空气中。她的睫毛又潮又黑，十分长，清澈的眸子干净，一尘不染。她静静地看着商锐，语调温柔："怎么选？"

要什么体面。

"你会唱什么歌？"商锐松开握着水瓶的手，抽纸慢条斯理地擦着手指上的水。他的手指很长，骨关节上有旧伤。

姚绯看了他一眼，尽可能把目光从他的手指上移开。

"我不会唱歌。"姚绯翻着音乐播放器。做演员真难，不单单要拍戏，还要营业。

"那我们唱《小星星》吧，我给你伴奏。就那么几个调，很好唱。"商锐把纸巾扔进垃圾桶，依旧是公事公办的态度。抬眼接触到姚绯的眼，他看着姚绯，公事公办不下去了，没办法云淡风轻当什么都没发生。

半晌后，他的喉结很轻地滑动，嗓音沉到哑："对不起。"

"我一开始确实不想让你进组，你的强吻让我感到冒犯，我没看出来你吃了药，以为你是故意的，后来我证实了这是误会。另一方面，我一直不承认你的演技比我好很多，当时你的演技我接不住。"商锐往后靠在沙发上，尽可能让自己轻松，可失败了，他皱着眉沉了表情，"作为演员，我是失败的，承认失败并不容易。"

那天姚绯挂断他的电话后，他一夜没睡，翻来覆去地想一个画面：姚绯坐在他的副驾驶位，身上有复杂的烟味，她抱着廉价的塑料盒小蛋糕，奶油甜得发腻。她那时候只有一个小蛋糕。

"我曾经认为承认失败就意味着否定自己，我会失去存在的意义，这是我的问题。"商锐很轻地扬了下唇，略带自嘲道，"确实太自我了，从来不考虑别人，不会换位思考。可能我的人生太顺，相较于你，我可以称得上顺风顺水。我很少设身处地地为别人想，用多一点的耐心去思考别人的处境。"

商锐进娱乐行业后发展一路顺风顺水，有过挫折，但那些挫折在姚绯面前不值一提。如果不是认识了姚绯，他永远不会去了解那个世界。

"我不为自己辩解开脱，说这些只是想让你知道这件事为什么发生。每个人都应该为做过的事负责，我不回避我的责任。"商锐垂下眼沉默许久，说道，"但我不认为因为这件事，我们两个必须老死不相往来。"

姚绯怔怔地看着商锐，过于震惊。

商锐道歉？商锐和道歉放到一块儿是太阳打西边出来了？为什么道歉？

"每个人都是第一次做人，可能会根据自身经历去判断事物。在没有标准线衡量的情况下，很难分辨真正的对错。"商锐斟酌用词，尽可能让自己的话有说服力，"从法律意义上来讲，我是过失伤人。过失和故意罪责不同，姚绯，我罪不至死吧？"

姚绯的大脑空白了一瞬，许久才回归到商锐那张俊美无俦的脸上。她坐直了抿下唇："那天是我冲动，我喝了点酒，可能没那么理智，说了很多不理智的话。都是过去的事，说过就过了。我以为你会忘记，没想到你还记得。大家还是朋友，你不用太在意，也不用这么郑重地道歉。"

姚绯觉得自己需要一支烟冷静冷静，她从商锐那张脸上看不出任何端倪。她以为那件事没有后续，她和商锐成为路人就是结局，没想到商锐会这么干脆利落地道歉。

这是她没预料到的，她只是想劝退商锐，而不是要他道歉。

商锐道歉了该怎么处理？她没想过。而且这道歉后面的含义是什么？她也不知道。

商锐不会要报复她吧？看着又不太像。

商锐注视着她："所以你的意思，我们依旧是朋友？"

她刚刚说什么？

不理智的话？那理智的是什么样？微笑着看他，什么都不跟他说？跟他保持着距离？所以那晚上的姚绯才是真实的她？有血有肉、有难过、有委屈、有愤怒。

商锐不敢回想的那晚突然就没那么压抑了，失控意味着真心。那些尖锐的话，一字一句拆开，全是她心底深处的话。

姚绯说："差不多吧。"

她和商锐算什么？合作搭档。

"那就是朋友。"商锐把"朋友"两个字咬得很重。有了前面的铺垫，他后面的语调都顺畅起来了，"做错了就是做错了，无论找多少理由都是错。我需要跟你道歉，再郑重都不过分。"

开门声响，姚绯抬眼看到刘曼进门。她怀里抱着一个很大的医药箱，径直走过来放到桌子上："蔡总问你喝哪个？"

商锐："……"

明天就把蔡伟给开了。

商锐面不改色地从箱子里翻到润喉片，保持着表面的风平浪静，取出一颗扔进嘴里，客气得很表面："谢谢，其他的放回去吧。"

刘曼："……"她是跑腿的吗？

"感冒，嗓子疼。"商锐齿间咬着清凉的润喉片解释了一句，甜混合着薄荷落入口腔，他面不改色地看向姚绯，问道，"你需要吗？"

"不要。"大脑彻底冷静下来，转回了正常的频率，她叫住要出门的刘曼："不用单独跑一趟，等会儿锐哥走的时候带走就好了。"

姚绯不想和商锐单独待在一起，她又拿起手机看歌单，强行转移话题说道："《小星星》不行，再选一首。"

"为什么不行？"

"过于幼稚。"姚绯拿起一瓶未拆封的水，打开喝了一口，避开商锐的目光，"我们加一块儿五十岁了，唱《小星星》？"

商锐忽地笑了起来，齿尖洁白，他往后靠回沙发。

他抬手揉了一下眼，很快就把手放下。他的睫毛暗潮，凝视着姚绯："我们已经很久没有这么正常地对话了，姚绯。"他咽下润喉糖，嗓音低哑，盯着姚绯片刻说道，"我有一首没发的歌，你想跟我一起唱吗？调很简单。"

姚绯忽略他的前一句话，只是迅速地抬了下头：不会是山顶那首吧？他疯了。

"不是那首。"商锐一眼就看明白了她的心思，眼梢浸着点笑，滑开手机屏幕，把手机递给姚绯，"新歌，叫《落下》。"

他们只对视了一眼，商锐就明白她想说什么。

姚绯看着商锐递过来的手机，他的指甲修剪整齐，修长的手指虚拢着黑色手机边缘，指尖洁净。

姚绯接过手机，点击播放。

商锐偏低的嗓音在房间里响了起来，清唱，没有背景音乐。

平心而论，很好听，歌词没有太多情爱，但又似乎在写爱情。内容是一只骄傲的海鸟盘旋在空中，不甘落下，经过了一番挣扎，最后还是坠落深海，卷入潮水中。

这么个故事。

刘曼坐到姚绯身边捧着脸："很好听啊！锐哥居然会唱慢歌？"

"我刚出道时唱的都是慢歌，别再为你的无知添砖加瓦——"商锐话出口就意识到过于刻薄，他不想在姚绯面前刻薄，话锋一转，说道："姚绯，你觉得怎么样？可以的话，我把歌谱给你。"

"给我也看不懂。"姚绯不太想唱这么一首歌，商锐这个时候写这样的歌是什么意思？他到底想做什么？"只有一天的准备时间，在节目里唱新歌，风险很大，我建议不要冒险。"

"新歌更稳妥，没发出去，跑调也没人知道，以为这是原调。"商锐拿起桌子上的水喝了一口，浓密的睫毛垂了下，唇角一扬，有着点以前的张扬，"我们可以随便跑调。"

"还可以这样？"刘曼震惊，"伴奏呢？人家也跟着一块跑吗？"

"我来伴奏，我跟着她走。"商锐仰起头把水喝完，喉结滑动，他把水瓶放回去："怎么样？可以的话，我就跟那边回话需要准备的时间。"

姚绯没回答，她把手机放到桌子上。

手机里，商锐已经唱到第二遍了。

"能不能晚点？如果到晚上我们还没确定下来节目的话，就用这首。"姚绯不想唱商锐的歌，虽然这首歌的歌词不露骨，调也不错，而且很好唱。

"歌不是我写的，作词作曲都不是我。"商锐站起来拿起手机，凌厉的黑眸直视姚绯，"你不想唱，不会是因为我吧？我想你不是公私不分的人。"

"不是。"姚绯否认，"你觉得这首可以？那就这首吧。"

商锐滑开手机屏幕，打开微信，看了姚绯一眼："你把我从黑名单里放出来，我把歌发给你。"

刘曼正在喝水，一口水喷了出来。

姚绯把商锐拉黑了？这是什么劲爆新闻？

商锐蹙眉撇开一大步，嫌弃。他单手插兜审视刘曼，慢悠悠地把目光盯到了姚绯身上："这个词谱很简单，有不懂的可以问我，微信交流比较方便。我们这个月需要合作，你可以过了这个月再把我拉黑。"

"没必要。"姚绯说，"拉黑是为了出戏，现在已经出戏了，没必要再拉黑。"

商锐深邃黑眸暗沉，很轻地咬了下牙，面上还保持着冷静，缓缓道："既然出戏了，那你把我的电话也放出来。"

姚绯："……"

她当着两个人的面把商锐放出了黑名单，商锐这才拎着药箱迈开长腿，迤迤然地出了门。

刘曼看看姚绯，又看看商锐离开的方向，忽然有个很离谱的想法。

商锐的失恋对象不会是姚绯吧？

晚上吃饭有节目主持人以及几个节目高层，这种场合不喝酒说不过去。蔡伟和周挺一开始就准备了酒，客人到了后，打完招呼就开始倒酒。姚绯面前也放了一杯红酒，姚绯刚要道谢，旁边一只手落过来就拿走了她的酒杯。那手腕修长，线条流畅，戴着一块黑色百达翡丽。

"给她倒果汁，她不喝酒。"商锐把酒杯放到自己面前。

"姚绯不能喝酒吗？"对面坐着综艺主持人，四十来岁的前辈，笑着说道，"还以为你挺能喝的，你看起来很能喝。"

"郑老师还会看相呢？"商锐眼尾上扬看了过去，慢条斯理接过服务员送过来的橙汁放到姚绯面前，语调缓慢浸着笑道，"那您帮我看看，我能不能喝？一会儿我陪您喝。"

我喝死你。

商锐能喝大家都知道。

司以寒在旁边解释了一句："姚绯酒精过敏，不能碰酒。"

来之前苏洺交代了好几遍别让姚绯喝酒，姚绯对酒精有阴影。司以寒原本想替她挡酒，没想到商锐跳得这么快。

"我不跟你喝，听说你特能喝，我明天还要录节目。"主持人叫郑新，他虽然没跟商锐喝过酒，但也听说过商锐很能喝，"而且我跟你一个男的有什么好喝的？"

今天这饭局除了姚绯跟她的助理，都是男的。

这话指向太明确了。

"要不我去穿个女装，过来跟你喝？"商锐往后靠在椅子上，长手随意搭在桌子上，下颌上扬，似笑非笑，慢悠悠道，"我这长相，女装肯定特带感。"

商锐笑得桃花眼潋滟，看似无害，但眼底深处暗沉沉的，浸着一股子无名火。

这个圈子里谁敢说商家无害？

郑新嘴角抽了下，但也没跟商锐计较，顺势就下了台阶，端起酒杯起身跟商锐碰了下，一饮而尽，说道："商锐的女装再好看，我也不敢看，我可不想被你喝得躺地上。"商锐就是穿女装也是大老爷们儿，郑新不想眼瞎。

商锐端起酒也一口喝完，一笑就露出洁白的齿尖，桃花眼弯着："这可是你不看的，错过就没机会了。"

姚绯拿果汁敬了一圈，她拿果汁太欺负人，也没人来找她喝。剧组剩余的几个人，一个比一个能喝，这酒局还未开始对面就输了一半。

商锐敬了一圈后，直接坐到了郑新旁边，他今晚是跟郑新杠上了。

商锐没一会儿就把郑新喝趴下了，郑新的助理在旁边目瞪口呆，一时间不知道该不该接郑新的班，怕一接茬也被灌趴下。跟郑新一块儿过来的人默默转头跟司以寒聊天，生怕被商锐找上。商锐喝酒挺猛的，性格也野，什么敬酒词都能扯出来。

姚绯正在剥虾，商锐终于喝完，迈着长腿缓慢地走了回来。他拉开椅子坐下，到底是喝得有点多，脚步虚浮。蔡伟给他倒了一杯水，说道："少喝点，你胃不好。吃东西吗？想吃什么？我帮你点一份面？"

商锐没胃口，不想吃东西。他虚虚地执着杯子喝水，抬起浓密的睫毛往姚绯身上觑。

这都没反应？这女人的心是石头做的？

姚绯戴着手套在剥小龙虾，已经剥了一碗。他们今天吃的是湘菜，有小龙虾，但桌上吃的人不多。小龙虾剥起来太麻烦，这场合，谁也不愿意沾手。

姚绯大概是没事做，她是个不善于交际的人。如果不是为了电影宣传，姚绯这种人都拉不出来。

商锐看着她剥虾恍惚了一下，姚绯给他剥过虾。在海岛上，商锐很懒，讨厌剥壳。他们关系最好的时候，一起吃饭，姚绯把虾剥好放到他碗里。

"不想吃面。"商锐的注意力全在姚绯身上。

"你想吃什么？"蔡伟看商锐这个样，估计喝多了，"我给你夹。"

商锐想吃姚绯碗里的小龙虾，他说："蔡总，你能出去帮我买一盒酸奶吗？"商锐说了个品牌名，叮嘱道，"去吧。"

蔡伟看了商锐一会儿，这个牌子的酸奶十年前就下市了，商锐玩儿呢？他起身说道："我出去抽根烟。"

蔡伟离开，聒噪结束。

商锐活动肩膀，抱臂靠在椅子上发了一会儿呆。姚绯就在身边，咫尺距离。他不由自主地往姚绯那边偏了些，压低声音："搭档。"

姚绯转头看向他，他身上酒精气息浓重："嗯？"

"你知道我叫你？"商锐低头平视姚绯的眼，说道，"这就应了？"

你这不是废话？你就差贴到我脸上了。

姚绯往后挪了些："你喝多了吗？"

"我帮你挡酒，有奖励吗？"如果能借醉酒做点肆无忌惮的事，商锐不介意

"被醉酒"。他点头，嗓音哑然："嗯，喝多了。"

"商锐。"姚绯又剥了一只小龙虾，她很焦虑，就想做点事转移注意力。她垂下眼，声音压得很低，只有两个人听得见："谢谢你帮我挡酒，但真的没必要，我不能回报你什么。"

她隐约明白商锐什么意思。

"你的谢礼我收到了。"商锐坐直，压下眼底冷沉的情绪，伸手十分自然地拿走了姚绯面前剥好的小龙虾，"不客气。"

姚绯沉默着看商锐姿态优雅地把小龙虾吃完。他吃东西速度不算快，坐姿端正，吃得慢条斯理，但很霸道，一个都不给别人留。

旁边周挺盛了一碗热汤转到这边，抬下颌示意姚绯端给商锐。

姚绯取下手套，把汤拿下来放到商锐面前。

商锐抬起眼皮看她，他的眸子又沉又黑，没有一丝醉意。

"周总给你盛的。"姚绯补充。

"明天要录节目，别喝得爬不起来了。"周挺隔着姚绯叫了商锐一声，说道，"你和姚绯更早，早上七点就要去录歌。"

商锐扬起下巴，打算不屑一顾，可余光扫到姚绯漂亮的脸，他有短暂的停顿，桃花眼眼眸流转，强行把上扬的眼尾又压了回去。他端起汤碗一口喝完，把所有的声音都压了回去。

"千杯不醉"和"喝多了"哪个对他更有利？

当然是后者。

商锐喝完汤就靠到座位上，他的头发没再剪短，发丝耷拉在素白的额头上，他的唇因为热汤而泛起了湿潮，睫毛在眼下拓出浓重阴影，俊美的脸被笼罩在灯光下，上挑的眼梢微微泛红。

小龙虾本就是给他剥的，姚绯不爱吃小龙虾。

商锐从进门就跟郑新杠上了，一口饭没吃喝了一瓶酒。姚绯给他要了一份清汤面，想给他做个小龙虾面。

这人埋头就把小龙虾吃完了。

她看到郑新眼中的不怀好意。郑新是业内老人了，人脉很广，他的整体口碑不错，人缘很好，但有个毛病，喜欢喝多了说一些冒犯女艺人的话。这种事在酒桌上不少见，中年男人的娱乐项目，说出去不过是风流韵事，也没几个人苛责。

姚绯原本还打算硬着头皮喝两杯算了，《盛夏》宣传结束她就可以缩回自己的壳子里去，没想到商锐会出来解围。商锐对这种场合游刃有余。

姚绯丝毫不怀疑，郑新再多说一句，今晚商锐非换上女装恶心死他，既不得罪人，也不让饭桌上的女性吃亏。

姚绯给商锐续上一杯热茶，算是感谢他今晚的帮忙。

商锐说做朋友，那就是朋友吧。

饭局是晚上十点结束的，外面果然下起了雨。冬日 C 市的雨阴寒彻骨，姚绯围上围巾才走出门。

司以寒和周挺先走了，姚绯和刘曼搭商锐的车。车不知道为什么迟迟不来，蔡伟就去后面停车场看了。

刘曼把雨伞递给姚绯，说道："我们去里面等吧？外面好冷。"

雨水把地面打得湿漉漉的，灯光一映，反射出亮光。寒风裹过树木的枝条吹向了人间，姚绯拉起围巾刚要退回餐厅，肩膀上忽然多了一只手，手指很长，贴着姚绯的肩窝。

姚绯转头看去。

商锐跟她保持着半米的距离，垂着头不知道在想什么，从姚绯这个角度看得最清晰的是他纤长的睫毛和高挺的鼻梁。他穿着深蓝色短款呢外套，没有围围巾，衣服扣子也没扣，随意敞着迎接寒风。

他们拍《盛夏》进组的第一天，商锐下车搭着她的肩膀，径直晕过去了。

"你喝多了？站得稳吗？"姚绯问道，"没事吧？需不需要我帮你叫蔡总？"

这里不是荒无人烟的国外，姚绯环视四周，万一被拍到，她和商锐就身败名裂了。

商锐缓缓抬眼，薄唇抿着看姚绯，灯光把他的睫毛映成了金色，他用很深的目光凝视姚绯。

"商锐？"姚绯叫他，"怎么样？"

"遇到流氓，要比他更流氓。你不要太看重那些东西，不要太把他们当回事。"商锐的嗓音低醇，浸在酒味里，缓慢地一字一句道，"别再被人欺负。"

姚绯垂下眼，半晌才抬起来，点头："我知道了，谢谢。"

"喝多了，扶一下。"商锐没戴口罩，他白皙的肌肤在眼前，他扶着姚绯的肩膀从裤兜里摸烟盒。

"你还是别在外面抽烟了，不然明天全网都是你在公共场合抽烟。"姚绯跟商锐没仇，提醒他。

商锐注视她片刻，忽地就笑了。他把烟盒装回去，收回手跟跄着往旁边迈了一大步。

"小心点。"姚绯皱眉想拉他，看他站稳了才拉开距离。

"听你的，"商锐舔了下唇角，笑得露出齿尖，眼神特别深邃，全陷在姚绯身上，嗓音低到哑，"不抽烟。"

姚绯："……"

车终于开了过来，助理开车，蔡伟举着伞快步走过来扶商锐，顺手把伞递给姚绯："姚绯，能帮忙撑一下吗？我扶着他没法撑伞。"

姚绯举着伞撑到商锐的头顶，刘曼连忙绕到另一边给蔡伟打伞，说道："用帮忙扶锐哥吗？"

"不用不用。"蔡伟连忙拒绝，说道，"你帮忙打个伞就行，谢谢你了。"

商锐似乎真喝多了，脚步踉跄，随着蔡伟缓慢地走下台阶。上车时，姚绯帮忙扶了下商锐的胳膊，隔着外套碰到他结实的肌肉。姚绯收回手放进大衣口袋，很轻地搓了下指尖。

"上车吧。"蔡伟给商锐扣上安全带，关上车门快步走到副驾驶位拉开车门坐进去："外面太冷了，谢谢姚绯。"

"不客气。"姚绯举着伞，踩着雨水走到另一边上车，车内开着暖气，关上门把寒风隔绝在外。

蔡伟换了辆七座的商务用车，车厢宽敞，每个座位都离得很远。少了司以寒和周挺后，车厢内更空。

商锐上车后就贴着车窗睡觉，姚绯拿出手机把今晚新加的人写好备注，虽然这些人永远不会出现在她的聊天页面。

顺着聊天记录往下翻就看到了商锐的名字，商锐的微信名是他的英文名，不过头像换了，不再是以前那个小孩头像，而是换成了一片海。

商锐就在旁边坐着，姚绯继续往下滑着页面，检查没有漏掉的备注后才放下手机。

车半个小时到了酒店，商锐似乎已经睡着，手搭在额头上。他的手很好看，手背骨感清晰，指尖贴着面部肌肤。他仰着头靠在半放下去的座位里，这个姿势让他的喉结异常凸起，凌厉的线条延伸到了衣服深处。

姚绯收回视线，下车打起伞，听到蔡伟在叫商锐："锐哥，你醒醒，你别在车上睡，会感冒的。"

姚绯回头看了眼商锐，他睡得无声无息，脆弱的脖颈近在咫尺。

"姚绯，能帮个忙吗？"蔡伟说道，"他喝多了就会睡，叫不醒的，我一个人扶不动他。"

姚绯打着伞绕过去握住商锐的胳膊，商锐醉得很厉害，整个身体重量都往她身上倚。他沉重又高大，随着走动垂了下头，几乎贴到了姚绯的耳朵上。姚绯往旁边一避，雨伞掉到了地上。

刘曼连忙捡起地上的雨伞，撑到姚绯的头顶。

商锐又把头歪了回去，依旧没睁眼。

姚绯和蔡伟费劲地把商锐架到了房间。姚绯再一次进到了商锐的房间，他的东西扔得乱七八糟，屋子里到处都是衣服，格局和姚绯住的差不多。

踩着厚重的地毯，姚绯和蔡伟架着商锐越过障碍物，把他放到了柔软的沙发上。商锐敞着腿就往下面出溜，姚绯刚要走，余光看到立刻捞住他，半揽着把他横到沙发上。

商锐的鼻梁蹭到姚绯的手臂内侧，皮肤微凉。姚绯迅速收回手，看他侧躺在沙发上，双眼紧闭，耷拉着长腿睡得毫无防备。

"谢谢你了。"蔡伟跟姚绯道谢，说道，"明天早上六点我们得从这里出发，你早点回去睡吧。"

"不用客气，那明天见。"姚绯朝蔡伟点头，又看了商锐一眼，到底没说出其他的话，站了一会儿迈开腿，快步走出门。

房门关上。

蔡伟甩了甩手腕一屁股坐到小沙发上："别装了，人走了。"

商锐睁开眼，他的睫毛暗潮，眼神却是清醒的。他抬手摸了下鼻梁，再近一点就亲到了。

"喝水吗？"蔡伟脱掉羽绒服外套，喘了一口气，起身去行李箱拿瓶装水。商锐很挑剔，对水的牌子要求很高，不喝酒店的水，他们每次外出都会搬一箱水。

商锐的指尖还停在鼻梁处，半晌后，他把手盖在眼睛上，抬腿搭在沙发扶手上。他的腿长，小腿悬空荡着。

"你知道我现在的状态是什么吗？"

"瘾君子。"蔡伟打开瓶装水递给商锐，"你的状态很危险，锐哥。"

商锐嘴角动了下，没接水，他的声音很轻："你知道戒烟反应吗？"

蔡伟把水放到桌子上，在对面坐下。

"第一次戒烟如果失败，第二次抽得会更凶。"商锐的声音很淡，轻飘飘的，"瘾深入骨髓，刻在血里，会忍不住恐惧戒断时的痛苦，无法控制地想放任自己沉溺其中。我原本以为已经戒掉了，可看到她就忍不住地——思念。"

"我很想碰她。"商锐的嗓音哑到了极致，"克制不住那种念头，一切并没有随着时间的消逝减少，反而随着日积月累愈演愈烈。"

"锐哥，五个月了。"蔡伟觉得头疼，商锐一开始反应还挺正常，他很平静地接受了戏结束，进入现实生活。

他扔了那颗钻石耳钉后就让蔡伟接工作，拍广告、上综艺，忙得不亦乐乎，时间安排得满满当当，他几乎没有闲下来的时候。

工作时的他跟往常一样。

私底下好像也没有什么差别，商锐很注重隐私，就算是经纪人，也不能侵占他的私人空间。

只是他买烟的频率高了，他的睡眠质量更差了，去见心理咨询师的次数也增多了。

一次次进去，又沉默着走出来。

蔡伟动不了心理咨询师的资料，不知道他具体咨询了什么，只知道他的状态越来越差。蔡伟认识他六年，第一次见他这样。

这次比俞夏回国时严重多了。俞夏那会儿他只是追着跑了一段时间，他会很大方地跟别人聊俞夏，聊得坦坦荡荡，一点都不避讳。

后来俞夏官宣恋爱，他转发了俞夏的微博，恭喜了她的新恋情，转头跟蔡伟吐槽俞夏眼光差居然能看上司以寒。他还是会穿得跟孔雀似的秀存在感。他跟司以寒和俞夏关系都不错，经常一起吃饭、一起喝酒。

蔡伟一直觉得商锐在感情上挺坦荡的，爱恨情仇，拿得起放得下。

但商锐开始避讳"姚绯"两个字。

ES拍摄广告，合作方提了姚绯的拍摄时间，他让蔡伟把他们的拍摄时间调开。他每年都会被邀请参加时装周，今年他没去，那一周他推掉了全部工作，窝在家里打游戏。

谁也不见，不跟任何人说话。

蔡伟去找他，他穿着睡衣咬着烟躺在沙发上打游戏，烟灰飘到了他的宝贝地毯上他也无动于衷。一打一整天，沉迷得像个网瘾少年。

如果不是蔡伟给他送饭，他能连饭都不吃。

"锐哥，你还没出戏吗？"蔡伟皱眉，说道，"这次，真的太久了。"

"我就没入过戏！"商锐放下手坐起来，声音几乎是吼出来的。他的眼睛赤红，手肘撑在膝盖上，盯着蔡伟："你们怎么会觉得我是入戏呢？我的演技几斤几两你心里没数吗？"他很深地呼吸，喉结滑动，他扬唇想笑却没笑出来。稠密的眼睫毛潮湿，他抬手抹了一把脸，放下手时眼睛通红。他的嗓音沉到几乎听不清："我演得出那么真的感情吗？你们太看得上我了。"

蔡伟愣住。

"我只是喜欢上了姚绯，才把爱情表现得那么逼真。"商锐往后靠在沙发上，仰起头看天花板上的水晶灯。漫长的沉默后，他开口："那不是盛辰光对夏瑶的渴望，那只是我对姚绯的渴望。"

"可她对你，只有入戏。"蔡伟觉得很棘手，"而且她绝对不会跟你在一起。锐哥，你不能再继续沉溺了，这样你会把自己毁掉。"

商锐嗤笑一声："你倒是很了解她。"

"她跟你不是一个世界的人。"蔡伟斟酌用词，说道，"她经历了那么多，她很清楚利弊。她只要这两年保持没有负面绯闻，她很快就翻身了。她很懂规避风险，她的每一步都走得很仔细。她不是单纯的傻白甜，她成熟理智，不管她喜不喜欢你，她都不会跟你在一起。不过，我倾向于她对你只有入戏。"

商锐冷厉的下颌还抬着，睥睨着蔡伟。

"《盛夏》快杀青的时候，我找过她。"蔡伟看着商锐，"我不是没看出来你的反常，但她那边态度很模糊，我想知道她的态度，万一你们真的发生了什么，我好准备公关。她的回答非常坚决，不会跟你在一起，想都别想那种，一点可能都没有。所以，锐哥，你就当这是一场戏吧。"

商锐的下颌一点点落回原处，深邃的眼眸沉到没有光亮，他坐直了注视蔡伟："你什么时间找的她？哪一天？"

第二章

营业

入戏完结篇

RUXI

商锐发过来曲谱和完整的录歌。这个版本是制作完整的曲子，在录音棚录制的，音色更好听。

姚绯不太懂曲谱，全凭感觉跟着唱。她很少在公开场合唱歌，心里还是有点没底。

她听歌到凌晨一点才睡着，五点半被闹钟吵醒，起床洗漱，六点出门时恰好遇到商锐。商锐一如既往穿短款外套，牛仔裤搭配线条冷硬的短靴，没有戴帽子和围巾，露着修长的颈部。

"早上好。"姚绯先开口。

商锐朝她点了下头，迈开修长的腿走了过来："早上好。"

很意外，姚绯没在商锐身边看到蔡伟。蔡伟一天到晚跟个老妈子似的跟着商锐，今天竟然放手让商锐独立行走。

"吃早餐了吗？"姚绯转移话题，和商锐单独相处多少是有点不自在，"刘曼拿早餐去了，你需要的话帮你带一份。"

"我的助理也去拿早餐了。"商锐戴上口罩走向电梯，按下下行按键，眼神不由自主往姚绯身上落，"蔡总说昨天是你送我回来的，麻烦你了，谢谢。"

"客气了。"姚绯说，"我也没帮上什么忙，昨天你也帮我挡酒了。"

电梯"叮"的一声停下，商锐抬手挡着电梯门示意姚绯先进。姚绯看了他一眼：商锐什么时候这么绅士了？他又要作什么妖？

商锐走进电梯，姚绯快速按下了一层。

"用叫寒哥吗？"录节目是三个人，导演带两个主演。

"他上午十点才录，早着呢。"商锐靠在一边的电梯壁上打了个哈欠，用肩膀支着身体，垂眼注视姚绯柔软乌黑的长发，"歌听得怎么样？没有要问的吗？"

"如果，我是说如果，我唱得很糟糕，"姚绯对于唱歌没什么概念，她很少在人前唱歌，怕跑调尴尬，她看着商锐，问出了心中的疑问，"还有救吗？"

"你很担心？"商锐忽地就笑了起来，眼尾很深，浸着满满的笑。这样的姚绯太可爱了，软萌软萌的，他的嗓音沉下去不由自主地温柔道："放心唱吧，唱成什么样修音师都救得回来，你要相信科技的力量。"

姚绯扬眉："那就好。"

"我见过现场跑调的，真'车祸现场'，经过修音师一修，被吹上了热搜前排，被粉丝夸'天籁神音''人间独一份'。"商锐随意跟姚绯聊着八卦，笑着看姚绯，"你猜是谁？"

姚绯不猜。

公众场合八卦别的明星，万一被拍下来会死得很惨。

自从她进了《爱情悄悄然》剧组，对如今娱乐行业的底线已经不抱期待了。科技时代，一切皆有可能。

电梯门在一楼打开，两个助理拎着早餐等在门外。

姚绯先走了出去，隔着落地玻璃看到外面雾气浓重。冬天的早上六点天还没彻底亮，天地陷入青灰色的暗沉中，树木湿漉漉的，看不出雨有没有停。"还下雨吗？"姚绯问。

"不下了，阴天。"刘曼把早餐递给姚绯，说道，"很冷，我刚才出去一圈差点儿冻僵。"

说着他们走出了酒店，寒风如刀席卷而来。明星为避免丑照，每一秒都需要保持精致。他们今天可能会在电视台门口遇到粉丝，姚绯怕围围巾显得太臃肿，只穿了一件短款羽绒服，衣服很宽，风直灌进来。

头顶一热，姚绯抬眼就看到商锐走在身侧，他的下巴近在咫尺。他也没围围巾。他能在零下十几摄氏度的天气里只穿一条薄西装裤在室外走红毯，别的明星冻得面目狰狞，他却能保持着最好的一面，面不改色思路清晰地跟媒体聊天，让人拍照。

他拎着姚绯的羽绒服帽子扣到了她头上，修长的手指在她的头顶一触就松开，说道："这里不会有人拍。"

他先走到车前弯腰上了车，姚绯绕到另一边上车后拉上车门。

商锐把一盒热牛奶递给她。

"我有。"姚绯举起手里的牛奶。

商锐的牛奶停在空中，停顿片刻，他盯着姚绯："换一下。"

一模一样的牛奶有什么换的必要？商锐想一出是一出，他以前也干过这种换东西的事。姚绯在小事上不跟他计较，牛奶递过去换到了商锐的牛奶。

"蔡总呢？"刘曼打算上车，被商锐助理提溜到副驾驶位了，助理直接发动引擎，她看向酒店方向，"蔡总不去吗？"

"蔡总昨天吃错了东西，今天请假一天。"商锐插上吸管喝牛奶，语气淡淡，"走吧，别管他。"

车缓缓开了出去，姚绯喝着牛奶，戴上了蓝牙耳机听歌。

早上六点四十分车到广播大厦前，门口果然有粉丝，车速放慢，姚绯看到伫立在风中的易拉宝展架，她的照片在上面，十分引人注目。

看到有车过来，他们围了上来。

"要分开走吗？"姚绯问。

"没法分开。"商锐把牛奶盒子放下，整了下衣服，"安保有限，入口只有一个，我们一前一后走。"

"好吧，你先走。"姚绯有了昨天的经验，十分警惕地落在后面，说道，"你别回头，直接走。"

"你很怕跟我炒绯闻？"商锐深邃的目光慢悠悠地落到姚绯身上，冷锐又锋利，"姚绯，你为什么要在意言论？对于艺人来说，这些都可以是生意。"

所以，你才有那么多绯闻女友吗？

"毕竟有我的粉丝。"姚绯顿了下，说道，"天够冷了，没必要再给他们泼一盆冷水。"

商锐也看向窗外，片刻后拿出墨镜戴上，点头："可以，但得你先走，你走我前面。"

车已经到了入口，安保人员走了过来，姚绯不想再跟商锐争，希望他有分寸，于是她推开车门走了下去。周围声浪掀到一半变成了小溪，只有单薄的几声喊："绯宝！加油！"

前面的声浪显然是商锐的粉丝制造的。

姚绯下车朝那边鞠了一躬，快步走向入口，走得飞快。随即商锐的粉丝尖叫声震天，打破了清晨的寂静。

两人一前一后走进录音棚，商锐进门就把墨镜摘了，钩在手指间跟工作人员打招呼。临时加塞的歌，工作人员都是额外加班，个个困得十分明显，一张嘴就打哈欠。

姚绯是第一次录歌，商锐就陪她一块儿进了录音棚，想先试一遍。

他确实没听过姚绯唱歌，想先听一遍姚绯的音色再调整。姚绯走进录音棚，戴上耳机看着面前的歌词，开口之后全场一片寂静。

姚绯的音色非常干净，有种空灵的静。若是商锐唱的是坠落的海鸥，那姚绯唱的就是飞向天空的海鸥。海阔天空，世界浩大。

这叫不会唱歌？这叫需要调音师？

商锐确实准备了调音师，怕姚绯唱歌真出问题，可不能在这个时候掉链子。姚绯站在录音棚里，长发扎成马尾，穿着白色毛衣和牛仔裤，身形清瘦高挑。她的音色和她的人一样干净，有出尘的仙气。

她只有部分音准偏差，这点应该没谦虚，她不会看词谱，也没学过音乐。

不过姚绯其他的话，水分太大了。她的话大多数时间都不能听字面意思，她说一分的时候至少有六十分。

一首歌录完，音乐总监看向商锐，眼神示意：这玩意儿需要调音？到底是谁疯了？

她甚至都不用假唱，能现场开麦。

姚绯学东西很快，商锐跟她提了音准的问题，她能很快明白过来并且迅速改正。录最后一版时，两个人合唱非常有默契，音色完美融合。

上午九点半他们去后台化妆，早上彩排没有观众，下午正式录制会有内场观众。

为了配合《盛夏》电影，这一期节目主题与"学校"有关——放假前的狂欢。临近寒假，名字也应景。嘉宾、主持人都是校服装扮，节目组给姚绯选的衣服是白衬衣加深蓝色百褶裙，头发拉直披散在肩头。姚绯对着镜子调整眼妆，转头就看到换好衣服的商锐。

商锐停住脚步直直地盯着姚绯，他穿白衬衣、黑色长裤，打着深蓝色领带，领带颜色和姚绯穿的百褶裙颜色一致。

今天过来参加节目的还有另一个剧组，几个男生也穿着同款，商锐站在他们中间十分亮眼。

司以寒不愿意穿校服上台，按照流程他前期在台下，后期正常出场。所以他可以穿正常的私服，靠在一边的化妆台上发信息。他抬眼审视商锐和姚绯，拿出手机招手："你们站一块儿，拍个照。"

姚绯走向商锐，商锐抬手搭在姚绯肩膀上，两个人照了一张合照。

节目主持人过来，司以寒又帮他们跟节目主持人照了合照。全程商锐的手都搭在姚绯肩膀上，自然得仿佛那只手就应该长在姚绯身上。

营业期间，实属正常。

姚绯默默给自己催眠，只是营业。营业期间可以放下个人的情绪，她不是姚绯，她是夏瑶。

她穿着很薄的白衬衣，感受着商锐手臂肌肤的温度，两个人靠得很近。商锐一转头，呼吸就落到她的额头上了，很轻很浅但格外炽热。

拍完照，姚绯想脱离商锐的手臂，刚要起身，肩膀就被握住。

"来一张自拍。"商锐俯身把头跟姚绯的头放到同一个高度，举起手机打开自拍。他们的脸贴得特别近。

姚绯看向镜头，刻意忽略脸边的温度，他们靠得太近了，姚绯动一下就会蹭到商锐的脸。商锐身上有很淡的香水味，清新的柑橘香。

"你太僵硬了，自然点。"商锐圈着姚绯的手比了个很大的"V"，几乎划到她的脸上。这张照片有点像他们拍的一张海报，商锐穿着校服嚣张跋扈地揽着姚绯的脖子，站姿张扬。姚绯背着书包站得很直，他们背后是浓绿的夏天。

姚绯竖起手在他们中间比了个"V"，商锐按下自拍，随即若无其事地松开手，站得笔直，拇指滑着手机屏幕查看照片。

早上的彩排很顺利，姚绯和商锐的肢体接触不算多，一次牵手唱歌，一次做游戏，商锐"公主抱"她做深蹲。现场还有几个女艺人，大家玩这种游戏都很放得开，姚绯也没什么尴尬。

下午正式录制。

姚绯上台时挺淡定的，台上那么多人，她随大流上去就好了，也没什么好紧张的。主持人介绍完，她跟商锐一起走出场。

场下粉丝尖叫，喊声震天。

姚绯在灯海中看到她的粉丝举着灯牌，虽然面积不大，但灯光很亮。忽然手被握住，姚绯保持着完美的微笑转头看商锐，商锐也看她，很轻地捏了下她的掌心。

指腹贴着掌心，炽热滚烫。

他们之前在《盛夏》剧组拍吻戏时，商锐就喜欢捏她掌心，带着一点安抚意味。商锐没有看她，商锐看的是前面的观众，走到舞台中间就松开了姚绯的手。

商锐很会参加综艺，在镜头前和在私底下不太一样，他对于综艺的各种套路游刃有余，很会接梗。主持人给他挖坑，他能很巧妙地避开，还会把坑挖回去。

其中有个默契大考验环节，分组比赛，输了的组当场吃柠檬。

姚绯和商锐眼神对上，瞬间，姚绯似乎看到了拍《盛夏》时的商锐。那时候他们陷在戏里，不用考虑任何东西，默契十足。

一共四组嘉宾，十道题限时比拼。

姚绯和商锐排在第三组，前面两组，一组答对了六道题，一组答对了七道题，他们压力很大。

问题很简单，朝夕相处过的人基本上都能答对。姚绯和商锐前面五道题答案都一致。第六道题——

"商锐最喜欢的明星是谁？"

姚绯愣了下，看向商锐，彩排里没有这道题。

主持人喊道："不准偷看对方的答案。"

姚绯收回视线转了下油性笔。

商锐追星？怎么可能。商锐只喜欢他自己，他那个傲慢劲儿。姚绯都能想象得到，商锐对这个问题有多嗤之以鼻。

姚绯拿着笔写道："没有。"

肯定没有。

"三二一，打开题板。"

商锐抱着板子转向了观众，场下有人欢呼尖叫，还有一部分人沉默。姚绯立刻转头看向大屏幕，商锐的板子上写着"姚绯"两个字，张狂强势的字迹，清清楚楚。

主持人配合观众叫了一声："锐哥，你最喜欢的明星是姚绯？"

"是啊，我当年还为《寒刀行》包过场。"商锐握着话筒慢悠悠地转头看向姚绯，深邃的黑眸浸着笑，专注地看着她，嗓音低沉，意味深长，"我们在《街舞团2》上见面时，我就说过你是我的偶像。姚绯，你居然忘记了，我很失望。"

"我闻到了八卦的气息。"主持人表情夸张，尾调上扬，"锐哥居然是追星男孩！而偶像本人居然不知道。"

镜头落到姚绯身上，她的表情被放大，脸上所有的细节尽收镜头。

姚绯短暂地停顿后就笑了起来，她原本寂静如同雪山湖水般，坐在舞台上很安静，一笑便成了台上最亮的那抹绝色。她笑起来太好看了。

场下粉丝尖叫，这一刻的姚绯真可以用"倾城之姿"来形容，吸引着所有人的目光。她的颜值太高了，在综艺节目上，无数镜头对着，她没有死角地美着。

姚绯清澈的眼眸落到商锐身上，笑着提醒他："锐哥，这里的题目是'最'。"

"我就追过一次星。"商锐穿着白衬衣、黑色长裤靠坐在椅子上，手里抱着答题板，俊美的五官在灯光下格外迷人，他偏了下头笑着道，"只追过你。"

"这个八卦我们留着，等会儿再讲。"主持人很明显地愣了下，但很快就恢复如常。他没有接到任何相关的消息，商锐和姚绯应该不会真的在这台上公开，这里的"追"应该是追星的意思。为免"翻车"，他笑着把话引开："可这道题是默契大考验，你们错了，不计分。下一题。"

"姚绯最喜欢的明星是谁？十秒倒计时。"

商锐扬眉，潇洒自信地在白板上写下名字。姚绯也没有任何犹豫，写得飞快。

"三二一，亮答案。"

"阿米尔汗。"主持人看向姚绯的答题板，"你喜欢米叔？"

"最爱的演员。"姚绯确实很欣赏阿米尔汗，不是单纯喜欢他的人设，"他是我的偶像。"

"来看看商锐的答案。"主持人拿到商锐的答题板就笑得直不起腰，转身面对观众，调侃道，"朋友们，这里有个人非常自信！"

商锐笑着转头看向姚绯，桃花眼深处却有着冷锐。

"你上次在节目上说你是我的粉丝。"他的语调慢悠悠的，听不出真假，尾音压得很沉，"骗子。"

"喜欢的可以有很多，最爱的只有一个。"姚绯迅速把梗接了下来，迎着商锐的目光看回去，笑着说道，"我最爱米叔。"

在这台上不都是为了梗？商锐不也是骗子吗？商锐怎么可能是姚绯的粉丝？

娱乐行业就是这样，真真假假，上了台大家都在表演。

"锐哥，你们私底下聊过这个问题吗？"主持人把答题板还回去，说道，"你们再错下去，可能要被惩罚吃柠檬了哦。"

商锐面不改色地在名字的前面加了个点，又写下"阿米尔汗"，理直气壮："阿米尔汗·商锐，也可以对。"

十道题，他们错了两道，后面稳定发挥居然拿到了第一。

最后一个环节是唱歌，整个舞台暗了下去，随即海浪声响，灯光落到了舞台中心。姚绯心里还是有些忐忑，她的唱歌首秀，她攥着麦克风很轻地吸气。

现场寂静，粉丝虽然心里很清楚这种节目有彩排，估计都是提前录好的歌，但还是抱着期待。商锐的粉丝期待他的慢歌，姚绯的粉丝——期待姐姐绝美的容颜。

姚绯从没唱过歌，而且她提前在粉丝群里说唱歌不太好听，粉丝想到时候还是要尖叫，给姐姐鼓励分。

钢琴声响起，第一束光落到舞台上。黑色的钢琴在灯下反射出光，坐在钢琴前的男人穿着燕尾服西装、白衬衣，黑色西装长裤勾勒出修长的腿。钢琴是侧放在舞台上的，商锐完美分割的身材显露无遗。

镜头落到他的手指上，他的手指很长，骨关节清晰，跳跃在黑白琴键上。音乐在他的指尖流淌。

侧脸完美无瑕，他弧度完美的薄唇抿着。

华丽的俊美。

多少年没见过商锐弹琴了？他弹的是什么？

全场尖叫，喊声震耳欲聋。

场上的人不受影响，依旧安静地演奏着。商锐的粉丝见过他太多狂妄、张扬跋扈的一面，见过他在舞台上歇斯底里，见过他狂野，却许久未见此刻的安静。

又一束灯光亮起，海浪声越来越清晰。女孩清澈的嗓音响了起来，异常干净。随即舞台上走出来个穿着白色裙子的女孩，她长发披肩，握着话筒垂着眼认真地唱歌。

她一开始还有些紧张，声线里微微夹杂着生涩，但非常好听。

就像是冰块落进透明的玻璃杯子中，有种透彻感。

场上渐渐静了下来。

姚绯的粉丝从第一句歌词就陷入了头皮发麻的状态，姚绯这也太谦虚了吧？姚绯唱歌不好听？这完全听不出修音的痕迹，很有可能是真唱。

人间"凡尔赛"①姚绯。

姚绯唱完女声部分，商锐离开钢琴拿起话筒走向她，接上了男声。

偏低的男音响彻整个演播大厅，两个人的声线完全不一样，却意外地契合。

---

① 网络用语，指不明显地炫耀和卖弄，假装谦虚，实则炫耀。

场下的粉丝都快哭出来了。商锐早年时唱过慢歌，后来他出了一张争议特别大的专辑，之后他就封笔了，也再没有唱过慢歌。所有人都说他不学无术，都说他纨绔浪荡，都说他空有一张脸。

大屏幕上显示着歌的信息。

《落下》
作词兼作曲：商锐
演唱：姚绯、商锐

商锐写新歌了，封笔五年多，他又写了新歌。这是他未发布的新歌，却放到了综艺舞台上跟姚绯唱首秀。

两个人手牵手走到台前，唱完合唱部分。

粉丝已经尖叫得连配乐都听不清了，今天就像是过年。商锐打了新歌，慢歌特别好听。姚绯首次开麦唱歌，非常惊艳。姚绯和商锐牵手唱了情歌，《盛夏》男女主角在线发糖。

录完节目按理来说要一起吃个饭，但由于昨晚商锐太能喝，怕"有去无回"，节目组的人结束录制就溜了，跑得飞快。

姚绯换完衣服接过刘曼递来的手机，刚要开机。

"苏总安排好了车，晚上不跟锐哥他们一起走。"刘曼说，"苏总让你录完节目给她回个电话。"

姚绯把手机开机，苏洺的电话就过来了。她接通电话，说道："苏总。"

"你和商锐上热搜了。"

姚绯和商锐上热搜并不意外，他们中午就上了一次。商锐和姚绯从同一辆车上下来去录音棚，现场粉丝、记者那么多，立刻就把他们送上了热搜。

这种热搜炒不起来，姚绯和商锐是因为工作，提前就发了工作行程。合作期间坐一辆车也挺正常，根本发酵不起来。

"新的热搜，你和商锐早上出酒店被拍到了。"苏洺"啧"了一声，说道，"商锐给你戴帽子，戴得那叫一个暧昧。他看你的眼神，恨不得告诉全世界的人，他喜欢你。"

姚绯："……"

商锐和姚绯再次上热搜，这次是偷拍。商锐和姚绯走出酒店，并排走在一起。姚绯没穿高跟鞋，两个人有着很完美的身高差。

走了一段路，商锐忽然抬手给姚绯戴上了连帽羽绒服的帽子，他的手在姚绯的头顶停留。戴帽子这张照片确实暧昧，可以看得出来两个人的关系亲密。

太自然了，有点像男女朋友，走着走着男朋友抬手把女朋友的帽子给戴上了，还顺手揉了把她的头发。

"商锐姚绯恋情"已经以不可控之势冲上了热搜前排，后面跟着"爆"。

商锐和姚绯住一家酒店，他们坐同一辆车，他们一起走路时商锐给姚绯戴帽子。结合之前商锐的一系列"双标"行为，得出一个结论：商锐非常不正常。

商锐太不正常了，他以前撑天撑地，对女孩什么时候温柔过？还给女孩戴帽子？这位哥不在零下十摄氏度给你泼一盆带冰碴子的水都算是绅士了。

今晚内场的观众心情也很复杂。

要上那座爱情山："商锐说他是姚绯的粉丝，有没有人想过，这句话可能是真的？找偶像来演女主角，各种'双标'行为，处处护着她，这对是真的好嗑！我不管你们怎么反驳，我不听，我就要嗑这对！"

"姚绯退圈那年，商锐正式出道。'我追寻你而来，你却转身离开。我守着这片海，等你回归，给你一个最大的开幕仪式。'嗑到了吗姐妹？！嗑到了吗？！是真爱啊！"

"刚从《周末嗨嗨嗨》录制现场出来，说一句，姐妹你可能嗑到真的了。"

"姚商？不可能的，两个人住一家酒店不过是合作关系，一起过来参加录制。他们都居住在 S 市，在 C 市又没有房子，过来不住酒店住什么？剧组给订的酒店，不订在一块儿合适吗？戴个帽子就是恋爱了？你没戴过帽子吗？"

"这两个人什么关系都没有！没有，请不要幻想。"

"两个人微博都没有互关，电影宣传而已。"

"不像恋爱，像是普通的兄妹关系。我哥就经常帮我戴帽子，故意按我的头，这是很普通的朋友打闹吧。"

"不是真的，不是真的，请你把脑子里的水倒倒。"

"现实很残酷，博主。现实是他俩至今没有互关！没有互关！他们所有的社交软件都没有互关！"

"原来主演连互关都没有。"

"商锐姚绯塑料 CP"迅速冲上了热搜，证据是这两个人微博没有互关。两个人营业谈恋爱，居然不互关。

不是取关了，而是从头到尾都没有互关。

姚绯和商锐分别关注了剧组主创，姚绯这边还关注了几个剧组里的演员。她连配角都关注了，居然没关注主角。

"塑料 CP"热度非常高，居然一路压过了恋情，冲到了热搜顶部。

晚上八点整，商锐微博关注了姚绯。

八点零一分，商锐发了一条新微博："'塑料 CP'在线营业。"

配图是他和姚绯的自拍，两个人都穿着节目组的校服，看上去很像情侣装。他用手圈着姚绯的脖子，比了个很夸张的"V"。姚绯规规矩矩地站着，面无表情看着镜头，但也竖起两根手指比了个"V"，皙白指尖几乎触到商锐的下巴，一本正经地严肃，莫名可爱。

热搜上奋战的粉丝陷入了沉默。

商锐出来回应了，主动关注了姚绯，亲自发了个营业微博。

商锐的微博若是团队发的，后缀显示会是"电脑客户端"。

这个后缀是商锐用的手机型号，显然是商锐本人发的。

两分钟后姚绯回关了商锐，也发了一条新微博，是她和《周末嗨嗨嗨》节目主持人还有商锐、司以寒一起的合照，几个人勾肩搭背十分亲密。中间是商锐和姚绯，商锐修长的手臂搭着姚绯的肩膀，看上去特别"清白"。

姚绯配文："很高兴能认识这么多老师，感谢《周末嗨嗨嗨》老师们的关照，感谢寒哥和锐哥的照顾。谢谢粉丝朋友们到现场支持，爱你们！不过，以后不要在寒风中等，很冷的。最近天气降温，大家注意身体。"

最后她挨个提了主持人和商锐、司以寒，非常尊重人，全部提到了。

大大方方地营业。

戴帽子是商锐对姚绯的照顾，没有一丝一毫的暧昧在里面。两个人关系"很好"，是可以搭肩膀那种"好"，戴帽子算什么？

恋情绯闻瞬间被营业冲散了，谣言不攻自破。

商锐那条微博也可以理解为澄清，用营业澄清他和姚绯只是合作伙伴。

至于双人团粉怎么嗑，那是他们的事。他们拍的是爱情电影，早晚也会有双人团粉。

姚绯负责诠释主角的感情，至于观众怎么发酵，那是观众的事。作品放在那里，会发酵很正常，不可避免，她心里清楚这不是真的就够了。

他们在 C 市待了三天，第三天要录制《真心话访谈》。

访谈节目发展至今，出了很多新花样。《真心话访谈》类似"真心话大冒险"，一边玩游戏一边访谈。因为主持人足够犀利，什么话都敢问，收视率意外地好，是这几年访谈节目里最高的。

主持人团队和嘉宾团队围坐在桌子旁玩游戏，抽牌决定是真心话还是大冒险。前期给了台本，节目组提醒姚绯多输几次，聊点过去展现自己。真正录制后，姚绯玩牌太谨慎了，前两轮完美避开了镜头。

第三轮商锐输了，主持人发问："真心话还是大冒险？"

"真心话。"商锐穿着白色西装配浅粉色衬衣，是非常大胆的配色，偏偏穿在他身上有种矜贵的俊美感。他坐姿慵懒，靠着椅子。

"你谈过恋爱吗？"问题非常大胆，全场尖叫。

商锐依旧是支着手臂的懒散模样，潋滟的眸子缓慢地掠过姚绯，看向主持人。他修长的手指一敲桌面，干脆利落地承认："母胎单身。"

"为什么？"主持人放下牌，开始了访谈，"你的条件非常好，很招女孩子喜欢，我以为你会是那种谈过很多次恋爱只不过没公开的人。"

"我不是。"商锐垂下浓密漆黑的睫毛看着修长的手指，半晌后抬头直视主持人，"我谈恋爱一定会公开，昭告天下，'我、商锐、脱单了'，我不是个会隐瞒感情的人。"

姚绯喝了一口水，思考着主持人若是问她这个问题，她该怎么回答。这个节目只有流程台本，没有具体访谈内容，只有这样才刺激，收视率才高。明星团队最多能提前告知哪些问题不能问，主持人会避开这些。

主持人问道："你想找应该挺容易的吧？只要你想。"

商锐偏了下头，修长白皙的手指支着下颔。他和姚绯坐在一起，一转头就能看到姚绯。姚绯今天穿一条黑色露肩裙子，头发微卷散在肩头。

"并不容易，我需要很纯粹的爱情。"商锐移开眼，坐直清了清嗓子，语调低沉，缓缓道，"我对爱情的标准很高，在我这里，不是两个人走到一起发生点成年人的事就是爱情，我不需要这种。"

商锐的话很大胆，场上有尖叫声。

商锐抬了下剑眉，双手交叠往后靠着："我要的是高度的灵魂契合。"

"没那么纯粹的爱情对于我来说是无效恋爱，我不会谈无效恋爱，我没必要把有限的生命浪费在这种无效中。"商锐摊手，十分坦然，"在找到那个人之前，我可能会一直保持单身状态。"

"在这个快节奏时代，有这样的想法，很意外。"主持人确实很意外，商锐外表很浪荡，居然有这么朴实的想法，"你觉得你能找到吗？"

意外地，商锐沉默了。

这挺出乎意料，商锐这样条件的人，他很自信，也有自信的资本。对爱情他应该更自信，他看上什么人会失利呢？他在犹豫什么？

姚绯也挺意外他居然会沉默，于是转头看他。

"不知道。"商锐给了个不确定的答案。

"如果一直找不到，你会一辈子单身吗？"

"会。"商锐这回没有犹豫，在遇到姚绯之前，他想过单身一辈子，"我不会将就。"

"灵魂契合需要接触才能知道。"这个主持人看了眼旁边风情万种的女主持人，问了个更劲爆的问题，"今天现场有很多女生，你会想了解哪个女生的灵魂？"

这话一语双关，就是个坑。

另一个女主持人立刻展现自己裸露的肩头，做节目效果。

商锐拿起桌子上的水喝了一口，随手一指旁边的姚绯："姚老师这样的。"

姚绯缓缓转头看向商锐。

全场静了几秒，台下蔡伟"噌"地站了起来，心脏跳到了嗓子眼：商锐想干什么？

"可我们灵魂并不匹配，"姚绯压下所有的情绪，迎着商锐的目光，笑着说道，"不是一个型号。同性相斥，我在你眼里有性别吗？"姚绯内心狰狞：请您闭嘴。

之前公司为姚绯打造过女汉子人设，她用起来应该没有问题，希望能糊弄过去。商锐到底想干什么？

"姚老师的外形是我的理想型，可惜了。"商锐笑了起来，笑得非常张扬，洁白齿尖显露，倚靠在椅子上有点肆无忌惮，"我和姚绯的灵魂暂时匹配不上，多遗憾啊。"

"那其他人呢？"主持人非要问到底。

台下蔡伟疯狂地打手势，让他们换个话题，这个不能继续问下去。

"继续下一轮游戏。"主持人推进流程，颇为遗憾地放过了商锐。

镜头拉走，商锐拿起桌子上剩余的半瓶水一饮而尽。喉结滚动，他垂下睫毛，再抬头时唇角又扬起来，保持着完美的表情。

第四轮游戏，姚绯输了。

主持人问："真心话还是大冒险？"

"真心话。"艺人真不真心，无从考证，能让人知道的都不是秘密。所以在这个节目上，大部分艺人都选择真心话。

"你能进《寒刀行》剧组，有没有靠能力之外的东西？外面传闻有很多，你应该有听到过一些。"

"没有。"姚绯目光严肃下来，"我试戏三次，封闭式训练两个月，才签下《寒刀行》。当时跟我同时试训的还有两个女孩，她们受不了苦陆续离开。沈导非常严格，会要求演员做很多高难度的动作。这部戏里有大量打戏，沈导不喜欢用替身，所有镜头都要演员完成。他追求完美，在剧组要求严苛。我记得有场在屋顶的打戏，不知道你们还记得吗？那场戏难度非常高。我先后进了三次医院才把那场戏拍好。"

录播室大屏幕放了那段打戏，打得非常漂亮。她一身黑衣握着长刀，动作行云流水，这一段是经典。场上有人惊叹，不管过去多少年，经典永远是经典。

"我的手腕在拍这场戏时骨折过，没养好就继续拍摄，后来骨头长歪了。"姚绯摊开手，镜头落到她的手腕上，她白皙的腕骨上有一块很不正常的凸起。疤已经不显了，但骨头长歪得做矫正才能直。

现场寂静，所有人看着姚绯的手腕。难以置信，她拍这部戏吃了这么多苦。姚绯的外形非常优越，这么漂亮的女孩舍得让手腕长成这样的畸形。

姚绯之前也上过访谈，但她从不提这些，她不是一个擅长卖惨的人。

主持人半晌才找到声音："以前没听你说过。"

"演员做好自己的本职工作，并不是什么了不起的事，没必要卖惨。我拿了片酬就要做好，这是我应该做的。"姚绯斟酌用词，说道，"说这些只是希望这个社会对女性少一些歧视。所有行业，不单单是演员，希望大家用公平的目光去看待成就本身，而不是性别。我相信，如果我是个男性，可能永远不会有这样的传闻出来，我就会是靠能力获得这份成功的。男孩女孩其实都可以通过自身的努力去实现梦想。取得成就，与性别无关，只与能力有关。"

商锐坐直抬手，认真地鼓掌，声音很大。他敛起了所有的情绪，十分用力地鼓掌。其他人的掌声也跟着响了起来，整个演播厅掌声如雷。

姚绯看了商锐一眼，他的表情很严肃。他为什么突然鼓掌？

姚绯连忙起身鞠躬。

主持人后面的问题温和了很多，开始围绕《盛夏》的拍摄提问，不再问她的私人问题。

《寒刀行》不是某一个人的白月光，而是很多人的白月光。是某个阶段，他们真正疯狂地追求过的月光。

录制结束，姚绯回后台换完衣服，拿起手机查看苏洺的信息。

出门就撞上了商锐，她环视四周，走廊只有商锐在抽烟。他还没换衣服，依旧穿着那套白西装。

桃花眼又黑又暗。

"有事？"姚绯折回房间边问商锐边给苏洺回了一条信息，问道："刘曼呢？"

商锐大步走向姚绯，用力地把姚绯抱进了怀里，只抱了一下，立刻就松开，姚绯都来不及推，手僵在空中。

他往后退了一步："不管蔡伟之前跟你说过什么，你就当他是放屁，他代表不了我。"

"蔡总没跟我说什么。"姚绯把手机装回口袋，猜测商锐这句话的意思，说道，"蔡总跟你说什么了吗？"

"你很优秀，你早晚会大红大火，只是时间问题。"商锐强行把目光从姚绯的脸上移开，看向她的手腕，他一开始就注意到姚绯的腕骨凸起，只是没想到是这个原因，"你一定会大火。"

"谢谢。"姚绯道。他这么激动地抱一下，就为了这个？用得着这么严肃吗？姚绯抿了下嘴唇，大概商锐的目光太过于专注，她十分不自在，转移话题道："你今晚几点的飞机？"

节目录完商锐要去录综艺，他的行程早就定下来了。接下来的一些宣传是姚绯跟司以寒一块儿，他的档期不够。

商锐注视着姚绯："六点。"

"那你该走了。"姚绯提醒他。

赶快走吧。

眼不见心不烦。

"你演的《寒刀行》很好，很优秀。这是你的作品，永远都是你的代表作，你的付出所有人都看在眼里。"商锐站在原地，看着姚绯，"那天在山海庄园，我去找我妈吃饭。那个女孩是我妈朋友的女儿，跟我没有关系，你不要多想。"

这需要跟姚绯解释吗？她和商锐也什么关系都没有。那个女孩是谁，她一点都不在意。

"我没有多想。"姚绯连忙反驳，"那是你的事。"

"网上那些言论不用太关注，跟我们都没有关系。今天我在节目上说的话，会剪掉一部分，不会对你造成负面影响。"商锐垂下眼看地面，片刻后才抬起来，"我在节目上说我是你的粉丝，是真的。"

姚绯眨眨眼，什么玩意儿？

"我上大一时粉过你，我为《寒刀行》包过场，我买过你的全部周边。"商锐往后又退了两步，一直退到门边，双手插兜站得笔直，他清了清嗓子，漆黑的眼盯着姚绯，"你代言的那个洗发水，非常难用，我用了一年。"

短暂的沉默，姚绯试探着开口："商锐，你确定没少说一个'黑'字？"

笑就在商锐深邃漆黑的桃花眼中溢开，他靠在门边仰起头，下颌冷厉的线条延伸过凸起的喉结落到了锁骨处。

"后来转黑了。"商锐看了姚绯片刻。姚绯刚换完衣服，穿着白色羽绒服。卸掉了妆，她的素颜一直清绝，今天也不意外。扎起的马尾让她露出脖颈的一抹白，细腻柔滑，看起来十分诱人。商锐垂下睫毛，浓密的睫毛在眼下拓出阴影，他抿了下唇角才开口："太纯粹的东西容不得生出瑕疵，当年我还小，没有了解到更多的世界，以为那便是真相。"

"在山顶唱的那首歌，不是完整版，是我从另一首歌里抠出来的词。当时我们的关系，我不能说太多。"商锐缓缓呼出一口气，才抬眼注视姚绯，嗓音低沉缓慢，几乎是一字一句地讲这件事，"完整版叫《追星》，给我爱过的那个女孩。如果你想听，我可以把完整版发给你。我是二〇一二年知道你的，我去过一次影视基地，你应该在拍摄《寒刀行》，吊在威亚上很久。我很少见人这么能吊，想看看长什么样，就看到了你。二〇一三年《寒刀行》上映，我正式'入坑'①——应该是叫'入

___

① 网络流行词，意为专注地投入、喜欢某一件事物。

坑',现在粉丝有很多名词。"

八年前姚绯有很多粉丝,很多人跟她"告白"。她当时骄傲自满,信以为真;后来从高处坠下,满目谩骂。商锐那首歌里有一句很突兀的"停在二〇一三年的电影院",当时她以为是商锐查资料硬拼进去的。

但那句很贴合,她就像一座电影院。电影落幕,人群散去,满场只剩下空荡荡的座位。

复出一年,她再次听到了很多"告白",她又有了粉丝。

商锐在《街舞团2》上给她解围时说是她的粉丝,姚绯知道是假的,根本没当回事。商锐那么讨厌她,怎么会是她的粉丝?

"你问我为什么在星海那次没有在第一时间推开你。"商锐的喉结很轻地滚动,"我知道你是姚绯,我一眼就认出你了,我单方面认识你。我刻意不去关注你的消息,不去看你,我希望那些东西停在最美好的时刻。你的出现仿佛印证了那些传闻,那么——发生在我眼前,我接受不了,我也不能明白你怎么会变成那样,可就是发生了。"

少年时的白月光,他希望是洁白无瑕的。

当时他正从少年跨向成年,对这个世界很迷茫。他那段时间的生活特别昏暗,跟父母闹翻,离开父母的羽翼庇佑。他第一次住集体宿舍,开始学着生存,认识到这个世界上原来有很多欺骗、有很多抛弃、有很多不得已,并不是所有的感情都纯粹。

他在那个时刻遇到了姚绯。

追星这个行为与其说是追明星,不如说是追自己心中的星星。粉丝在乎的只有自己,爱的也是自己,感动的更是自己,所以他才跟姚绯说别太相信粉丝的爱,短暂、虚幻、不真实的东西除了让人沉溺堕落,再没有其他的用处,都是假的,幻想破灭那天他们可能立刻离开。

他幻想出的星星是那么明亮洁净,太纯粹的东西都是假的。

他买姚绯代言的洗发水送整栋宿舍楼,他到处跟人介绍姚绯,希望能有更多人支持姚绯,喜欢这个女孩。

现实给了他重重的一锤,他恼羞成怒到想逃离地球。

大哥说娱乐行业里都是人设,看到的不一定是真的,都是赚钱的工具罢了。

后来他也进了娱乐行业,他见过太多人设。这行业诱惑太大,自然会有很多人为了钱不择手段。

"我很高兴能重新认识你,"商锐扬了下唇角,"以搭档的方式走到你身边,了解你。你不是我幻想中的那个姚绯,你依旧是你,独一无二。你曾经拥有的东西存在着,没有谁能掩下你的光芒。"

"我不是为别人开脱,但有件事我想说,当年其实有很多人是愿意相信你的,可你始终没有站出来反驳，所以他们都以为你是默认。认识你之后，我才知道，你那是恐惧下的反应。恐惧李盛的势力、恐惧信念崩塌、恐惧千夫所指，你现实中已经一无所有了，你喜欢拍戏并不是你天生爱演戏，你是想给自己找点归属感对吗？你害怕自己幻想出来的世界可能是假象，那样你真的没有退路了。"商锐在这几天把姚绯以前的访谈重新看了一遍，很多在网上都找不到源文件了，他托人去找制作公司要底片。

姚绯怔怔地看着他，抿紧了唇，她想反驳商锐，却始终发不出声音。她放在口袋里的手指死死地抠着手机，用了很大的力气。

她很烦商锐对她说大段的话，每次商锐这么说，她都无处可逃。

"我能理解你的恐惧，你不信任这个世界也情有可原，如果我经历过你的事，我可能很早以前就放弃自己了。我想说的是，若是你当时勇敢地站出来，结果可能并没有你想象中那么糟糕。姚绯，别太封闭自己。"

商锐从蔡伟那里知道，他和姚绯拍摄完篮球场那场吻戏，蔡伟去找了姚绯。难怪那天之后，姚绯开始躲着他，拍戏结束立刻撇清关系。

姚绯那么敏感的人，蔡伟去找她就意味着威胁。他不相信姚绯是玩他，他也不相信姚绯说的只有入戏。他们拍床戏和吻戏时，姚绯都叫了他的名字，而不是盛辰光。

如果是玩他，那玩到底她得到的更多，何必在这个时间点退出呢？报复的话，她要是把商锐的钱弄到手，再狠狠甩了商锐，那才是报复。

"这个世界有恶意，也有很多善意，不要把所有事都往最坏处想。"商锐说，"刚才那个主持人在节目上问了你的私事，看起来是不是很犀利？其实他也是你的粉丝。他曾经也很喜欢你，如果你翻他早期的微博就能看到他为《寒刀行》奋战的身影。"

敲门声响，随即商锐的手机响了一声，他拿起来看到蔡伟的信息："我很不想打扰你，但还是要提醒你，毕竟这是我的工作。锐哥，你再拖下去会跟不上航班。"

他没把蔡伟沉江真是仁慈，他是世界上最好的老板了。

"我不管别人如何，我这里可以给你一个承诺，我永远是你的退路，永不脱粉。"商锐把手机装回裤兜，抬眼凝视姚绯，语气前所未有地严肃，"我可以做你一辈子的应援①，不管你需不需要。"

"你不是会相信粉丝的喜欢吗？那你信我一次吧，我肯定比他们持久永恒。"商锐克制住了想抱她的念头，"姚绯，我走了。"

姚绯清澈的眼睛看着他。

"再不走就又想抱你了。"商锐"啧"了一声，站直，故作轻松地耸了下肩。

房门拉开，走廊的灯光落了进来，和房间内的灯光交织融合。片刻后，房门又

---

① 指粉丝为喜欢的艺人加油助威。

关上，"咔嗒"一声。

姚绯还站在原地，大脑混乱。

商锐居然粉过她，还脱粉回踩。

其实这个解释更合理，商锐最初说过的很多听不懂的话，她现在都听懂了。眼见月光坠落变成了垃圾桶里的白米饭，很难有人保持平常心。

那次带她去山顶弹琴，前一天晚上姚绯并没有告诉他自己的想法，但商锐猜到了她的阴影，猜得很准确。如果商锐是八年前认识她的，就非常合理。姚绯那时候的粉丝，大部分都真情实感地相信姚绯真正遭遇过侵害，经历过那种心情。

敲门声响，随即刘曼探头进来："绯姐，可以走了吗？"

姚绯回过神，但人还是恍惚的。她想开口说话，但嗓子里堵着东西，她说不出更多的话。

商锐是她的粉丝，就不能再用入戏来解释有些感情了。在拍摄《盛夏》之前，商锐就认识她。

"可以走了吗？"

"嗯。"许久姚绯才发出一个音，她戴上口罩往外面走。路上节目的主持人和导演跟她打招呼，姚绯停下来保持着微笑，郑重地跟人问好，他们互相留了微信号码，拍了两张合照。

姚绯忽然开口问主持人："你以前是我的粉丝吗？"

主持人愣了下，随即笑道："是啊，看不出来吗？我对别人很'毒舌'①的，对你都舍不得太毒。"

旁边的导演笑出了声，附和道："是的，沈老师以前可喜欢你了。别看他一把年纪，但是老追星人了。"

姚绯也笑了起来："谢谢您的喜欢。"

"加油哦。"主持人跟姚绯握了下手，说道，"希望你能拍出更多更好的电影，我会去电影院支持《盛夏》的票房。"

"谢谢您。"

导演在一边补充："需要包几场？"

"我们导演到时候给你包一百场。"主持人收回手，"祝票房大卖。"

姚绯跟人道别，离开了电视台。

所有人都很可爱，只有她不可爱。

姚绯生日当天，她在参加《盛夏》的试映会。电影结束，放映厅的灯光暗了下去，一直到片尾播完都没有亮起来。姚绯刚想找人问问是不是出了什么问题，突

---

① 意为会说出不中听的、恶毒的话。

然，侧门打开，身材挺拔的男人推着蛋糕走了进来。

他穿着烟灰色大衣，戴着围巾、口罩，只有桃花眼露在外面。全场欢呼，已经有人认出来这是谁了。

商锐因为档期问题来不及参加这场试映会，没想到结尾时来了。

四层高的白色城堡蛋糕，非常壮观华丽，蜡烛闪烁着光，城堡里的莹白灯光闪烁着梦幻的色彩。

巨幕上忽然放起了烟花，随后跳出姚绯拍摄电影时的剧照。背景里是熟悉的声音，一开始是苏洺、俞夏的，随后有了熟悉的明星以及姚绯后援团的。

"姚绯生日快乐！"

姚绯回头，整个放映厅参加活动的人都站起来合唱生日歌，他们好像早就知道有这么一个安排，电影结束也没有人离开。

姚绯没想到会在这里给她过生日。

苏洺已经走过去控场，说道："生日快乐，绯宝！来，过来许愿。"

剧组的主创团队已经围了过去，面向观众席。

姚绯起身走向蛋糕，看了眼站在一边的商锐，商锐的桃花眼弯了下去。知道她过腊月十八这个生日的人只有一个，不会是他策划的吧？太像他干的事了。

高调张扬，恨不得把生日过得尽人皆知。

"许愿。"商锐拉下口罩，俊美的脸在昏暗的灯光下格外迷人，他用口型说道，"生日快乐，姚小绯。"

商锐赔她的蛋糕吗？

姚绯强行移开眼，不看他，双手合十面向华丽浮夸的蛋糕。她在万众瞩目下过生日，足够盛大。

余光看到旁边有摄影师。

姚绯已经有十几年没有过生日了。她去年生日的时候，后援会给她做了个视频，可她没有吃蛋糕，也没有这么隆重的场面。

姚绯闭上眼。

许愿票房大爆，许愿永远有戏拍，许愿，某个人一辈子无忧无虑、平安喜乐，早日找到他爱的也爱他的姑娘，不要再想那些有的没的，她要不起。

姚绯睁开眼吹灭蜡烛，在沸腾的欢呼声和尖叫声中，放映厅彻底陷入黑暗，随即她被熟悉的怀抱强势拥入，柑橘味的淡香水味萦绕，微凉柔软的唇落到了她的额头上。

黑暗持续了几秒，放映厅亮起来时商锐已经站到了离她半米远的地方。他站姿随意，神态自若地把蛋糕刀递给姚绯，仿佛什么都没发生过，淡声提醒姚绯："切蛋糕。"

若不是他眼眸潮暗，说话时嗓音很哑，姚绯都觉得刚才在黑暗中抱自己的人不是他。商锐特别能装，只有下意识的反应装不过去。

他们拍了四个月戏，接过无数次吻，拍过一次床戏，姚绯很清楚他的反应。但她不能说任何话，也不能透露异常。

周围都是人，姚绯不知道有没有人发现，也不知道摄像师会不会拍到。今天请了很多媒体人还有电影人，要是拍到，她和商锐能免费挂好几天热搜。

姚绯的目光掠过他修长的手指，迅速把眼神移开，抿了下唇："谢谢。"

她切开蛋糕，分给在场的人。

蛋糕足够大，一百来人也够分。姚绯得到一块城堡顶部的蛋糕，做得非常精致，闻起来有很香的奶油味。但姚绯始终下不去叉子，不知道该如何下手。

放映厅的人陆续离开，最后只剩下剧组的工作人员。监控关闭，姚绯坐在第一排的座位上，拿叉子很小心地挖了一块奶油放进嘴里。

香甜瞬间在舌尖上化开，溢向口腔的每个角落。甜是一种很奇妙的味觉，能给人带来幸福感。

身边走过去一道高大的阴影，随即坐到了她身边。

"生日快乐。"

"谢谢。"姚绯语气不算热络，还是以往那个很淡的样子。她又挖了一块奶油放进嘴里，靠坐在座位上。她只看着蛋糕，不想管其他的事，她沉溺在蛋糕的甜中，这一刻是属于她的。

今天是她的生日，她和商锐认识一年多了。

"蛋糕好吃吗？"商锐转头看向她，他摘掉了口罩，棱角分明的脸十分英俊，他支着下巴靠坐在椅子上。

姚绯唇角扬了下，表示认可，但也没有过多地回应，只是继续吃蛋糕。

"你不回答，我就当你是默认了。"

姚绯转头注视着商锐："商锐，你有没有试过一个小时不说话？"跟商锐生活在一起，一定不寂寞，这个人的话太多了。

商锐忽地就笑了起来，他身体仰靠在座位上，外套敞着，里面是烟灰色毛衣和黑色长裤，隐约显出瘦削的身材。

商锐骨节分明的手指虚虚地抵在脸上，手背上筋骨清晰。

"不行。"商锐笑得很张扬，他肆无忌惮地笑了一会儿，抬起眼皮看姚绯，语调懒洋洋的，"我会憋死。"

"笑什么？这么开心？"苏洺走了过来，在姚绯身边坐下，从包里取出个盒子递给姚绯，"生日快乐！送你的礼物。"

"谢谢苏总。"姚绯连忙放下蛋糕接过礼物，"破费了。"

"客气了，我生日你也送了礼物。"苏洺看了商锐一眼，歪头道："商锐，你晚上是不是还要飞走？"

"明天早上飞，我累了。"商锐仰躺在座位里，长腿横到了姚绯这边。他虽然是开玩笑的语气，但声音里有着明显的疲倦，姿态倦懒道："出场两分钟，折腾两个月。"

今年他要在春晚登台，有合唱节目。

他明天要飞 B 市排练，临近过年，他们这一行很忙。晚会秀场有无数的商业活动，他大年初二还要跟剧组路演。《周末嗨嗨嗨》播出后，他那首《落下》火了，还要录歌发单曲，他最近忙得睡觉时间都没有。

"能力越大，责任越大。"苏洺笑着说，"加油。"

"我要是哪天猝死了，记得给我送花，我喜欢红玫瑰。"商锐散漫道，"我这个工作量早晚得猝死。"

姚绯看了他一眼，他挑了下眉，眼神里明明白白地写着：我喜欢红玫瑰，你会给我送吗？

姚绯移开了眼：不会。

她和商锐都很擅长当着别人的面若无其事、装没事人。她继续吃蛋糕，听苏洺和商锐隔着她聊天。商锐目光灼热，姚绯都想把苏洺搬到商锐那边，让他们俩畅所欲言，她不想夹在中间。

"你今天怎么不吃蛋糕了？你不是最爱吃甜食吗？"

"减肥。"商锐显然不太想回答这个问题，语气很淡地转移了话题，"姚绯明年的工作排满了吗？"

"差不多吧。"苏洺兴致勃勃，"怎么？你要介绍资源吗？剧本还是广告？"

姚绯："……"

"你想要什么？"商锐嗓音低沉散漫，听不出真假，"我这边都有。"

"我明年排满了，苏总跟你开玩笑的。"姚绯抬眼看向商锐，说道，"谢谢锐哥了。"

她对上商锐沉黑的眼。他的手肘架在扶手上，修长的手指支着下颔，袖子滑下去一截，露出戴着腕表的手腕，腕骨清晰。他坐姿随意，目光却是全然地专注。姚绯心脏快速跳动，但很快就被她强行镇压："真的都满了，接不了其他。"

"是的，都满了，开玩笑呢。"苏洺看姚绯马上就要急了，补充道，"回头需要的话找你，提前谢了。"

"好。"商锐的睫毛动了下，姿势没变，眸子如墨，嗓音低醇拖着尾调，听上去很随意，"有需要找我，谁让我是她的——"

姚绯和苏洺同时看向他。

大庭广众之下，他不会口无遮拦地胡说吧？以商锐的任性程度，完全有可能。

"粉丝。"商锐掠过姚绯，看向苏洺，"苏总，你还不知道吧，我是姚绯的单人粉和事业粉。"

苏洛："……"

你不如说是男友粉。

男友做得兢兢业业，她看出来了。

周挺大步走进来说道："该走了，今晚生日宴和试映都上了热搜，再不走，商锐的粉丝要来堵门了。"

姚绯把剩余的蛋糕吃完，起身把盘子扔进垃圾桶，接过刘曼递来的围巾和口罩，戴上后穿起长款羽绒服外套。她看向苏洛和商锐，商锐的助理已经走了过来，递给商锐新的口罩他才起身。他戴上口罩看了姚绯一眼，也没有走近。

"那我先走了。"

他的声音不大，足够两个人听见。

"谢谢。"姚绯很真诚地道谢，她很感谢商锐送她的蛋糕和这场盛大的生日活动，"再见。"

周围有很多工作人员，商锐戴着黑色口罩，剑眉下黑眸深而沉，注视了姚绯大概有一分钟，点了下头，接过助理递来的围巾围上，转身迈开长腿凛步而去。

真正喜欢，反而会克制。

放映厅外面有观众，姚绯和商锐必须分开走，电影快上映了，剧组也不希望节外生枝。姚绯在里面等了五分钟才出门，外面只剩下她的粉丝了。

"绯宝！生日快乐！"她的一个粉丝喊道，"我们以后会陪你过每一个生日，朝朝暮暮到白头。"刚刚她参加了姚绯的生日会。

"早点回去，外面很冷。别想那么远，平平安安每一天吧。"姚绯停住脚步，她最近说出口的话越来越多了，发现也不是那么难，大众的接受度比她想象的高，"女孩子少熬夜。"

粉丝笑了起来，双手聚成喇叭状喊道："真的，会一直喜欢绯宝！"

姚绯朝她们挥了挥手，说道："我很好，别再来看我了，很辛苦。大家喜欢我，去电影院买张电影票就很感谢了，再见了。"

《周末嗨嗨嗨》和《真心话访谈》都播了，播完后反响特别好，姚绯最近又多了一批歌迷和励志粉。姚绯也没想到她唱歌居然会被夸，简直不可思议，她是那么业余的人。最终姚绯把这一切归功于商锐那首歌写得好。

"再见。"

姚绯走出活动中心，坐上保姆车看了眼窗外才系安全带。

"朝朝暮暮到白头，听起来很浪漫。"苏洛坐到另一边，说道，"你今天心情不错？"

"你们来给我过生日，我是很高兴，谢谢苏总。"姚绯笑着看向苏洛，说道，"谢谢你们安排今天这一切。"

"虽然我不是很想告诉你，但这些确实是商锐的安排。"苏洺取出一瓶水递给姚绯，说道，"我不能居功，蛋糕也是他订的，这家只做私人定制蛋糕，他上周就通知我们所有人要给你一个生日惊喜，东西全是他在准备。我们都不知道你过这个生日。"

姚绯就知道是这样，这很显然是商锐的风格。

"他在追你？"苏洺问。

姚绯不知道该怎么说，想了一会儿，说道："我们不合适。"

手机屏幕亮起又暗了下来，她看向窗外的夜灯。

"你喜欢他吗？"苏洺问。

姚绯握着掌心里的手机，手指收拢，紧紧贴着手机屏幕。

商锐的性格像烈火，而她就像是泡在海底深处的沉船，已在黑暗中生锈沉寂。她偶尔会渴望光芒，但也只是想想。火落进水里会熄灭，早晚会变成一地鸡毛。

灯光掠过昏暗的车厢，落到姚绯的脸上，她的眼中闪过迷茫。

苏洺觉得商锐有点真，特别是今天，她说道："喜欢的话可以谈恋爱试试，他不是乱搞的人，长得好身材也好，是个优质的恋爱对象，跟他谈恋爱不亏。谈恋爱没有什么合适不合适，又不跟他结婚，你们还年轻有很多尝试的机会，别顾虑太多。人是群居动物，需要适当的感情陪伴，不过前提是你得注意分寸。我不建议你公开，会影响你的事业。爱情是生活的调剂品，可以有，但别遮过主业。事业才是根本，是安身立命之所。"

姚绯回过头注视苏洺片刻，笑了下，问道："苏总，你是怎么爱上周总的？"

"我们是相亲走到一起的，谈爱情过于矫情了。大家到了一定年纪需要一个伴，就在一起了。"苏洺和周挺是司以寒介绍的，最普通的那种相亲，她也是个普通人，"我们的理念一致，个性独立，谁也不依赖谁，三观相近，都是工作狂，事业第一，认为财富是永恒，婚姻是锦上添花。我们最多算婚姻合伙人。我们就是最普通那类人，一日三餐，柴米油盐。"

姚绯认识的人中，最理性的是苏洺。

"我很怕别人为我付出感情。"姚绯沉默了一会儿，说道，"我也不想为别人付出感情。"

"你怕失去？"苏洺也不知道姚绯和商锐会怎么样，她有点心疼姚绯。她一开始提醒姚绯远离感情，但当姚绯真的这么做了，她反而开始思考这真的对吗？姚绯太乖了，活得规规矩矩，太规矩了显得很孤独。她建议道："自信点，没什么大不了。守住你的财富，事业上立住脚。别人来去都不能影响你，你快乐就好。你可以挑选任何人，别把自己放到被动的位置，你是自由的。"

当晚姚绯上了相关热搜，一个是"《盛夏》试映"，另一个是"商锐为姚绯庆生"。照片拍得很清楚，上面有很多人——《盛夏》主创还有很多媒体人，光明正大地庆生，姚绯和商锐的粉丝非常默契地互不干扰，意外地和谐。

《盛夏》预售卖了一亿元，商锐的粉丝还是很多，但在春节档的预售票房排行里，排名并不算太好。今年有好几部热度很高的片子，大家都在攒劲，《盛夏》能有水花完全是因为商锐的流量足够大。

大年三十，姚绯跟剧组在酒店吃的饺子。她本来也没家，在哪里吃饺子根本没区别，不过是换个地方。

剧组其他人也没心思吃年夜饭，都提心吊胆等着这一刻。

第一天票房很不好，截至零点一共才九千万元票房，加预售一共一亿九千万元，日榜排第六位。春节档宛如神仙打架，全铆足了劲儿占市场。爱情电影在这个时间上映原本就是冒险，更何况这还是夹杂着一些校园背景的纯爱情片。

大年初一这天销量最高的是一部合家欢喜剧，票房三亿六千万元；销量第二的是一部喜剧动作片，票房三亿元；第三位两亿八千万元。前排票房遥遥领先。

《盛夏》的发行给了商势传媒，商势传媒手底下有院线，商子明在圈内人脉又极广，他来做，这电影票房绝对不会难看。商子明硬顶着压力弄到了高排片，看到一亿九千万元，他脸都绿了。

大年初一晚上苏洺特意给姚绯打电话，提醒她不要看微博、不要看论坛，什么都别看，安心跟着团队就行。

商锐这个人的性格吧，看他不顺眼的人多了。

商锐的部分粉丝一开始就很反对他接这部戏，这回票房不佳，他们就成了英明的预言家，高高在上地数落：看吧，不听劝，活该这么惨。

姚绯刷了下微博，查看口碑。这部剧虽然有人嘲笑票房低，但口碑一直没崩。姚绯的私信多了很多，不少人看完电影过来跟她"表白"。

姚绯坐不住，她可以不关注骂评，但不可能不关注电影评价。这是她的作品，她在乎观众的反应。她搜索了影评，《盛夏》影评不太多，很多人都没去电影院看。看的人寥寥无几，姚绯简单翻了一遍，好评率很高。

"出乎意料地好看，很简单的爱情故事，不复杂，没有什么画蛇添足的剧情。商锐脱胎换骨式的演技挺出彩的，比《暗恋》时好几十个档次。姚绯就更没的说，最佳女演员教科书般的演技，特别适合夏瑶这个角色，全程代入感情，我还跟着哭了几次。司以寒首次担任导演居然很不错，电影不拖沓，节奏非常快，画面很美。最重要的是姚绯和商锐太养眼了！不在春节档上的话，可能票房会更好一点，带着父母实在没办法去看这部电影。过了这几天还没下线的话，大家可以去看看，是八分以上的电影。最后说一句，谁不想要一个盛辰光？"

下面评论不是很多，有人嘲笑商锐还能有演技，怀疑博主是水军。

也有看过电影的人真情实感道："电影很好看，看过才能知道商锐有没有演技，没买票看的别杠。我不是商锐粉丝，我以前还讨厌过商锐，但这部电影，他演技绝了。"

夸的比骂的多，姚绯就鼓起勇气点开了热搜。

这电影上了好几个热搜，下面的评论比想象中的要好。这部电影虽然没卖座，但卖好了，"商锐演技"都上了热搜前排。

初二他们有院线活动，除了商势传媒旗下的电影院，其他电影院的排片率都在下降。他们一整天跑了三个城市。全天票房一亿，日榜第六。

初三是情人节，他们一早就去电影院跑活动了。微博上能宣传的地方全部宣传了，姚绯这两天发的微博量是过去一年的总和。可她微博粉丝有限，叫不了多少座，她一直都不是卖座的演员。圈内朋友也纷纷转发了微博，包场的包场，很卖力地宣传这部电影。

他们一整天行程安排得非常满，晚上九点才结束活动，回到酒店，周挺叫了外卖在酒店房间吃火锅，把几个人都叫过去了。

他们要等晚上十点看单日票房，如果情人节的票房还起不来，这部电影就彻底没戏了。后面排片情况会更差，一天不如一天。

他们选择春节档就是为了初三的情人节，爱情电影在情人节应该是最热门的。

他们还是抱着期待，觉得也许会有转机。目前网络上电影口碑没有崩，售票平台上保持着九点一的评分，还没有跌，电影论坛评分八点零。论坛上虽然有人诟病主演票房扑街——毕竟是商锐——累计票房两亿多元实在不够看，但并没有人说影片质量不好。《盛夏》整体是很完整的故事，能坐在电影院一口气看完。主演贴合角色，没有明显的缺点。

姚绯一开始没那么紧张票房，她对票房没什么概念。这些都是后期的事，她配合剧组宣传，尽己所能，票房如何，她决定不了。

如今所有人都如临大敌，她也跟着紧张起来。这部电影投资很大，六亿元才能回本，也该紧张。

"不用太担心，网络上的数据显示今天不错，上半天就破亿了。"商锐拿着手机靠在椅子上，单手握着一罐啤酒，修长、骨节分明的手指一钩拉环，"刺"的一声。他拿起啤酒灌了一口，喉结滚动，深邃的桃花眼盯着手机屏幕，等待发行那边的消息。他进圈这么多年，第一次这么紧张。他当年拍《暗恋》，十亿元票房都没紧张，《盛夏》怎么样都会回本，能回本就不亏，而且他当初接《盛夏》时也没抱太大期待。他咽下啤酒，嗓音很沉："两亿元肯定没问题。"

"下午比上午数据好，下午看的人多。我看了下大概数据，应该有两亿多，不过具体数据得等统计出来。"周挺递给姚绯一罐雪碧，说道，"菜都到了，先吃饭吧。两亿多也很好，已经超出预期了，辛苦大家了。"

姚绯接过雪碧，刚要打开，忽然身边的商锐就推开椅子跳了起来，转身一把抱起了最近的姚绯，姚绯猝不及防撞到了他的胸口，额头磕到他的下巴上。

"三亿六千万！"

三亿六千万？姚绯短暂地发蒙，随即猛地回抱商锐。

总票房过六亿了，回本了，不怕赔本拖累剧组愧疚了。

另一边，司以寒站起来和团队的人击掌，拿起手机打电话给俞夏报喜。

姚绯的额头感到一阵温热的潮湿，似乎是商锐的唇。她的动作顿住，抬头对上商锐的眼。商锐垂着浓密睫毛，睫毛被灯光映出一道阴影，他的手臂僵着圈在姚绯的腰上。

姚绯看到他近在咫尺的喉结，凸起得很明显。

房间里短暂地陷入狂欢，没人注意到男女主演有什么异常。姚绯眨眨眼，压下狂跳的心脏，推开商锐，转身跟周挺和司以寒击掌庆祝。

只是庆祝而已。

她若无其事地钩开雪碧拉环，雪碧喷出。对面周挺立刻跳开，刘曼正在准备火锅来不及躲，被喷了一身。刘曼缓缓抬眼："绯姐，你这是开香槟呢？"

姚绯："……"

"对不起。"姚绯连忙抽纸给她，说道，"你要不回去换件衣服？"

"算了，就当开香槟，大吉大利。"刘曼笑着说道，"今日票房冠军！"

"那就开瓶真香槟吧！"周挺反应过来，吩咐助理去拿香槟，说道，"我带了一瓶香槟过来，庆祝拿下票房日冠军！"

他们之前评估《盛夏》总票房十亿元左右，今天三亿六千万元，总票房已经回本，达到了预期。

情人节限定电影，今日的巅峰可能不会再有了。香槟今日不开，更待何时？

低气压一扫而空，周挺的助理抱着香槟进门，准备开香槟仪式。

姚绯灌了一口雪碧，在兵荒马乱中回头，触及商锐浸着笑的眼。房间里暖气很足，他穿着白色休闲衬衣，衣服松松散散，衬衣下摆落入休闲长裤中，他修长的手指拎着一罐饮料，虚空跟姚绯碰杯："恭喜，女一号，票房不错哦。"

"同喜。"姚绯迎着商锐的目光，举起雪碧，"票房大卖。"

商锐作为商势传媒正儿八经的宠儿，排片很有宠儿的待遇。

这也是当初投资商和制片必须选商锐的原因，他不单单是流量好，商子明那个宠弟狂魔还会给他弟最好的资源。

情人节在春节，大部分人的娱乐项目都是去电影院。当天各大电影院爆满，《盛夏》是春节档唯一一部爱情片。当天排片又很高，不少人买不到隔壁的喜剧片，就抱着试一试的心态买了《盛夏》。

路人向来对"小鲜肉"电影没太高的期待，不抱期待地走进去却沉浸其中，这是一部及格的爱情电影。影片前面拍得非常接地气，每个人都能从电影里看到自己高中时的影子，友情、青春期的暧昧、无处安放的叛逆以及逼近的高考，气氛把握得很好，不晦涩但很青春。校园部分非常轻松，各种"梗"拿捏得恰到好处。

司以寒的作品没有油腻感，意外地清新。整个电影色调清新，剧情轻松，电影里男女主角非常搭。

商锐从少年到成年的转换没有一丝一毫的违和感，他在这部电影里演技脱胎换骨，仿佛换了个人。

少年张扬肆意，成年后沉稳冷静。而夏瑶少年时克制内敛，怀着心思带着少女的忧虑，成年后火热，跟盛辰光的每一次交锋都带着浓重的情感，似乎一触即燃。

"全世界欠我一个盛辰光"上了热搜，这是关于商锐的热搜，里面全是商锐在《盛夏》里面的高光时刻。

"情人节最值得看的电影"也跟着上了热搜，上面全是男女主角互动的高甜片段，情人节放这个可真是太应景了。

姚绯也上了个热搜——"初恋"。

姚绯十七岁走上银幕，成为不少人心目中的初恋形象。她在《盛夏》里出演十七岁的少女，穿着校服站在树荫下回头冲着镜头笑，纯净得一尘不染。

初恋是什么？初恋就是姚绯这样，笑一下就惊艳了时光。

她完全脱离了《寒刀行》里的形象，诠释了一个新的女神。

《盛夏》里，她少女时柔美单纯，有浮在清澈湖面上薄冰般的透明质感。成年后，她是坚韧美艳的摄影师。

大年初四，票房延续了情人节的余热，还在持续上涨。初四上半天票房一亿八千万元，一方面是《盛夏》的排片确实好；另一方面，《盛夏》的主题曲火了，一夜之间响彻大街小巷，各大短视频平台全是这首歌。

商锐的粉丝也渐渐有了变化，超话里都在推荐这部电影。

"锐哥当初说想好好演戏居然是真的，盛辰光真的绝了。求你们了，一定要看！这是锐哥演过的最好的角色！"

"脱胎换骨的演技！事业粉表示可以冲！真的可以！"

"商锐是正经科班出身的演员，大家为什么要忽略他的演员身份呢？"

初四这天票房三亿。

他们赌情人节赌对了。

姚绯的微博发了喜报，她最近微博热度起来了，刚发出去，微博评论数就过万。不少人慕名而来，《盛夏》里的姚绯太惊艳了。

姚绯对以亿为单位的金额没什么概念，她连千万单位的金额都没见过，"亿"对她来说只是个数字，是传说中的珠峰顶端，遥不可及。

票房多少亿元，她会跟着剧组其他人一起高兴，但她的高兴更多来自作品被更多人认可。

初四晚上，苏洺才打电话告诉她，《盛夏》的票房她能拿到净利润的分成。当初苏洺说她的片酬不高，但会帮她争取票房分成。

姚绯没当回事，她觉得三百万元够高了。

没想到是真的。

"减去六亿，票房每多一亿元，你能拿到一百万元。"

姚绯对"亿"立刻就有了概念。

初五票房果然下滑了，一整天只有两亿元。但经过五天，春节档的电影基本上根据质量有了区分。两亿元已经算是不错的票房了，排日榜第三，距离第二只差一千万元。

票房冠军是一部喜剧电影，口碑、票房双赢，网络评分八点五，票房非常稳。亚军是一部争议很大的合家欢电影，这部电影一开始是冲着票房冠军去的，上映前呼声就很高，结果口碑崩了，票房一路递减。

第三就是《盛夏》。

《盛夏》属于打不过第一的口碑，争不过第二的票房，靠着八点零的评分稳稳地站在第三，跟后面也拉开了距离。票房已经过了十亿元，各部门都松了一口气，这电影没遗憾了。

第六天很意外，《盛夏》赶超了第二，成为日票房第二。票房虽然还是两亿元左右，但原本的票房第二下滑得太快，他们这两亿元就显得异常坚固。

电影票房有大涨幅基本上集中在前半个月，有新电影上映的话流量会被分走，排片下降，网上盗版横行，再继续留在院线也收不到什么钱。

《盛夏》就这么缓慢地夹在缝隙里冲出了十六亿元的总票房，上映十六天一共十六亿元。春节档票价高，票房本身就比平时高，十六亿元票房不算大爆，但能算个小爆。

最爆的是《盛夏》的两个主演，电影上映期间几乎一天一个热搜，宣发那边也发现这对很好嗑，后期的宣传一直围绕着姚绯和商锐两个人来，带人嗑爱情。

这几年大爆的银幕情侣没几个，大家都很不看好男女情侣。可姚绯和商锐实在太带感了，两个人性格很搭，长相也很搭。戏里他们是青梅竹马，戏外他们是偶像和粉丝，粉丝和偶像之间就有很多幻想空间。商锐多次公开表示姚绯是他少年时的偶像，并且在节目里告白过。这种感情放在虚幻世界，非常好嗑。

有博主把商锐和姚绯的过往经历还有他们拍的营业视频、节目组放出来的花絮，以及综艺混剪到一起，写了个标题叫《我跨过四季走向你》。

他们第一次在《街舞团2》上见面，傲慢狂妄的商锐难得笑得温柔，注视姚绯："姚绯是我的偶像，希望以后有合作的机会。"

姚绯伸出手："一定。"

第二个画面是在《盛夏》开机发布会上，姚绯回答问题时商锐站在她身后，用一种很专注的目光看她。

背景音乐用的是司以寒的《盛夏》。

镜头一转，商锐骑着单车载着姚绯飞驰在浓绿的树荫中，盛夏阳光炽热。

商锐剪的姚绯奔向大海的视频恰好出现在这里，毫无违和感地融入进去。姚绯笑着跑向大海，转镜头，他们走在海边，商锐忽然低头吻姚绯。他们在海边迎着海风接吻，炽热滚烫。

这是电影里的情节。

"我，如愿以偿。"屏幕上跳出几个手写字。

商锐和姚绯走在机场拥挤的人群中，他伸手护着姚绯。

他们参加《周末嗨嗨嗨》的游戏，主持人问："商锐最喜欢的明星是谁？"

镜头切到商锐的答题板上："姚绯。"

"我只追过一次星。"男人英俊迷人的脸出现在屏幕上，他的嗓音很好听，"只追过你。"

"你为什么至今单身？"

"在找到那个人之前，我不会谈无效恋爱，我不会将就。"

屏幕上又是一行手写字："你喜欢哪个类型的女生？"

"姚老师这样的。"

最后一个镜头是姚绯拍摄的那段视频，是商锐走向她的镜头。

这个视频转发量过了十万，被称为《盛夏》番外篇。"《盛夏》之恋"被顶到了双人团粉超话第一，第二是"'非上'不可"。

姚绯的"绯"加商锐的"商"，他们两个人的真人双人超话叫"'非上'不可"。

姚绯点进视频看了两遍，感慨粉丝才华横溢。商锐的很多话根本不是原话，全靠剪辑，剪出来后非常完整，丝毫看不出痕迹。

下面的评论区一片尖叫，姚绯万万没想到，她和商锐的双人组合居然能火。

双人团粉数量庞大，已经超过了她的粉丝数。当然，她的部分粉丝本身就是剧粉，很多人又成了双人团粉。

有一个叫"今天姚绯和商锐在一起了吗？"的博主配文："祝两位长长久久！早日官宣！"

姚绯点进这位的微博，看到了熟悉的认证。

剪视频的这位她很熟悉，当初他还叫"帅裂苍穹"，还以为他是姚绯的大粉，可居然变成了双人团粉。他的微博发了很多"'非上'不可"的剪辑视频和小作文，从《盛夏》上映到现在，每天一问："商锐和姚绯什么时候官宣？"

一开始还有粉丝来骂他，渐渐双人团粉壮大，电影热映，大势所趋，为了票房，团队也会这么宣传，单人粉就暂避风头，反正这不是真的，都是为了电影数据，过三个月，男女主演不再互动，两人就没关系了，单人粉也就不再正面反击了，各嗑各的，互不干扰。

这位双人团粉丝财大气粗，经常抽奖送福利，如今已有五百多万粉丝。有了这个粉丝的宣传，其他双人团粉也开始停不下来，短短一段时间，这条微博被转几十万次，被推送到各大平台的热门区。

单人粉转双人团粉真可怕。

剧组其他人也没想到，《盛夏》居然会火到这个程度。

三月二号电影盛典原本是导演带两个主演一块儿走红毯，可因为双人团粉呼声太高，导演不想当电灯泡，临时逃了，跑去跟荣丰一起走红毯了。

红毯就变成了商锐和姚绯来走。这是姚绯复出后第一次走红毯，她之前也被邀请过，但由于那时名气不大，主办方安排的位置不好，苏洺就拒绝了。苏铭想让姚绯惊艳回归，用原本的名气回到位置上，而不是屈居人下。

姚绯的《盛夏》票房起来后，她的名气瞬间飞升。娱乐行业就是这样，越是红越是捧，姚绯如今也是众星捧月。十六亿元票房女主演加最佳女演员，不管参加什么活动都是 C 位。

她的身价上去了，品牌合作方就多了起来，可选择的礼服也多了，苏洺挑得眼花缭乱，最终把选择权交给了姚绯。

姚绯选择了一条红色礼服长裙。

当年她离开时留给银幕的是一袭红衣，她也要用红色回归。她很喜欢红色，"绯"就是最正的红。

下午红毯秀，中午她就开始被造型师折腾。

电影盛典是在 B 市举办，她在 B 市一直住酒店，下午三点从酒店出发，五点半才到达会场。他们要穿过一段室外红毯进入室内候场区，六点正式走红毯。

车停在会场外面，姚绯在车上就已经看到外面尖叫的粉丝了。她最近虽然知道自己红了，但还没有什么具体的概念。

看到外面尖叫的粉丝她才有了那么一点真实感，她真的红了。车外是声嘶力竭的尖叫声，到处都是写着姚绯名字的海报和手幅。

车门打开，姚绯弯腰走出车厢，高跟鞋踩到地面上。

铺天盖地的声浪响了起来："姚绯姚绯，展翅高飞！"

下午金色夕阳普照大地，姚绯一身红衣礼服显出婀娜高挑的身姿。她妆容明艳，及腰卷发披肩，银色高跟鞋让她小腿线条更加优美。天地之间，她是那抹最耀眼的绝色。

造型师的"折腾"很有成效，她美得夺目，她的粉丝在入口的观众位上都快哭出来了：姐姐太美了，感人。

离开充斥着暖气的车厢，姚绯差点儿冻晕过去。初春的 B 市寒风凛冽，前几天才下过雪，这两天又赶上倒春寒。

她保持着最完美的微笑面对观众，点头致意，让摄影师拍照，打算拍完立刻冲进会场，她冻得快失去知觉了。

突然，身后又一阵声嘶力竭的尖叫声。

姚绯回头看到了商锐的车，先是笔直的长腿落到地面上，随即商锐弯腰出了车厢。黑色西装、白衬衣，没有系领带，身材挺拔相貌俊美。他优雅地朝着粉丝区颔首，又引起尖叫。

商锐最近又开始立"优雅贵公子"人设，他不说话时真的是矜贵傲慢的公子哥儿，举手投足间都带着优雅。

他抬起头看向姚绯，深邃的桃花眼里浸着笑，低醇嗓音喊道："姚老师，一起啊？"

姚绯要走的脚步停住，保持着微笑微微偏头看向他，迅速反应过来："一起。"

商锐黑眸深邃，迈开长腿走到姚绯面前，伸手。他最近不戴乱七八糟的戒指了，手指修长，骨节分明。

走红毯牵手很正常，可要在外面牵手吗？

姚绯短暂地迟疑，握住他的指尖，肌肤很轻地碰到了一起。

他的手温热。

姚绯的手指冰凉，商锐垂了下眼，拇指搭上姚绯的手背，转而握住姚绯的手，将其严丝合缝地包裹在掌心，带着她走向会场入口。

观众席上这次掀起了比之前还要高的声音："在一起！"

商锐偏了下头，几乎要蹭到姚绯的耳朵。姚绯穿着高跟鞋，两个人的身高差已经不太明显，他压低嗓音缓缓道："今天最高温度六摄氏度，很冷。给她们发颗'糖'，甜一甜。"

商锐如愿以偿地听到了场下全部双人团粉的呐喊声响彻整个会场。

"你不考虑现场的单人粉冷不冷？"姚绯微笑着让摄影师拍照，压低声音说，"厚此薄彼。"

"那也是没有办法。"商锐握着姚绯的手一边往里面走，一边跟媒体打招呼，深邃桃花眼里的笑溢开，像水面一样荡起涟漪，漂向了远处，"有人欢喜就有人难过，难两全其美。"

姚绯点头："《盛夏》下映后，咱俩解绑他们就欢喜了。"

商锐垂下稠密纤长的睫毛：还想解绑，姚小姐想得有点多。

短暂的沉默后，他开口说道："你冷吗？"

"冷啊。"姚绯看了他一眼，穿成她这样在零下几摄氏度的室外走，能不冷吗？"羡慕男艺人，可以穿两件。"

姚绯和商锐在电影里牵过手，在综艺节目上牵手唱过歌，这还是第一次在红毯上牵手。虽然最近他们为了营业，各种"秀恩爱"，但姚绯还是有些不自在。

商锐的手指很长，几乎要抵到她的手腕了，他碰到的地方都是暖的，但也只有那一片暖而已。

"等你再红一些。"商锐走快了两步，虽然他很想跟姚绯牵手，但外面太冷了。他看了眼姚绯露出来的肩膀，她穿着深 V 红色晚礼服。艳红色衬托得她肤色更白，眉眼都浸着清冷。

她的锁骨非常漂亮，白得泛光。她的肩线仿佛画出来的一般完美，肩头恰好地瘦削，单薄得似乎跟他的掌心很契合。黑色大波浪长发在她走动间荡到了商锐的手臂上，商锐的目光从她的肩头移开："你就可以穿男装来走红毯。"

姚绯太瘦了，她再吃胖一点就好。

转念一想，如今娱乐行业的畸形审美，吃胖一些会被全网嘲讽，她又要辛苦减肥。喂胖她的念头暂时搁浅。

姚绯扬起了唇角，商锐的思维总是比其他人清奇。她道："好主意，我下次试试。"

"进去我把外套脱给你，"商锐垂下眼看她，嗓音低醇，"你的衣服料子太少了，谁给你挑的？"

他的目光落到姚绯的胸口，细腻的白。这样的衣服不太显胸，没有她穿其他衣服时有弧度。

要是苏洺选的，他接下来一年都不会给苏洺资源了。

"我选的。"姚绯不可能穿商锐的衣服，"助理有带衣服，但不能穿。我这条裙子价值三十万元，品牌方肯借给我就是为了展示拍照，我要是拿东西把衣服挡住，品牌方会把我拉黑。"

"三十万元我给你出了。"商锐的嗓音沉下去。原来是姚绯选的衣服，姚绯的审美一直在线。"你合作的这家也不是顶配，我介绍更好的品牌给你。"

"谢谢锐哥了。"姚绯不是商锐，她任性不起，得罪这家，她以后的路可不太好走，"不用。"

走过有摄影机的那段路，后面姚绯和商锐就走得飞快了。两个人都是大长腿，身材比例极好，走路的姿势很飒。

进入会场，蔡伟快步跑过来把暖手宝递给商锐："你和姚绯中间走怎么样？"

"可以。"商锐接过暖手宝就塞到了姚绯的手心，也顺势松开了她的手。

他们还没有在一起，非工作场合不能牵手。

也许下一个红毯，他们就可以光明正大秀恩爱了。

姚绯手里骤然多了个暖手宝，她看向商锐。

"很小，可以放在手心暖手，用完装手袋里。"这个暖手宝是蔡伟给他备的，商锐把手落到西装裤口袋，指尖刮了下手心，回味刚才的触感。

"谢谢。"姚绯说。

"进去吧。"商锐迈开长腿往里面走，说道，"寒哥和荣丰下午五点半才会到，我们进去等一会儿。"

等候区是个休闲大厅，已经到了不少艺人。

姚绯和商锐最近热度很高，进门就有不少人打招呼。很多人姚绯都不认识，她保持着完美微笑跟人问好。

她和商锐第一次参加这种活动，商锐并没有想象中人缘那么好。男艺人还跟商锐打招呼，女艺人跟商锐都是点头之交。

两个人很快就打完招呼坐到了角落，商锐坐姿慵懒地靠在椅子上玩一颗水果糖。会场有很多吃的和饮料，商锐只选了一颗水果糖。

姚绯在微信上回完苏洺的消息，抬眼就看到他指尖上捏着的水果糖。

是他们拍吻戏时吃的那个牌子的糖，草莓味。

姚绯移开了眼。

"《盛夏》拍完，我就没吃过这个糖。"商锐敞开腿靠坐在椅子上，他的长腿跨过椅子中间的缝隙贴到了姚绯那边，十分霸道地占了大半的空间，把糖递到姚绯面前，"还记得这个糖吗？"

"你合作过多少女艺人？"

"哪方面的合作？"商锐捏着糖纸包装，转头看姚绯，"综艺？电视剧？电影？"

"有过感情合作的。"

"一个。"商锐撕开包装把糖推进了口腔，眼尾上扬，酸甜的气息在空气中飘荡，他姿态松散地仰靠，舌尖抵着硬糖，缓缓把硬糖推到了腮帮的位置，英俊的脸鼓了下，很轻地嗤笑，"你。"

姚绯转头看他。

商锐抵着腮帮吃糖，一笑桃花眼就弯了下去，齿尖的白一闪而过。他大言不惭道："我是个不敬业的演员，这不是众所周知的事吗？"

理直气壮不敬业，全网独一家。

"这话传出去，你能身败名裂。"姚绯忍不住道。

"我的粉丝就乐意看我不敬业。"商锐"嘎嘣"咬碎了硬糖，他的唇因为吃糖而泛着水泽，看上去很诱人。他的手肘抵着椅子靠背，手指撑着下颌："姚绯。"

"嗯？"

"你出戏了吗？"商锐的声音很沉，问得有几分认真。

"什么？"姚绯坐直注视着商锐。

"你出《盛夏》的戏了吗？"商锐的齿间咬着硬糖，黑眸深沉，直直地看着姚绯，"你彻底离开夏瑶了吗？回到姚绯的世界了吗？"

他的眼又黑又沉，极其漂亮，似乎能看到人心里。

姚绯点头："是，出了，离开拍摄那个环境，离开那里的人，回到原来的世界，很容易出戏。你呢？还没出戏吗？"

商锐喉结一动，他把硬糖咽了下去。他注视着姚绯许久，久到姚绯想要移开视线，离开这里。

商锐下颌绷紧，薄唇轻启，一字一句："我从头到尾都没入戏，你信吗？"

"姚绯。"身后一声喊。

姚绯回头看到荣丰和司以寒一前一后走进来，她愣愣地看着："什么？"

"我从头到尾都是商锐，我以商锐的感情在跟你——"

"荣导和寒哥过来了。"姚绯"噌"地站起来打断了他的话，移开椅子离开座位，"我去跟他们打个招呼。"她靠着演技从容地离开座位走向荣丰，跟荣丰握手，说道："好久不见，荣导。"

"商锐在干什么？"荣丰跟姚绯握完手，抬头看商锐阴沉着脸坐在椅子上，一副别人欠他八百万的样子。荣丰走近"啧"了一声，说道："商锐，你老婆跟人跑了？这表情。"

"是啊，跟人跑了。"商锐黑眸掠过姚绯，姚绯也看着他，但表情已经恢复正常。刚才她跑得很快，很怕他告白？商锐起身跟荣丰握手，上下打量荣丰："你怎么穿成了茄子？"

荣丰抬手拍向商锐的脑袋，商锐面无表情偏头避开，淡淡道："还是圆紫茄子。荣导，你是不是又胖了？"

"滚！"荣丰一秒变脸，"商锐，请你跟我保持十米的距离。"

"是你来找我，又不是我去找你。"商锐活动了下脖颈，随即一手搭在身后一手往前，弯腰优雅而绅士地示意，"请。"

旁边司以寒笑出了声："我就说你穿紫色特别像茄子，你还不信，非要选紫色，你知道紫色有多挑人吗？"

荣丰抬手捂着胸口，深吸气，冷哼一声转头对姚绯说："我这套衣服好看吗？"

全场唯一的老实人姚绯点头："好看。"

荣丰单手插兜斜睨商锐，一脸挑衅。

商锐心情不是很好，原本想出去透透气，看到姚绯跟荣丰站在一起，又坐回了原处。他倒要看看，荣丰能跟姚绯说什么。

"沈成去东南亚了。"荣丰打开水喝了一口，笑着看了看姚绯，说道，"剧本看得怎么样？"

姚绯点头："看完了。"

三月一号荣丰那边的人就把剧本和合同给她送过去了，合同在走流程，她在剧本初具雏形时就看过，对每个人物都有了解。

"你六月有时间吗？"荣丰问道，"一整个月。"

"等会儿。"姚绯拿出手机看档期，六月只有两个无足轻重的商务活动，她可以推掉，"有。"

"那好，你把档期留着。"

"好啊。"姚绯把手机装回银色手包中。电影面前，一切都可以让步。

荣丰的到来岔开了商锐和姚绯的对话，之后商锐也没有再继续。

她第一时间是有些慌，想跑。冷静下来，她也思考了对策，决定快刀斩乱麻跟商锐彻底结束全部关系，别给彼此留幻想了。

可一直到宴会结束，她都没机会再提这句话。

当天《盛夏》获得了两个提名，姚绯和商锐的红毯赚足了目光。这是《盛夏》男女主演最后一次营业，之后姚绯和商锐都忙起来，自然就解绑了。

《爱情悄悄然》在平台上线了，因为拍得太烂被电视台退货。导演正愁没办法，姚绯在春节猝不及防地红了，导演立刻把姚绯的番位提上去了，重新剪片送审。这家平台刚买了《盛夏》的网播权，对姚绯的其他作品也很感兴趣，就把这部剧买了下来，勉强评为 A 级。

新剧播的第一天就因为拍得烂和乱改编上了各大头条，原著粉气疯了，他们最爱的小说被改编得很差。有不少路人慕名去看，默默把更新看完，求剧方出女二号的单人剪辑。整部剧，除了女二号的戏照着原著拍了，其他改得乱七八糟。

原作者在剧播一周后才出来感慨，感恩剧方还给她留了个秦晓——秦晓是女二号——并且关注了姚绯。

这剧播了一个月，只火了女二号。男女主演依旧是全网没有水花，两人的粉丝在网上不敢攻击女二号，姚绯已不是曾经那个没有话语权、被人任意改剧本的姚绯了。

姚绯拍了两个杂志封面，接了一个代言。六月很快就到了，六月初她得到了一个好消息，当初泼她强酸的那些人翻供了，把李盛交代了出来，买凶的人就是李盛。

李盛收容他人吸毒被判了一年半，一年半快要结束了，又因故意伤害罪被送上了法庭，证据确凿，李盛不得不招。他的想法简单粗暴，姚绯不过是个小人物，这七年都在他的控制范围内，他没想到姚绯还能跑出去，想花钱给她个教训，让她知道什么叫天高地厚，结果失败了。

姚绯去警局录了一次口供。

六月五号，姚绯买了机票飞外地，荣丰通知她参加封闭训练以及拍定妆照，至于地点、具体训练什么、男主演是谁全都没说。姚绯无条件信任沈成和荣丰，也就没问。这剧本她跟男主演的戏份不多，男主演是谁都不影响她。

"《寒雨》的男主演不会是商锐吧，今天商锐也飞那边，跟荣丰一起，上热搜了。"苏洺陪姚绯一起，刚上飞机就把热搜递给姚绯看，"难怪前几天蔡伟在朋友圈吐槽想辞职，你们俩二搭，商锐的粉丝肯定不会接受，蔡伟再不辞职会被粉丝埋怨！我发信息问下蔡伟。"

商锐刚落地机场，相关新闻就上了热搜。新闻上两个人都戴着墨镜，走在人群中间，有记者猜测商锐要上荣丰的新戏。

姚绯蹙眉："不会吧？"

"我问问。"苏洺微信发消息给蔡伟，蔡伟秒回，"是"字后面跟了一排感叹号，可见愤怒。苏洺把信息递给姚绯看："确认了，他就是进荣丰的组。商锐没跟你说过吗？你们最近联系了吗？"

他们从上次走完红毯后就没联系过。

姚绯觉得她没有回应的那个问题，商锐已经知道了答案，知难而退。她不喜欢拖泥带水的事，不管从什么角度来说，她和商锐都不合适，那就没必要浪费时间。《盛夏》拍完了，营业也结束了，各走各路，她回归以前平静的生活。

姚绯摇头："我不知道，我们最近没联系。"

"那你们这要二搭了。"姚绯和商锐二搭？苏洺想到二〇一九年，商锐在她的办公室大言不惭地说绝不会跟女艺人二搭，真想把那一幕录下来"敲诈"他一笔巨款。"有没有心理障碍？他真是——任性！"

"这部电影是纯剧情戏，男一号和女一号之间没什么感情戏。"姚绯压下情绪，尽可能转移注意力。他们都是演员，敬业点，合作怎么了？她翻看着手边的书，《爱情悄悄然》的作者最近送了她全套的小说。她很喜欢这个作者的作品，一直在看："搭就搭吧。"

她平时明明挺容易入戏，这个作者的书也很有代入感，可今天看得心神不宁，从苏洺说商锐进组，她心里就很焦灼，隐隐地不安。

商锐怎么进组了？他想干什么？

飞机即将起飞，她一咬牙直接发信息给荣丰："导演，《寒雨》的男一号是商锐吗？"

空姐提醒关闭信号，姚绯打开手机飞行模式，重新拿起了书。

看书，别想了。

三个小时飞行时间，她第一次在飞机上没睡。

飞机落地，她立刻关闭飞行模式，手机连接信号，荣丰的短信就跳到了屏幕上："他是男二号。男一号是陈锋。"

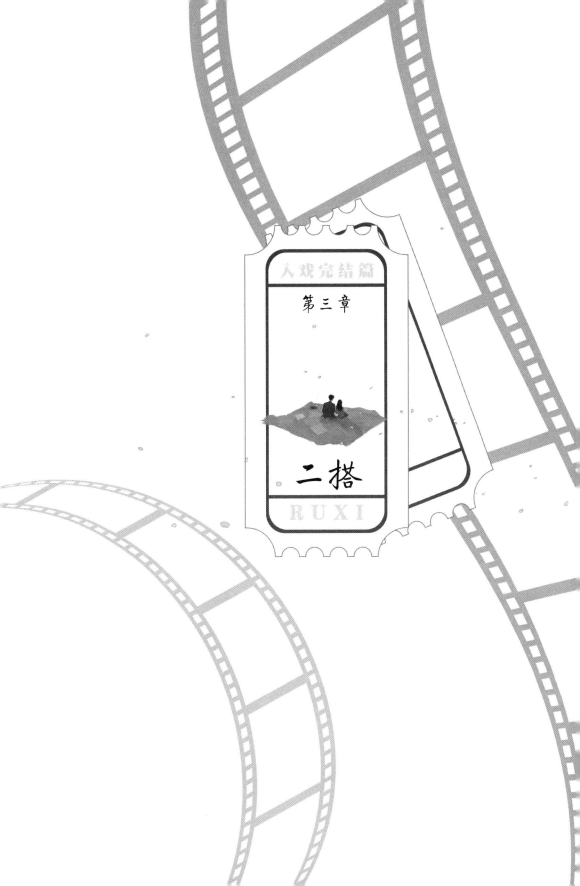

入戏完结篇

第三章

二搭

RUXI

姚绯不太在意番位和演什么，她是演员。可商锐从出道就是男一号，非主角不演，粉丝以此为荣。

他居然会自降身价来演男二号。

《寒雨》的主角是姚绯，这部电影是讲卧底警察的一生。姚绯演的角色叫景白，她二十岁选择成为一名失去真实名字的卧底，满怀希望地考上警校，结局死在异国他乡寂静的夜雨中。

男一号是正义的警察，男二号是纯粹的反派。剧本设定有悬疑线，以男一号视角推进，剧本中三分之二的部分姚绯都是以反派的形象出现在众人面前，让男主角与观众以为她是反派。她是男二号放在台面上的一颗棋子，所以她和男二号有很多对手戏。

这部电影跟爱情没有一丁点关系，是纯悬疑犯罪片。

商锐的出现显得格格不入，他来这里面演男二号？

姚绯看着荣丰那条短信，迟迟没回，她不知道该回复什么。

从机场到住处用了一个小时，荣丰安排的住处在特别僻静的地方，周围没什么住家，只有这一个院子，盖着两排三层的仿古别墅。

远处湖水上盘旋着鹭鸟，湖水清澈如同明镜。姚绯下车后体感温度至少比S市低十几摄氏度，天气凉爽，天空碧蓝，万里无云。

"商锐他们也住这边，已经到了。"苏洺拿下墨镜环视四周，蹙眉道，"这地方真不怎么样。"

《寒雨》预计票房不高，投资并不大。除了演员的片酬，剧组恨不得把每一分钱都花在刀刃上，居住环境也就很一般。姚绯帮忙拿东西，司机已经把大件搬下了车，她搬了个小箱子往里面走："比拍《盛夏》时，我们住的第一个酒店好。"

刘曼跑过来接走姚绯手里的小箱子，又飞快地跑上台阶，说道："我来拿。"

东西不多，姚绯也不跟她争。

"那已经是当地规格最高的了。"苏洺和姚绯并排上台阶，说道，"酒店房间的空调都是我们后装的，之前更破。可那地方条件有限，跟咱们国内没法比。这里多的是好酒店，住这里也太寒酸了。"

"住什么地方无所谓，拍出好电影才是关键。"姚绯对住的要求不高，她住哪里都行。

走上台阶，就听到刘曼喊道："锐哥，导演，你们好！"

姚绯抬眼看到商锐和荣丰正从木楼梯上走下来，商锐穿着一件休闲白衬衣外套，松松散散地敞着，里面是简单的白T恤，牛仔裤勾勒出笔直修长的腿，身材挺拔，长手长脚，十分清俊。他棱角分明的脸上戴着墨镜，双手插兜走得随意，闻声往这边看来。

他的墨镜里倒映着客栈的天空，看不清他的眼。

"姚绯？到了？"荣丰摘下墨镜走下了楼梯，说道，"那正好，快点去收拾，我们出去吃烧烤。"

商锐也走下了楼梯，下颌微微上扬，拉出弧度。他打量姚绯一眼，站到了另一边。

"商锐，你怎么跑到这个剧组了？"苏洺其实并不满意商锐和姚绯二搭，而且这件事还是瞒着她进行的，忍不住上前刺激他，笑着说道，"你这是要和姚绯二搭了？"

商锐抬起修长且骨节分明的手指拉了下墨镜边缘，他手腕上黑色机械手表随着动作闪烁出冷光，他把墨镜拉到露出眼睛的程度，睥睨苏洺，语调缓慢地说："有什么问题，苏总？"

"那番位是不是要改了？"苏洺很关心番位的问题，这部电影就不叫座，片酬低得可怕，要是连番位都争不过，姚绯演这电影有什么意义？可商锐争番从来没输过。

"不改。"商锐把墨镜又戴了回去，午后的光落到他高挺的鼻梁上。他肌肤冷白，有种玉的质感。

"改个头，"蔡伟在后面翻了个白眼，没好气地说，"男二号。苏总，你们不想去吃烧烤的话也不要勉强，我们去就好。"

蔡伟现在恨不得把姚绯和苏洺铲出去。

"别太在意番位，演员的根本是演好戏。哪怕是只有一句台词的配角，演好也是经典。"荣丰把墨镜别到衣服上，他今天穿了一件特别花的衬衫，白底红花，"演不好，给主角也是白搭。最近姚绯那部戏叫什么爱情什么玩意儿的，两个主演像是在演傻子。他们戏份多吧？有什么用？真正出彩的反而是配角。"

"我在意番位就不会接这部戏了。"商锐嗓音沉沉，道，"演员可以挑剧本，不应该挑番位。"

姚绯一时不知道该震惊荣丰看了她演的那个垃圾剧，还是该震惊商锐居然不在意番位，还大言不惭自称"演员"。

商锐的团队之前有要求，非主角不演。

"男二号？"苏洺这才回过神来，太震惊了，她瞪大眼，"商锐，你家不会是要破产了吧？"

"滚。"商锐重新把手抄回去，"如果你愿意，我可以让你家破产，你想不想试试？"

"开玩笑开玩笑，晚上一起吃饭，我们收拾得很快。"苏洺笑了两声，说道，"商锐，晚上喝一杯。"

商锐轻哼，抬起下巴，迈开长腿走出了门。

姚绯和苏洺上楼进入房间，苏洺就憋不住了："商锐想干什么？男二号？他这是自毁前程吧！蔡伟现在辞职都晚了！我理解他的崩溃了，他好惨，遇到这么个主儿。"苏洺关上门，说道，"这个角色好在什么地方？姚绯，你看过剧本是吧？男二号不就是个反派吗，还有什么闪光点？"

"演员演好才是关键，他要认真，演配角、主角都一样，也没什么好嘲笑的，他是演员。"姚绯对商锐是真没什么信心，他能演好吗？这个反派有什么闪光点？足够坏吗？坏得想让人弄死他。"这里都是自己人吗？还没有官宣，在外面说也没关系吗？"

"肯定都是自己人，他们没戴口罩。"苏洺这八卦跟姚绯聊不起来，姚绯太正经了，她对演戏看得太重，不会容许别人说三道四，"那你换衣服吧，我去隔壁了。"

姚绯换了件衣服重新化妆，戴着口罩、帽子出门。

一楼的吃烧烤队伍里又多了个制片人，制片人叫刘伟，跟荣丰合作多年，在业内也很有名。

他们互相问了好，天已擦黑，才走出门。剧组安排了一辆七座车，姚绯落在最后，等上车时只剩下商锐和苏洺中间的位置。

矜贵的锐哥居然会坐最后一排的三人座，她立刻看向蔡伟，蔡伟戴着墨镜、帽子坐在前排，贴着车窗似乎在睡觉。姚绯沉默了片刻，走过去坐到了中间。

她为什么要最后一个上车？

商锐戴着墨镜、口罩，抱臂歪靠在车窗上闭目养神，姚绯端坐在中间系上了安全带，空间狭小。商锐的腿还是敞着放，她动一下就碰到了商锐的腿。商锐身上有很淡的木质香调。自从她说讨厌之前那款香水后，商锐再没用过那款。

温度不到二十摄氏度，姚绯却觉得燥热，坐着怎么都不舒服，空气中有什么灼烧着。

车缓缓开了出去，车厢内的灯暗了，姚绯拿出手机刷微博。

《寒雨》挂在热搜前排，姚绯点进去看到电影《寒雨》注册了官方微博账号，发了一张概念海报，上面只有"导演荣丰"。

似乎在回应机场的传闻，荣丰确实要跟商锐合作了。

下面已有八万多条评论，姚绯看了一眼，全是商锐的粉丝。

荣丰的电影太具有代表性了，《盛夏》成功之后商锐的演技粉渐渐多了起来，他们开始畅想商锐能在电影界打出一片天地。

想在娱乐行业待得长久，作品才是关键。商锐这部分粉丝跟那些综艺粉丝不一样，他们希望商锐脚踏实地地演戏。荣丰导演的作品要么票房高，要么拿奖，搭上荣丰，商锐往后的电影路就稳了。

手机响了一声，来自商锐的短信："想知道我的事直接问我，何必看网上那些新闻？"

姚绯倏然转头对上了商锐的眼。商务车行驶在公路上，车厢内昏暗。他架着修长的手臂倚靠在车窗上，窗外偶尔过去的灯光掠过他的脸。他的墨镜已经拿掉，眼眸深邃沉黑。

姚绯抿了下唇，旁边就是苏洺，她不好多说什么。手机屏幕暗下去，她专注地看前方。

商锐拿起手机，屏幕的光映在他的睫毛上，他垂着眼，指尖点着手机屏幕。片刻后，姚绯的手机又响了一声，她斜了下手机屏幕看到上面来自商锐的短信："呵呵。"

商锐敲了那么半天，只有这两个字？

姚绯把手机扣回去，两分钟后，又一条商锐的短信进来。

姚绯拿起手机解锁，他的新短信内容是："那就再入一次戏。"

姚绯打开通讯录找到商锐的号码，选择拉黑。

"姚绯。"商锐突然开口。

车厢内寂静，因为他的声音，前排的人转头看过来，姚绯也看着他。商锐迎着姚绯的目光，把一颗糖递给她："吃糖吗？"

"不吃，我最近控糖。"姚绯咽动喉咙，回答。

商锐把糖攥到手心，转头看向窗外。

他们选择了湖边的一家烧烤店，环境比较舒服，人没有那么多。他们在三楼的包间，整个三楼只有他们一桌。

点完菜姚绯就起身去了洗手间，三楼的洗手间外面有一片露台。她趴在露台冰冷的栏杆上眺望远处的湖面。

黑暗已至，远处山脊线在光的尽头拉出连绵的弧度，延伸到远方。夜风很凉，姚绯穿着外套仍然感受到寒意。

身后有脚步声，她并没有回头。

因为知道是谁，没有回头的必要。

"你是真不怕我搞你？"商锐关上身后露台的门，走到栏杆处，转头睨视姚绯，"当着我的面拉黑我，你真的很敢。"

"为什么选择这个剧本？"姚绯转头看向商锐，风吹过，她手指上的烟灰随风飘飘然落到了远处，"商锐，你想要什么？"

"你觉得我想要什么？"商锐下巴微微上扬，他咬了一下牙，"嗯？姚绯，你是装不懂还是真不懂？"

姚绯看向远处，嗓音很轻："商锐，你还是说清楚吧，说清楚我再考虑真不懂还是装不懂。"

"你倒是直接。"商锐也把手肘倚在栏杆上，身子微微前倾，"我喜欢你。"

姚绯突然觉得这个栏杆有些粗糙，硌得她手臂疼。

"你打算继续装下去吗？"商锐转头注视姚绯，唇角扬了下，桃花眼微微泛红，嗓音低沉到哑，"把我彻底拉黑，弃演？还是——"

"你能喜欢多久？"姚绯注视着商锐，"不喜欢了——会怎么样？"

商锐唇角的讽刺一寸寸敛起，最后只剩下沉静。

"有些东西，一直没有也不会去想。"姚绯垂头时黑色发丝垂下，半晌后她抬起头，尖瘦的下巴抬起，她笑了下，"但有了之后再失去，你知道有多痛苦吗？"

如果她没有演《寒刀行》，她只是在片场混饭吃的小龙套。那是一份工作，吃饱喝足什么都不想，她可能会日复一日地做下去，看不到希望，随波逐流。

孤儿就像是浮萍，很多孤儿的命运都是这样，漂到漂不动的那天，无牵无挂地离开。

她演了《寒刀行》，她看到了这世界上很多快乐。她体会了成功，她有了很多的爱。她有了梦想，有了太多太多的欲望，有很多人喜欢她，有很多人爱她。被很多爱包围着的感觉真好，那些东西好像是真的。

可在某一天一切都消失了，像是做了一场美梦。

梦醒了，她被丢在空旷的充满恶意的世界里。

如果再来一次，姚绯不确定自己能不能撑下去。

"你如果想做剧组夫妻，我可以陪你。"姚绯劝商锐，"很多东西都是得不到才会一直惦记，得到了，就那么回事。"

商锐对她很好，李盛的事是商锐做的，从头到尾他都在参与。还有很多东西，她不能装作什么都不知道，享受着商锐给予的好处。

那太虚伪了。

"只是剧组夫妻？"商锐握着栏杆，手背上筋骨分明，喉结用力地滑动，"我看起来有那么肤浅？"

姚绯垂下眼："感情对我来说是负担——"

商锐忽然上前，揽住姚绯的腰低头就吻了上去。

那就是有感情了？有感情他能让姚绯跑了吗？

在亲吻中，他修长的手指摩挲姚绯柔软的黑发。

姚绯没有第一时间推开他，也就没有再推开了。

不陌生，也不讨厌。毕竟过去她跟商锐拍过很多场吻戏。

夜风摇曳着树木，卷着盘旋在湖面上方的鹭鸟。鸟儿发出鸣叫，随即飞向远处。

商锐侧着亲，微凉的鼻尖蹭到姚绯的肌肤上。他亲得特别深，深得姚绯灵魂都战栗。

跟吻戏很像，但又不太一样。他们不需要根据导演的设定去亲，也不用在吻的时候记住走位和动作，她和商锐在昏暗隐蔽的露台上探索彼此的秘密。

餐厅的喧嚣渐远。

许久，商锐才松开她。

商锐的眼暗沉湿润，睫毛漆黑。他的手掌死死贴在姚绯的腰上，卡得很紧，贴得紧密，没有一点缝隙。他亲她的额头，亲她的发顶。

"爱了，我就会负责。"商锐嗓音哑沉，搂着她。他怀疑姚绯那句"很多东西都是得不到才会一直惦记，得到了，就那么回事"的话是跟她自己说的，得到了就可以没有遗憾地离开了，想得美。"接吻，你可以不用负责，这是你的特权。"

姚绯被亲得缺氧，脑子混乱空白，推开了他，余光看向商锐的手表，想知道他们亲了多久。

有十五分钟吗？

她看完才意识到亲前又没看，看也白看。

她扶着栏杆稳住身体，迎着冷风。缺氧的症状并没有好转，她的大脑还处于混沌中。

"我对你的喜欢，是我人生中第一次喜欢别人。"商锐也看向黑暗中的湖面，灯光闪烁其中，他修长的手臂撑在栏杆上，仰起头嗓音暗哑，"我找不到参考物来判断我会喜欢你多久，因为这种感情在我身上并没有发生过，我没有经验。我也不知道不喜欢了会怎么样，我会有不喜欢的那天吗？"

风扬起了他的衬衣外套，T恤被风吹得鼓起。他精瘦的腰身贴着布料，他的身子前倾，肩胛骨在衣服下撑出了轮廓。

商锐的薄唇因为接吻颜色偏红且潮湿。

"姚绯。"他纤长的睫毛在眼下拓出浓重的阴影，以至于显得眸子特别黑。他的嗓音有些哑："这种东西该怎么验证？是不是要等我们老的那天，才能证明我可以喜欢你一辈子，我们才能在一起？"

姚绯蹙眉：他真打算验证呢？

商锐忽然伸手过来，姚绯侧头避开。他锲而不舍地往这边横了一步，把手放到她的发顶："那就等吧，我等你。"

姚绯有种直觉，她可能会跟商锐去验证："现实中的我很糟糕，不值得。除了这张脸，我一无是处。我很孤僻，我也很邋遢，我的生活一塌糊涂。"

"那是你想象中的自己。"商锐唇角上扬，笑得有几分张扬。他很温柔地摸了摸姚绯的头发，手臂滑下去揽住她的肩膀："实际上你非常优秀。"

姚绯从他的手臂下钻出去，还是跟他拉远了距离："你能比我自己更了解我吗？"

"当局者迷，旁观者清。"商锐背靠着栏杆，很专注地看着姚绯，"我为什么不能比你更了解呢？"

姚绯扬了下眉，没再说话，怕一开口就陷进去了。

"姚绯。"商锐倾身靠近，微俯身平视姚绯，睫毛动了下。

他突然靠近，靠得太近了，说话又低得仿佛气音。姚绯身后是墙，已经没地方退了，她站直："嗯？"

"我喜欢你。"商锐一字一句地说。

姚绯想移开眼，脸被商锐转了回来。他的女孩很不自信才会躲闪。他的手指托着姚绯的脸颊，温润的指腹贴着她的脸颊："你很优秀，你很有才华。挑剔毒舌的锐哥都承认了你是世界第一优秀，谁敢说你不好，我去教训他们。"

姚绯注视着他的眼，他的眼黑得仿佛夜幕下的深海。那里仿佛有一张无形的暗网，密密麻麻地交织在一起，不给姚绯任何逃的机会。

姚绯的喉咙很轻地动了下，终于想到出来的目的——她和商锐最初想聊的话题："商锐，放弃《寒雨》这个剧本吧。"

商锐定定地看着姚绯许久，直起身，嗓音低哑："为什么？"

姚绯不想跟他搭戏。

"蒋啸生是个纯反派，这个角色对你没有任何加成。"姚绯尽可能忽略肩膀上那只手，空气中有花香，有水的潮湿腥气，还有商锐身上淡淡的香水味，"你是顶级流量明星，你的商业价值极高，接这个角色会让你人气下滑，可能会失去这一切。这部电影票房绝对不会高，你这个角色会被很多人骂，往后可能会成为攻击你的标签。《寒雨》剧组全是老戏骨，你但凡出一点错，会被放大无数倍。"

蒋啸生是《寒雨》中的男二号，纯反派。整部电影，女主角以抓到他为目的，策划全局。这个人几乎没有什么闪光点，很难演。

"你关心我的事业？还是不想跟我合作？"商锐直起身插兜，抬了下桀骜的眉骨，"你相信我能演好蒋啸生吗？"

姚绯看剧本的时候想象的人不是他这样的。商锐的脸太精致了，长相不适合蒋啸生，他不该接这样的剧本。

商锐的胸腔缓缓起伏。

"如果你是我，你会选择演蒋啸生打破标签，还是继续以前的日子，继续堕落？"

如果是姚绯的话，她一定会选择突破，她不会把自己局限在一个角色里，可商锐不一样。

"娱乐行业没有长久的流量，靠着流量那套早晚会被淘汰。姚绯，所有人都可以不理解我，你不应该不理解。"商锐扬起唇角笑了一声，带着些微嘲讽，"我不避讳我的私心，我选择这个角色有你的原因，我想跟你再搭一次戏。但我也想试试蒋啸生这样的角色会不会成为我的突破。我看了三遍剧本，我不喜欢男一号的人设，反而是蒋啸生，坏得很彻底，这样的角色我为什么不能演？你觉得，我应该背着'小鲜肉''烂演技'的名声过一辈子吗？"

姚绯愣住，她带着偏见了吗？

"你是演员，我也是演员，请你用对待演员的态度来看待我演蒋啸生。"商锐直起身往外面走，拉开了门，"走吧，出去吃饭。"

姚绯在露台上又站了一会儿，把所有事认真地想了一遍才转身回到餐厅。其他人已经喝上了，桌子上的炭火炉上摆着烤好的烤串和蔬菜，香气四溢。

商锐坐在靠窗的位置拎着一罐啤酒慢条斯理地喝着，垂着眼，表情冷淡。

姚绯拉开椅子坐下，苏洺给她递过来烤串，说道："去洗手间这么久？"

姚绯没说话，看向对面的商锐，他似乎很落寞。酒桌上荣丰和制片人在喝酒，十分热闹，只有他那一块是安静的。

不管他们两个有没有感情，从演员的角度来说，她不应该对商锐抱着偏见。她曾经也被偏见伤害过，己所不欲，勿施于人。

谁还没有梦想呢？

姚绯取了一罐啤酒，她拿起来启开举到商锐面前："抱歉，我刚才不该说那些话。我相信你能演好蒋啸生，期待你的蒋啸生。"

商锐把目光移过来看着姚绯，忽地就笑了起来，笑得异常直白灿烂，齿尖显出来。他拎着罐装啤酒跟姚绯碰了下："期待你的景白。"

他笑得太耀眼，桌上的人全看了过来。

姚绯喝了一口苦涩的啤酒，商锐把装着剥好的烤虾的碟子放到了她面前。虾肉支离破碎，两只虾碎成了四块。

"谢谢。"姚绯放下啤酒。

"你们出去这么久就是为了探讨业务？"荣丰笑着用意味深长的目光在姚绯和商锐身上看了一圈，"讨论得怎么样？姚绯，你对蒋啸生有什么看法？"

"要么成神，要么成鬼。"姚绯拿起筷子吃了一块虾，虾肉紧致清甜。

"我是说你对他这个角色，并不是演员因为这个角色得到什么。"荣丰饶有兴趣。

姚绯把第二块虾吃完，放下筷子："希望他死。"

"我也希望他死。"荣丰笑了起来，拎起啤酒转手递向姚绯，"来，我们为达成共识喝一个。"

把这个人设的闪光点全部改掉，荣丰功不可没，以沈成的黏糊劲儿，肯定会给蒋啸生加分。荣丰大刀一挥，全给砍掉了。

姚绯站起来双手拿着酒跟荣丰碰了下，荣丰喝的是白酒，一饮而尽。姚绯迟疑了一下，把啤酒也一口一口喝完，放下了空罐。

商锐深邃的黑眸若有所思，等姚绯坐回去，他起身拿起桌子上的白酒和杯子，倒了一杯，慢悠悠地绕到荣丰这边给他满上，靠在桌边唇角上扬，桃花眼潋滟："荣导，我敬您。"

商锐什么时候这么谦虚了？荣丰觑他："你敬我？"

"我敬您。"商锐欠身，姿态特别谦恭，双手拿白酒杯碰了下荣丰放在桌子上的杯子，随即仰头一饮而尽。

"嚯！"荣丰端起酒杯也喝完，打量商锐，"酒量不错。"

商锐一笑就露出洁白齿尖，唇上沾了酒的潮湿，嗓音沉稳："还行吧。"

蔡伟已经不想说话了，打算叫荣丰的助理赶快过来守着，等会儿记得把荣丰扛回去。

人家不就跟姚绯喝杯酒吗，至于吗？

姚绯吃个烤串的时间，一转头看到两个人面前的白酒瓶已经见底了，商锐才起身，迈开长腿慢悠悠走了回去。他不怎么吃东西，敞着腿懒洋洋地靠在椅子上，支着下巴看姚绯吃东西。

他们喝得真快。

荣丰明显喝高了，姚绯盛了一碗粥放到他面前，说道："吃点东西。"

荣丰大着舌头道："谢谢。"

姚绯抬眼触及对面商锐的眼，他的笑还荡漾在唇角，只是目光已经沉了下去。他喝了酒，眼眸暗潮漆黑，盯着姚绯眼睛一眨不眨。

"你也要吗？"

"嗯。"商锐嗓音低醇，音尾很沉，浸着点情绪。

姚绯盛了粥给他："你少喝粥。"

商锐的睫毛动了下，坐直身子微微前倾专注地看着姚绯，半晌后他笑了起来："好。"

胃病喝粥会让胃更不舒服，而且升糖极快，他们这一行很少有人喝粥。商锐养着一堆营养师，他怎么会不知道？居然还主动要粥喝。

商锐端着白瓷小碗，拿勺子喝了一口粥，桃花眼弯了下去："好喝。"

"白粥不都这个味？能有什么区别？"苏洺实在受不了商锐浑身冒粉红泡泡的样子，台风天的海面都没他能浪，"你喝多了？"

"苏总，你这话太没品位了。"商锐往后靠在椅子上，挽起了衬衣袖子，露出戴着手表的手腕，优雅而缓慢地喝粥，每一口都品得很仔细，"这是普通的粥吗？"

苏洺从不喝粥，她看了一眼锅内的白粥：不就是白粥吗？

"底下藏龙虾了？"苏洺问道。

"庸俗，龙虾粥算什么？这是姚老师的关心，无价。"商锐语调沉缓，扬了下手里的粥，笑得很深的眼注视着姚绯："谢谢，我吃过最好吃的白粥。"

餐桌上一片寂静。

于是姚绯拿碗给每个人都盛了一碗"姚老师的关心"，她是"端碗"大师。

烧烤局以荣丰喝大了结束，商锐喝没喝大暂时看不出来。

他目光清冷，看不出醉意。

车到了住处，制片人和荣丰的助理把荣丰架回了房间。姚绯和商锐因为坐在最后一排，出车厢就比其他人慢了半步，落在最后。

夜风寒凉，姚绯很有先见之明，出门前就拿了件棒球衫，这会儿用上了。她拉上拉链大步往前面走，忽然指尖一热，她停住脚步回头。

商锐迈开长腿若无其事地踩上台阶，钩着她的手指，随后又十指交扣。

肌肤紧贴，有一点痒，也有一点说不出的酥麻感。

姚绯抿了下唇，这条路上没有路灯，车开走后只有别墅里的灯光照亮了方寸之地，他们走的这段路是最黑的。

她想抽手，商锐大步走过来跟她并肩，收拢手指把她的手包裹其中，很紧地握住。两个人之间不留一点间隙。

前面苏洺回头："这一块很黑，小心点脚下的路，别摔了。"

"嗯，谢谢苏总。"姚绯立刻甩开商锐，跟他拉开距离，快步往别墅里走。

商锐把手落入裤兜，他迈开腿踩上台阶，抬起下颌，看着姚绯快速走进门，跟苏洺上了楼。

指尖上还残留着她的温度，空气中似乎飘荡着幽兰清香。他仰起头看头顶的星空，月朗星疏。

他看了许久才走回去。

当晚姚绯和商锐再次上了热搜，有人拍到姚绯、商锐、荣丰等人在烧烤店吃东西，照片选的角度很好，从窗外拍的，商锐坐在靠窗的位置枕着手靠坐在椅子上，身高手长，姚绯在吃烤串。这两个人私底下也会控制表情，照片不算丑。

非常闲适的私底下聚会，几个人姿态都很放松。

微博有人发："商锐、姚绯疑似二次合作，难道两个人要出演荣丰导演的新戏《寒雨》？荣丰导演居然会一次启用两个流量明星，难得一见。"

评论区热火朝天。

"啊啊啊啊啊真的要合作了吗？我最期待的二搭来了！"

"商锐、姚绯给我原地结婚！太期待了！大导演来给两位当证婚人吗？"

"这么快就二搭了，是我想的那样吗？期待期待。"

双人团粉"疯"了一半，《盛夏》下院线后两人就几乎解绑了，之后他们没有什么合作，也没有同台，粉丝们很是担心两位有了新作品后再跟别人炒作。

过了两个月，两个人坐在一张餐桌上吃饭。

疑似二次合作。

于是评论区三方混战，两边粉丝互相嫌弃。双人粉在里面找糖嗑，从仅有的几张图里抠蛛丝马迹，试图找到他们"相爱"的证据。

这热搜轰轰烈烈持续到第二天早上。

姚绯看了眼热搜，心惊胆战地往下翻，狗仔偷拍的这个角度，转个弯就能看到她和商锐在另一边露台上接吻，不知那个会不会被拍到？

她以为这边没有记者蹲守，果然想多了，又不是无人荒岛，就没有"绝对安全"的地方，任何地方都可能遇到偷拍。

等到中午热搜下去都没出现另一个角度的照片，姚绯才松了一口气。可能他们专注餐厅这边，没注意黑暗小露台。

剧组没回应绯闻，商锐和姚绯的工作室也没有回应，又不是什么负面绯闻，很快就过去了。

这两天要拍定妆照，姚绯被折腾了一早上的造型。她的第一套衣服是警服，这是她唯一一套警服造型，女主角在警校毕业那天穿上拍了照片。姚绯换好衣服走到镜子前看着里面的自己，陷入短暂的沉默。

景白一直梦想着有一天结束卧底，可以穿着这套衣服站到阳光下。可一直到死的那天，她都没有再穿上这套衣服。她的墓碑是无名碑，连照片都没有。

这是姚绯进戏最快的一次，她站在镜子前仿佛看到了景白活过来。她扬起唇，镜子里的景白绽放出灿烂的笑。

荣丰进来抱臂由上至下打量姚绯，姚绯穿上警服就像是真正的景白走了出来。姚绯在演戏上天赋特别高，荣丰跟她相处过一个月，以为已经习惯，但看到这样的姚绯依旧惊喜，她灵气十足。"把头发剪短感觉就更对了，能把她的头发剪短吗？短发能凸显五官，长发喧宾夺主了。"荣丰说。

荣丰抬手比了下耳朵："到这里。"

"那后期造型怎么做？全程短发？"造型师说，"荣导，你是不是忘记了，这个角色三分之二的造型都是长发，难道要戴假发吗？"

"剪到肩膀。"荣丰说，"警服这套用短发，戴头套试试。"

姚绯其实也很想剪短发，她还没有尝试过短发造型。但导演要求长发，她也就按捺住了冲动。

短发头套戴上那一刻，导演和编剧都在沉默。

这套造型太绝了，这是电影最后一个镜头的造型。她死在黎明之前，暗沉的天空连绵阴雨，她浸在寒冷的水里等待死亡。

她想到警校毕业那天，她穿着警服站在白色阳光下笑得灿烂。

齐耳短发搭配她的素颜，让她的五官更加清晰，整个人青春洋溢。她的皮肤很白，五官明艳，迎着灯光十分阳光积极。

姚绯笑着回头看荣丰："怎么样？"

"把这场戏放到最后。"荣丰决定了头发的命运，"最后一个镜头，剪短头发也不会影响前面，这场戏一定得短发。"

几个演员用的是同一个摄影棚，姚绯走出去的时候，商锐正在拍他的造型。

他穿着最普通的白色衬衣、黑色裤子，戴着眼镜。他面色苍白，拄着拐杖，头发一丝不苟，妆容刻意把他往平庸了化，但他的五官太鲜明了，还是有些锋利，只是被他眼神中的深沉遮掩了几分。按照剧情，他的一条腿因为一场爆炸受过严重的伤，不能站直，是个瘸子。

他身上"商锐"的感觉非常弱，仿佛变了个人。这个角色需要表面平庸，不会被人一眼认出来。这一点，他做得不错。

他的扮相比姚绯想象中的好太多了，姚绯以为会很出戏，可其实还好，她看到商锐能想象蒋啸生这个人，像阴狠的毒蛇。

"我一开始没打算用商锐，可商锐找我试了一场戏，就是这身打扮，他的演技不错。"荣丰咬着烟点燃，说道，"只要他想演，就能演好，他非常有潜力。"

商锐正在跟摄影师说话，漫不经心地抬了下眼。目光停住，他定定地看着穿着警服的姚绯："姚警官。"

姚绯跟他点了下头，算是打招呼，不想在大庭广众下跟他多说什么。商锐一开口，熟悉感就来了。

她也要拍照了，往前走了两步。

商锐扬声说了句方言。他需要补妆，化妆师正在给他补眉，他不能走过来，只是远远朝姚绯挥了挥手，笑得有几分张扬。

导演快步走向了他，恼怒道："商锐，你把表情绷住。"

姚绯没听懂他说的什么，不知道什么意思，就看到化妆师回头冲她笑得意味深长。她走到另一边的拍摄地，看周围人离自己远，才状似无意地压低声音问刘曼："商锐说的是哪里的话？说的什么？"

"S市话，意思是：小姑娘这么漂亮，有男朋友没有？"刘曼翻译。

姚绯移开眼，不再看商锐。

下午的拍摄商锐那边很不顺利，第二套定妆争议特别大，因为反差极大，是颠覆商锐原本特色的一个妆。

姚绯这边拍完，商锐已经离开了摄影棚。

姚绯拍到晚上七点才离开摄影棚，还要再拍一天。明天男一号陈锋才能过来，他们需要合照。

换衣服、化妆是最累的，比演戏还累。姚绯到酒店已经晚上八点，她连饭都没吃直接去了浴室，洗完裹着浴袍出来听到了敲门声。她以为是刘曼，想都没想就走过去拉开了门。

商锐穿着黑色T恤、蓝色牛仔裤单手插兜靠在门边。

"有事？"姚绯问。

"想跟你聊聊《寒雨》的人设。"商锐抬眼，走廊的灯光落在他的睫毛上，他的睫毛被映得灰黄，浓密纤长。

多么熟悉的场景。

当初他在《盛夏》的剧组也是这样。

"进来吧。"姚绯让开路，转身找毛巾擦头发。

"需要帮你吹头发吗？"商锐进门抽了一张湿纸巾擦手，看向姚绯，"你的头发剪短了？"

早上姚绯的造型很明显能看出来是戴着假发，下午拍摄他没再看，这会儿突然发现姚绯的头发短了很多。

"过段时间还要剪，会剪得很短。不用吹，一会儿就干了。"姚绯嫌吹风机吵，擦了一把头发就把毛巾放下，"下个月才正式拍摄，你不用这么早入戏。"

商锐看着姚绯湿漉漉的黑发，她刚洗完澡，肌肤白净。

"荣丰让我现在就入戏，重新认识蒋啸生。"商锐的目光从姚绯的颈部肌肤缓缓移动，看到她圆润洁白的耳垂。

他起身走向化妆台取了她的吹风机，姚绯已经坐到了沙发上，闻声抬眼看过来："干什么？"

"想试试给人吹头发是什么感觉，剧本里是不是有这个镜头？蒋啸生给景白吹头发。"商锐连他自己的头发都没吹过几次，他给吹风机插上电，绕到姚绯身后。

"有吗？我怎么不知道？"姚绯对剧本倒背如流，并不知道这个场景。蒋啸生给景白吹头发？确定不是蒋啸生拿刀对着景白的脖子？

"我的剧本里有。"商锐语气十分笃定，"最后一个镜头，蒋啸生喜欢上了景白，他也知道了景白是卧底。他打算杀景白，最后给她吹了一次头发。"

商锐的手指扣着姚绯的肩膀，把她按了回去。他的手指修长有力，嗓音沉缓带着认真的疑惑："你的剧本里没有这段吗？"

"你是不是拿了盗版剧本？"姚绯开始怀疑她和商锐的剧本是不是真的不一样，商锐这个语气太肯定了，"是不是导演给错剧本了？剧本修改了三遍，最后一版和前面的差距很大，定稿里蒋啸生和景白之间没有明写有感情。"

喜欢写感情的是沈成，定稿版本是荣丰亲自操刀，大刀阔斧改的。这方面，荣丰绝不会心慈手软。

"你觉得蒋啸生和景白之间有感情吗？"商锐撩起她的头发，一如想象中的柔软，潮湿带着兰花香。她细腻白皙的耳后肌肤就在眼前。灯光下，她小巧的耳垂白得几近透明："你觉得蒋啸生这个人怎么演才能出彩？我不是指人设，我是说表演方式。"

"景白对蒋啸生没有，自始至终只是想让蒋啸生被绳之以法。蒋啸生对景白有。"姚绯感受着商锐的指尖扫过她的后颈肌肤，仿佛被羽毛扫到，有一点点痒，"但这种感情绝不会拍出来，一丁点都不会有。表演方式一定是融入人设，蒋啸生想要出彩就只能悲惨地死去，让人对他恨之入骨。"

"你觉不觉得这样处理的话，蒋啸生的人设太单薄了？"中午他和荣丰因为造型的事聊了几句角色，发现分歧特别大，荣丰恨不得把他的脸划花，这种极端的方式商锐第一次遇到。他和荣丰对于蒋啸生这个角色的认知有很大的偏差，他想听听姚绯的意见。

"坏到极致、深入人心就不会单薄，坏到肤浅那就单薄了。蒋啸生是臭名昭著的大毒枭，这样的角色用你，本身就很冒险。你选择这个角色，你得把自己完全放下，抛弃自己。"姚绯想了想，说道，"你长得实在太出彩了，吸引了太多目光。"

商锐吹头发的手顿住。

她在夸他吗？

"你有很多粉丝，你本身就被很多人拥趸，稍有不慎，这个角色就会变成美化反派。用你，一定会删掉蒋啸生身上的很多特质，删掉你身上的全部魅力。荣导会毁掉你原本拥有的东西，重新塑造。"姚绯隐约知道他们的争议点在什么地方，"这个反派和其他反派不一样，这是个发挥空间非常有限的反派。"

商锐垂下眼，目光沉了下去，他开口："如果是你，你会怎么演？"

"坏得不留一点余地，制造反差，让粉丝认不出来。"姚绯认真道，"或许你可以试着代入，你最重要的人碰那些违禁品，真正的景白成为无碑墓。你有多恨蒋啸生这种人，你可以代入这种恨意去演蒋啸生，让人记住这个恨，永远别碰这些东西。"

商锐目光阴沉，停了许久才重新吹头发，指尖扫到姚绯的耳后。

姚绯"噌"地站了起来，跟商锐拉开距离："试吹结束了吗？"

商锐深邃的眼注视着姚绯，看得特别深。他修长的手指移上去关掉了吹风机，房间寂静，似乎能听到彼此的心跳声。他想，如果当初姚绯喝的是成瘾性的东西，他会不会把李盛弄死？他会的吧。

他一直很恶心那些，那是泯灭人性的东西。

"这可能就是演员的意义。"

这里晚上的温度也就十摄氏度左右，屋子里却燥热起来，又热又闷，让人有些喘不过气来。姚绯忍不住想到他的手指穿过潮湿的头发，抚摸在她肌肤上的触感。

商锐给她吹头发，还吹得那么认真。

敲门声响了起来，姚绯猛然回神，朝着商锐点了下头，快步走过去拉开门。走到门口，她想起来，为什么要冲他点头？

以后不能再放商锐进门了，他真是祸害。

"绯姐，给你送饭。"刘曼端着托盘，说道，"锐哥在你这里吗？"

"嗯。"姚绯让开路，解释道，"我们在聊剧本。"

刘曼一副"我懂"的样子，笑着进门，说道："蔡总让我给锐哥也带个晚饭，你们看还需要什么，我去帮你们拿。"

"放餐桌上吧。"商锐把吹风机放回去，活动了下手腕，冷峻的脸上没有多余的情绪，拉开餐椅坐下，"谢谢。"

"那行，我先走了，有事喊我。"刘曼抬起手朝姚绯挥了挥，快步溜走，顺手带上了门。

姚绯在原地站了片刻，才敛起所有的情绪，面上不露分毫地走到商锐对面拉开椅子坐下："所以我说，蒋啸生这个角色很难演。荣导势必会丑化你，不会留下任何闪光点，你不再是男神，你只是臭名昭著的蒋啸生。"

商锐很喜欢"男神"这两个字。

"包括蒋啸生跟景白之间的感情也不是爱情，只有犯罪心理。"姚绯打开饭盒，拿起筷子夹了一块牛排，"你现在退出还来得及，这不是什么好角色，演不好会被很多人骂。"

"你觉得我是一个负责任的男人吗？"商锐打开瓶装水先喝了一口，喉结随着喝水的动作咽动，他若有所思，看着姚绯，"你不是说你相信我吗？"

姚绯咽下牛肉："你想听实话吗？"

"说吧。"商锐放下水，拿起了筷子，下颌微微上扬，嗓音轻扬，"我会不让你说实话吗？"

他们的关系，姚绯为什么要顾虑？

"你不是负责任的人。"姚绯心想，这是商锐要听的，那就别怪她说话直了，"我认识你到现在，我没见过你对哪件事负责过。你对任何事都是三分钟热度，随心所欲毫不负责。你对表演，似乎也没有那么强的责任心。"

商锐把筷子又放了回去。

他抱臂靠在椅子上，目光沉了下去："继续说下去，还有什么？"

"没了。"姚绯咬着生菜看他，商锐的表情不太好看，"说完了。除此之外，你都挺优秀。"

漫长的沉默，商锐拿起桌子上剩余的半瓶水喝完，唇上沾着水，沉黑的眸子注视着姚绯："你是这么看我的？不负责任？"

"那你知道负责任是什么吗？"姚绯放下了筷子，认真地看着他，"你有为一件事拼尽过全力吗？"

"你。"商锐开口。

姚绯愣住，怔怔看他。

"你不信吗？"商锐扬起唇，轻嗤一声，他起身离开椅子走向门口，拉开门往外面走，"我以前也不信。"

房门关上，房间恢复寂静，姚绯往后靠在椅子上，抬头看灯光。

怎么敢信？

商锐的很多话她都不敢信。

结束定妆后，姚绯和陈锋进入警官学院训练，他们要在这里待二十天，这部戏有大量的动作戏，他们需要体能训练。

姚绯不单单得有做警察的功底，她后面还要做卧底，打戏很复杂。荣丰给她请了一个武术指导，让她跟着练。

商锐原以为他们会在一起训练，拍完定妆照的第二天，荣丰和沈成就把商锐带去了东南亚。

七月五号，《寒雨》开机。上午十点，《寒雨》官方微博发布了开机海报，提到了演员，商锐在第三位。

粉丝蒙了几秒就炸开了，商锐的粉丝无法理解。

商锐中午十二点发了一条微博：

"我是演员商锐，我在《寒雨》里饰演蒋啸生。#《寒雨》开机大吉#"

这条微博下的吐槽多过粉丝的支持。

可这一次，商锐是认真地要以演员身份重新出道。他并不在意这些辱骂，比以往任何一次都平静，他接受了这一切，卸载了微博。

七月六号第一场戏，是姚绯和商锐的床戏。全片唯一一场床戏放在第一天拍，荣丰的拍戏路子果然野。

晚上的戏，下午就开始准备。他们租的是一家很陈旧的歌厅，具有年代感，虽然环境不算脏，但昏暗阴沉的氛围十足。这段戏是回忆戏——景白和蒋啸生的第一次见面。景白一开始并没有进入蒋啸生的势力范围，她的卧底工作原本是暂时的，只是为了抓一个贩毒小团伙，她负责在外围接应，没想到这次计划误打误撞触及贩毒集团的核心利益。她的卧底师哥身份暴露，被蒋啸生的人抓住折磨致死，残破的尸体被扔进了黑湖，她的上级领导遭到毒手横死街头。

一夜之间，她失去了身份也失去了所有的朋友。

她在短暂的迷茫后，义无反顾地踏上了这条不归路，她已经和组织失联了。她赌了一把大的，直接去勾引蒋啸生，知道蒋啸生变态的嗜好，她找机会弄残蒋啸生的一个手下，果然，蒋啸生那个变态当即就对景白生出了想法。

也是从这里，景白搭上了蒋啸生，成了一个失去了身份却依旧履行职责的"卧底警察"。她跟在蒋啸生身边一路爬到了高处，搜集证据等待一个机会。直到新的禁毒支队队长郑泽上任——就是陈锋饰演的男一号——誓要撕开这暗网，景白才从暗处走了出来。

姚绯化完妆出门看到正在背台词的商锐。

他穿着黑色衬衣、黑色长裤，手杖落在手边，头发一丝不苟地梳到后面。他在东南亚晒黑了，果然没有晒不黑的皮肤，只要不涂防晒霜很快就又黑又糙。皮肤粗糙了之后，他的五官越发锐利，眼眸沉黑，他的演技好起来了，举手投足之间都透着股阴狠。

这是姚绯没见过的商锐，他在短短一段时间内成长了很多。

荣丰在跟商锐说拍戏走位："这里的床戏和《盛夏》里的不一样，这里是没有感情的，明白吗？你不要对她产生感情，你把她当成一个仇人。敬业点，你把自己当成真正的蒋啸生。"

"能用替身吗？"商锐抬眼就看到了穿着红裙子的姚绯，她的头发散在肩头，化着明艳的妆容，细细的裙子吊带贴着皙白的肌肤。她看起来有几分柔弱。他定定地看着她。

他很排斥这场床戏，第一次希望对象不是她。他感受到蒋啸生这个角色的可恨之处了，谁不想杀了蒋啸生呢？

"没必要用替身，我觉得姚绯也不需要替身。"荣丰转头叫姚绯："姚绯，过来，你们走个戏。"

姚绯走向了商锐，说道："没事，你可以揪我的头发，这个镜头就一下，甩过去就好。"

商锐盯着姚绯的头发出戏了。

"走一遍戏吗？"姚绯问，"我们可以试一下走位，以免一会儿正式演的时候出现失误。"

商锐抬手放到姚绯的头发上，只是搁着。他垂下睫毛。

他闭上眼在想姚绯说他没有负过责任，姚绯心里到底有没有他的位置？荣丰说的是不是真的？又想如果他是蒋啸生，这场戏他会想什么？

他这次的造型搞得很丑，以为姚绯会介意。昨天开机宴上见面，姚绯看他的眼神更深了，并没有表现出嫌弃，看起来很喜欢。

商锐都不知道她是情人眼中出西施，还是确实很喜欢这个造型。

他跟荣丰走了二十天，荣丰比他的表演老师教得都多。封闭式训练确实很容易入戏，这是他在演戏上最疯狂的一次。真正地走进戏里，并没有想象中那么艰难。商锐不是入不了戏，他是有心理障碍，恐惧入戏。

荣丰给他留了个出戏的点，荣丰说姚绯喜欢他。

姚绯头顶着他的手，也没有动，等他来感觉。他的掌心很热，贴着姚绯头顶的肌肤。他的手指很长，他的手经常给姚绯带来安全感，他身上有木质香调。

"我们试试吧。"商锐睁开眼，这回眼神已经变得有些陌生，他代入了蒋啸生，"我尽可能不抓你的头发。"

他抓头发时手掌贴着姚绯的头皮，把力道放在手心，用手心去推她的头。试了两遍还算顺利，商锐可以面无表情地发狠。

荣丰决定开拍。

演员就位，打板落下。

姚绯在地上趴着，听到打板声抬头刚要说台词，忽然身下剧烈地晃动，头晕目眩，她愣了下，以为自己低血糖导致了眩晕。

不知道谁喊了一声："地震了！"

下一刻，姚绯就被人护到了身下。

重物坠地的声音伴随着尖叫声，地动山摇，她在混乱中先是闻到了熟悉的木质香调，随后男人的手死死地护着她的头，脸贴在她的后颈上，有股灼热的气息。

随即是浓重的血腥味。

有人喊了声："锐哥。"

姚绯费力地转过身握住商锐的肩膀，仰起头，浓稠鲜红的血顺着他的头发缓缓往下流，重重地压在他的眼皮上。这一会儿工夫，他的头发已经湿透了，他身后是倒在地上的拍摄器材。

吊灯疯狂摇晃，往这边跑的灯光师转头朝门口冲去。

"地震了。"商锐费力地睁开眼，甩了下头，头晕得厉害，想吐，他的视线模糊，看不清楚东西，"快点，跑出去，别管我。我估计脑震荡了，晕得厉害。"

拍床戏时现场会清场，留在房间里的人本来就不多，听到"地震"两个字后人又跑了一大半，大家拥挤着往外冲。

姚绯听见导演在喊："注意脚下！别发生踩踏！大家注意安全！按照秩序往外走，别挤！"

姚绯在眩晕中爬起来，用力地拖着商锐的手臂缠到脖子上，把他拖了起来，往外面拽。

"我走不动，你别管我。"

商锐急促地喘息，脚下发软，走了两步差点儿摔到地上。姚绯脚下的高跟鞋也崴了下，她当机立断脱掉了高跟鞋。

姚绯这辈子的力气都在刹那间爆发出来，她单薄的肩膀横到商锐面前，径直扛起了他。房间里一片混乱，人都往外面跑。

他们租的歌厅三层楼，走廊的尽头是步梯。

这个时候谁也不敢坐电梯，步梯上都是人。姚绯扛着商锐混入了人群中，她抿紧了嘴唇，有什么东西顺着她的脖子往下流，暖的，她不敢想。

如果有一天商锐死了，她该怎么办？

姚绯听到脖子上有粗重的喘气声，她听不清商锐说什么。她只是看着那个出口，无论如何，她都不会丢下商锐。

姚绯下楼梯时差点儿跪下去，商锐用力握住铁栏杆撑住，他半睡半醒，脑子昏沉，恶心："你放我下去，姚绯。"

姚绯不放。

她不说话，反而用力托着商锐的胳膊，拼命往肩膀上扛。

她这辈子没在乎过什么人，也没被人在乎过。

她就是浮萍。

商锐松开了手，她在摇晃中咬着牙扛着商锐往空旷的院子走。其他人已经跑出了院子，跑向了外面的广场。

院子里的灯悬挂在夜色中，随着地震剧烈摇晃。她走到空地，几乎是摔到了地上。她被商锐托了一下，商锐转身就呕吐。

他一身血十分狼狈，仰躺在粗糙的地面上。他在呕吐声中，费力地睁开眼："姚绯。"

姚绯回头看他，昏暗的灯光下，他的头发潮湿，眼睛也潮湿，他扬起唇笑："我们这也算生死与共了。"

姚绯的嗓子有东西堵着说不出话，他入了戏，但他在第一时间还是挡到了她身上。

她在二十四岁那年遇到了一个人，他张狂不羁，行事作风飞扬跋扈，他跟姚绯认识的每个人都不一样。他不屑于掩饰，他坏得直接，好得坦荡。

可每一次姚绯遇到危险，他都会扛下一切，托住姚绯。

商锐没忍住："你喜欢我？"

姚绯半跪在地上，粗糙的砂砾地面刺着她膝盖的肌肤，她定定地看着商锐。

喜欢啊，很喜欢。

"你怕我死？"商锐嗓音沙哑哽咽，他的桃花眼泛着红，血在他头下的水泥地上洇出一片深色。

地震还在持续，到处都是嘈杂的人声，没有人注意到他们。不管什么人，在生死面前都是普通得不能再普通的人，都是脆弱的人类。她很深地吸气，拼命地让自己冷静下来，颤抖着手去摸商锐湿漉漉的头发。

他会不会死？

他死了，这世界上不会再有人冲她笑了。

"帮我拨个救护车电话。"商锐的视线已经模糊，看不清姚绯，他的唇角还扬着，"往外面跑，出去找你的助理，找蔡伟。"

姚绯如梦初醒，松开手起身朝人多的地方喊道："队医！这里有人受伤了！商锐受伤很严重，能来个人吗？"

她的声音颤抖在风里，一出口眼泪就汹涌地滚了出来。她抬手抹了一下眼，声嘶力竭地喊道："我可以加钱！我有钱！你们救救他！"

要拍床戏，大部分助理和工作人员都在外场等着，地震发生后，他们直接奔出了门，还有人跑到外面的广场。姚绯不能理直气壮地要求别人冒险，可她只有一个商锐。

第一个跑来的是蔡伟，看到商锐后立刻脱掉外套捂在他头上，扯着嗓子骂道："来个喘气的！都死了吗？跑得都挺快！"

蔡伟跟商锐合作了六年，亦兄亦友。

跑远的人又跑了回来，场外候场的救护车上有人抬着担架跑了过来。

地震持续了一段时间，姚绯帮着医生、护士把商锐抬到了救护车上，商锐已经昏迷。姚绯坐到救护车的最里面，看着医护人员急救，中间坐着蔡伟，另一边是荣丰，三个人一个比一个狼狈。

"你哪里受伤了？"护士回头问姚绯，"你身上很多血。"

"他的。"姚绯开口才知道嗓子有多沙哑，她狠狠揉了一把脸，"他——怎么样？会死吗？"

"暂时不会有生命危险。"医生说，"但他可能有脑震荡，得到医院检查才能知道。"

车到了医院，商锐先被推下车，荣丰脱掉外套递给姚绯："穿上。"

"谢谢。"姚绯太狼狈了，她身上都是血，单薄的裙子挂在身上。夜风寒凉，她冷得快没有知觉了。

蔡伟和荣丰都脱掉了外套，只穿着短袖，缩着脖子往急诊室走。姚绯穿上荣丰的外套跳下车，赤脚踩着地板快步跟上去。

商锐已经脑震荡过一次了，再来一次，他的头还好吗？

姚绯焦躁不安地站在急诊室门口，她的心情比入不了戏还焦虑，比当年不让她拍电影时更窒息。

可她最终什么都没有做，只是笔直地站在走廊里，等待结果。

晚上十点半，商锐才被推到病房。

他再一次脑震荡了。

地震后，官博很快就发布了消息，六级地震，震中离这边还有一段距离，他们这个县暂时没有伤亡。

他们的问题出在器材固定上，当时在准备一个高机位俯拍，地震时，摄影师失误把机器砸了下来，姚绯在机器正下方，商锐替她挡了一下。

刘曼送来鞋子姚绯才回过神来。她穿上运动鞋站起身，浑身酸疼，膝盖僵硬，她深吸气调整状态。

"有人拍了你的照片发到网上，我才知道你没穿鞋。我原本以为你跑出来了，没回去找你，等我回去的时候你已经跟着救护车来到医院了。"

"洗手间在什么地方？"姚绯说，"我想洗手。"

刘曼连忙带姚绯去洗手间。

这家医院很简陋，洗手池上还有着黄色污垢，姚绯打开水龙头把手放下去。冰凉的水滑过手心，洗掉她手上的血，她抬头看镜子。

镜子污浊，隐隐约约能看到女人狼狈的身影，她撩起一捧水泼到了脸上，把外套脱掉递给刘曼，拿冰凉的水洗脖子上的血。她洗得很用力，几乎要把脖子搓红。

刘曼的手机在响，她拿起来说道："苏总打电话过来了，你接吗？"

姚绯把身上的血几乎全部洗掉，这是商锐的血。

她的裙子被水浸湿，贴在身上，显得皮肤更苍白。她接过外套穿上，那边刘曼已经接通了苏洺的电话，在跟苏洺汇报现场情况。

姚绯伸手过去："给我吧。"

姚绯把手机放到耳边，听到苏洺说道："你没事吧？商锐有事吗？我这就赶过去，怎么会发生这种事。"

姚绯上了热搜，有人拍了一张她在医院门口的照片。她赤脚踩在地面上，脸上、身上都有血，凌乱的黑发下，她一张脸神情麻木。她穿着一件不合身的男式外套，红色裙摆从下面露出一截，被风吹得卷起来。

有人问是不是剧照。

博主说拍摄地地震，姚绯好像受伤了。

晚上十点整，剧组发了微博，称地震期间剧组发生了意外，商锐还没有脱离危险。

"商锐受伤"上了各大平台头条，占据了版面。事情各种发酵，传到离谱荒唐。

晚上十点半，商锐被确认脱离危险，他的工作室发了两个字："平安。"

姚绯的团队早就替她发了回应报平安，她拿到手机坐在医院的走廊上，麻木地翻着微博。没有看自己的，她在看商锐的。

商锐的负面新闻依旧很多，他躺在医院生死未卜，各路宣传号拿他吸引流量，试图榨干他的每一分价值。他的部分粉丝批评团队接这部戏，劝他离组。

她看着文字、图片，比别人骂她都气愤。如果商锐看到，他会不会难过？他的生死都是别人眼中的生意。

身边坐下来一个人，随即他拿出了烟。

"医院不能抽烟。"姚绯说。

蔡伟把烟放回去，姚绯起身说道："我们去外面透透气吧。"

"不怕被拍？"蔡伟看她。

"随便吧。"

蔡伟还是很谨慎，他带姚绯上了医院的天台。楼下有助理守着，不会有人上来。天台上寒风呼啸。

姚绯仰起头，任由头发被吹得凌乱："你们不管网上的负面舆论吗？"

"管不过来，每个人都有嘴巴都有手，买得起手机上得起网，很多事睁一只眼闭一只眼就好了。"蔡伟弹落烟灰，白色烟灰立刻被风卷走，他走到天台边缘，"别太当真，也别较劲，他平安就好。"

蔡伟仰起头看向远处："别看他现在这样，刚出道时他特别较真，媒体人要新闻，故意激怒他来制造新闻，他一点就着。这些东西能当真吗？只有他当真，天天跟人较劲，恶性循环。对方一看他上当，找更多新角度来激怒他换取流量和金钱。

"他跟人家讲对错，人家指责他态度不够好；他跟人家聊态度，人家说他没素质。气不气？那段时间他需要看心理医生才能调整过来。他不知道自己做错了什么，我也不知道，可这就是规则。

"这个圈子里没有人在意他到底是个什么样的人，他们只会看自己想看的，他们在明星身上找自己需要的。最好的状态是什么？各司其职，各取所需，不过是一场生意。"

姚绯忽然想到《盛夏》开机仪式上，商锐说过一句话，他说："人啊，最怕的是找不到自己的位置，或者找错位置。那样，除了痛苦还是痛苦，特别没意思。"

当时姚绯以为是讽刺她，现在想来，这句话是不是对他自己说的？人最重要的就是找准位置，不期盼不幻想也就不失望不难过，待在属于自己的位置上，寻找一种安全。

"谢谢你背他出来。"蔡伟把最后一口烟抽完，将烟头按灭在粗糙的水泥台阶上，他捏着烟头，"有心了。"

"蔡总，您不用为他跟我道谢。"姚绯把被风吹散的头发别到耳后，转头直视蔡伟，"他是因为我才受伤的，而且，我护我的人理所应当，不用谢。"

姚绯在医院待到凌晨四点，医生说商锐需要补眠才会一直睡，他的状态还算好，不会有危险，姚绯这才回酒店，洗完澡换了套干净的衣服。

早上八点，她买了早餐打车去了医院。

姚绯擅长在外面伪装自己，如果她不带助理、全程戴口罩，没人认得出来。明星在外面会被认出来多半是因为仪态，普通人不会每时每刻都保持背挺得笔直，明星怕被人拍丑照，每时每刻都会保持仪态和控制表情。

她到医院没找到人，打电话给蔡伟，那边接得很快。

"蔡总，商锐呢？"

"转到市医院了。"

姚绯大脑空白了一瞬："怎——怎么回事？"

怎么会突然转到市医院了？是严重了吗？她一眨眼，人就没了？

"没有其他并发症，放心。只是他家里人觉得县医院医疗条件不足，要求转到市医院做全面检查，没事的。"

姚绯抿了下嘴唇，才发出声音："地址。"

蔡伟那边迟疑了片刻，还是把地址给了姚绯。

姚绯找剧组借了一辆车，跟荣丰请了假，没有带刘曼。她开了导航，义无反顾地奔向了市里。

姚绯不知道未来会怎么样，也许她会赌输。

管他呢。

她和商锐从第一次见面到现在，一年零八个月。不算长，但也不算短，他们在一起走过了四季。

她二十四岁遇到商锐，如今二十五岁。

过去的二十几年里，有色彩的四季并不多，她就爱一天是一天吧。

说不定哪天会出意外，筹划的人生还没开始就结束了，岂不是白算计。

从片场到市里开车三个小时，姚绯没有走高速，走了国道。她握着方向盘注视着前方的路，视线内是灰色公路。国内的路真好，没有坑洼不平和被轰炸出来的巨坑。越野车平稳地飞驰，飞奔向公路尽头的茂林深处。

就像当初她去罗安找商锐，没有想太多。

她那时候想送商锐一个蛋糕。

现在，她想送商锐一份喜欢。

下午一点，姚绯到市医院。她在医院附近的花店买了一束红玫瑰，抱着进了医院。姚绯对花没什么特殊的感觉，花开在花园里还是剪下来塞进包装纸里对她来说并没有什么区别，都是植物。

可他喜欢红玫瑰。

姚绯觉得送了红玫瑰，他可能会很高兴，她还挺喜欢商锐笑起来桃花眼弯着的模样，灿烂得仿若阳光。

姚绯在住院部一楼登记的时候遇到了蔡伟，她放下登记表："蔡总。"

蔡伟的脸上有着明显的意外："你怎么过来的？怎么是这个时间？你吃午饭了吗？"

"开车。"姚绯把口罩往上拉了下，遮到眼睛下面，"他醒了吗？"

"醒了，精神还不错。"蔡伟说，"要不我先带你去吃饭？"

"我想先去看他。"姚绯并不想跟蔡伟吃饭，"方便吗？"

"方便应该是方便的。"蔡伟欲言又止。

"那我先上去？"姚绯不想麻烦蔡伟了，说道，"我知道他的病房。"

行吧，只要你不后悔。

蔡伟快步走过去按电梯，说道："我送你上去吧。"

两个人一前一后走进电梯，姚绯站在最里面，抱着花站得笔直，穿着简单的黑色衬衣，领口散着两粒扣子露出一截单薄清冷的锁骨，衬衣下摆规规矩矩地塞入牛仔裤中，头发扎成了马尾，清绝静美。

从外形来看，她和商锐真挺搭的。

"蔡总，你上次问我的问题，我改变了答案。"

蔡伟摸了摸鼻子，说道："我不该直接问你，这是你和他的私事。我当时问没有恶意，我只是怕你们一时兴起，回头比较难收场，公关很麻烦。"

蔡伟一下把话全部撂出来了，姚绯愣了下，说道："我能理解。"

"抱歉啊。"蔡伟说，"经纪人对这种事比较敏感，都是工作。"

"各有各的立场，我明白，不用抱歉。"她对于觉得值得做的事一向很坚定，并不受别人影响。蔡伟能影响她，说明当时她认为商锐不值得。

人会随着时间改变想法、改变一切，现在的她想的就不一样了。

电梯停到了八楼，蔡伟先走了出去在前面带路。

八楼很安静，走廊里灯光静静地亮着。

快到门口的时候，蔡伟回头说道："一会儿你别提商锐替你挡摄影机的事。"

姚绯转头看过去："为什么？"

第四间病房，蔡伟推开门朝里面很恭敬地打了声招呼，说道："姚绯过来了，来看商锐。"

姚绯一夜没睡的大脑出现宕机状态，脚下由于惯性已经迈到了病房前，于是她正面跟商家所有人撞上。

蔡伟退到一边说道："那你进去吧。"

他在一楼看到姚绯就想提醒她，商锐的家人都在，但不知道该怎么开口，怕说不清让姚绯误会，商锐可能会跳起来给他一棒槌。

病床上，商锐头上裹着白色纱布，俊美的脸有些苍白，眉头蹙着，嘴角叼着他妈妈喂过来的吸管，怔怔地看着门口的姚绯。

姚绯抱着一束红玫瑰，她比花明艳。

商锐眨眨眼，咽下嘴里的液体。

"姚绯？"商锐的妈妈先回过神来，说道，"是那个背你下楼的姑娘吗？这么瘦？"

商锐偏头避开吸管，开口："你过来了？"

花是谁让她带的？怎么会是红玫瑰？

姚绯麻木地走进门，看到跟商锐长得极像的商子明。不过较之商锐，商子明更成熟稳重，比照片上看起来更有威严。他戴着金边眼镜，身上有种经过岁月磨炼、偏内敛的锋利。

还有商锐的父母，都在新闻上出现过。她的大脑一片空白。

商子明自我介绍："我是商子明，小锐的哥哥。"

"你好，商总。"姚绯抱着花站在原地，不知所措。

"这是我们的爸妈，你跟着小锐叫我'大哥'就好。"商子明嗓音沉稳，介绍父母，又介绍了自己的太太。他的太太看起来跟他年纪差不多，很有涵养且温婉。

姚绯挨个儿叫了一遍，伯父、伯母、大嫂。

思维乱成了一团糨糊。

难怪蔡伟会问她"要不要先去吃饭"。蔡伟不是劝退，他是在试图救姚绯！

"奶奶在家没过来，她身体不好，坐飞机太颠簸。"商子明解释了家里有成员没来的原因。

商大佬居然讲话这么温和。

"来，过来坐。"商锐的妈妈笑着招呼姚绯，说道，"给小锐带的花？谢谢你救小锐。"

"您客气了，我就算不背他出去也没事，昨天地震不严重。"姚绯鞠躬的时候差点儿把脑袋抵到腿上，蔡伟还提醒她别说商锐替她挡摄影机的事，这么明显的暗示。

如果地上有缝，姚绯立刻钻进去与世隔绝。

她用良好的演技撑着表情，僵硬地坐到床头的椅子上，抱着花看商锐，商锐也在看她。

姚绯从医院窗户的倒影中看到商子明已经坐到了一边的沙发上，拿起沙发扶手上的电脑继续工作，大嫂去倒水了。

商锐忽然伸手过来，他的手背上还扎着针，贴着一片白色胶带。他清瘦的手背上血管特别清晰，手指很长，骨节分明。

姚绯下意识地往后避了一下，这里都是他的家人。她眼神示意：干什么？

商锐忽地就笑了起来，他一笑，桃花眼特别深。稠密的睫毛投影在眼睛下方，像是很浓重的阴影。

"花不给我？"商锐开口，嗓音哑然，他刚动了下就恶心得不行，立刻老实躺着，"不是送我的？"

"是送你的。"姚绯连忙把花放到床边。

商锐的睫毛动了下，还注视着她，用口型道："口罩可以摘掉。"他想看她。

姚绯这才反应过来自己还戴着口罩，连忙把口罩拿下来。

"我认得你。"商锐的妈妈惊喜开口。

姚绯看了过去：什么？

"你以前是不是演过一个武侠电影？大概六七年前。"商锐的妈妈在姚绯来之前就被介绍了半天，姚绯是个演员，跟商锐是同事，之前两个人合作了一部电影。商锐的妈妈不怎么看商锐演的电影，早年她为了维护儿子在微博上跟"网络键盘侠"争执，结果被气得心脏病发作，就被全家勒令不准再关注商锐的事。她对商锐的搭档也没什么概念，这会儿小姑娘往这里一坐，口罩拿下来，她眼前一亮。姚绯非常漂亮。"特漂亮的剑客。"商锐妈妈说道。

娱乐行业不缺美人，可姚绯这么美的确实没几个，她很有辨识度，见过就不会忘记。

"《寒刀行》。"商锐嗓音低沉，主动把答案递给了母亲。他抬起指尖戳着红玫瑰的花瓣，数了一遍，十一朵。十一朵红玫瑰的意思好像是，我爱你一生一世，我会拿一辈子保护你、宠爱你，做你一世的爱人。他的唇角上扬，指尖有一搭没一搭地拨弄着玫瑰花瓣："她是女一号，我带你去电影院看过。"

当时他和家里人闹别扭，家里人停了他大部分的卡。他想帮《寒刀行》拉票房又没钱，母亲恰好过来找他，他当机立断把母亲拐到电影院骗了一次包场。

"对。"商锐的妈妈很是意外，"没想到你们会成为同事！缘分真是奇妙。"

惊不惊喜？意不意外？她还是你儿子的未来女朋友呢。

缘，妙不可言。

"是很巧。"姚绯笑得脸都僵了，她没有和长辈聊天的经验。她想离开了，快速看了眼商锐棱角分明的下颌："那你休息——"

"吃饭了吗？"商锐抬眼看姚绯，黑眸凝视着她，最后一个音轻得快要融化了，"饿不饿呀？"

"我出去吃饭。"姚绯终于找到理由了，站了起来，"你好好养身体——"

"没吃饭吗？"大嫂端茶进来说道，"我让人送过来。"

"不用麻烦。"姚绯连忙拒绝，她不想麻烦人。

"不麻烦。"大嫂笑着说，"你有没有忌口？"

"你还没吃午饭？这都几点了，还没吃。"商锐的妈妈说，"出去吃还要一段距离，就在这边吃吧。"

姚绯很不擅长推辞，盛情难却，她只好说道："谢谢，我没有忌口，都行，麻烦您了。"

"你太客气了。"大嫂笑着说，"你陪小锐聊天吧。你过来，他很高兴。"

"是啊，他很希望你过来。"商锐的妈妈说道，"你坐。"

姚绯坐回去，抬头就对上了商锐浸着笑的眼。他的眼又黑又深，看一下就被吸进去了。

"你吃水果吗？"商锐的妈妈起身拿了个苹果递给姚绯，"先吃点东西，怎么这么晚还没吃午饭？"

"我开车过来，路上用的时间比较长。"姚绯接过苹果，"谢谢。"

"你自己开车过来？开了多久？"

"三个小时。"

"辛苦你了。"商锐的妈妈又去找吃的，想拿来给姚绯。

商锐拿起手机放到眼前，单手握着手机操作。片刻，姚绯的手机振动了一下。

商锐发信息给她？

姚绯不敢看，这里人太多了，万一被看到屏幕，她和商锐的"地下情"就曝光了。

又等了两分钟，医生进来查房，姚绯终于从人群中退出去，把苹果核扔进垃圾桶，然后退到窗户边，拿出了手机看微信。

果然是商锐的消息："花是送我的？十一朵玫瑰？"

姚绯看了眼被医生围着的商锐，心跳得飞快，有种大庭广众之下跟商锐咬耳朵的羞耻感。

她拿起手机打字回复："是。"

下一刻商锐的消息就过来了。

商锐："你很不自在？躲那么远。"

姚绯何止不自在，她恨不得当场离开地球。她回复："我没想到你的家人在，我以为只有你。"

姚绯透过人群缝隙往里面看，商锐还是那个模样躺在病床上，表情沉静，若无其事。

他是怎么做到被那么多人围着做检查还能发消息的？

商锐："姚小绯……要不要说句好听的，比如你喜欢我什么的，哄哄我，我找个委婉点的理由让他们回去。"

姚绯："……"

商锐："需要锐哥给你做个示范吗？"

商锐："姚绯，我喜欢你。"

姚绯耳朵像烧起来一样热，滚烫灼烧。她环视四周，没人注意这边。她垂下睫毛，深呼吸按着手机回复："嗯，喜欢你。"

手机仿佛烫手，她发完消息后立刻把手机装进了裤子口袋，手背在身后站得笔直，心脏在胸腔里急速跳动着。

她专注地看医生跟商锐的妈妈解释商锐的病情，又观察了一下商锐的爸爸，挺严肃的，商锐跟他哥都长得像爸爸。

她看得认真，却只看到医生的嘴翕动，一个字都没听清。

不知道商锐会找什么理由劝家人离开。

姚绯万万没想到，她跟商锐还没确定关系，先见了他的家人。要是他的家人知道他受伤的真相，还会对她这么客气吗？

医生、护士待了十分钟左右离开，离开后就听到商锐开口："你们先回酒店休息吧，我想跟姚绯单独待着。"

可真够"委婉"的！

在姚绯的震惊中，商家人迅速撤离现场。

病房里只留下一个饭盒。

姚绯跟病床上的商锐对视，商锐深邃的黑眸浸着笑，笑意荡荡漾漾地漾开了。如果忽略他头上惨不忍睹的绷带和苍白的脸，他这样子挺帅的。

"你这真够委婉的。"姚绯说。商锐那么直接的话，居然没有挨姚绯的捶。她又道："你家里人很宠你。"

"他们很尊重我的私人空间。"商锐开口，嗓音依旧很哑，他失血过多嘴唇也很白，"你吃饭吧。"

"你要喝水吗？"姚绯看他的嘴唇，还是喜欢他嚣张跋扈的样子。

"你先吃饭。"商锐已经被他妈妈喂了很多水，他的手上还吊着水，并不需要水，可也没有直接回绝，侧躺着注视姚绯。

"你几点醒的？"姚绯打开了盖子，看到了超豪华的盒饭。她也是见过世面的，可一个盒饭集齐了山珍海味也是离谱。

"转院时我就醒了。"商锐的声音还是偏低，桃花眼一眨不眨地盯着姚绯，缓慢道，"大哥过去接我，他不让我用手机，没跟你打电话——姚绯，你说喜欢我？"

姚绯差点儿呛到，抬眼看商锐。

商锐的睫毛很密，逆着光，眼眸沉黑。

他穿着白色病号服，高瘦挺拔的身形把白色的被子拱出弧度，艳红色玫瑰落在他手边，红与白的极致碰撞，让他有种病态美。

"是不是？"商锐问得很轻。

姚绯放下筷子，环视四周。房间里只有空气循环机发出轻微声响，姚绯起身绕开桌子，走到病床前。

她弯腰撑在商锐的上方，嗓子有些干。

商锐俊美的脸放大在眼前，棱角分明，他的眼窝深邃，眉骨很高。姚绯尽可能控制呼吸，他们接吻过无数次，她不应该紧张。

姚绯的手落到他的眉毛上，看到他湿潮漆黑的睫毛颤了下，掀起时几乎要碰到姚绯的肌肤。

"姚绯——"商锐的声音很轻很哑，沉沉地落入呼吸中。

两个人的呼吸几乎缠到了一起，缓慢地厮缠。

有麻雀飞到窗户上，"啾"的一声停到了八楼的窗户外沿上，攀着粗糙的墙面往玻璃里探望。

姚绯避开他高挺的鼻梁，看到他苍白的唇，低头，贴到了他的唇上。

柔软的唇相贴，姚绯刚才吃了苹果，还带着一丝清甜的果香。

商锐很急促地呼吸了一下，胸膛起伏，桃花眼的尾梢红得泛着潮。他的喉结滚动，微张开了唇，可姚绯已经退开了。

他抬手想揽住她，拉扯到头部顿时蹙眉。

"怎么了？"姚绯拉开距离，连忙去找急救铃，"我叫医生过来。"

手腕被握住，他的手掌紧紧地卡着姚绯纤瘦的手腕。这样的手腕怎么扛得起他？她那么坚定地把自己扛下了楼。

"不用。"商锐闭眼缓和眩晕，还扣着姚绯的手腕，唇角很轻地扬了下，"缓一会儿就好。"

姚绯撑在他上方，垂下眼看他的唇，抿了下唇低声说："商锐，如果两年后我们还在一起，我们就官宣。"

商锐倏然睁开眼，如墨的眼凝视她。

"没到两年就当什么都没发生过，明星恋爱分手会牵扯到很多利益，官宣太麻烦，我们的商务合作都可能会受影响。没到那个份儿上，就没必要了。"

"我们谈恋爱？"商锐紧紧盯着姚绯，倏地收紧了手，死死卡着姚绯的手腕，"什么意思？不官宣？"

"嗯。"姚绯点头，"我喜欢你，我承认。可我不知道这种喜欢会持续多久，你的喜欢又会持续多久，其中掺杂多少其他的感情。但我可以给你一个承诺，你没走之前，我不会走。哪天你想走了，提前跟我说，我们好聚好散。"

商锐的眼眸一寸寸沉下去，最后黑不见底。

"我先去吃饭了。"姚绯迟疑，深吸气低头在商锐的额头上亲了下，抽出手，转身快步走回放着餐盒的桌子旁。

溜了。

餐盒里的汤是燕窝，凉丝丝的甜。姚绯喝了一大口才冷静下来，她端起饭，拿起筷子夹菜，脑子很乱。她的主意还是很正，她过来就是要跟商锐说清楚。

现在说清楚了。

"姚绯。"商锐叫她。

姚绯咬着松茸，味道很好。她没抬头，只是应了一声："嗯。"

"我跟你讲讲我大哥和我嫂子的故事吧。"商锐说，"你想听吗？"

你有说话的力气就讲吧。

"他们是高中同学。"

据姚绯所知，商子明去年才结婚，怎么这么多年才修成正果？

商锐停顿下来，他一直觉得这件事儿很讽刺，等了会儿才接着说下去。他的嗓音依旧偏沉："在双方父母的干涉下，他们走了极端，发生了一件非常严重、无法挽回的错误。后来大嫂被父母送到了美国，大哥留在国内，他们彻底分开了。"

姚绯抬眼看向商锐。

乌云散去，一缕阳光穿过窗户玻璃落入房间，落到商锐的病床上，映在他的肌肤上，他的鼻梁骨被打出天然的高光。他在下午的阳光中，很是沉静温柔。

"我哥单身了二十年，去年他们结婚了，因为一场意外，他们这辈子都不会有孩子，在一起纯粹是因为爱情。他们用了半辈子等对方，彼此相爱，一辈子在一起。"

"这个世界上真的有爱情，两个人可以在一起很久，'一生一世一双人'并非只是随口而出的誓言，而是一生的承诺。"商锐认真严肃地说道，"我相信我们不会辜负彼此，两年还是二十年不会有多大差别，你信吗？"

难怪商锐的性格里会有纯粹的火热，他受家庭影响太大了。

姚绯回应着他的目光，回应了商锐的认真："我没见过爱情，我也不相信有这种东西。"她扬了下唇角，漂亮的眼睛里有着专注的纯净，"只是因为你，我想试试看，这世上有没有奇迹。"

商锐眼中浸着的笑缓缓地溢开，他的眼尾微微泛红，他不知道姚绯说这几句话做了多少心理建设。她是很内敛的人，自我保护意识很强。她为了商锐，探出了触角，把一颗心小心翼翼地递了出来。

"你不会有失望的机会，我不会让你失望。"商锐说话时黑眸灼然，姚绯视他为奇迹，"对于'对我失望'这件事上，姚小绯，你可能要失望了。"

姚绯抬起下巴，难得地露出几分情绪，唇角带着很浅的笑，有点小女孩的模样："是吗？"

"是啊。"

商锐若是真心，那她就真心奉陪："那我等你呀，商锐。"

敲门声响，护士进来给商锐拔针。

病房里很安静，午后的阳光铺洒在地面上。商锐望着姚绯，她应完商锐后就低回头认真地吃饭，吃得专注。她做什么事都很认真，一丝不苟。

商锐的唇角上扬，他一颗心满得快要溢出来。他拿起手机发消息给大哥："你弟弟可能真的要脱单了。"

"拔针很疼吗？应该没什么感觉的。"护士轻声问道，"你怎么哭了？"

"太阳照得我眼睛很不舒服，不是哭。"商锐迅速移开眼，面无表情道，"我畏光。"

护士连忙把窗帘拉上一些，遮住了阳光："这边光照很强，注意点。"

姚绯抬眼看过来，又看护士："太阳晒着也不行吗？我没注意，还有哪里需要注意的，你跟我说一遍吧。"

"没事。"商锐看向姚绯，"已经好了。"

但姚绯还是走过来询问护士注意事项。

大哥回消息过来："恭喜，保护好她。"

商锐看姚绯拿着手机记注意事项，阳光落到她身上，她的脖颈皙白，她的发梢被映成了淡金色，她的手指修长纤细，指尖干净。

商锐回复消息："我比想象中更喜欢她，特别特别喜欢。"

喜欢到心脏会疼。

姚绯送走护士，又去清洗饭盒，回到病房时发现商锐已经睡着了。脑震荡需要大量休息，他睡得突然。

姚绯坐到沙发上拿起手机订好酒店，握着手机支着下巴看睡觉的商锐。他睡得很沉，毫无防备。商锐的睡颜很好看，睫毛覆盖在眼下，他的五官精致柔和。他醒着时会有种锋利感，但睡着就不会，睡着的他很温和。

觉得有什么东西变了，但具体也说不清哪里变了。她还是她，商锐还是商锐。

谈恋爱是什么样？她想象不出来，反正就这样吧。

商锐睁开眼，房间里亮着灯，他恍惚了一会儿看到蔡伟放大的丑脸，蹙眉道："你干什么？"

"醒了？"蔡伟声音很低，"锐哥，姚绯怎么处理？"

"我女朋友是你能处理——"商锐抬眼，"什么？她怎么了？"

"动作小点，别晃到头。"蔡伟用下巴示意旁边的小沙发，"睡一下午了，一直在你旁边睡觉。"

商锐转头看到不远处姚绯趴在沙发上，身上盖着一条薄毯子，单薄消瘦，嗓子眼一下子就哽住了，心里软成了一片。全世界只有这一个傻姑娘会守着他："她——一直在这里？"

"昨天她守了你一夜没睡，早上又开车来找你，太困了吧。"蔡伟说，"我进来时她就睡着了，我没敢叫醒她。"

"你怎么不抱——"商锐原本想说抱她去陪护床上，接触到蔡伟那张脸，眼神陡然锋利，"你把陪护床让出来，等会儿她醒来，我让她去陪护那边睡。给荣丰打个电话，让他多给姚绯安排几天假期。她身上真的没伤吗？"

他住的是套房，隔壁有个陪护小房间。

"她都没让助理近身，我上哪里知道。按理来说应该没有，她看上去行动正常，还开车跑过来。"

"我去洗手间。"商锐想下床了。

蔡伟扶着他下床，商锐顶着一头纱布径直走向了姚绯。

蔡伟："……"

商锐在沙发边站了一会儿，低头亲了下她的头顶，亲得特别轻，怕吵醒她。低头的幅度有些大，他眩晕得站不住，扶住沙发缓了会儿才撑着直起身往洗手间走。

蔡伟："……"

商锐真像个重度瘾君子。

"你爸妈他们回去了。"

"他们这次怎么这么有眼力见儿？"商锐上完厕所，洗完手又拖着两条大长腿慢吞吞晃出去。

"商总劝回去的。"蔡伟眼看着商锐又要往姚绯那里绕，头疼欲裂，"大爷，你再过去撩拨，她醒来回酒店睡，今晚我让小张过来陪你。"

小张是商锐的助理。

商锐面无表情地掉转方向回到了病床上，没有立刻躺下。他左右巡视找了一圈，阴沉着脸看蔡伟："我的花呢？"

"插起来了。"蔡伟指了指床尾桌子上的花瓶，"我进来时看到都枯了，找了个花瓶给它们喝点水。"

商锐躺到病床上，指挥人："把床头升高些。"

蔡伟升高床头。

"把花瓶抱过来。"

这就离谱了。

蔡伟拧眉看着他："干什么？"

"我还没拍合照。"商锐拿起手机打开相机递给蔡伟，"帮我拍照，我要发微博。"

抱着花瓶拍照也太蠢了，他会被全网嘲笑的。

"快点。"商锐原本想让姚绯下午给他拍和花的合照，这是姚绯送他的最郑重的礼物，结果一转头自己睡着了，"我的第一束花。"

"如果我没记错的话，"蔡伟纠正他，"锐哥，每次你参加活动都会被人送花，每年情人节收到的红玫瑰能把公司楼下接待处埋了。"

"普通的红玫瑰是植物，姚绯送的红玫瑰是爱情。爱情你知道吗？"商锐下巴微微上扬，不由自主地把目光落到姚绯身上，语调中带着骄傲，"算了，你这种母胎单身不会明白。"

晚上十一点，商锐的朋友圈发了一条九宫格动态，他抱着一束皱巴巴、蔫头耷脑的玫瑰靠在病床上，从不同角度拍了九张。

苏洺刚下飞机就看到了照片，蹙眉转头问俞夏："这束蔫了的玫瑰有什么特殊之处？需要他拍九宫格？"

"未解之谜已经上了热搜，目前没有答案。"俞夏从助手拎着的袋子里取出小外套递给抱孩子的司以寒："这里比 S 市冷很多，给他穿上。"

商锐先是发了微博报平安，配图是用玫瑰挡了半边脸的自拍，他的脸依旧很英俊。他的粉丝扑上去一通安慰，有冷静的网友敏锐地发现商锐这玫瑰实在太蔫了。

商锐那种从头到脚都精致的骄矜人设，怎么会跟这么蔫的玫瑰合照？

于是蔫奔奔的玫瑰上了热搜。这玫瑰大有玄机，谁送的？

"你也把衣服穿好，别冻感冒了。"司以寒叮嘱着，接过小衣服给已经熟睡的儿子穿上，敞开外套把孩子包进去，"估计是姚绯送的。"

听说商锐受伤后他们立刻订机票，当天晚上没有航班，第二天就变天了。他们经历了一次漫长的航班延误，原本早上该到的航班晚上才到。

苏洺和俞夏同时看了过去："真的吗？"

"猜的，能让他这么秀的必然是重要的人。"商锐身边的人谁会送那种质量的玫瑰？就那么稀稀拉拉几枝，这不是显而易见？姚绯是个很朴实的人，不会在这种不实用的东西上花太多钱。司以寒说道："他从《盛夏》追到《寒雨》，一年多了，还没有进展的话他也太不行了。"

俞夏因为怀孕生孩子错过了《盛夏》的拍摄，也就错过了这个八卦，震惊得瞪大眼，半晌才发出声音："难怪《盛夏》里他们那么好嗑！居然是真的！"

"老婆，他们真得不能再真了。"司以寒单手抱孩子，笑着握住了俞夏的手。电影播出后，俞夏凑热闹也嗑了《盛夏》的男女主角。"戏里戏外都是真的。"司以寒说。

母胎单身二十六年，一朝脱单，发九宫格图已经够含蓄了。

苏洺敛起了笑，把墨镜戴回去。她在商锐的朋友圈评论了一个问号。

下一刻，商锐的微信消息就来了，她返回去看到商锐在发红包。

苏洺："？"

对话页面瞬间被红包刷屏了。

商锐一共给她发了八十八个红包。

商锐："先'贿赂'，具体的事儿回头再说。"

微信列表里跟商锐有关的群全部活跃了，《盛夏》有三个群，剧组群、宣传群，还有一个主创群，商锐挨个儿发了红包。他们私底下还有个小群，商锐也没有错过，小群里也炸了一遍。

晚上十一点，他们到酒店。

"商锐发红包"上了热搜。

蔡伟没把商锐打死扔湖里，真是好脾气。

姚绯是在半夜醒来的，胳膊仿佛万蚁噬咬。屋子里亮着一盏昏黄的灯，她恍惚片刻才反应过来身在何处。

"醒了？"男人低哑的嗓音在寂静的深夜里带着磁性，尾调压得很沉，散在静谧里。

姚绯在等麻劲儿过去，拧眉道："几点了？"

"一点半。"商锐侧身躺着看姚绯，"饿了桌子上有吃的，浴室可以洗澡，有一套洗漱用品和换洗衣服。"

"不用，我回酒店。"

"你后面有个门，推开进去就是陪护房，里面有床。蔡伟已经睡了，你现在一个人出去我不放心。"最后一句话说完，商锐抬起修长的手指虚拢在鼻梁处咳嗽了一声，才继续道，"你强行要走的话，我叫蔡伟起来送你。"

"没事，不用叫他。"姚绯等手臂上的麻劲儿过去，起身说道，"我开车去酒店，很方便——"

"没有男朋友能做到深夜让女朋友一个人出门去找酒店。"商锐放下手，喉结滚动，"姚绯，我是你的男朋友吗？"

"男朋友"三个字说出口，商锐都听见自己心脏跟着颤了下。

"我身手很好。"姚绯活动了下手腕，说道，"放心吧。"

"你身手再好也是我——普通人。"商锐又咳了一声，浓密的睫毛动了下，垂下后显得有几分脆弱，"在意你的人依旧会担心，很多意外不是有点拳脚功夫就能避开的。"

姚绯刚睡醒，嗓子有些难受，从桌子上拿起一瓶未拆封的水拧开。

商锐说担心她的时候，她心里还是有些触动。

"我爸妈、大哥他们下午就回 S 市了。"商锐似乎看明白了她的顾虑，解释了一句，"这里只有我。"

"我又不是因为你爸妈才不待在这里的。"姚绯欲盖弥彰地补了一句，握着水瓶又喝了一口水，走向了浴室，"那谢谢了。"

商锐抬手搁在眼上，唇角上扬。

浴室里放着两套衣服，一套是睡衣，一套是简单的女式休闲套装。姚绯的行李箱放在车里，里面什么都有，但商锐给她准备了，她就没有再回去取行李的必要了。

姚绯洗完澡换上睡衣出门，商锐还没睡。

脑震荡患者熬夜到凌晨，这人真不怕熬成傻子？

他一双眼漆黑锐利，侧躺着，侧脸线条十分完美。

"你怎么还不睡？"

"头疼。"商锐声音很低,"睡不着。"

"需要我叫医生过来吗?"

"不用。"商锐的目光顺着她的腰往下滑,蔡伟的审美太烂了,这睡衣真的丑,也就是姚绯颜值够才穿得出来,换个人估计就丑出宇宙去了,"你过来下。"

"怎么了?"姚绯走到床边停住,"有事啊?"

"你身上有伤吗?"

姚绯没洗头发,但水浸湿了额前碎发,湿漉漉地贴在她洁白的肌肤上。她的眼睫毛湿着,漂亮的眼睛湖泊一样清澈动人。

"不严重。"姚绯挽起睡衣袖子露出手肘,"磕了下。"

"腿呢?"

姚绯不避讳让商锐看,挽起裤腿露出腿:"最近拍不了露腿的戏。"

"脚。"商锐的声音很轻,他晚上发微博时才看到姚绯的新闻。她穿着不知道谁的外套,里面是剧组的衣服——红色吊带裙子,光脚走在医院的路上。

姚绯把裤腿放回去:"脚没事。我去睡了,你也早点睡。"

"给我看看。"商锐盯着她,"姚绯。"

"脚有什么好看的。"姚绯才不给他看脚,"要是伤得严重,走路就看得出来,我走路就没事。我去睡了——"

"不看我今晚睡不着。"商锐撑着床起身,起到一半垂下眼急促地呼吸,他脸色很难看,像是疼狠了。

姚绯连忙走回去扶住他:"躺下!你折腾什么?躺着。"

商锐躺平睁开眼:"让我看看。"

"真没事。"姚绯挺羞耻的,脚那么丑有什么好看的?但商锐那么坚持,她扶着床抬脚给他看:"是不是没事?"

惨不忍睹的脚底,什么伤都有,她刚洗完澡沾了水,擦伤的地方血痂掉落。

脚比膝盖和手肘更惨。商锐的头又开始疼了,心脏也很疼,这个女人什么时候能心疼下她自己?

"你把药喷上再去睡。"商锐从床头拿起药剂喷雾递给姚绯,嗓音哑着,"你中午怎么不说你身上这么多伤?你用这样的脚开车过来?还走了那么多路?"

她早说,商锐就不会抱着私心让她在沙发上睡那么久。

"小伤,不疼。"姚绯在沙发上朝脚底喷了喷雾,又卷起裤腿喷了一遍,"你真的不需要叫医生吗?"

他看姚绯比较需要医生。

"不用。"

"那你早点睡。"姚绯把喷雾放下,说道,"需要帮你关灯吗?"

"嗯。"

姚绯转身去关灯。

"姚绯。"

"嗯？"姚绯回头。

商锐深邃的黑眸注视着她，看得特别深。许久后，他的喉结滚动，声音沙哑："晚安。"

"晚安。"

姚绯把房间的灯关掉，回到隔壁小房间，躺到床上给手机充上电。对于睡商锐隔壁这事儿，姚绯一点陌生感都没有。

她习惯性地睡前刷微博。

热搜第一是"商锐"。

商锐十点二十分发了一张自拍，他俊美的脸贴着玫瑰，头上凌乱的纱布和苍白的脸在红玫瑰的衬托下英俊得更加有质感。原本是很好看的自拍，可惜，玫瑰蔫了。

配文："死里逃生，幸运之至。我爱的人和爱我的人都平安，此刻便是我人生中最重要的时刻。愿所有人平安顺遂，无灾无病。"

姚绯看了一会儿，登录大号给商锐点了个赞。

她发了一个表情，是两个抱抱的小人。

这是姚绯第一次跟商锐微博互动，他们为《盛夏》营业期间都没有评论互动。他们擅长"隔空"发微博营业。

点击"发送"，顷刻便看到评论区一片尖叫。

"没看错吧？这是姚绯大号？姚绯给商锐评论过吗？好像没有吧！哇，《盛夏》夫妇合体了！"

"昨天地震你们在一起吗？绯宝怎么样？有没有受伤？锐哥好惨，绯宝快抱抱锐哥。"

"啊啊啊啊啊啊！嗑到真人了！姚绯抱抱商锐！'绯他不可'！'扶摇直商'！"

"捞绯宝上去！排面！"

姚绯又刷新了下，商锐回复了一个表情包，是捂着脸、娇羞的哈士奇。

商锐："么么哒。"

他还没睡？

商锐的很多人设都是假的，但"网上冲浪选手""网瘾少年"绝对是真的。

既然都这样了，那不如坦坦荡荡，反而不会被怀疑。

姚绯回复商锐："锐哥好好休息养伤，别熬夜。"

商锐："头疼，睡不着。"

姚绯放下手机起身打开灯，走出门看到商锐的病床上亮着一小块。

"你头疼得很厉害？"

"嗯。"商锐把手机锁屏放到枕头边，压低声音，"眩晕，恶心。"

姚绯打算去看看他，顺便叫医生过来，就听到商锐用很低的嗓音缓缓道："可能需要一个女朋友的吻才能缓解。"

姚绯转身回去，用力关上了门。

回去打开评论，发现那条评论已被网友回了一万多条。

姚绯沉默了片刻，后知后觉：这玩意儿不会上热搜吧？

姚绯睡了一下午，原以为晚上会睡不着，但她放下手机很快就睡着了，睡眠质量特别好，一觉睡到天亮。

隐隐约约听到孩子的声音，姚绯睁开眼看到狭小的窗户有光照进来，拿起床头手机看到时间是早上八点半。

微信上荣丰发消息说放她一周假，一周后直接进组拍戏，要拍她和陈锋的对手戏。

苏洺早上七点给她发消息说，她和商锐的互动上热搜了。

苏洺的语调很平静，姚绯头皮发麻。

她当初答应苏洺不谈恋爱。她坐起来穿衣服，拧眉思考该怎么跟苏洺开口解释这一切，不管她和商锐是地下恋情还是公开，都需要报备经纪人。她把头发扎成了马尾，下床。

外面安静下来，姚绯怀疑小孩的声音是她听错了。

昨天晚上留在这里时没觉得哪里不对，商锐为她受伤，她留下来陪护理所当然。

可今天就感觉不对劲了，她是女艺人，商锐是男艺人，在同一个病房里待了一夜，万一被人拍到，她有一万张嘴也说不清。姚绯取了个口罩戴上，以防意外。

拉开门，病房里坐着苏洺、俞夏、司以寒，蔡伟脖子上架着司以寒的孩子在窗户边看麻雀。所有人都在，整整齐齐，闻声他们转头看了过来。

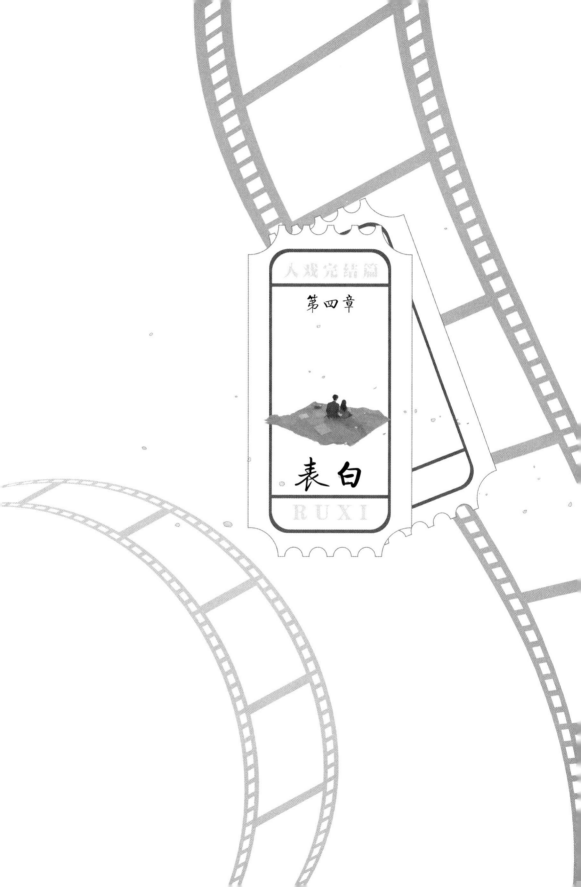

人戏完结篇

第四章

表白

RUXI

"醒了？"俞夏先开口，她笑着竖起手摇了摇打招呼，"早上好，给你带了早餐，洗漱完过来吃。"

"谢谢。"姚绯回过神，立刻摘下口罩，保持着表面的平静，微笑着跟众人打招呼："你们过来了？苏总没打电话，我还打算去机场接你们。"

她只是想搞个地下情，结果第二天就尽人皆知。

"怕打扰你休息，你也受伤了，需要多休息。你怎么样？"苏洺站起来打量她，说道，"伤口都处理了吗？"

"嗯。"姚绯点头，指了指洗手间的方向，说道，"没事，那我去洗脸了？"

"你赶快去，洗完吃早餐。"

姚绯保持着镇定，走进洗手间洗脸刷牙。她看着镜子里的自己，浅粉色卫衣搭配休闲长裤，她不怎么穿粉色，有一点别扭。

姚绯整了下领口，深呼吸一口才走出去。

既然他们保持得那么镇定，仿佛什么事都没有发生过，姚绯也不能说什么，反正她和商锐也没什么可说的。

她走出洗手间，正面跟进门的荣丰和刘伟撞上。

姚绯立刻停住脚步，他们怎么也在今天来？好在她出来得早一点，不然所有人都堵到她从商锐的陪护房里走出来。"导演，刘总。"她说道。

荣丰示意手里有东西："来看病号。"

姚绯连忙接下来，放下东西，让他们进门。

荣丰跟商家人有点过节，不管公司有没有合作，他都不怎么跟商家老爷子和商子明来往。昨天商家人在他就没来，今天司以寒过来他才跟着制片人一起过来。

荣丰进门就逮住小俞深一通亲。

司以寒和俞夏的孩子叫俞深，长得十分可爱，很像俞夏。

姚绯对小孩没有太大的兴趣，也捞不着抱，帮忙倒了水，退到一边。俞夏拉她坐下，把早餐递给她："吃早餐。"

"谢谢。"

早餐是三明治加牛奶，姚绯打开包装，余光看商锐，猝不及防跟商锐对上视线。商锐今天状态好很多，深邃的眼睛暗沉，凝视着她。

"看什么？"姚绯索性正面对着他，用口型问道。

商锐笑了起来，他一笑眼睛成了弯月，往后仰靠在病床上，拿起了手机，修长的手指触及屏幕，随即姚绯的手机振了下。

房间里所有人的注意力都在荣丰身上，姚绯拿起手机，耳朵滚烫。

商锐发短信过来："谁家的女朋友这么漂亮？真羡慕她的男朋友。"

姚绯抬眼看去，商锐笑得露出洁白的齿尖，睫毛在眼下拓出一片阴影。不知道是不是没有妆容的缘故，他好像又白回去了。

姚绯把手机攥在手心，小口吃着三明治。

"不用羡慕，你也有。"

商锐的信息又过来。

商锐："你送我的第一份三明治，我还记得，那是你送的第一份礼物。"

姚绯沉默片刻，觉得还是跟他说清楚比较好，回消息给商锐："第一个三明治是刚进组想给人留好印象，我给剧组主创都买了，那天俞总没来就多出了一份，苏总让我带给了你。"

商锐脸上的笑消失了，抬眼阴沉沉注视着姚绯。

给剧组主创都买了，唯独没给他买，俞夏不吃的多出来的一份给他了。而他，避开蔡伟跑了两条街帮姚绯买了新手机，特意买了个袋子塞进去做回礼。

很好。

非常好。

"姚绯，"商锐把手机放到一边，开口，嗓音低沉，"你过来。"

苏洺和俞夏坐在旁边，闻声看了过去。商锐只看着姚绯，说道："我后颈不舒服，你帮我看看，怎么回事。"

"来，我帮你看。"苏洺转身走了过去，说道，"姚绯吃东西呢。"

"那不用了。"商锐轻哼，目光沉了下去。

"我来帮你看也行。"荣丰抱着孩子凑过来，笑得不怀好意，说道，"保证帮你看到位。"

商锐想把荣丰打包扔出去。

荣丰就欠被灌酒。

他们在这边待了一上午，荣丰要拍其他人的戏份就先走了。

中午姚绯请众人吃饭，吃完午饭，又回到病房聊了一会儿。苏洺留下结婚请帖，一行人就返程了。他们都很忙，一堆工作积着，商锐没事，他们留在这里也没太大的意义。

苏洺要结婚了，下个月九号。不算闪婚，她和周挺在一起一年多，也该结婚了，但苏洺一直对婚姻没有太强烈的想法。

结婚的契机是三月份她妈妈摔了一跤，盆骨骨折了，她爸一辈子不顶事，遇到事就慌得不知所措。苏洺在外地出差飞不回去，周挺第一时间赶了过去，找医院做手术，把所有事安排得井然有序，俨然成了他们家的顶梁柱。

姚绯开车送他们去机场，路上苏洺把来龙去脉讲了一遍。

"我以前挺恐婚的，可那天，我回去看到他在医院走廊上靠着墙睡着，"苏洺笑着抚了下短发，说道，"我内心就一个念头，我想跟他结婚。我不是公主，他也不是王子，我们是最普通的人，我们在这一刻相依为命。"

姚绯转头看苏洺，苏洺笑着说："反正人生短短几十年，无论选择什么最终都会后悔，那就不纠结了，这样吧。"

姚绯原本想把他们送进机场，看着他们登机，却被苏洺拦住了。姚绯没带安保，万一被人堵非常危险。

姚绯坐在车里看苏洺一行人走进机场入口，融入人群，很快就消失不见。

机场负责交通的人催促她赶快把车开走，姚绯发动引擎把车开了出去。她把红色请帖放到仪表台上方，太阳穿过清透的天空直直洒向人间，落在烫金的喜印上。

姚绯拿起手机发语音给苏洺："我打算和商锐在一起了，暂时不官宣。我不知道会在一起多久，但我想试试。"

苏洺回复得也很快："保护好自己，你开心就好。"

姚绯："谢谢苏总，你是我最好最好最好的朋友。"

片刻后，苏洺回消息："我是你姐，亲的，无论什么时候都会站在你这边。"

姚绯弯了眼，下巴微微上扬，她迎着白色的阳光把车开上了高架桥。

她很幸运能遇到这么多好人。

她的运气很好，在二十四岁以后，特别地好。听说本命年会转运，她在二十四岁这一年，命运发生了天翻地覆的变化。

昨晚姚绯和商锐的互动引起了很大的争议，只有双人团粉高兴，其他的都在争论。商锐的粉丝说姚绯蹭热度炒作，连之前姚绯赤脚在医院门口被拍到的照片也成了炒作的证据。他们不喜欢姚绯，从《盛夏》时两个人绑定开始就很气了，一直在等一个机会，如今爆发了。

下午四点，有个自称是KTV保安的人用小号发了一段地震时《寒雨》剧组监控拍摄的视频，时长四十六秒。

地震晃动得厉害，监控镜头都在摇晃。所有人都往出口跑，姚绯拖着商锐也往出口跑，商锐头上都是血。两个人由于长得出众、身材比例过于优越，混在人群中也很瞩目，十分显眼。

楼很破，随着地震摇晃时看起来随时都会倒塌。环境混乱，剧组的人各自奔向安全的地方。

"中间那两个人是姚绯和商锐？商锐是在片场受的伤？"

博主回复："是的，姚绯把商锐扛下了楼，惊险。"

随后博主发了第二段视频，是姚绯穿着红裙子把商锐放到空旷地面上叫人的画面。监控视频全程没有声音，只能看清楚商锐确实受了很严重的伤，地上都是血。

评论区一下子就炸了，商锐的粉丝还有姚绯的粉丝，以及双人团粉前所未有地统一战线。

"锐哥伤得这么严重！"

"看到了吗？姚绯在最危险的时刻背着锐哥出来。这也是蹭热度吗？他们生死与共，你们却在讨论热度？他们是人，不是商品。"

"这个时候还攻击两个艺人的都没有心！"

"两个人都很好，愿意脱粉的去脱粉，求你们了赶紧脱粉。他们很不容易，锐哥的微博写得不够明白吗？他经历了那么多，请不要让他对期待着的世界再次失望。"

"他还在医院，这里乌烟瘴气，这是他想看到的吗？"

"两个人关系这么好，这也要骂？那你们想怎么样？"

"呜呜呜呜，他们真的好好啊！希望他们一直这么好，两个人都平平安安，千万不要再受伤！"

"我不管你们骂不骂，反正我希望他们永远这么好！"

"我是商锐的粉丝，我跟姚绯道歉。"

随着监控视频的发布，舆论反转，取而代之的是一片心疼——心疼商锐受伤，之前只是听说，不知道现场如此惨烈；心疼姚绯无辜被怀疑，她在医院门口的照片能解释了，她和商锐是很好的朋友，为朋友担忧也合情合理。

双人团粉又默默嗑了一波"糖"。

姚绯在市区遇上了堵车，晚上六点才到医院，她在车里乔装打扮后，又出去买了水果。进病房时，商锐正在吃饭。

商锐闻声抬眼看了过来，随即把目光垂回去，若无其事地继续吃。

"姚绯，你过来了。"蔡伟说道。

"嗯。"姚绯点头反手关上门，把水果放到桌子上，摘下帽子、口罩。

"你的饭。"商锐指了指一旁的饭盒，面色冷淡，但语气还好，"路上堵车了吗？这么久。吃饭吧。"

"堵了。"姚绯看了他一眼，拉过椅子坐下。

蔡伟把商锐面前的汤碗收起来，收起小桌板："我先回去了，我住在隔壁的酒店，有事打电话。"

"好的。"姚绯应了下来，"麻烦你了。"

商锐拿起杯子喝水，往后靠在床头，心情好了很多。姚绯这意思，是今晚要陪他了。

蔡伟离开，姚绯端着汤转过身正面看商锐："你因为三明治气到现在？"

这人心眼怎么这么小？

商锐轻哼，奄拉下眼皮，放下水杯拿起床头的剧本随意翻着："我跑了很远的路给你买手机，呵，你给我的三明治是别人剩下的。姚小姐，你送我的东西，有什么是真的？"

"你给我买手机就是为了回三明治的礼？"姚绯回想三明治已经是很久远的事了，"三明治和手机价值也不一样吧？"

"我是想送你更贵的东西。"商锐把剧本翻得很大声，依旧垂着眼，嗓音低沉，缓慢道，"但当时我们的关系，我送其他的你肯定不会收。"

姚绯送的三明治无价，商锐听到那个电话，第一反应是送她一个无价之宝，可想想太贵重的东西容易引起她的怀疑。

折中，他换了个跟他同款的手机。

"不是。我的意思是，三明治才几十块钱，手机上万块，你如果要回也该回几十块的东西。"姚绯把逻辑顺了下，说道，"我不是要更贵的东西。"

商锐的逻辑跟正常人不一样。

"呵。"商锐掀动睫毛。

"你呵什么，锐哥？"

"还不明白吗？"商锐放下剧本，坐直注视姚绯，"你的东西在我这里一直都是无价之宝，姚小姐。"

姚绯愣住，怔怔地看他。

"那根本就不是三明治的事儿，我会在意一个三明治吗？我又不缺一顿早餐。"商锐垂下浓密的睫毛，抿了下唇角，"算了，假的就假的吧，都过去了。"

那些事很远，远到姚绯都有些忘记了。

那时候姚绯和商锐还是针锋相对的状态，她每天都想把商锐的脑袋塞进垃圾桶里。她能把那份早餐带给商锐只是因为苏洺的话，不然她扔了也不会给商锐吃。

"商锐。"

商锐抬眼，姚绯走到病床前俯下身来。商锐眯了下黑眸，还未动作，姚绯的手撑在他身后的床头柜上，侧了下头，柔软的长发垂落到商锐的肌肤上，她的唇就贴了下来。

"这是真的。"

商锐抬手揽住姚绯的脖子凶猛地亲了上去，瞬间眩晕得躺了回去。

挫败，懊恼，痛心疾首。

"没事吧？"姚绯立刻拉开距离，扶着商锐的肩膀说道，"你不要激动，需要叫医生吗？"

你主动亲我，我能不激动吗？

"不用。"商锐摸到姚绯的手握着，她的手背柔软，他等眩晕过去才睁开眼，他的睫毛潮湿暗沉，"姚绯。"

"嗯？"

商锐抱住了她，姚绯顾及他的"脆弱"，忍着没动。商锐圈着她抱了一会儿，亲在了姚绯的额头上，柔软的额头吻之后才放她去吃饭。

姚绯看他确实没事，把椅子拉到床边坐得离他近了点。

"下午的视频是你放出去的？"姚绯吃着饭顺口问道。

"是。"商锐承认得很干脆。

下午她在堵车时就看到了这个视频，哪来的保安恰好弄到这样的视频。剧组肯定在第一时间就取走了全部的监控，怎么会允许这段视频被放出去？

"经过处理了，不会殃及剧组。"商锐注视着姚绯，黑眸肃然，嗓音沉了下去，"姚绯，我们在一起可能会有很大的舆论压力。不管发生什么事，我一定会把你放在第一位，这个我可以保证。"

姚绯皱了下眉，说道："我不需要这样的'保证'，我不在乎。只要不是恶意攻击我的作品，那些言论不能影响我什么。如果那一天来了，一起扛就是了。我是演员，演戏才是我的职责，其他的无所谓。"

"我在乎。"商锐下颌上扬，透着桀骜，"我的心上人，不会让他们随意诋毁的。"

姚绯在医院待了三天，有八卦记者拍到她和蔡伟进入同一间病房，联想到病房里的商锐，捕风捉影地写了一通。姚绯、商锐疑似恋爱，又引起了一波血雨腥风。

商锐年轻，身体底子好，身体恢复得还不错，她继续待下去也没有意义，就打算回剧组。

大清早姚绯被逼着喝完一大碗鸡汤，又吃了个丰盛的早餐。商锐抱着她的腰，两个人亲了有足足五分钟，如果不是商锐缺氧头疼，他是真打算亲够十五分钟。

"不能多留一天？"商锐把额头抵在姚绯的脖颈处，湿潮的吻往她脖子上亲，咬牙，嗓音低哑，氤氲着热气，"你就那么怕曝光？"

姚绯避开他的吻，起身拉开距离："我原本答应苏总三十岁之前不谈恋爱，我已经'违约'了。我本来就不是赚钱的艺人，她签下我，麻烦比收益多。她最近在筹备婚礼，非常忙，我们闹一次绯闻就要耽误她很长时间，我不能再麻烦她了。"

"三十岁之前不能谈恋爱？是写进合同里的？这是什么黑心老板？"商锐眉头紧皱，苏洺还有这么丧心病狂的一面吗？"你把苏洺看得太重了，苏洺没你想象中赚那么少。她和你说的？"苏洺这两年都赚疯了，因为姚绯的加入，夏铭影业的市值水涨船高，已经涨疯了。

姚绯坐到另一边的沙发上，拿起一瓶水打开灌了一口，压下狂跳的心脏和燥热的体温："你知道她给我打第一个电话的时候，我在做什么吗？我打算买一把刀跟李盛同归于尽，我已经拿到了刀。"

商锐眉头紧蹙，深邃黑眸沉了下去。

"在没有任何合同之前，她给我打了五千元，让我去S市，给了我一个女主角的剧本，把我从悬崖边拉回来了。我知道不单单是她在帮我，俞总和寒哥也帮了我很多。他们中的任何一个人，我还多少都不过分。"她要跟商锐在一起，倒也不避讳讲这些，"商锐，我没你想象中的那么优秀，我以前差点儿就走了极端。"

商锐倾身把修长的手指落到姚绯的头发上，轻轻地抚摸了一下，手指落下去贴着姚绯的耳朵。他很深地吸了一口气，霍然起身走过去用力地把姚绯揽进怀里。他紧紧抱着姚绯："你不极端，你很优秀，你非常好。姚绯，你值得最好的。"他感到后怕。

商锐自诩从不后悔，做过的事就是做了，他认。错了，他改。他认为时间过去了，那就是过去了，后悔是无用的情绪。

但这一次，他真的后悔。

商锐站在窗户边看姚绯的车倒出了车位，缓缓驶上林荫道。浓绿的高大树木，白色越野车。阳光照射下，车身漆面折射出亮光，一闪而逝。

他把肩膀抵在玻璃上，垂下浓密的睫毛静静地看着医院出口的方向。车早已消失不见，树木在风里摇曳发出声响。

灰雀展着翅膀飞过来，落到玻璃窗户边沿上。

身后有开门声，灰雀张开翅膀就飞走了。商锐垂下浓密睫毛，夕阳的光落下来，他心里有些空。

蔡伟的声音响起来："锐哥，你不如改名叫'望绯石'算了。"

"这个主意不错。"商锐收回视线，转身走回去拿起桌子上的手机，打开微信，"我可以把我微信名改成'望绯石'。"

蔡伟扑过来抢走了商锐的手机。

以商锐的热度，风吹草动都会上热搜，做什么都会被人拿放大镜看。他敢把微信名改成"望绯石"，马上就能包揽热搜前十。

"你消停会儿吧。"蔡伟说，"相信我，姚绯不会希望上免费热搜。"

商锐本来就是逗他，喜欢得越深越慎重克制。他连多留姚绯半天都不敢，哪里会随便改微信名明示他和姚绯的关系。

他又坐回了沙发，架着修长的腿歪靠在柔软的沙发扶手上，取了一颗水果硬糖撕开了包装。他因为脑震荡最近不能抽烟，只能吃糖。他咬着硬糖，把唇吃得泛着潮湿，漫不经心道："蔡总，你觉得，苏洺结婚我给她送什么比较合适？"

"包个红包行了，你还想送什么？"蔡伟说，"送现金？"

当初姚绯送司以寒和俞夏的现金很轰动，圈内都传遍了，再没见过比姚绯更实诚的人。

"我给她送套房子吧。"商锐说，"我家隔壁那套怎么样？"

蔡伟想让他再脑震荡一次。

姚绯回到剧组后并没有立刻拍摄，导演嫌她状态太差。姚绯这回入戏得特别慢，跟景白差距太大了。

姚绯也发现自己状态不对，她没想到自己会犯商锐的问题。景白需要更深沉、更阴郁的演法，她对着镜子看自己的脸，镜子里那个人是明显的恋爱状态，眼睛里充满了希望。

姚绯请了两天假，暂时跟商锐断联，把自己关进房间让自己入戏，看剧本、看纪录片、看景白的一生。她再一次做人物小传，让自己进入角色。

第三天才正式进入片场拍摄，她和陈锋拍对手戏——打戏加车戏，大调度戏。

姚绯和陈锋走戏，上来就感受到了压力。

陈锋的戏特别稳，他二十八岁拿最佳男演员奖，跟荣丰合作了三次，如今四十岁，演技炉火纯青，更是拍了多年打戏。姚绯这里的戏得压制陈锋，不管是打的招式还是气势上，一定要比陈锋更狠。

陈锋没有替身，他拍任何戏都是自己上，是如今业内少有的敢打敢拼的实力演员。姚绯在武术指导的安排下跟陈锋走了一遍动作戏，陈锋看向姚绯消瘦的肩膀："你没替身？一会儿注意安全，我打戏很真。"

"谢谢陈老师，我会注意。"

陈锋笑了下，继续看剧本，他身上已经有了角色的锋芒。

早上起来天就阴着，下午时分下起了小雨。天空暗沉，森林的边际线泛着一道暗，连接沉重的天空。

周围的树木都披上了一层灰蒙，这就是整部电影的色调，天阴沉沉地下着雨。

姚绯站在遮雨棚下等待导演的指令，她把自己沉浸在剧情里，又在想景白这个人。她把自己化成景白，想象着她站在这里，遇到陈锋会怎么样？

试探交锋生出期待，景白想看到希望。

"姚绯，可以了吗？"荣丰喊道。

"可以。"

姚绯接过助理的雨伞走向了道具车。

"车里的戏最好一遍过，不然一旦淋湿就要换衣服、化妆，很麻烦。"导演说道，"准备了。"

第一场是飙车撞车戏，虽然不会真的飙车，但也需要演员低速开一段。

荣丰蹙眉看着监视器上姚绯的表情，她在镜头下确实很带感。这里她已经成功潜伏到了贩毒集团的高层，她身上的气场强大，扎着马尾，穿着一套迷彩服，气质却已经变了。

姚绯的表情没有任何问题，依旧是教科书般的表演，但她总觉得哪里不太对。她是景白，可又不是最初的那个景白。

景白的车被追捕她的郑泽截停，轰然声响，车撞到路边土丘后停下来。

郑泽握着枪从车里下来，厉声喝道："手抱着头！下车！"

黑色越野车座位上趴着个女人，她长发扎成马尾，露出一抹白净的后颈，她无声无息仿佛死去。车门被撞得扭曲，车玻璃全碎，他拖着受伤的腿狠狠踹了脚车门，摸到后腰上的手铐。

"喂？"

雨还在下，车上的人依旧没有动静。郑泽一只手拿枪抵着女人的头，另一只手去拉车门，他追这条线很久了，这个女人是很重要的线索。

忽然车门被推开，郑泽手腕一疼，女人劈手夺枪。

枪口一歪，子弹打碎了挡风玻璃。

女人踹开了车门，郑泽手里的枪被卡掉，落到了座位下面。女人弯腰去捡，郑泽便扑了进去，狭小的车厢里，拳拳到肉，两个人都带着弄死对方的狠劲儿。

姚绯被陈锋一脚踢在肚子上，她一拳打到了陈锋的脸上。

陈锋八百年没挨过这种揍，他一开始还担心姚绯拍打戏被打哭。他脸上挨了一拳后，姚绯扑上来还要打，俨然是打红眼了。

陈锋后脑勺撞到了车顶，"哼"了一声。

"咔！"导演喊道，"锋哥怎么样？"

陈锋吐出一口血沫，看向姚绯的目光有了点欣赏："小姑娘身手挺野啊。"

这年头的年轻演员还有不上替身真打且能打，还这么漂亮的？

"抱歉，打到您了吗？"姚绯往后靠在副驾驶座位上。

"受伤了吗？你们两个没事吧？"荣丰说道："姚绯，你的戏有点过，可以再留点儿，因为这里你更多的是试探，并不想杀他，他是警察。"

姚绯肚子有点疼，她不动声色地吸了一口气，点头："我知道了。"

"锋哥怎么样？"

"继续拍。"陈锋兴致勃勃，难得遇到对手，他非常意外姚绯这么能打。在警校训练的时候，姚绯中规中矩，没想到她上了戏是这种状态。

"再来一遍。"荣丰退了出去，开始第二次拍摄。

姚绯的打戏出乎意料地漂亮，干脆利落、不拖泥带水，她根据剧情把几种打法结合得非常好，镜头感也很好。圈内能接住陈锋打戏的人没几个，姚绯敢打也敢接。

姚绯跟陈锋握了下手，以示歉意，调整情绪，准备第二遍。

姚绯入戏越来越快了，她已经找到感觉了。二次拍摄非常顺利，陈锋也接得很好，姚绯好久没跟这么成熟的演员飙戏了，每个人都是用尽全力去代入角色，仿佛成了真的对决。

拍完车内打戏，车外打戏就方便得多。他们招数狠厉，招招奔着对方的命去，景白半道儿从腿上抽出一把匕首划向郑泽，郑泽躲闪不及，胳膊上挨了一刀。

郑泽捂着胳膊跟跄着往后退了半步，景白捞到车内的枪指着郑泽。她在雨水中目光冰冷，似乎要开枪杀人，她的杀意非常明显。她一步步走近，枪口抵着郑泽的头，郑泽停住了动作。枪里有子弹，保险是打开的，他在等待机会。

"禁毒支队队长郑泽。"她蹲下去抽出了郑泽的工作证，语调缓慢，带着某种寒意。"你是什么人？"

"我是要你命的人。"她抬手用枪托狠狠砸向了郑泽的后颈，砸晕郑泽。

她直起身把证件扔到了郑泽身上，起身拎着枪回头看向来路。根据剧本，这里是看警车。

茫茫雨幕，她站得笔直，看得很深，比预计的时间更长。她转身上了郑泽的车，扬长而去。

整个拍摄一共花了三个小时，越拍越流畅，到最后，几乎全组人都陷入了戏里。导演喊"咔"时有一瞬间的寂静。

姚绯坐在车里恍惚了一会儿才走出来，回去跟陈锋握了下手："陈老师，多有得罪。"

天边已经成了烟青色，雨还在下，空气潮湿。

陈锋比她先结束戏，裹着毛巾坐在遮雨棚下让队医处理身上的伤，朝姚绯竖起大拇指："很敬业，小姑娘前途不可限量。"

"谢谢。"姚绯出了戏，十分客气地跟陈锋点头鞠躬。

"你身上有伤吧？"荣丰喊医生过来，说道："给姚绯检查下。"

姚绯坐在遮雨棚里让医生检查身上大大小小的擦伤，她的胃隐隐有些不舒服，陈锋打到她的胃了。刘曼递来热水，又用毛巾包住她。姚绯喝了一口热水才压下去恶心感，靠在椅子上让医生处理伤口。

"你对景白最后那个回头怎么看？"荣丰坐在旁边开口。

"期待黎明。"姚绯开口。

姚绯这一遍表演非常完美，整个过程情绪很到位，荣丰挑不出来毛病，甚至觉得这就是真正的景白，更真实，更有血有肉。

"期待黎明。"荣丰说，"感觉你跟拍定妆照的时候不太一样。"

姚绯跟拍定妆照的时候感觉非常不一样，她这一趟回来感觉就变了。她没有以前那种孤独感了，荣丰第一眼见到她，那种心情无法言说，想把姚绯按进水里让她清醒清醒。

但姚绯走到镜头下，他从皱着眉看到想跳起来拍案叫绝。

"这是你最近的感受吗？"荣丰点了一支烟，靠在椅子上，"谈恋爱的感受？"

姚绯愣了下，这个感觉好像是从跟商锐确定关系后产生的。荣丰说她状态不对让她入戏时，她对着镜子照了半天，又看了很久的剧本。她得出一个结论：不是她不对，是她一开始理解的景白不对。

"我第一次看景白的时候，我看到的是死，现在看到了生。景白是个满怀希望的人，她很积极乐观，哪怕身在暗无天日的地狱也向往着太阳。她之所以能坚持那么久，可能恰恰是因为她怀着希望而不是绝望。她见过最美的太阳，才不甘于黑暗，才要拼尽一切去撕破黑暗。"

"那明天补拍前面的部分。"荣丰站起来深吸烟草，橘色火光明灭，他随手弹了下烟灰，"你前面的状态不太好。"

"好。"姚绯点头。

暮色沉沉压在天际，森林的边际线已经成了青灰色。遮雨棚亮着灯光，工作人员忙碌着。淅淅沥沥的雨声，姚绯看向雨幕深处的公路，仿佛看到了站在尽头的景白。

她恍惚了一会儿，或许谈恋爱的她，也是新生。

"那好吧，早点回去休息。"荣丰把烟头掐灭，起身离开。

姚绯身上一共三处擦伤，肩胛骨、膝盖，还有后腰。

"还有其他地方难受吗？"

胃越来越疼，姚绯想了想，还是掀起衣服下摆跟医生说："我的肚子被踢到了，能帮我看下吗？现在有点疼。"

姚绯的肤色很白，腹部更是白得如瓷，灯光下乌青一块。

医生惊了下，连忙按她的胃部："这里疼吗？"

姚绯点头："嗯。"

"导演！"医生站起来大声喊道，"姚绯得去医院！她被打到胃了。"

晚上八点姚绯被送到县医院，她在路上吐了一次，有一点血丝，于是她被安排做了胃镜。好在她为了精神高度集中，中午没吃东西，满足做胃镜的条件。

姚绯麻醉清醒后的第一个念头是提醒刘曼瞒着商锐。

她以前也在剧组受过伤，做演员这很正常。但这次，她清醒那瞬间很慌乱，随即是担忧。

她居然开始担心商锐知道后的反应，商锐一定会把她的耳朵念出茧子。

刘曼握着手机欲言又止，姚绯被扶到病房，她今天要观察一晚。刘曼随后才把手机递过来："这部戏锐哥有投资，剧组里有很多他的人。"

姚绯忍着胃镜后的不适，皱眉盯着刘曼。

"你做胃镜期间，他打过来两次电话，让你第一时间给他回个电话。"

姚绯眨眨眼，还未开口说话，电话响了起来，来电人是商锐。

姚绯咳了下，也不知道心虚什么，接过电话接通放到耳边。

"她醒了吗？"

商锐嗓音低沉，有一些哑。

"嗯。"姚绯点头，"醒了。"

电话那头沉默，足足有一分钟，商锐开口："疼吗？"

"喉咙有点难受。"姚绯嗓音也偏哑，很低，"没事，没有出血。"

"你拍戏太不留余地了，很容易受伤。"商锐语气很重，"以后遇到这种事，请你第一时间告诉医生，告诉荣丰你被打到了。不管轻还是重，让他们来决定，而不是你盲目判断。你一进入剧情，对你自己的身体认知就不够清晰，你会混淆现实与角色。电影里所有人都打不死，死了还能复活，可现实不是这样，人很脆弱，你很脆弱。"

姚绯再一次意识到男朋友跟其他人的区别。

"你很担心？"

"我能不担心吗？如果不是被人拦着，我就买机票飞过去了。姚绯，我很担心，你明白吗？"

"我知道你的担心了。"姚绯环视四周，这边医疗条件很差，商锐的伤需要静养，他的头不方便在这里养。"你别过来，你好好养伤，我这边不会有事。"她说。

"能开个视频吗？"商锐问得很慎重，他很想见姚绯，"我想看看你。"

姚绯抿了下唇："我现在不好看。"

刘曼给姚绯倒上热水，看了眼姚绯，姚绯不好看的话，这世上没美人了。

"那你先回去休息吧。"姚绯抬眼对刘曼说道，"我没事。"

"好的，有事叫我。"刘曼转身离开，带上了病房门。

姚绯接通视频，她还是第一次跟商锐打视频电话。

电话那头显然不是医院了，背景很豪华。镜头很晃，片刻后才稳定下来，姚绯看到商锐漆黑的眼以及凌乱的黑发，鼻梁骨很高且白。他又迅速地白回去了。

"你不在医院？"姚绯问。

"在我家，S 市。"商锐切到了后置摄像头，让姚绯看他家里的情况，说道，"奶奶在看电视，妈妈在旁边陪着。我要是在医院，现在已经到你身边了。"

商锐又把镜头切回去，放大了姚绯那边的镜头，她的脸色很白，嘴唇也没什么颜色。

"你家人都在？"姚绯明显地拘谨了，坐直整了下头发。

"我上楼，回房间，我戴着耳机她们听不见你说话。"商锐侧了下头让姚绯看他耳朵里的无线耳机，举着手机大步上楼，"你继续躺着，不用找角度，哪个角度的你都好看。"

"你什么时候回去的？"姚绯看商锐镜头里的背景，他家很大，走廊的灯光是黄色的，看起来很暖。

"昨天。"

姚绯看到商锐似乎进了一间房，他的房间色调跟外面不一样，是很浅的粉色。

"你开下后置摄像头。"姚绯忽然很想看他的房间是什么样。

商锐切到后置摄像头，说道："我妈跟设计师沟通的装修，色调不那么'阳刚'，我很少回来住。"

这是不'阳刚'吗？这简直是小公主的房间。

姚绯看着镜头里商锐的房间，很大，色调是粉白。看出来了，他真是家里人的团宠。

商锐的镜头在房间绕了一圈，跟着他到了窗户边的白色沙发，他似乎坐到了沙发里，镜头低了下去。沙发看起来很软，地毯是白色的，整个色调十分柔软温暖。

姚绯的胃都舒服了不少。

商锐又切到了前置摄像头，英俊、棱角分明的脸出现在镜头里，看着姚绯："胃里还难受吗？明天休息一天吗？"

"之前有几场戏拍得不太好，原本明天是要补拍的，我休息一天的话会拖大家的进度。"

"离了你，地球就不转了？"商锐支着下巴看镜头里的姚绯，"你是奥特曼，要拯救全人类，所以一分钟都不能停？"

姚绯笑了起来，因为笑的动作牵扯到胃，她拧了下秀气的眉。

"你怎么了？"商锐坐直，目光凝重，"哪里难受？让刘曼去叫医生。"

"补拍的镜头没有打戏，主要是情绪控制到位就好，只有车里的几场戏。"姚绯说，"没事，你别紧张。"

商锐蹙眉，面色沉暗。

"你知道为什么要补拍这几场戏吗？"

"为什么？"商锐注视着她，看她表情不再痛苦，才往后靠在沙发上。

"第一遍拍摄时，景白无牵无挂，她和这个世界没有联系，她像是个世外的人。她很孤独，随时都会离开这个世界，她做好了离开的准备。"姚绯说，"后面的拍摄，景白代入了我的情绪，她在这个世界上有了牵挂，有很喜欢的人，她喜欢这个世界，她想回去。她是满怀希望要去撕破黑暗，她从头到尾都不想死。我意识到这个情绪让景白有了变化，所以前面的必须补拍。"

商锐握紧手机，喉结很轻地滑动。

"有喜欢的人就是不一样，看到的世界都不一样。"商锐嗓音沉沉，最后他很郑重地说道，"姚绯，我喜欢你。"

"嗯。"姚绯点头，随即垂下眼，没有看手机屏幕上的商锐，停顿了片刻，"我也是。"

"是什么？"商锐扬了下唇角。

姚绯看向镜头："我喜欢你。"

商锐在一瞬间想了很多条从S市到姚绯那里的路线，他想把姚绯抱进怀里，亲吻她的头顶。

"谈恋爱的人情绪变化很大，看待很多东西都会是截然不同的视角。"姚绯说，"你有这样的感受吗？"

商锐已经"恋爱"一年多了，他在"恋爱"之初就有这样的感受："有啊，当然有，非常强烈。"他还用这种情绪拍了一部很成功的电影，只是姚绯从不认为那是真的感情。

"你进剧组可要注意了，蒋啸生这个人不能优柔寡断，他要心狠手辣。如果你沾上其他的情绪，可能会进入不了角色。"

商锐以为她想聊感情，结果又绕到了工作上。

姚绯这个工作狂魔。

"你明天能不能休息一天？"既然要绕，商锐就给她绕回主题，"谈恋爱确实会改变很多，比如我，谈恋爱之后就更敏感了。我一想到我女朋友受伤了还要工作，我就睡不着觉。"

姚绯第二天没有休息，荣丰问她能不能拍，今天早上要补拍一个撞车镜头。雨还在继续下，这样的现场拖一天，状态就不一样了，他想直接拍。

姚绯也想直接拍，她的情绪正好。她补拍了两个小时，终于把三个镜头拍完。今天没陈锋的戏，剧组这边主要是道具组和导演、编剧。

荣丰拍戏很严格，姚绯进了他的剧组才知道之前在拍《盛夏》时他真的只是监制。他会把每个镜头拍到极致，不管是对演员还是道具，他都精益求精。

昨天的撞车他觉得不够真实，今天他要求再来一遍。阴雨天拍大调度戏，现场十分紧张，姚绯出了镜头吃了药，坐到导演的棚子里看拍摄效果。

"你这一遍状态很好。"沈成正在抽烟，靠在椅子上吞云吐雾，看到姚绯进来递给她烟盒，"抽烟吗？"

她摇头："谢谢，不用。"

荣丰紧紧盯着监视器，握着对讲机的手攥得很紧，他陷入了高度紧张中。

撞车镜头很危险，尽管请了专业的人员，还是会有一定的风险。

"谈恋爱了？"沈成突然问。

姚绯倏地转头，看着沈成片刻："很明显吗？"

"刚谈的？你拍定妆照的时候身上孤独感还很重。"沈成又抽了两口烟，把烟头按灭，推了下鼻梁上的眼镜，拿起剧本。

他习惯手写剧本，改剧本也是在 A4 纸上改。

"商锐。"姚绯环视四周，这里只有两个导演，副导演和制片人都在另一边紧张地盯着现场，所有人的注意力都在撞车戏上。

沈成愣了下，转头看过来："什么？"

"我和商锐在谈恋爱。"沈成是姚绯的伯乐，是她的老师，也是她的长辈。《寒雨》又是他亲自写的剧本，邀请姚绯来演。这种事，她有必要告诉她的老师。

"哪个商锐？"沈成皱了下眉，他双耳不闻窗外事，埋头苦写剧本，倒是没发现姚绯和商锐之间的苗头，"你怎么会跟他在一起？他威胁你了？"

姚绯和商锐是两个世界的人。

"我不是能被威胁的人。"姚绯取出一块糖剥开放进嘴里，甜就溢开了，她递给沈成一块糖，"他长得太好看，我受不住蛊惑就屈服本能了。"

"啧。"荣丰回头看了姚绯一眼。

"荣导。"姚绯起身摸了一颗糖递给荣丰，"请您吃糖。"

"喜糖吗？"荣丰撕开糖纸咬着糖，目光盯着监视器，"草莓味的，很甜。"

姚绯特意跑去超市买了一包糖，跟当初她和商锐初次拍吻戏时吃的糖一个牌子。她不是喜欢吃糖的人，但在不能抽烟的时间里，她还是会吃一颗。

"这戏里你和商锐可是仇人。"荣丰不知道多少年没吃过水果糖了，今天竟然被安排了一颗糖，他咬着糖块，"你有没有想过，戏拍完，你们入戏成为仇人的模样？到时候怎么收场？"

"我们是戏外人。"姚绯说，"我分得清现实和戏。"

"希望如此。"荣丰扬眉，"丑话说在前面，私底下你们上天入地都行，但在我的镜头下，你们敢黏糊，我会把你们赶出剧组。"

"我知道。"姚绯又坐了回去。

沈成也撕开了糖纸，咬着糖看了姚绯一会儿，说道："你现在还会抗拒这个世界吗？"

曾经有媒体评价姚绯感情缺失。

拍完《寒刀行》，沈成带她去看过心理医生，她确实情感缺失。她很孤独，她在这个世界上找不到认同，没有信任感。她在银幕上拥有最充沛的感情，她的情绪能感染所有人，走出镜头，却情感缺失，说起来也是讽刺。

空气中飘荡着酸甜的水果硬糖的气息，很甜蜜。阴沉雨幕带来的压抑，被糖的甜冲淡了不少。

"沈导，有时间我们去看一次日出吧。"姚绯仰起头看浓厚的雨云，看山脊线的边缘，"那是人间奇迹，看过一次就会期待每天的太阳升起。"

姚绯休息了三天，继续拍摄。

荣丰拍电影进度很慢，他拍得非常细，每一个镜头都要经过很多次打磨，哪怕是只有一句台词的配角也要演到极致。

七月二十六号，姚绯依旧在拍戏。

她拍一场十分考验演技的戏，前前后后拍了两天，都很不顺。

卧底暴露了身份，被折磨得不成人形。丧失人性的毒贩用尽一切手段折磨他，他生不如死，废弃昏暗的工厂里全是惨叫声。

姚绯在这种情绪的折磨中折腾了两天，最后一个镜头，她看着他倒下。

这场戏拍了很久，姚绯情绪一直很强烈地波动。当时的景白有多痛苦、有多挣扎？那个人太像她的师哥了，当初她的师哥就是这么死的。

她无能为力。

戏里戏外都有震动。

戏里，她因为自己的举动差点儿暴露身份；戏外，从心理上讲，这仿佛是她见死不救。

她的第一次。

"咔！"导演喊道，"这一场很好！非常到位！姚绯这场戏情绪很有张力。今天拍摄结束了，大家辛苦了。"

姚绯还站在原地，大脑一片空白。道具组过来收道具，她的身体仿佛浸在冰水里，有种喘不过气来的窒息感和冰冷感。她把脸埋在手心里，很深地呼吸，再睁开眼时面前站着个身材修长挺拔的男人。

他穿着月白色休闲衬衣配黑色长裤，偏长的头发随意耷拉在光洁的额头上，剑眉下桃花眼深邃，鼻梁高挺。他站在昏暗的破旧工厂里，气质矜贵出尘。

他歪着头，放低视线平视姚绯。

因为这个动作，他左耳上的钻石耳钉闪烁着光，他稠密漆黑的睫毛微动了下，黑眸凝视姚绯，唇角的笑缓缓溢开："嘀！商先生为您定制的独一无二全球仅此一款的至尊豪华版专属男朋友已送达，请签收。"

"至尊豪华版？"姚绯嗓音有些哽咽，她还没彻底从冰冷里走出来，但她已经看到了灿烂的阳光，炽热滚烫，"怎么个豪华法？"

"顶级颜值，"商锐的嗓音偏低，慢悠悠道，"顶级流量，顶级配置，以及，把手给我。"

姚绯抬手递给他："嗯？"

商锐从裤兜里拿出一条闪烁着光芒的钻石手表往姚绯的手腕上戴，他唇角上扬，露出一点洁白的齿尖，眼梢浸满了笑："满钻手表，顶级钻石，够不够豪华？"

冰凉的金属贴上手腕，姚绯猛地收回手，彻底清醒，迅速环视四周。

周围人都在忙着收工，那边荣丰在叫这场戏几个主要的演员聊剧情。不过也有往这边看的人，接触到姚绯的目光迅速收回视线。

"在剧组，"姚绯用口型提醒他，"别乱来。"

商锐把手落入裤兜站直，清冷的下颌微微上扬，眉毛蹙了下，嗓音低沉："姚小姐，你就不能多沉醉一会儿？嗯？这么理智干什么？"

姚绯转身走向刘曼，她已经彻底从戏里走出来了，接过刘曼递来的保温杯喝了一口水缓了下情绪。最近刘曼每天给她准备温水。

"我去换衣服，带锐哥去我的车上。"主演从进组那天就会配保姆车。

刘曼把手机递给姚绯，说道："好。"

"走了。"姚绯拿着手机快步走到一边的服装车上。

商锐敞着笔直修长的腿站在灰扑扑的破旧工厂里注视着姚绯离开，上扬的下颌渐渐沉回去，指尖触及口袋里的钻石，稍微有些失落。

姚绯太理智了。

"锐哥。"刘曼小跑过来，压低声音说道，"绯姐让你先去她的车里，她去换衣服。"

商锐黑眸里的笑溢开了，他抬了下眉，转身迈开长腿大步走向姚绯的保姆车。

姚绯用最快的速度换好衣服，她难得对着镜子涂上了口红。她没有用化妆师，拿了一个小化妆镜涂上了红色的膏体。

以前她跟沈成聊《春夜》的剧本，《春夜》里面女主角小春有个细节，她遇到喜欢的人后在街边的化妆店买了人生中的第一支口红，对着镜子用廉价的口红把嘴唇涂成了血色。

当时姚绯不太懂小春涂口红的意义。

沈成跟她解释了两遍没解释通，劝她去谈个恋爱。

姚绯对着镜子抿了下唇，收起镜子和口红，果然有些事只有做了才能明白为什么。她戴上口罩快步下车，走出片场。

暮色沉重，密林深深。刚下过雨，空气仿佛刚揭开的蒸锅，弥漫着灼热的水蒸气。

姚绯走到保姆车前拉开车门，就看到商锐在对面靠窗的位置看她做的剧本人设分析，车内开着灯，他的长腿随意放着，灯光让他五官更加深刻。

姚绯坐上车拉上车门，系上安全带："走吧。"

商锐从剧本中抬了下眼，嗓音很沉："口罩不摘吗？"

姚绯摘掉口罩，商锐的目光停住。他直直地看着姚绯，姚绯任由他看。

片刻后，商锐把剧本放回去，倾身过来，修长手指托着姚绯的下巴，低头凑近看她："姚老师，你涂了口红？"

"嗯。"姚绯耳朵有些热，但还是硬撑着看他。

商锐垂下眼，浓密睫毛覆下拓出一片阴影，他的唇角上扬。

"不好看？"姚绯感觉到燥热，心跳随着碰触而跳得飞快，乱了节拍，她说道，"你坐远一点，很热。"

商锐抬手关掉后排的灯，拉起车中间的挡板，俯身揽住姚绯就亲了下去，沾着一点薄荷糖的甜。

视野的不清晰让碰触更加清晰，他们的呼吸交缠，*丝丝缕缕地缠绕*。

姚绯把手攀在了他的肩膀上。

姚绯还没彻底从戏中出来，她有很多情绪要宣泄。她仿佛要汲取商锐身上的热气，要在他身上找到人间的真实感。

许久才缓下来，两个人靠在一个座位上，商锐的衬衣散开了三粒扣子，长手揽住姚绯。

姚绯抬起手看到手腕上多了一只钻石手表，与其说是手表，其实更像钻石手链，中间是一块月亮形状的表面，周围镶满了碎钻。月亮两边是两颗大钻石，连接着表链，表链上镶嵌着无数的钻石，整个手表透着浓重的金钱气息。

姚绯看向商锐："这是什么？多少钱？"

"赠品。"商锐把衬衣扣子缓慢地扣回去，他的眼梢浸着暗沉的雾气，嗓音沙哑低沉，"不值钱。"

看这两颗钻的尺寸就不会便宜。

"什么赠品？"姚绯拿起一瓶水打开喝了一口，压下躁动的心脏。

"男朋友的赠品。"商锐唇角扬起，笑得张扬，"你已经签收了男朋友，没有退换货选项。"

"我还不起这么重的礼。"姚绯不太喜欢商锐送太贵的东西，她的收入不算低，但商锐出手送这么大的钻石，她还不起。

"不需要还。"商锐深邃黑眸注视着她，修长的手臂抵在车窗上，支着下巴，俊美的脸上带着笑，姿态傲娇，"这么贵重的我你都收下了，还怕收个钻石？钻石有我贵重吗？"

姚绯把水喝完，认真点头："这倒没有，锐哥还是最贵的，这钻石才多少钱？"

商锐支着下巴笑倒在座位上："姚小绯，你是不是惦记我很久了？"

姚绯放下水瓶，转身认真注视商锐："你想要什么？"

"什么？"商锐笑得眼梢暗潮，整个人都窝在座位里，长腿随意支着横在车厢里，他歪头看姚绯。

"礼物。"姚绯想了想，说道，"你选一个，我送你。"

商锐的眼眸深了下去："什么礼物？"

姚绯拿出手机当着商锐的面查最近的节日，看到大半个月后的七夕，说道："七夕节礼物，我们在一起的第一个情人节，你想要什么？"

"我希望是手工制品，独属于我的礼物。"商锐本来想吐槽她，送人礼物哪有这样直接问的，转念一想，姚绯说不定会送个很贵的东西给他。姚绯手里有多少钱他还是有数的，他不舍得掏干姚绯的家底，手工制品价格不会太高。"我还没收到过情人节礼物，你送的话，那就是我人生中的第一个情人节礼物。"他说道。

"你没有收到过吗？"姚绯很意外，商锐这种长相、这个性格，就算不谈恋爱，至少会有很多追求者，礼物不会少吧？

"你是我的初恋，在你之前我上哪里收？你觉得你男朋友会随便收人礼物吗？你家锐哥眼光高着呢，跟看不上的人一句话都不会讲，根本不会给他们机会。"商锐语调慢条斯理，沉黑的眸子注视着她，"你有吗？"

想想商锐的"毒舌"，别人碰他一下就被"追杀"大半年，姚绯竟然觉得这话可能是真的。

"没有，我不过情人节。"姚绯在日历上把七月初七标记为"姚绯和商锐的第一个情人节"，保存好，她把手机放回去，"这是第一次。"

"那是你以前没有情人，以后有了就会过的。"商锐黑眸中的笑就溢开了，荡荡漾漾地散开，"我很期待跟你过每一个情人节。"

他的黑眸缓缓看下去，落到姚绯的手腕上，她戴钻石表非常漂亮，华贵但不浮夸，她的气质是很高级的清冷美，任何华丽的首饰在她身上都不会喧宾夺主。

姚绯倒是没想那么远，她也看向手腕上的钻石表。钻石很大，晶莹璀璨。

他们住的酒店离片场很远，环境还可以，在闹市区。姚绯和商锐一前一后下车，进了酒店，走进电梯。

商锐按下电梯按钮，他依旧住姚绯隔壁。

"你晚上吃什么？"姚绯把帽子拉好，口罩遮到眼睛下方。

"还没想好，这边没什么好吃的。"

荣丰的剧组跟司以寒的剧组不一样，荣丰的剧组里所有人都一视同仁吃盒饭，没有特权，也没有小厨房。

"你想吃面吗？"姚绯转头看着商锐，"我那边可以煮面，能简单做饭。"

商锐黑眸陡然亮了下："你做？你的房间？"

"嗯。"姚绯点头。剧组的饭不能说难吃，花样还是很多，但菜品不能调换，姚绯最近胃疼，实在吃不下剧组的饭，她当初买的锅就派上了用场。"你要吃吗？"她问。

"好啊。"商锐注视着姚绯，黑眸如墨，站直，单手插兜，"那我回去换件衣服？去找你？"

商锐回房间洗澡，换了套衣服，喷了点淡香水。他们都是成年男女，又确认了关系。姚绯邀请他去她的房间……

他吹干头发简单抓了个造型。

姚绯洗完澡换上 T 恤和运动长裤准备晚饭时，陈锋和荣丰一起过来了。

这事儿说来也不复杂，陈锋想找姚绯对明天的戏，明天是一场很重要的对手戏，陈锋想先跟姚绯对一遍。

孤男寡女共处一室不合适，一旦被拍到，闹出绯闻就是身败名裂，于是陈锋拉上了荣丰。

姚绯泡了一壶百香果茶端到茶桌上："陈老师，我吃个饭，吃完开始可以吗？本应该我去找你。"

"没事没事，你先吃饭。我不急，谁找谁结果都是一样的，都是为了演好戏。"陈锋看了眼姚绯摆在茶桌旁半米高的剧本资料，随手拿了一本，"能看吗？"

"可以，不是什么隐私，这里放着的大多是网上能找到的资料。我想多了解缉毒警察的工作，方便代入角色。"

"给我也煮一碗面，我没吃饭呢，锋哥吃了。"荣丰也随手拿了一本翻看，难得感慨，"现在很多演员连人物小传都不会做，更别说让他们看背景了。背个台词都能买通稿炒敬业，不知道我们这一代人老了，电影行业会发展到什么地步，还有没有人认真做这一行。"

"圈子太浮躁，钱来得太快。"陈锋看姚绯手写的人物总结，姚绯的字写得非常端正，横平竖直。姚绯年纪不大，却有着老一辈人的认真。"演员没有明星赚钱，我上一部戏跟几个小孩搭戏，他们都是科班出身的流量明星，那个戏烂得我眼前一黑，可个个高片酬。"

姚绯从《盛夏》剧组里出去后，看了一圈新项目，对市场也有些迷茫，她下部戏还没有着落呢，好剧组可遇不可求。她往锅里加水，听荣丰和陈锋吐槽。

敲门声响，姚绯愣了下才反应过来是谁。她快步走过去拉开门，看到商锐单手插兜靠在门口，走廊的灯光落在他身后。他逆着光站着，俊美的五官深刻，棱角更加分明。

商锐忽地俯下身来，姚绯往后撤了一大步，心跳得飞快，指了指里面，用口型道："荣导和陈老师在里面。"

商锐还保持着双手插兜倾身亲姚绯的姿势，稠密的睫毛动了下，黑眸深沉。片刻后，他挑了下眉直起身，喉结滑动："他们在这里干什么？"

"对戏。"姚绯让开路，说道，"进来吧。"

商锐直起身，迈开长腿进了门就闻到了烟味，他蹙了蹙眉。

"哟？商锐大晚上穿得这么隆重是要去爬谁的窗户？"荣丰回头看到商锐穿着白丝绸休闲衬衣，偏低的领口露出一截锁骨。商锐的五官过于精致，他非常适合穿这类衣服。

"吃完饭我就去爬你的窗户。"商锐语调不咸不淡，带着漫不经心的劲儿。他走过去弯腰跟陈锋握了下手，打了招呼便坐到对面的沙发上："烟味都带进女生房间了，荣叔，你好意思吗？"

"人家女孩都没说什么，熏着你了？"荣丰继续说，"你再叫我一声'叔'，今晚咱俩非得死一个。"

"我尊老爱幼，"商锐还是第一次来姚绯住的这个房间，很有姚绯的风格，简洁整齐，资料书摆得整整齐齐，"不跟老年人打架。"

"商锐，我以后拍戏再用你，我就不叫荣丰。"

商锐笑得桃花眼飞扬："我相信您。"

只要荣丰缺投资，他还会来找商锐。

现实就是这么残酷。

荣丰嘴上占不到便宜，转而道："剧本看得怎么样？后天有你的戏，你要是入不了戏，我会让你一直拍下去。"

商锐给荣丰和陈锋续上水，又取出两个杯子倒上，一杯给姚绯，一杯给他自己："所以，我来看看陈老师和姚绯对戏，学学经验。"

"那正好，他们对完戏，你跟锋哥再走下后天的戏。"荣丰不放过任何一个折磨商锐的机会。

商锐一开始还抱着酸的心态看姚绯和陈锋对戏，渐渐地目光严肃下去。他换了个坐姿，手肘压在膝盖上，身子微微前倾注视着姚绯的侧脸。

姚绯和陈锋的台词都非常稳，戏感很强，节奏很好。看他们飙戏是一种很美好的体验，会被代入进去。

姚绯已经完全脱离了《盛夏》里面的感觉，她在《寒雨》里锋芒毕露，仿佛她就是景白，吸引着所有人的目光。

这样的姚绯是非常有魅力的。

姚绯和陈锋对完戏，陈锋转头面向商锐，笑着道："你要对戏吗？需要回去拿剧本吗？"陈锋扬了下眉，"需要的话，我等你。"

"不用。"商锐看出陈锋的挑衅，说道，"我们直接开始吧。"

姚绯退开一些，看商锐和陈锋对台词，从台词出口，商锐就弱了半截。虽说他的台词功底进步已经很大了，跟刚进《盛夏》剧组时判若两人，可陈锋是天王级别，这种级别的演员拍常规路线的作品，基本上都是吊着别人打。

整段戏走完，商锐回头看了姚绯一眼。

姚绯的目光专注平静，并没有开口评价。

"不够稳，蒋啸生需要再稳点，他的年纪和地位都不会让他暴躁，他可以狠，但不能狠在表面上。"荣丰开了口，说道，"再来一遍，锋哥可以吗？"

"行啊。"陈锋重新坐回去，拿起了剧本，他已经探到商锐的底了。

商锐的演技不能说差，只能说是中规中矩，比起大部分流量明星算好的了，但跟姚绯那种天才没法比。

这场戏商锐的气场必须压得过陈锋，他最大的问题是压不住。

凌晨十二点对戏结束，一行人离开姚绯的房间。

商锐落在最后，临出门时抬手揉了把姚绯的头发，大步离开了房间。

第二天商锐没去片场，也没有出房间。他带了私厨过来，中午让人给姚绯送了煲的汤，晚饭也是经过营养师搭配的，给她送了过去。

姚绯回到酒店已是晚上九点半，她回房间洗完澡，换了套衣服，吹头发时看了镜子里的自己片刻，放下吹风机，转身拿起房卡出了门。

她走到商锐门前敲了一声，靠在门边等，没人开门。

姚绯又敲了一声，这回才有人开门。

"如果没有正当的理由，你会死得非常——"商锐阴沉的嗓音戛然而止，抬眼，"姚绯？"

"我房间里的吹风机坏了。"姚绯披散着湿漉漉的头发，靠在门边，"能借用下你的吹风机吗？"

"等着。"商锐转身去拿，走了两步猛然回神，又回头，"你进来，我给你吹。"

姚绯唇角上扬："吹风机不能带走吗？"

"别人可以带走。"商锐穿着银灰色休闲衬衣、同色的睡裤，柔软的布料贴着他的身体，他的好身材显露无遗，"我的女朋友，我可以提供吹头发业务。进来吧。"

姚绯进门，商锐关上了房门，去洗手间取吹风机："坐小沙发上。"

商锐的房间乱得仿佛经历过打劫，到处扔着剧本。姚绯打开了窗户，这房间只开排风是不够的。

又把窗帘拉上，她坐到沙发上。

商锐走到客厅把吹风机插上电，站到姚绯身后给她吹头发。他不会伺候人，但他认为给姚绯吹头发不算伺候。

姚绯也没有强行拿走吹风机，她靠在沙发上抬头看商锐的下巴："有进展了吗？"

"什么？"商锐嗓音沙哑，指尖擦过姚绯的后颈。

"明天的戏。"

"没有。"商锐蹙眉。

"商锐。"

"嗯？"

"你当初为什么学表演？"

商锐这回沉默的时间有些长，他把姚绯的头发吹得半干，关掉吹风机绕到对面沙发上坐下，拧开一瓶水喝了一口。他拧着眉，喉结滑动。

"想成功，想被人关注，想实现理想。"商锐抬眼注视着姚绯，他的睫毛沉黑，半响，扬了下唇角，"我一直活在别人的阴影里，唯一一次成功是高中话剧表演我拿到了第一，我得到了前所未有的关注。那种万众瞩目的感觉，很好。"

"后来怎么放弃了？"姚绯还挺意外，商锐最初学表演还真的是因为理想。

"没粉丝，没人权，只能被人挑拣。"商锐摊手，笑得很无所谓，"就放弃了。"

"有烂也有好。"姚绯不想评价每个人的选择，做出的每一个选择都有原因，都有自己的考量。这个圈子确实不是有才华就能混得好，像沈成那样有才华的导演，好几年没有戏拍的比比皆是。"那你想放弃吗？"她问。

商锐的眸光深沉，静静地凝视着姚绯。片刻后，他摇头："你在戏里，我不会放弃。"

"你想再拿一次第一吗？"

姚绯从不会嘲笑商锐的努力，在这点上她一视同仁，很少嘲笑努力的人。在她面前，商锐不需要藏拙。

商锐听到心脏在跳动，跳得飞快。

"戏外的事儿，我不知道，"姚绯也不知道未来会怎么样，她唯一能做的是做好自己的事，演好角色，把这一棒做到极致，拿不拿奖也有很多因素在里面，并不是演得好就行，卖不卖得了钱，她也左右不了，"可在戏里，我知道什么是第一。你想试吗？想试的话，我陪你。"

姚绯也从不会嘲笑商锐的理想，他唱歌，姚绯不会嘲笑；他演戏，只要他认真演了，不管他演成什么样，她都会用认真的目光看他。

商锐敢去试，姚绯就敢舍命陪君子，陪他拼。

"商锐。"姚绯拿起商锐的剧本，她挺意外商锐那么骄傲的人居然也会不自信，他很需要别人的认同。他会被陈锋压气势，是他内心没有那么强烈的自信，他不确定，他没有表现出来的那么强势，他内心也会不安。

姚绯扬起唇角看着商锐的眼："想不想做一次真正的主角？你人生的主角，不受任何人影响，你就是你，唯一的你。"

入戏完结篇

第五章

伴娘

RUXI

商锐跟陈锋的第一场戏正式拍摄，比想象中的要好很多。

这场戏姚绯也在，她的戏在下午，早上就陪商锐过来了，还没有上妆，只是在片场看商锐拍戏。

这场戏的剧情是郑泽在牺牲了两个兄弟后，费尽心思抓到蒋啸生，但是因为证据被销毁，因为蒋啸生的狡猾，他不得不恭敬地把蒋啸生送出警局。

他的兄弟白死了，郑泽无能为力。

穿着黑色衬衣的男人走出警局，他身形高大，姿态闲散，淡淡地看了郑泽一眼。他抬起头，那个目光仿佛只是看一只挣扎的蝼蚁，再没有看郑泽，大步往外走去。

郑则狠狠地说："你给我等着，我早晚会让你付出代价！"

姚绯在监视器里看这一幕，商锐已经完全入戏了，他的妆遮住了过于精致的脸。蒋啸生并没有多英俊，眼妆也很淡，但那一眼，蒋啸生的狠是浸在里面的。

压住了。

这场戏之前所有人都担心商锐压不住陈锋的气势，差一点这个角色就会毁，但商锐的气势完全压住了。

"他进步很快。"荣丰感慨了一句，商锐那个眼神真的惊艳到他了。商锐过去的演技忽高忽低，本质还是演他自己，真正脱离"商锐"来演，这还是第一次。他整个人都沉了下去，眼神有深度，不浮夸不躁动。他仿佛真的是杀过很多人的大毒枭，这个感觉陌生又可怕。他用那个目光看镜头，荣丰感受到了寒意。

荣丰从震惊中回过神，喊了"咔"，这场戏就这么轻松地过了。他缓了一口气转头看向姚绯："你教的？"

"我演不出来这种，他悟的。"姚绯也很意外，她昨晚和商锐对戏时，商锐确实有感觉，但眼神离现在还差点儿。今天到镜头下，他达到了巅峰，那股狠他拿捏得恰到好处。"他可以演好，他很需要鼓励和认同。导演，你要不要试着夸夸他。"姚绯说。

荣丰斜睨姚绯："姚绯，你变了。"

姚绯看向荣丰。

"你以前明明很嫌弃他的演技,如今居然会夸他。"荣丰"啧"了一声,摇头,"你变了,你再也不是曾经那个姚绯了。"

商锐和陈锋的状态都很好,拍摄顺利,荣丰今天心情很好。

"他很需要认同,那种完全的信任,信任让他自由。他并不是真的差,只是没有人信任他,相信他能优秀。"姚绯看向在补妆的商锐,他还有一场戏,他没有在第一时间走过来跟姚绯说话,他要进下一场戏。"我愿意相信他。"姚绯顿了下,说道,"我相信他是个奇迹。"

"'奇迹'这个评价很高。"荣丰意味深长。

"我相信你。"姚绯昨晚对商锐说了这句话,她说她相信商锐会成为奇迹。和她接受商锐追求时的话一样,她希望是个奇迹。

姚绯和商锐两个人也很奇怪,一个敢信,一个敢做。

商锐在表演上有点鬼才,他的毛病非常明显,他的上限和下限一样,都摸不到边,永远不知道他下一次会怎么出牌,也许是惊喜,也许留下"一地垃圾"。

商锐入戏不算快,他在拍摄前需要很长的独处时间来入戏。也就是拍电影敢这么拖进度,荣丰很有耐心,一点点磨,等他进戏再开始拍。

他演蒋啸生的第一场戏太惊艳了,荣丰对他寄予希望。

商锐之前想了很多拍戏时会跟姚绯发生点什么,可这个戏不是《盛夏》那种黏黏糊糊的爱情戏,他们从头到尾都在谈恋爱,可以培养感情。《寒雨》如姚绯所说,戏里几乎没有感情线。

剧组全是实力演员,商锐每天要花大量时间在揣摩人物上,稍有差池就接不住戏。他这种半吊子演技,拼技巧是拼不过实力演员的,只能剑走偏锋从感情上赢。他全身心地演一个坏到骨头缝里的大毒枭,情绪完全地沉浸。

商锐每次收工都需要很久才能出戏。

拍摄进度很慢,荣丰拍得太细了,很拉扯演员的情绪。

商锐偶尔也会分不清戏里戏外。

这种状态,拍完后他们能靠在一起抽根烟算很好了,基本上下工后各忙各的。

他和姚绯都很忙。

八月十三号苏洺结婚,姚绯和商锐请假四天回去参加婚礼,他们十二号走。荣丰很爽快地答应了,只是在两个人离组前给商锐安排了一场非常激烈的打戏。商锐的打戏很一般,一直被叫停,于是被揍得很惨。

荣丰大手一挥:"走吧。"

反正这顿打早晚都要挨,平时打的话荣丰还要留时间给商锐养伤,放假期间养伤,正好,都不耽误。

姚绯上了商锐的车,赶往机场。这一次只是参加朋友的婚礼,他们都很低调,没带多少人。

蔡伟从副驾驶座转身把药递给商锐，说道："能自己涂吗？来不及让医生给你涂了，时间不够，离机场太远了。"

商锐接过药，靠回座位艰难地抬手解衬衣扣子，剑眉蹙着，余光往姚绯那边瞥。

姚绯打开药盒取出药，说道："用帮忙吗？"

"嗯。"商锐解开衬衣，背对着姚绯，白色衬衣滑下肩膀，露出沟壑分明的脊背，肩胛骨瘦削。空气突然就灼热起来，车子的空气循环系统好像不是那么顺畅。

商锐的背很好看，精悍利落，肌肉恰到好处。他最近因为打戏，每天都要练拳脚，肌肉更紧实有力。

腰腹棱角分明，人鱼线十分漂亮。

他的伤集中在后腰。

不算严重，只是他肤色偏白，青紫就显得很狰狞。

姚绯拉着他的衬衣领口边缘缓缓往下，建议道："能全脱掉吗？你很多伤都在后腰。"

"可以。"商锐抬起眼皮警告前排两个人："你们不要回头，不要乱看。"

他的身体只给女朋友看。

蔡伟翻了个白眼，谁稀罕看你："你把隔板升起来。"

商锐才想起来这车有隔板，升隔板时，不小心牵扯到背部的伤，他拧眉"嘶"了一声，气都喘得急了点。

寂静的车厢里，他这声极其撩人。

蔡伟说："我们需要把耳朵堵起来吗？"

姚绯的耳朵不知道怎么就热了下，车厢内温度在持续地升高。

"你们愿意堵上也行。"商锐抬手把衬衣脱掉，回头看她，两个人的眼神不知道怎么就缠到了一起，焦灼火热，似乎一触即燃。商锐喉结滚动，嗓音压得很低："我的身材好吗？"

"嗯。"姚绯倒药油到手上，搓热。

"'嗯'是满意还是不满意？"商锐回头看她，唇角浸着笑。他的桃花眼笑得张扬，眼梢带着勾人的意味，这是二十六岁的商锐。他转过身，让姚绯看他的腹肌。

他的腹肌很好看，腰侧两道沟壑。

他肤色白，身上的磕碰十分明显，腹部青青紫紫。

"车里还有其他人。"姚绯用口型提醒他，怕一出声就被人听出端倪。挡板拉上比敞着还暧昧，他穿着西装裤，赤着上身跟姚绯在拉着挡板的密闭空间里。

空气中弥漫着药油的清凉味道，压下了车厢内的灼热。

"你转过去。"姚绯开口。

商锐转身姿态懒散地趴在座位上，下颌搁到修长的手臂上，嗓音里浸着笑意，慢悠悠道："来吧。"

商锐的身材极好，他这个姿势将肩胛骨到腰部都拉出完美精悍的线条。

姚绯的目光在他的腰下位置短暂地停留，移过去，把手覆在他后腰的瘀青上，用了力气推开药油。

商锐疼得闷哼出声。

"很疼吗？得用药把瘀青揉开才能好，起初就是有些疼。"姚绯把药贴上他的伤，她对处理这种瘀青很有经验。她常年身上有伤，久病成医，手法很好。

商锐垂下睫毛，遮住了暗沉的眸子。

为什么要想不开让姚绯来涂药？这到底是在折磨谁？起初并没有太多的想法，她的手贴上后商锐就觉得不对劲。

姚绯的手心不算细腻，有一点粗糙，贴着他的肌肤，带着清冷的药油，药油缓缓地融入肌肤，仿佛蒸腾出热气，凉过后是炽热。

他背对着姚绯，喉结很轻很慢地滑动，呼吸渐沉。

"姚绯，"商锐嗓音沙哑，嗓子有点干，"好了吗？"

刚开始涂药，哪里能好？姚绯抬眼："怎么了？涂这个药就是要揉开瘀血，你忍忍。"商锐太娇气了。

"把药给我。"商锐转过身坐直，拿走了姚绯手里的药，动作间摸到她的手指，感觉滚烫火热，快烧起来了。

商锐垂下眼，这不是忍的事儿，再这么下去，就刹不住了。

"嗯？"姚绯扬眉看他，指了指他的肩胛骨，"肩胛骨还有一块青紫。"

姚绯视线垂下，迅速移开坐直。

她抬手捂唇咳嗽了一声，想转移注意力，结果捂了一脸的药油，火辣辣的，她连忙抽湿纸巾擦手。

商锐眼梢微微泛红，按着腹部瘀青，他身子往后仰着，抬起下颌，从喉结到锁骨拉出一条线。黑色发丝垂落在他的眉梢处，他"哼"了一声。

也不知道是故意还是无意，他的声音压得特别低，尾音沉沉地撩人。

姚绯拿起手机发信息给商锐："你别发出那种声音，前面会听到。"

商锐拿起来看到短信内容，唇角的弧度非常大，彻底地绽放。他笑得特别灿烂，洁白的齿尖显露，眼睫毛在眼下投出了一片浓重的阴影。

姚绯蹙眉：笑什么？

商锐放下手机把身上的伤处理了一遍，慢条斯理地拿起衬衣穿上，把扣子一颗颗扣起来。他手指修长，骨节分明，做这些时有种骄矜感。

衬衣扣到最后一颗，商锐忽然转身揽住姚绯就吻了下去，这么一亲，两个人身上就全是药油味。一会儿下车，傻子都知道发生了什么。姚绯有点抗拒，总感觉在这里亲热不合适，商锐也没再继续。

回家后商锐发了一条很长的短信解释："我第一次对你产生冲动是拍《盛夏》时，第一场吻戏的前一天，你找我聊剧本。那是我人生中第一次对异性产生冲动，很直接，很有冲击，我当时就意识到我喜欢你了，男女间的喜欢。对于你来说，可能我们恋爱的时间很短。可对于我来说，已经一年多了。但这只是我单方面的想法。爱情是两个人一起组建的，我需要征得你的同意。"

他的打字速度倒是很快，姚绯往下翻看。

商锐的短信又进来："姚绯，我喜欢你。"

西州位置偏僻，机场很小，航班有限，一天只有一趟飞 K 市。中午一点，他们需要从这里坐到别的城市转机回 S 市。车停稳，姚绯飞奔下车，戴上口罩、帽子，拖着行李箱大步走在前面。

商锐慢条斯理地在车内换了套衣服。他穿了一套白色休闲装，戴上墨镜口罩，单手插兜迈开长腿跟上姚绯。

西州机场虽然小，也有好处，这地方太偏僻了，机场寥寥几个游客。一百公里外有个很出名的景区，支撑着这个机场的客流量。

两人一前一后过了安检，不需要走 VIP 通道。

上飞机后姚绯没有跟商锐坐在一排，这架中型客机的头等舱只是前面的位置，座位设置并没有太大的区别，没什么隐私，人来人往，一旦被拍到又要上新闻。虽然她和商锐同行比较好解释，他们要参加苏洛的婚礼，可坐在一起商锐能老实吗？万一有点什么暧昧动作，可就解释不清了。

她这次没带刘曼，只带了一个保镖，坐在她旁边。

飞机在跑道上滑行时她就靠窗闭上了眼，攀爬瞬间的失重感让她耳鸣。姚绯睡得很快。头被碰了下，她立刻惊醒，因为旁边的保镖是男性。

谁碰她？

视线触及男人清冷的下颌，他穿着白色休闲衬衣，戴着渔夫帽，黑色口罩遮到眼睛下，高鼻梁把口罩撑出弧度，他修长的手臂架在两边的扶手上，坐得笔直，手上正在翻姚绯带上飞机的书。

"你怎么过来了？"姚绯发现自己的坐姿倾斜，头贴着商锐的手臂，她坐直，"刚刚是你碰我？"

商锐竖起书挡住脸，转头注视姚绯："别的情侣一起坐车、坐飞机，女朋友会把头靠在男朋友的肩膀上。"

他浓密的睫毛动了下，书挡住了全部的光，他的眼眸深沉，字句从胸腔里缓缓溢出："我也想。"

那你想着吧。

飞机上空调温度偏低，姚绯有些冷，她打算找空姐要毯子。商锐放下书，把一条毯子递给姚绯。

"不会有人拍。"商锐偏头越过了座位中间的空隙，靠到姚绯这边，"就算拍到，他们也不敢乱发，相信我。"

"那上次是怎么被拍到的？还发出去？"姚绯把墨镜戴回去，看着近在咫尺的商锐。

"医院那次？"商锐的睫毛很长，如同蝴蝶羽翼。

姚绯点头，抬手摸了下商锐的睫毛，又若无其事地收回手。

"南方记者。"商锐被她摸得有点痒，懒洋洋地靠在中间，"再摸一下，快一点。"

"什么南方记者？"姚绯对媒体圈不是那么了解。

"李家那一伙的。"商锐嗓音低得像是在喟叹，在飞机的轰鸣声中不是那么清晰，"李家要完了，他们没能力再折腾。"

姚绯回头看后面，透过座位间隙看到后面一排坐着商锐的保镖，戴着耳机抱臂在睡觉。

"前排座位都是我的人。"商锐把头靠在姚绯的肩膀上，"你就这么不信任你男朋友？嗯？"

商锐身上有很淡的药油味，姚绯抿了下唇："为什么要完了？"

"瑞鹰高层上周就被抓了，月底会有新闻放出来，牵扯到华海，他们在内地的生意会受很大影响。"商锐抬头回应着。

商锐没想到在转机时被粉丝撞到了。他们这一趟走得十分小心谨慎，以为不会有人认出来就没有提前跟机场打招呼，两个人在飞机起飞的最后一刻上了飞机，不然今晚就回不去了。

刚登机，苏洺的电话就打了过来，"姚绯和商锐在机场"上了热搜，这回全网都知道了他们的航班号。

"我去接你。"苏洺说，"出机场注意安全，不要跟商锐有任何亲密行为，离得稍微远点。"

"嗯。"

"飞机上你们也要注意了。"

挂断电话，姚绯打开热搜看到排在第三的是"姚绯商锐机场"，她和商锐一前一后地走，保镖跟在周围，挡住了汹涌的人群。

姚绯在大规模评论中找了几条能看的评论。

"商锐、姚绯等一个官宣！"

"商锐和姚绯怎么又在一起？这两个人真的在谈恋爱吧！是真的吧真的吧！"

评论区有人解释："他们在一个地方拍戏，苏洺明天结婚，他们回来参加婚礼。好朋友一起走，别想太多了！ #今日份辟谣，商锐姚绯是好朋友#"

"商锐跟哪个'好朋友'一天到晚黏在一起？同一辆车，同一间酒店，同一个剧组，同一个航班。我都怀疑他接《寒雨》是因为姚绯。粉丝别跟我说什么事业心，他要转型。商锐要是有事业心，他就不是商锐了！他有过事业心那种东西吗？"

"我不管，我'嗑颜'！只要他的脸不崩，他没有官宣，我就当他是单身。"

"没有谈恋爱，没有谈恋爱，没有谈恋爱！"

商锐穿着休闲白衬衣配休闲白色长裤，身材挺拔。有个拍摄角度记录，有粉丝挥着手里的矿泉水瓶，差点儿砸到前面的姚绯，他抬手护了下，抬手的姿势让他露出一截腰身，精悍紧实。

姚绯一直走在前面，没看到商锐被打到手，她蹙眉转头往商锐那边看，商锐靠窗坐着，支着一条长腿在玩手机，看不出来有什么问题。

这架飞机的头等舱也不宽敞，商锐的腿都没办法伸直。他很讨厌这么狭窄的空间，眉头皱着，低头不说话。

蔡伟在跟他说什么，他的表情不悦，始终没抬头。

他们中间隔着两个人加一条走道。

姚绯收回视线，又翻了下热搜。双方单人粉一直态度坚定，各自安好。双人团粉狂欢，今日份"喜糖"，一家欢喜两家愁。

飞机落到S市机场，姚绯再打开微博，热搜的热度已经降了下去。苏洺在一个小时前发了一条微博，配图是两本红色结婚证和一张喜帖，算是证实姚绯和商锐来参加她婚礼这件事。

"机场的人很多，你俩最好分开走。"蔡伟提醒商锐，"苏洺会来接她。"

商锐回头注视姚绯，总有一天，他会光明正大地牵起姚绯的手。他蹙眉说道："把保镖都留给她。"

"放心，我有安排，她肯定不会有事，她比你安全多了。"三分之二的保镖都在姚绯那边，何况姚绯那身手，一拳一个小朋友。也就商锐觉得她是软萌宝宝，需要保护。

离开座位，商锐和姚绯就被保镖隔开了，他一边走一边发信息给姚绯："晚上我去找你。"

晚上总有时间吧！

商锐迈开长腿走出机舱，他走到航站楼，手机响了一声，来自姚绯的信息："我要做苏总的伴娘，晚上试伴娘服还要排练，住苏总家。"

商锐坐在车里隔着车玻璃阴沉沉地看着苏洺的车扬长而去。他靠在座位里半响，摘下墨镜撂到一边："苏洺结婚请姚绯去做伴娘，她是有多想不开？"

蔡伟取了一瓶冰水给商锐，吩咐司机开车，说道："回哪边？香海还是世茗？"

香海别墅是商锐买的别墅，他一个人住，世茗是商家的老宅。

"去找周挺。"商锐修长的手指按了下眉心，随即抵着太阳穴仰靠在座位里，"我要做伴郎。"

蔡伟："……"

周挺是有多想不开，才会让你去做伴郎？

苏洺有六个伴娘，大部分都是素人，是她的同学、闺密。其中一位伴娘因为行程问题赶不回来了，姚绯就被临时塞进了伴娘团。

伴娘服一共两套，一套是中式旗袍，一套是粉色纱裙。姚绯换上衣服出来，苏洺看了有足足一分钟。

她认真地想，姚绯出现在伴娘团里，明天的主角真的是自己吗？

"裙子正好，旗袍号有些大，可以改一下腰。"服装师征询苏洺的意见，这些伴娘服都是定制的，原来的那个伴娘跟姚绯的身形有点差距，"今晚能改完，苏总，你觉得怎么样？"

"很好。"美得不能再美了，苏洺抱臂退后审视，说道："姚绯，你转过来。"

姚绯转过身面对苏洺，浅粉色纱裙非常小公主风。姚绯肤白如玉，湖眸清澈，淡妆依旧是美得灵动，她穿这样的裙子很适合。

不过，凭姚绯的颜值，她披一块麻布也是美的。

苏洺拿起手机拍了一张照片，姚绯的美没有死角，各个角度都美。"你穿粉色很漂亮，下次走红毯可以试试粉色，很温柔。"

姚绯没尝试过粉色纱裙，她看着镜子里的自己，有种陌生感。两年前，她用尽全部的想象力也无法想象，两年后她会穿着粉色纱裙，像个娇养的公主一样站在众人面前，笑起来眼里有光。"好啊，都可以试，我不局限风格。"

"你穿婚纱一定很适合。"苏洺用一种向往的语气说道，"那种最华丽的大裙摆，穿在你身上肯定特别美。"

婚纱吗？

姚绯心脏跳得有一瞬间的空白，忽然想到商锐的脸，敛起了笑："我——"

她应该不会穿婚纱。

"我打算给你接个婚纱代言，你觉得怎么样？"苏洺兴致勃勃，说道，"给你接个婚纱代言，你会是最美的那个。"

世界不爆炸，苏总不放假。

苏洺的世界只有工作吧！

苏洺的婚礼是中西合璧的，传统中式的从家里接新娘，全员中式礼服。姚绯头一天晚上就住到了苏洺家，才知道她父母全是大学教授。

苏洺本人又是名校毕业，起点是大部分人的终点，她算什么草根？

晚上婚礼策划排练了一个小时，她们就在苏洺家开了告别单身派对。苏洺的伴娘团里有两个艺人，一个姚绯，一个公司的新人，不方便出去吃，在家更安全。

除了姚绯和苏洺，其他人都喝多了。姚绯是不喝酒，苏洺是怀孕了。

她们把喝醉的伴娘安顿好。

夜里十一点半姚绯才忙完，洗完澡躺到了床上，商锐的电话就打了过来。

姚绯接通电话，商锐偏低的嗓音落过来："我喜欢你，就像是海鸥喜欢天空一样喜欢。"

歌词吗？这个语调。

"你喝酒了？"姚绯把手机拿离耳朵，确认是商锐，"喝多了？"

商锐喝多了嗓音不一样，他的语调会变慢，嗓音仿佛浸在陈酿中，发酵出令人沉醉的气息。

"在玩游戏。"

"什么游戏？"姚绯也听到电话那头有嘈杂声，但音乐声不算大，听起来很远。

"真心话大冒险。"商锐的嗓音低沉。

姚绯听到电话那头有打火机的声音，随即听到商锐的抽烟声，拧眉道："你输了？"

"嗯。"

"你选的真心话还是大冒险？"

"原本是大冒险。"商锐靠在栏杆上抽烟，烟雾飘入空中，"拨通你的电话，只有真心话了。"

他没玩游戏，他才不会玩那种烂俗的游戏。

他只是找个理由撩姚绯，想看她耳朵通红的样子，想听她的声音。

"你身边有人吗？"姚绯问。

"我出来了。"商锐懒洋洋地倚靠在栏杆上，把手机贴到耳朵上，感受着手机里姚绯声音的温度。楼下开放舞台一片尖叫声，商锐抬起眼皮看了眼。

舞台上的歌手脱掉了上衣，下面的观众快要疯了，她们声嘶力竭地喊。这个歌手在摇滚圈小有名气，拥有一票粉丝。

商锐垂下眼看自己，忽然来了兴致，姚绯为他尖叫是什么样？他开口："你追过星吗？"

"没有。"

"你看过演唱会为明星尖叫过吗？"

电话那头停顿了一会儿，姚绯说："你跟谁在喝酒？"

"我没喝多。"商锐轻哼，他看上的女人果然不同凡响。看看他女朋友的觉悟，冷静自持，泰山崩于前而面不改色，对美色不为所动，刚正不阿。"楼下有个乐队在唱歌，粉丝叫得很疯。我唱得比他带劲儿多了，姚绯，想不想看？"

"明天要起很早。"姚绯拒绝得并不是很委婉，"想早睡。"

"我不想让你睡。"商锐语调缓慢，懒洋洋的，随手弹落烟灰，咬着烟直起身迈开长腿大步往顶楼走，"看吧。"

锐哥还就叛逆上了，今天她不看也得看。

想为她一个人表演。

"锐哥，不玩了？"周挺的助理出门看到商锐要走，提高声音喊道。

今天周挺请伴郎团喝酒，商锐临时过来强行加入了伴郎团，也就加入了酒局。

"有要紧事，陪女朋友。"商锐手指上夹着烟摆摆手，淡淡道，"你们玩吧。"

"听着声音有些熟。"姚绯说。

"周挺的助理，周挺在我的酒吧过最后一个单身夜。"

"你的酒吧？"

"陈年。"商锐走进电梯按下顶楼，"开了挺多年，有时间我带你过来玩。"

"我对那种场合不感兴趣。"

"那好吧，等我以后把这里关了改成其他的项目，带你来玩。"商锐从不强迫姚绯做她不喜欢做的事，他们是两个极端，却不妨碍他们相爱。走出电梯，他指纹解锁了顶楼房门，这个酒吧的顶层拥有巨大落地窗的音乐工作室，他走进去打开了灯："开个视频。"

"我在苏总家不太方便。"

"十分钟。"商锐把剩余的一截烟抽完，掐灭扔进烟灰缸里，打开了灯，一边解衬衫扣子一边往中间走，"我挂断了，记得接我的视频。"

姚绯停顿片刻，起身去找耳机，刚拿到耳机商锐的视频就过来了。

她戴上耳机接通视频，这回十分确定连对了手机蓝牙。

商锐在镜头前一晃就转身走向了昏暗的屋子中间，是像音乐室的地方，空旷巨大，有着一整面墙的落地窗。他身后是城市的灯海，中间放着架子鼓和众多乐器。

"这个角度能看到吗？"商锐的衬衫开着，腰侧两道斜肌在昏暗的灯光下更深。腹肌若隐若现，他抬腿坐到了高脚椅上。

他拿起鼓棒，修长的手指钩着鼓棒，敲了一下鼓，发出沉闷声响。他眼梢挂着笑，解开了最后一颗扣子，敞着衣服拎起鼓棒，抬起头，笑得很深的眼眸看向镜头："看得清吗？"

商锐绝对喝多了！

姚绯看着镜头里的男人，他喝了酒就会眼眸沉黑，浸着浓重的雾气。

"二○二一年，八月十三号零点十分。"商锐抬起腕表看时间，说道，"姚绯的专属演唱会，表演嘉宾，商锐。"既然她没听过演唱会，那商锐给她单独演一场。

炸裂的鼓点冲进了耳朵，急促而疯狂地响了起来，震耳欲聋。

姚绯注视着屏幕，这样的商锐如同一团火。

"希望场下唯一的观众有点自觉，适当地发出崇拜的尖叫。"

姚绯笑了起来。

商锐精力真好，坐一天飞机，他不嫌累。

商锐也在笑，他唇角上扬，露出洁白的齿尖，桃花眼成了弯月。他一条长腿随意放着，姿态闲适自在，手臂却很有力量。

激烈狂躁的前奏结束。

商锐沙哑的嗓音响了起来，他仰起头唱歌。灯光落到他身上，清冷的下巴牵起凸起的喉结，拉出性感撩人的弧度。

慢摇滚风的曲调，配着爵士鼓，狂热在激烈的鼓点中发挥到了极致。

世界喧嚣。

姚绯看着他一个人的表演，观众也只有一个。

她心跳得飞快，这里只有她和商锐。她在黑暗中耳朵渐渐烧了起来。

商锐是那种有三分就叫十分的人，无论真假。他用最坦荡的态度大声地告白，不管你愿不愿意听。哪怕捂着耳朵，他的声音也能从缝隙里拼命地挤进来，强势地占有一席之地。

他比平时在舞台上更火热，恣意张扬地打鼓，仰着头唱歌，低缓或者高昂时都非常有吸引力。

一首歌即将唱完时，他站了起来，脱掉了身上的衬衫扬手潇洒地甩了出去，赤着上身站着打鼓。

他的身材精瘦有力量，肌肉线条利落，恰到好处。

黑色发丝垂下触到他桀骜的眼，他的声音扬到了底，毫无保留。

姚绯找到录屏功能，等音乐声平息，她开口："能再来一遍吗？我刚才没录到。"

商锐笑着看向镜头，黑眸深沉如海，下巴上扬拉出骄傲的弧度，沙哑的嗓音缓慢道："你要录呀？"他顿了下，喉结滑动，尾音轻飘得仿佛风一吹就散，"那你说句好听的。"

姚绯看镜头里的男人，他们似乎隔着屏幕相望。

她在脑海里搜寻了半天情话，抿了下唇，找了句台词改了细节："太热烈的感情不会长久，就像烟花，绽放过后便是无尽的黑暗。可那个人是你，我主动仰望天空，期待着每一次绚烂，我接受了所有的热烈。"

"商锐，"姚绯靠在床头，看着镜头里最耀眼的男人，在黑暗中说，"你唱歌很好听，录一遍不脱衣服的。"

商锐抬起头，敛起笑，他的黑眸注视着姚绯，语调也沉了下去："我会是你世界里的太阳，不会是什么烟花。"

姚绯笑了起来。

希望如此。

姚绯跟商锐打了半个小时视频电话，他穿上了衣服，拎了把吉他调高了椅子，随意地拨动着弦，有一搭没一搭地跟姚绯聊他的音乐。

姚绯对音乐一知半解，她不知道商锐水平怎么样，只是觉得他唱歌很有生命力。

他身上永远有少年的张扬，肆无忌惮。

他们聊到商锐的手机低电量提醒，商锐拎着吉他走到镜头前，弯腰亲了下镜头，很温和地说："晚安，睡吧，祝你好梦。"

他的尾音很低，结束那一刻，手机屏幕返回微信聊天界面。

姚绯盯着手机屏幕，看了许久，屏幕暗下去。世界寂静，她躺了下去，落入松软的被子中。

她没有喝酒，却有了醉意。

也许有一天，她会去商锐的陈年看看。

姚绯第二天早上五点半起床了，化妆师来得很早，她一早就换好了伴娘服，化好妆，帮薇薇安控场。结婚事情琐碎复杂。

早上八点，人多起来，有公司以外的人到来。姚绯如今也是家喻户晓的明星，来找她签名、合照的人很多，她被拉着照了半小时才完，躲到新娘房里松一口气。

伴娘和策划不知道怎么都讨论起了商锐，商锐怎么了？昨晚"翻车"了？姚绯拿出手机刚打开微博，摄影师就进来了，她又被抓过去拍照。

拍完合照还要录视频祝福，姚绯录完，时间已经接近上午九点。一声尖叫，几个伴娘跑到了窗户边，说接亲团来了。

姚绯刚走到落地窗前就听到伴娘团发出整齐的喊声，随即整个屋子里的人都拥到窗户边往下看。

苏洺家住在八楼，一楼停着一辆黑色复古风格婚车，周挺站在车前，后面站着几个穿黑色中式礼服的伴郎。可能周挺把 SW 传媒的男艺人都拉了过来，伴郎团颜值很高。姚绯的目光忽然停住，穿着长衫的男人也恰好抬眼看过来，四目相对。

身边的女生发出震耳欲聋的尖叫，声嘶力竭："锐哥！"

商锐朝这边挥挥手，他穿长衫清俊骄矜，像真正的富家公子哥儿。

姚绯的手机响了一声，她拿起来看到商锐的短信："男朋友来接你了。"

"伴郎里有商锐？"姚绯问旁边尖叫到脸红的薇薇安。

"有啊，上午八点就上了热搜。"

姚绯在微信上回复："苏总和周总的婚礼，有很多摄影机，注意行为。"

苏洺和周挺虽然不是公众人物，但很多媒体也闻讯赶来。他们的婚礼邀请到了一众明星，阵仗还是很大的。

商锐发了个"等摸头的狗崽子"的表情包。

商锐很喜欢用哈士奇的表情包。

商锐："放心，我从不干出格的事，上去了。"

接亲是中规中矩地把新娘从家里接走。

姚绯第一次参加婚礼，也是第一次做伴娘，在脑子里走了好几遍流程，真到了堵门环节，她一个都没用上。

薇薇安控场能力得苏洺真传，十分强悍，也很会随机应变，她找了个要红包的理由打开了门。

第一道门打开，姚绯往后退了两步，随即一大包红包就塞到了她的怀里，姚绯倏然抬眼撞上商锐浸着笑的眼，就听到伴郎团有人喊道："锐哥，你是卧底吧？"

红包用红色喜袋装着，巨大的一袋，沉甸甸的。

姚绯愣了下，立刻把红包倒了出来，分给众人。他们在热闹中对视了一眼，姚绯移开视线，往里退去。

姚绯分完红包，客厅里已经进入到下一个环节，所有人的注意力都在客厅的新郎身上。还有个进新娘房间的环节，他们要在这里玩游戏。

忽然肩膀被碰了下，姚绯回头看到商锐站在一旁，修长的手指间夹着一个红包："留一个。"

他把整袋红包给姚绯，不是让她全发光的。

姚绯接过红包："有什么说法？"

商锐唇角上扬笑了起来，一缕阳光从巨大的落地窗落进来，落到他俊美的脸上，他的眉眼被映得深邃。

"沾喜气。"商锐的唇动了下，"拿着，不准给别人。"

好吧，锐哥说什么就是什么。

"锐哥，你别站伴娘那边。"周挺正在被伴娘折腾，笑着抬眼看过来说道，"你过来让她们放放水。"

伴娘八成都是商锐的粉丝，她们不会舍得折腾商锐。

一直不敢引火到商锐身上的伴娘在周挺的带领下集中火力而来："锐哥来表演个节目，表演完就放你们进去。"

商锐并不想玩那些弱智游戏，太土了。将来若是他结婚，一定会是最高级的浪漫，绝不会请这些伴娘。

"那个小提琴能用吗？"商锐指了指放在客厅柜子上的琴盒。

苏洺的母亲拿着手机在录商锐，笑着说道："应该可以，好多年没用了。"

"能借您的琴吗？"

琴盒上还沾了灰，但琴完好干净。商锐拿出小提琴试了下弦，走到客厅中间站直，把小提琴架到肩膀上。

现场已经有女孩吸气的声音，客厅安静下来。

他身后是金色的阳光，他站在阳光里拉琴，黑色发丝一丝不苟。他穿着黑色长衫，里面的白衬衣扣得整整齐齐，袖口一尘不染地贴着他的手腕。他垂下浓密的睫毛，唇微微地抿着。

第一道音从琴弦里流淌而出，舒缓的音乐响了起来。

商锐上次跟她说，他以前学过小提琴。

姚绯一直无法想象他拉小提琴是什么样子，他那个性格能站得住吗？现在看到了。商锐拉琴时跟平时不一样，他的站姿优雅闲适，小提琴上的手指修长、骨节分明。

他的手很漂亮，拉琴时更漂亮。

他拉的是《梦幻曲》，在即将步入婚姻殿堂前拉《梦幻曲》，不违和。怀着少年的纯真，走向人生的每一个阶段，有种很极致的浪漫。

一首曲子拉完，他握着琴非常绅士地弯腰鞠躬，站直后问道："我们可以进去接新娘了吗？"

现场一片欢呼。

本来他就是天之骄子，是在舞台上闪闪发光的神，他做什么都有人宠着爱着。他走下了神坛，走到面前来，绅士地问道："可以吗？"

他去上天都可以。

顿时婚礼的质感都被拔高了，没有很吵闹的游戏，商锐身上的气质很矛盾，在接地气和高级之间反复横跳。

上限和下限都很高。

伴娘们欢呼着进了房间，等待着新郎迎娶新娘。

"等会儿我求婚告白，你能在旁边给我伴个奏吗？"周挺难得紧张，整了下衣服，抱着手捧花的手都攥紧了。

"不行。"商锐毫不留情地拒绝了他，"这样很蠢。"

像餐厅里花钱就能雇来的琴师。

"而且，"商锐把琴放回琴盒，淡淡道，"周挺，我要是站在你身边，求婚的时候会有人看你吗？"

周挺："……"

"清醒点。"商锐把琴盒盖上，放回原处，抽纸擦手，"我的条件很难成为背景，我出现在镜头里一定是主角。"

有商锐这个外挂，周挺一路顺畅无阻地进了最后一道门，走到了苏洺面前。

苏洺穿着中式喜服坐在床边，她看着面前笨拙又紧张的高大男人也紧张了起来。"铁血硬汉"苏洺，第一次慌张。

"很多年前，我在一场宴会上第一次见你，你穿着白色西装，涂着红唇。你那时候是短发，跟所有人都不一样，特别漂亮。我看了很久，我心想如果你走过来，我就撞翻你手里的红酒，打湿你的衣服。我可以借着给你道歉的机会要你的电话号码。"

"幸好你没这么做，不然你要到的不会是电话号码。"苏洺笑得很灿烂，眼睛却突然红了。

"我什么都没做，我一直看到宴会结束，我甚至不知道你叫什么，只知道你很漂亮。"周挺的眼睛也有些红，他半跪在苏洺面前，握着她的手，"我是个很普通的人，我没才华，长得也不帅，这辈子全部的运气都用在遇贵人上，我从不期待再有好运气落到我头上，那太贪心了。"

周挺是真的草根，他一无所有地混在底层。后来他遇到了司以寒，跟着司以寒做助理、做经纪人，一起开公司，一路走到今天。

姚绯站在后排看屋子中间的两个人，周挺的话不算特殊，可能每个婚礼上的发言都是这个风格。但他单膝跪在苏洺面前，磕磕绊绊地说那些话。此刻，他不是游刃有余的公司决策者，他不是在外面巧舌如簧的经纪人。

他只是苏洺的仰慕者，他是苏洺的男朋友，苏洺的丈夫。

"后来我们再见，我知道了你的全部，我有了你的所有联系方式，却不敢跟你发任何与工作无关的事。我和你差距太大，我不敢高攀。"周挺把脸埋在苏洺的手里，很深地吸了一口气，"寒哥跟我提要和你相亲，我一夜没睡，我一夜都在想，我何德何能，我居然还会有额外的幸运。我那一夜，甚至都想好了我们未来的小孩叫什么。"

苏洺垂下眼，摸了下周挺的头发。

"我爱你。"周挺抬起头，看着苏洺，"你愿意跟我共度余生吗？"

每一天都有人结婚，每天都有人宣誓，周挺对苏洺说的话不算特殊，可姚绯被触动了，她的眼睛泛了红。很突然地，她就明白了婚姻的意义。周挺和苏洺的婚礼很接地气，很普通，就是这种普通的真实，带着烟火气息，让姚绯感动。

她转过头想擦一下眼，猝不及防地撞上商锐的视线。

商锐在看她，看得专注认真，他的眼眸很深，看一眼似乎就能沉进去。

所有人都在看中间的新人，他却在看姚绯。

苏洺说"我愿意"，满屋子掌声。

姚绯的手被握住，十指交扣。商锐脸上的表情并没有变，只是他的手紧紧贴着她的手指，两个人贴得很近，中间没有一丝缝隙。

商锐的手心炽热，他穿得太多了。

快四十摄氏度的 S 市，尽管屋子里开着空调，他穿两件也够多了。

他的手灼热地包裹着姚绯的手，扣得很紧。

两位新人接吻。

有人鼓掌，有人欢呼。

商锐松开姚绯，抬手摸到她的头顶，短暂地停顿，他的手滑下去揽了下姚绯瘦削的肩头。

人太多了，盯着他的人很多。

一旦那边最刺激的环节结束，所有人的目光都会落过来。

他们短暂地发生了一点无人知晓的亲密行为。

新郎抱着新娘走出门，接亲环节结束。

商锐把手垂回去，让开路，单手插兜。

"锐哥，你等会儿再下去。外面人有点多，我们没想到今天会来这么多人。"薇薇安也没想到消息会传得这么快。

"我和姚绯的热度比寒哥低多少？"商锐不高兴了。

大哥，你是忘记你这伴郎是怎么来的了吧？

他们策划婚礼的时候只有姚绯，没想到商锐临时塞了进来。

商锐的热度太爆炸了，"商锐伴郎"上了热搜，他戴着墨镜、穿着黑色长衫坐上伴郎的车时被媒体拍到，迅速冲上热搜前列，居高不下。

商锐的颜值和人气果然都是天花板。

"绯姐也晚一会儿走。"薇薇安说。

"好啊。"姚绯倒是没意见，"换衣服时间够吗？"

"化妆时间可能有点不太够，要不你们先在这边补妆？"

商锐眉头松开，若无其事地整了下衣领："那我也最后一个走吧，我的车跟在姚绯后面。"

两个经纪人的婚礼，来了一众明星。举办婚礼的酒店内部不对外开放，可入口一早就有媒体在蹲，进门一定会被拍。姚绯和商锐不能坐一辆车，他们一前一后到达会场。

姚绯是伴娘团里最后一个到现场的，她迅速地冲进去换衣服补妆，走在最后面出场，接过了策划递来的白玫瑰。室内婚礼，整个现场以白玫瑰为主。

姚绯听到有照相机在拍，她保持着状态回头看了过去。

礼堂的另一端，商锐穿着黑色三件套西装走了出来。他的脚步停住，定定地看着姚绯，身后的伴郎提醒："锐哥。"

商锐整了下西装外套走了出去，听到身后几个伴郎压低声音的惊叫。

好吧，伴娘那边百分之八十都是商锐的粉丝。伴郎这边，百分之百都是姚绯的粉丝，一群人眼睛都看直了。

姚绯很少穿这种温柔色的裙子，她站在灯光下，美得出尘。她纤细白皙的手指握着一枝白玫瑰，整个人是轻盈梦幻的美。

商锐也领到了一枝白玫瑰，忽然不想把玫瑰送给苏洺了，想送给姚绯。

商锐走到会场边缘微敞着腿站直，蔡伟就凑了上来，压低声音说道："今天媒体特别多，你别出风头，你已经上了两个热搜，别跟姚绯有任何亲密行为。"

商锐看了蔡伟一眼，不置可否。

婚礼更像是一种表演，观众是亲朋好友和媒体。排练过无数次，他们走上舞台，接过众人的祝福与鲜花，走到了礼堂中间。没有接亲时那么真情实感，两个人用最好看的姿态面对镜头。

他们宣读誓词，从此结为夫妻，财富共享，余生共度。

最后一个环节，新娘扔捧花。

姚绯第一时间撤到了最边缘，抢捧花的大多是女生，伴郎只是凑个热闹。这里的伴郎大多是小鲜肉，个个都在立单身人设，谁也不敢真的抢捧花。

捧花的意思有很多：传递幸福，接受新婚夫妇的祝福，还有预示着下一个结婚的人。

姚绯拿起手机解锁，查看消息。婚礼基本上结束了，如果苏洺没有其他安排，她晚上要去 B 市。

接下来有四天的空档，她要做的事太多。

苏洺站在铺满鲜花的婚礼殿堂上，背对着所有人，抬起手扔出了手捧花。

一众女生欢呼着去接。

忽然，最后排穿西装的挺拔男人一跃而起，修长的手臂出现在众人头顶，干脆利落地拦走了手捧花。

所有人抢了个空。

这跟想象中的不一样。

姚绯缓缓回，看到商锐解开了西装扣子，露出里面被马甲勾勒出的腰线。他的下颌一扬，俊美的脸上带着笑，唇角弧度很大，齿尖洁白。

跟一群女生抢手捧花，锐哥可真出息了。

姚绯握着手机看着这变故，他抢手捧花干什么？

商锐抬手整了下领带，扣上西装外套的扣子。他望着姚绯，眼底的笑更深，短暂地停顿，他拎着手捧花踩着红毯径直朝姚绯走了过来。

"恭喜锐哥！"司仪是个主持人，夏铭影业旗下的艺人，大步走下台阶笑着拦住了商锐，说道，"锐哥这是想结婚了？"

商锐缓缓收回视线，垂了下浓密的睫毛，半晌才抬眼："当然。"

瞬间司仪就感受到岌岌可危的生命面临着"死亡倒计时"，他为什么要问这个问题？这个婚礼有太多媒体，这句话会发酵成什么样，他不敢想。

"我不是不婚主义，当然期待婚姻。"他的目光掠过姚绯，"你不想吗？"

"我想啊。"主持人感觉死亡离自己远了一步，至少他不会被蔡伟暗杀，他顺着商锐的话接了下去，"刚才我也应该参与抢手捧花环节，锐哥都信，肯定有用，我想脱单很久了。"

"祝你梦想成真。"商锐打量主持人一眼，说得跟你上去就能抢到似的。

所有人的心放回了肚子。

要是商锐在这里放飞了，不知道现场有多少人想回去上吊。

商锐祝福了新人几句，转身走下台，坐到了安排好的位置上。他若无其事地拿出手机，漫不经心地抬起眼环视婚礼现场，顺便看了眼站在婚礼中心的女孩。

姚绯跟着众人鼓掌，保持着完美的微笑。

商锐拍了一张手捧花的照片，修图，打开了微信。

"锐哥，你去抢手捧花干什么？"蔡伟脸色惨白地凑了过来，声音压得很低，"吓死我了。"

"蔡总，你觉得我结婚怎么样？"商锐姿态懒散地靠在椅子上，指尖落到手机屏幕上，打着字，"忽然觉得结婚也不错。"

蔡伟顺着椅子差点儿滑下去。

你不是不婚主义吗？

"她不会现在跟你结婚。"蔡伟按了下太阳穴，想吃降压药，声音压得很低，"你考虑过她吗？你考虑过你们这部戏在拍，一旦你们曝出点什么事，观众会怎么看这部电影？看你们会不会出戏？"

不把姚绯搬出来，根本按不住商锐。

商锐把信息发出去，垂下浓密的睫毛注视着手机屏幕。屏幕暗了下去，倒映出他的脸。

"你们在一起时间太短了，等等看，等她的事业稳定，等你们感情再稳定点。"蔡伟压低声音劝着，"等会儿可能有媒体采访，你可不要再随意说话，你现在不是一个人，不能那么任性。"

商锐握着手机抱臂靠在椅子上若有所思。

"你得先考虑怎么合理地公开。"蔡伟以前怕商锐贸然官宣跟姚绯的恋情，现在怕他去闪婚。在闪婚面前，恋情算什么？算什么！

"好吧。"商锐抬眼，嗓音低沉，缓缓道，"去写通稿，说我暗恋姚绯很多年，在苦苦追求她。"

蔡伟："……"

"不会写的话，去问问以前那些碰瓷我的艺人团队，找找经验。要写得比他们真情实感，比他们婉转动人。"

蔡伟："……"

商锐："去吧，蔡总加油！"

婚礼进入尾声，周挺握着苏洺的手带她走下长而陡的台阶。她的主婚纱特别长，铺了一地。

姚绯快步走过去帮忙抬婚纱尾，薇薇安也走了过来，苏洺松开周挺的手压低声音说道："你去跟媒体打个招呼。还有，问问蔡总那边需要我们配合吗？"

周挺点头："你先去换衣服，把高跟鞋换下来，这里有我。"

"姚绯，你扶我下，这个鞋跟太高了。"苏洺伸手握住姚绯的手腕，几个伴娘还有工作人员帮她抬着婚纱走进了电梯。

到化妆间，薇薇安立刻把一碗甜汤递给苏洺，说道："苏总，先喝一口吧。"

服装师帮她脱烦琐隆重的婚纱。

苏洺一口气把甜汤喝完，按了下眉心："热搜上都是什么消息？"

"热搜第一是'姚绯商锐高甜'。"薇薇安去拿跟稍微低点的鞋子，一边走一边看手机，说道，"热搜第六，'姚绯伴娘'。第七，'商锐伴郎'。寒哥的热搜刚下去，他今天镜头很少；其他人的热搜位置比较低。哎？锐哥的手捧花上来了。"

"绯姐，喝甜汤吗？"苏洺的另一个助理端着托盘过来，说道，"桂圆莲子汤。"

"谢谢。"姚绯接过碗喝了一口压下心跳，她觉得商锐有那么一刻是真的想走过来，万众瞩目下把手捧花送给她。

"很紧张啊？"苏洺问道。

姚绯抬头对上她的眼，长出一口气："我永远不知道下一刻会发生什么。"

苏洺笑出了声："多刺激，这样的生活多有趣！"

太刺激了。

"你们在说什么？"薇薇安没听懂这对话，说道，"锐哥发微博了，回应了手捧花。"

姚绯拿起手机看到微信有通知，她查看微信消息。

商锐十分钟前发了一张图片和一句话。

商锐："听说拿到手捧花的人一年内会结婚，你觉得可信吗？"

后面是手捧花的照片，白玫瑰圣洁，每一片花瓣都晶莹，张扬怒放。

姚绯眼皮跳了一下，心脏也跳得很乱。

苏洺说："他回复了什么？"

"哥高中时是校篮球队的，能输给你们？"薇薇安读着商锐的微博内容说道，"配了两张图：第一张是媒体拍到他跳起来抢手捧花，已经上热搜了，他把水印涂了；第二张是手捧花的照片，应该是他拍的。"

苏洺笑出声："他怎么不上天？"

姚绯回复商锐："你抢手捧花就是为了这个？"

商锐回过来一条语音，人多，姚绯不敢听。

她打开微博，热搜第一已经变成了"商锐抢手捧花"。

大概是没有男艺人敢这么大胆张扬地抢手捧花，所以这一条格外滑稽搞笑，热搜升得很快。

"大家一定要看视频，哥真的太拼了！"

姚绯点开视频，看到浪漫的音乐背景中，商锐一身西装，前一秒禁欲骄矜，下一刻单手解开西装外套扣子，跳起来干脆利落地抢走了手捧花。

评论区一片欢声笑语，有路人也有粉丝，还有单纯嗑颜值的。他穿西装非常好看，长腿逆天。

视频里，商锐确实很帅，他一直都是颜值天花板，但穿着精致的三件套西装，帅得仿佛从漫画里走出来的，下一秒就去抢手捧花了，反差太大。

"你们先去吃饭吧。"苏洺让薇薇安带几个伴娘去吃饭，留了姚绯在这里。她换好敬酒服，让服装师和化妆师也出去，说道："蔡总发消息过来了。"

姚绯在看"商锐姚绯高甜"热搜里的热门微博第一条，手停住，抬眼："什么？"

"说下午他们那边会发通稿，让你不要有任何回应，也不要对任何话题发表意见，他们会处理。"

姚绯返回首页，点头："我知道了。"

"不问我为什么答应他吗？那么相信他们的团队。"苏洺取了一瓶水拧了下，没拧开。

姚绯走过去接过水拧开，摸了摸水瓶是冰的，放下水又取了瓶常温的拧开递给她："高甜的热搜怎么上去了？"

"看起来像是网友搜上去的，那张照片确实很甜。路人、粉丝、双人团粉，凑热闹的多了。"苏洺喝了一口水，说道，"摄影师真会拍，我要是你们的双人团粉，我也会尖叫。"

最火的一张高甜动图是伴郎伴娘拍合照时，姚绯去台下拿东西，上台时商锐伸手拉了她一把。姚绯上台，商锐看着她就笑了起来。

商锐笑得格外好看，整个人非常温柔。

一个刻薄、毒舌、冷漠的人温柔起来，世界都融化了。

两个人颜值太高了，商锐穿着华丽的三件套西装，姚绯穿着粉色纱裙，轻盈美丽。姚绯抬头，商锐垂眼望着她。两个人从牵手到对视微笑，甜蜜都从屏幕里溢出来了。

《盛夏》里盛辰光和夏瑶并没有办婚礼，这一张弥补了电影粉对"盛夏夫妇"婚礼的幻想。他们在玫瑰花中，在亲友的簇拥中，走向了婚姻的殿堂。

姚绯拿起冰水喝了一口："蔡总是针对哪方面宣传？"

"你知道商锐送我的新婚礼物是什么吗？"苏洺没有回答姚绯的问题，转而问道，"你一定想不到。"

姚绯确实猜不到，她没问商锐送什么，商锐也没说。

"一套别墅，香海的别墅。"

姚绯不知道香海的别墅是什么概念，但一套房的概念她还是知道的，很贵。

姚绯瞪大眼："别墅？"

结婚送房子？

"我和商锐的关系其实很一般，只有生意往来。如果不是你，他可能都不会参加我的婚礼，最多让蔡伟过来送个红包。"这话是真的，以商锐的性格，普通朋友的婚礼想让他坐几个小时飞回来参加想都别想。商锐跟人很少交心，他们也不过是饭桌上的朋友，有利益往来而已。别墅文件是蔡伟送过来的，苏洺当场就震惊了。她也不敢收，疯了才收商锐一套房。她连忙打电话给商锐，问怎么回事。

商锐话说得很明白，他和苏洺的关系只值几万块的红包。可当初苏洺帮过姚绯，姚绯在他那里是无价的，多贵重的东西都值得。

他不是替姚绯还人情，他只是感谢苏洺当初的坚持。

"他是因为你送的，他说庆幸我们遇见，这是我认识他以来，他第一次道歉。"苏洺放下水瓶，说道，"我不知道该怎么评价他这个人，我以前觉得他玩心很重，对什么事都不认真，永远傲慢，不会为任何人俯身，也不会为别人考虑事。我看到他的认真，看到他的顾虑，他收敛狂妄学会为别人考虑。他在对你这件事上非常认真，我都怀疑我以前有没有真正地认识过他。"

"我也是前几天才知道，ES那个代言是他让出条件换来的，是去年这个时候谈的，而我没有得到任何消息，后来你们两个闹掰，他依旧什么都没说。我被瞒着，蔡伟告诉我我才知道。去年杀青宴上，他为你定制了一个钻石耳钉，打算跟你告白。"苏洺笑了下，说道，"今天就算没有人拦，可能他也只是会走到你面前，不会再有其他的动作和话，他比谁都希望你事业有成。"

"姚绯，房子我没收，我也不会收的，你跟他说一声，如果他的钱实在太多，把钱投到一些女性公益上。我不认为工作范畴内的力所能及需要多么隆重的感谢，你也帮过别人，因果而已。"苏洺直起身，说道，"我们是合作关系，我在你身上赚钱，你是我的艺人。不要觉得亏欠我，也不用觉得亏欠任何人。我在你身上赚了很多钱，够买好几套别墅，别只看账面上的钱，你的名气为公司带来的增值不可估量。"

"谈恋爱也不用那么担心，把心放平。商锐抛却那些背景、身份后也不过是个普通的英俊男人，顺其自然。假如真的有一天曝光了，那就官宣，你们只要不劈腿、不闹出负面新闻，也影响不了太多。"苏洺拿起手机，往外面走，她该下去敬酒了，"不过我不希望现在官宣恋情，《寒雨》还没拍完。一旦官宣，观众容易出戏，这个你应该清楚，这会影响到电影。"

名气太大的情侣不能演同一部戏，观众会出戏。跟演技无关，大众印象太深刻，演得再好也没用。

"他到底要发什么？"姚绯蹙眉，有种不好的预感，苏洺给她打了这么多预防针。

苏洺的手已经放到门上了，回头看姚绯片刻："昭告天下，他喜欢你。"

姚绯："……"

下午三点，微博上出现了一段商锐的采访。宴席还未结束，有媒体采访商锐，商锐很爽快地答应了。

媒体问了个很劲爆的问题，问他对热搜上和姚绯的高甜视频怎么看。

商锐笑着看向镜头，说道："你觉得甜吗？"

采访的媒体人被他笑得脸红。商锐的颜值很高，笑起来好看得非常有冲击力。跟平时那种漫不经心的笑不一样，他的笑浸在深邃的黑眸里，他很喜悦。

"您笑起来很甜。"采访的小姑娘说道，"那您怎么看？"

"你觉得为什么甜？"

小姑娘被问得一愣："就……很温柔。"这能为什么甜？就是很甜，心都酥了的那种甜。

"把视频拿来让我再看一遍。"

小姑娘连忙把视频送了过来，商锐靠在椅子上，修长的手指握着手机看了一会儿，唇角上扬笑道："你谈过恋爱吗？"

女孩摇头。

"你知道这种甜叫什么吗？"商锐把手机还回去，深邃的黑眸注视着镜头，意味深长道，"叫喜欢。果然，这世上有两种东西是藏不住的，一个是喜欢，一个是咳嗽。看起来，我喜欢姚老师这件事儿也要藏不住了。"

"他藏过吗？"苏洺在副驾驶位上笑出了声，说道，"别人是怕媒体挖，他追着媒体爆料，恨不得把'我喜欢姚绯'写在脸上。"

他们原本打算晚上一起吃饭，商锐突如其来的爆料打乱了全部计划。

"商锐公开承认喜欢姚绯"冲上热搜，他高调地告白，毫不掩饰，商锐那些讨厌姚绯的粉丝突然寂静。

媒体疯狂地打双方经纪人的电话，询问两个人是否在谈恋爱、是否公开。蔡伟那边回应得模棱两可，只说视频里商锐怎么说，那就是什么。苏洺这边不接受任何采访，不回应。

按照计划，姚绯和商锐不会公开，姚绯不会有任何回应，公开之前她和商锐都不能一起出现在公众面前。今天姚绯和商锐绝不能坐到一起吃饭，媒体会紧紧盯着他们，一旦有苗头恋情就按不住了。

姚绯坐在后排继续看视频，这段采访很长。

"您参加《寒雨》是因为姚绯吗？"

"这倒不是。"商锐敛起了笑，认真道，"《寒雨》的剧本很好，很有意义，这是一个很伟大的剧本，我为能参演感到荣幸。"

"希望有一天，我能真正地以实力站在这个位置。"商锐的目光平静，语调也不激烈，他面对镜头很清晰地说道，"我会让你们见到一个新的商锐。"

视频到此结束。

最后一句话还带着商锐独有的傲气。

姚绯随手翻了下评论，他的粉丝早就炸锅了。

"他的商务活动会受影响吗？"姚绯把手机放回去，右眼皮一直在跳。

"你们要拍《寒雨》，半年时间只有《寒雨》的拍摄，他那边也是，并没有其他商务合作。至于明年，看明年形势吧。他若是因此糊了，那也是没有办法。"拍完《盛夏》后商锐的商务活动突然少了，当时粉丝还抱怨公司业务能力，苏洺怀疑他一开始就有这个预谋。

姚绯垂下眼，看着微信上的消息。

商锐："我先回剧组，我在剧组等你，不要回应任何媒体，这两天多带几个保镖，注意安全。"

商锐："微博上那都是小场面，别担心，这种场面，我见过很多次，花样都差不多。"

姚绯盯着手机屏幕许久，屏幕暗了下去，自动锁屏。她转头看窗外繁华而陌生的街道，攥着手机，手机边缘贴着手心肌肤有点凉。车下了高架桥，融入城市的车流，姚绯打开手机微信，回复："愿你拥有自由，永远自由。"

商锐在前往机场的路上看到姚绯的信息，他支着下颌转头看向窗外夕阳。夕阳是金色的，洒在大地上，树木被晒得泛着嫩黄，金色被过往的车辆切割，划出一道道光芒。

"满意了吧？"蔡伟看向商锐，凉凉道，"粉丝铺天盖地地讨论着，你有几个粉丝已经说要脱粉了。"

"聚散终有时。"商锐抬起下颌，依旧看着窗外，睫毛被映成了金色，他的嗓音很淡，"人生就是不断失去、不断得到的过程，一直到最后入土为安。愿所有人都能明白这个道理，早日放过自己。"

蔡伟沉默，一时间不知道该说什么。

没有永远的流量，更新换代那么快，去年商锐花大量时间去演《盛夏》。他在《盛夏》剧组待了大半年，从《盛夏》剧组出来，已经有新人的流量超过了他，这也是常有的事。每一个阶段都会出现一个新的"高人气偶像"，可能会因为一部剧，可能会因为一档综艺，如今"人气偶像"跟韭菜似的，割一茬长一茬。商锐算红得比较持久了，可继续下去也撑不了多长时间。

蔡伟确实希望他转型，很早前就希望他转型，踏踏实实地演几部作品，少一点骂，多一点底气。但这一天真的来了，说不失落是假的。

"你有时间去培养新人吧，把公司做好。"商锐收回视线，往后仰靠在座椅里，枕着手臂看车顶，"我要去演戏了。"

一旦进剧组，他就是蒋啸生。

这个角色需要大量的时间去沉浸代入，他可能会短时间告别网络。

"如果《寒雨》能让你拿一个奖就好了。"蔡伟叹口气，取了一支烟点燃，"商锐，你早晚还会红回去。你是商锐，你永远是站在顶峰的男人。"

商锐抬起眼看他，半晌后"啧"了一声："你这是喝了多少鸡汤攒的这些陈年老鸡汤？哪有什么永远，你醒醒吧。'演员'的流量和'明星'的流量差别很大。"

商锐那边发完通稿之后他就接到了荣丰的电话，荣丰让他立刻回剧组。

商锐整理好衣服，戴上墨镜优雅地出了车厢。有人很快认出了他，尖叫声如同海浪般呼啸而来。商锐保持着最完美的步伐，随着保镖往里面走。

有媒体记者凑上来，被蔡伟拨开："不接受任何采访，你们的问题下午的采访里都有。"

商锐穿着白色休闲衬衣、黑色长裤，戴着黑色口罩和墨镜，站在人群中笔挺修长。他的身材比例非常好，腿比同样身高的人都要长很多。他摘下墨镜，深邃的桃花眼显露出来，没有任何妆。此刻的商锐极其清俊。

他朝粉丝鞠躬，直起身开口："再见。"

他把墨镜戴回去，转身大步走向了机场，再没有开口说一句话，也没有回应任何人的问题。

"商锐"晚上七点上了热搜，紧随其后的是"商锐鞠躬再见"。

"脱粉"晚上八点上了热搜，同一时间上去的还有"商锐喜欢姚绯的 N 个细节"。

热搜里一片混战。

商锐的小背心："当初就劝你们别骂合作伙伴，你们不听，非要到处骂人。锐哥那个性格你们是第一天认识他吗？好了吧，翻车了吧。非要逼他官宣是吗？都没得玩。"

一颗甜糖："哥喜欢一个人而已，不用那么紧张，难道你们要让他单身一辈子？一辈子都不喜欢人？只是喜欢而已，又没有在一起，不是官宣。何必呢？大家来看看他的机场照，这腿、这腰，舍得脱粉吗？"

商翠花："都别掩耳盗铃了，商锐对姚绯很不一样，谁看不出来他那点心思。"

要上就要上一辈子："果然没有无缘无故的'双标'。朋友们，全都是因为爱啊！商锐对姚绯的种种'双标'都是因为爱！我不管，反正在我这里姚、商已经领证结婚了！"

姚绯能明白商锐的意思，她和商锐合作了两部戏，有很多粉丝，她和商锐只要同框，肯定会有粉丝激动。商锐的粉丝肯定会说她蹭热度，商锐的流量和姚绯的相比，确实是姚绯占便宜。

商锐承认了喜欢，讨厌姚绯的果然变多了，都跑去批评她了。

他不让姚绯回应，他把自己安排得明明白白。

姚绯十三号晚上赶往 B 市，十四号飞回剧组。她没有接受任何媒体采访，也没有在任何公开的地方回应。

八月十四号是阴历七月初七，七夕节，中国传统节日。

姚绯到剧组已是晚上七点，天边被晚霞染成了金色，城市边缘是密林大山，山脊线渐渐暗沉，在光下延伸到了远处。

商锐在剧组补打戏，荣丰觉得他十二号那天拍的打戏不太好，不够细腻，让他再打一遍。

姚绯洗完澡在窗边站了一会儿，看最后一丝阳光彻底坠入天边。天空是深蓝色，这边偏僻，天空澄净，蓝得透彻。

看到商锐的保姆车进了酒店，姚绯转身走回洗手间。她漱完口洗了把脸看着镜子里的自己，扬起唇角，镜子里的女人也扬起唇角。她的唇上有水，显得唇很红。

敲门声响，不紧不慢的一声。

姚绯走过去拉开了门，人就被卷入了潮热结实的怀中，随即房门关上，姚绯仰起头，揽住他的脖子跟他接吻。

商锐拉开一些距离，修长的手指碰到她的下巴，低头看着她的眼就笑了起来，嗓音低哑湿潮："你在等我？你的味道——嗯，很甜。"

他亲到姚绯的发顶，揽着她。

商锐刚洗完澡，穿着灰色休闲衬衣，领口散着露出锁骨，下摆松松散散地塞入休闲长裤中，一边耳朵戴了耳钉，身上还有沐浴露的清香。

姚绯靠在他怀里，看他锁骨下面有一片瘀青。

"你也在等我。"姚绯抬手碰了下他的耳钉。拍摄时荣丰绝不会让他戴耳钉，刚才他回去洗个澡，还能顺便把耳钉戴上，这个男人的小心思也很多。

“我等着送你礼物。”商锐亲到姚绯的耳垂上，说话时带着热气，落到她的耳后。

“什么礼物？”

“别动。”商锐揽着她，又亲了下她的耳朵尖。

姚绯的耳朵很敏感，痒痒的，她想偏头移开。冰凉的金属穿过她的耳洞，落到了耳垂上，很有分量。

“什么？”姚绯想到苏洺说他去年定制了一只钻石耳钉。

“耳钉。”商锐把耳钉给她戴上，退开一些距离，认真审视姚绯，评价，“很好看。”

姚绯的皮肤白，戴钻石特别漂亮。一颗钻石落在她莹白的耳垂上，晶莹剔透。

姚绯转身走向化妆台，俯身照镜子。

看到耳朵上跟商锐同款的耳钉，她把头发拨开，转头：“一只？”

商锐迈开长腿走过来，手撑在姚绯的上方，侧过头给她看：“一对。”

一人一只，两个人戴在同一边。

姚绯看着镜子里的男人，他也抬头在看姚绯，四目相对。

姚绯抽出手放到他的手背上，贴着他筋骨分明的手背，手指落进他的指缝中。

“你送我的礼物呢？”商锐亲了下姚绯耳朵上的钻石耳钉。

姚绯拉开梳妆台的抽屉，取出两只黑色的盒子，直起身：“你稍微退后一些。”

商锐往后靠在梳妆台上，长腿微微屈着，注视姚绯：“是什么？”

姚绯打开其中一个盒子递给商锐：“你要的手工制品。”

商锐垂下眼看到黑色绒布上躺着的黄金手环，眼尾便弯了下去。他拿起盒子里的黄金手环，掂了下，很有分量，实心的。

他的唇角忍不住扬起，压不住笑。姚绯为他纯手工打造了一对手环？这是手铐吧？

黄金手铐？纯金实心。上面没有什么花纹，是非常干净的素面。他摘掉手表往手上套，尺寸居然恰好。

“一对？”商锐因为憋笑睫毛微颤，他原本以为姚绯会送手工巧克力，或者手工制作的贺卡。他幻想了一番有的没的，结果他女朋友送了一对“黄金手铐”。

“一只，另一只是我的。”姚绯把另一个盒子打开，同款的黄金手环。她把手环戴到了手腕上，她的手腕腕骨纤细白皙，戴黄金也漂亮高级：“黄金保值，比钻石实用。”

商锐笑趴在姚绯的肩膀上，他揽住姚绯，笑得嗓音低沉：“手工在什么地方？你亲手锤出来的圈？”

“里面的字是我刻的。”姚绯靠在桌子上站得笔直，耳朵微红，清了清嗓子正色道，“你的上面是 F，Free 的开头字母。商锐，愿你永远自由。”

F 也是“绯”的开头字母。

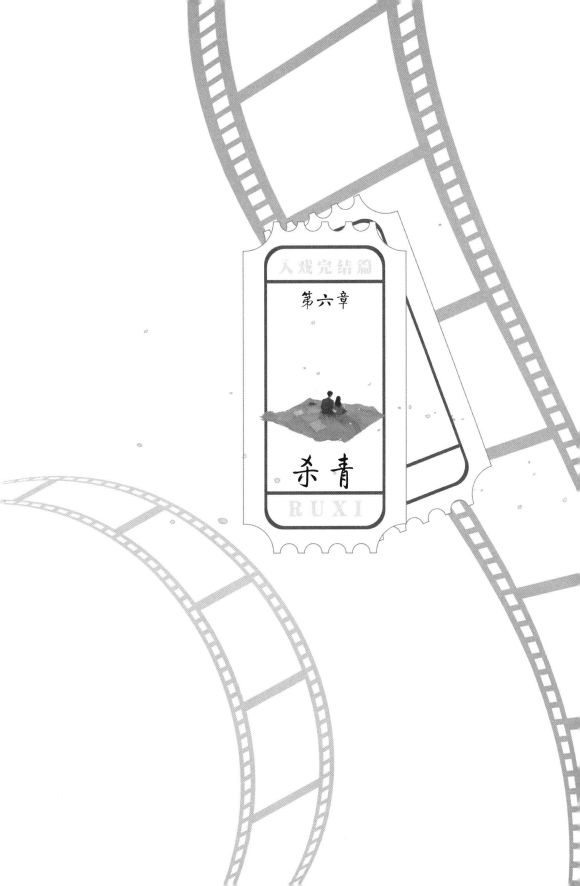

人戏完结篇

第六章

杀青

RUXI

商锐敛起笑靠在姚绯身边摘下手环，斜着看内侧的字，果然有个"F"。字体刚正，横竖规规矩矩，看起来像是商家统一刻印的标志，是姚绯的字。

"你的上面刻的是什么？"商锐眼眸深沉，望着姚绯，嗓音哑然，"给我看看。"

"不给。"姚绯起身走到窗户边拉上了窗帘，打开餐桌上方的灯，说道，"给你带了蛋糕。"

"你的上面不会刻着我的名字吧？"商锐唇角上扬，黑眸中的笑很深，嗓音缓慢，"商锐？还是我的英文名？锐哥？男朋友？宝贝？亲爱的？"

"你吃不吃蛋糕？"姚绯脸上很热，不想听他的骚话。她是想在手镯里刻"许愿池里的王八"，可字太多，她的时间不够，只刻了个"S"。

许愿池里的商先生。

"吃。"商锐反复看那个"F"。姚绯是个中规中矩的人，她很少说情话，也不玩很虚的东西。她送一块黄金，刻上她的名字，是重中之重了。商锐把手环戴回去，走到姚绯对面坐下，看到蛋糕盒上的标志。

这家蛋糕非常难买，全国只有一家店在B市。这回不是敷衍他，她特意去了趟B市，给他买了一个蛋糕。

她做的很多，说出口的很少。

他们是两个极端的人。

"礼物我很喜欢，这家蛋糕我也很喜欢。"商锐坐到对面的单人沙发上，倾身凝视姚绯，心里有些感动。她那么好，他恨不得让全世界都知道他的女朋友有多好。"对面的女孩我也很喜欢，姚绯，我喜欢你。"

"嗯，对面那个男孩也很招人喜欢。需要插蜡烛吗？"姚绯拿出蜡烛，对上了商锐的眼。商锐的眼又黑又沉，她心跳得很快。

"要。"商锐点头，拿出手机，"我拍一张照片，发朋友圈。"

"可以拍，别发。这家蛋糕只有B市有，我刚从B市飞过来，蛋糕发出去就是官宣。如果现在官宣，我们必须有个人离开剧组。"

商锐不情不愿地点头。

蛋糕有点走形，路程太漫长了，再小心也不如在店里漂亮。天气燥热，奶油融化了一部分，并不好看。

姚绯拿出七夕蜡烛插到了蛋糕上，点燃蜡烛。商锐围绕着蜡烛拍了一圈，拍得十分珍重，又录了视频。他坐到姚绯身边，揽住姚绯的肩膀俯身吹灭蜡烛。

"今天拍戏怎么样？"姚绯接过商锐递来的蛋糕，她过一段时间还要减肥，这个角色后期有一段被毒贩注射新型毒品的戏，她需要很瘦，蛋糕这种高热量的东西，她并没有多大兴趣，减肥太痛苦了。

"不怎么样，荣丰的骂声响彻整个片场，十分精彩。"商锐给自己切了块蛋糕，往后仰靠在沙发上，姿态倦懒，他也是真的累，"我演得还不如十二号那天好，一塌糊涂。"

"问题出在什么地方？"

"入不了戏。"商锐挖了一块奶油，停顿了一会儿，说道，"我有顾虑。"

"顾虑什么？能说吗？"

"跟你没什么不能说的，我觉得蒋啸生很难代入，我最近有点迷茫，偶尔会恐惧。"商锐咽下奶油，抬眼注视着姚绯，"他是个恶贯满盈的人，干出了很多泯灭人性的事。代入他，我过不了心理那关。"

"你又不是他，你永远不会做出那些事，你只是短暂地路过他的人生。"姚绯吃了一块巧克力，明白他的点，演坏人确实需要克服一些心理，"你不是蒋啸生，他的罪由他来承担，你是商锐。不管过去还是未来，你都不会做那些事，你有道德底线。出了戏你有很好的家庭，你有很多人在等你，有人——爱你。"

姚绯又吃了一口蛋糕，把蛋糕放下了，她这个角色一点都不能胖，她非常克制。

"需要看点影片放松下吗？"

商锐缓缓抬眼，一脸坏笑："你觉得我想看什么？"

姚绯沉默。

商锐身体后仰靠在沙发里，笑得十分灿烂，深邃的桃花眼弯着。

"再笑，你出去。"姚绯脸上有些热，看了他一眼，"我只会看跟拍摄内容有关的影片。一切为了工作，我很敬业。"

"你是很敬业。"商锐点头，"姚老师是业内第一敬业。"

姚绯扬眉，不置可否。

"不笑你，这个梗过去了，要看什么？"商锐敛起了笑，支着下巴看她。姚绯生起气来也很可爱。她是很文静的漂亮，以前她像水面上的薄冰，此刻她是盛放的洁白栀子。

演蒋啸生压力太大了，他每时每刻都处于那种逼仄的压抑中。

只有看到姚绯，他才回到人间，感受到暖意。

"我跟你认真的。"姚绯这边影片多了，她打开电脑找了部很经典的犯罪片，把电脑放到桌子上。

"嗯。"商锐的目光沉了下去，"我内心是抗拒的，你很厌恶蒋啸生。"

"戏外我不厌恶任何角色，角色是艺术，所有角色都值得被尊重。你演得越好越会被人尊重，我分得清戏里戏外。不管别人怎么看待，你不能厌恶，你要厌恶的话绝对演不好。对于角色你可以搜集角色特点，模仿那些纪录片里真正毒枭的模样，或者经典电影里面的反派。要么就沉浸式表演，去代入他。我不是说让你真正地代入他去干那些坏事，你得找你内心最阴暗的一面放大，用这些情绪去填充他的人设。每个人都有阴暗的情绪，这些情绪并不可耻。"

商锐停顿许久，拿起蛋糕慢条斯理地吃。蛋糕很甜，像姚绯。

商锐的内心其实比看上去要敏感，姚绯斟酌用词："之前我跟你说的话可能有些偏颇，当时我不太想让你演蒋啸生，想劝退你。这个角色你的切入点和我们不一样，你看到的是蒋啸生这个人——他的全部，从出生到死亡，完整的一个人。你把他的情绪理顺就好演多了，蒋啸生是一个完整的人。无论他是好人还是坏人，他所有的坏都有迹可循。"

商锐把最后一块蛋糕吃完，靠坐在沙发上："你为什么不想让我演蒋啸生？"

"不想让你糊。"姚绯起身去拿水，递给商锐一瓶，看着他，"我希望你永远光芒四射，站在巅峰。"

同样的话从姚绯口中说出，是不一样的滋味。

"商锐，"姚绯关掉了屋子里全部的灯，只余电脑屏幕的光，她坐到沙发上转头凝视商锐，"你是那么耀眼。"

"为什么现在改变主意？"

"不想让你糊。"姚绯依旧是那个答案。

如果商锐想当个好演员，她愿意陪他。

窗外已经全然进入黑暗，电脑在餐桌上放映着电影，画面在明暗之间照出方寸的光亮。美国犯罪片，台词大胆直白。背景乐极其惊悚，这部电影姚绯看过很多遍，她在心里默念着台词，保持着清醒。

人跌进了柔软的被子里。

姚绯忽然想到他们曾经在孤岛上看日出，他们在天亮之际开着越野车奔向未知的山顶。你想做什么我都奉陪，这一刻，我们是自由的。

窗外起了风。

野火在夏日潮湿的雨夜里燃烧着，迸发出星火，溅落在潮湿的泥土上。雨夜的黑暗深不见底，只有火光映出一片方寸光亮。

夏笋从泥土中探出头，剥开了层层笋衣，露出细嫩的笋芽。夏天的雨奋力挥洒，却仍是浇不透炽热如火的夏。

倾盆暴雨长久地浇灌大地，久到不能平息。雨下了半夜，终于在一道闪电后，雷声轰隆，天边渐白，暴雨渐歇，风撞上了窗户。

商锐开了灯，倚在床头拿湿纸巾细致缓慢地擦手，他的手指骨节修长，是玩音乐的手，也是最好的操盘手。

他一边擦一边笑，笑得桃花眼潋滟。

姚绯看着他，眼神缠上便是灼热，姚绯移开眼，不看他了。

商锐俯身把姚绯揽到怀里，亲她汗湿的额头，又亲她的头顶，把她死死地圈在怀里，笑得眉眼飞扬。

他看着怀里的女人，手心覆在姚绯的手背上，两个手镯碰到一起发出很轻的声音。黄金夫妻手铐，更带感了。他修长的手指穿过姚绯的手指，十指交扣，嗓音低哑："你高兴吗？我今天很高兴。"

姚绯第二天有打戏，不能过于沉沦。他们都很清醒，《寒雨》需要很强的专业性。

一旦进组，商锐和姚绯就不能再有任何感情，他们要立刻分开。

商锐需要一部作品来面对质疑和辱骂，姚绯本身就把电影当成信仰，不会对自己放任。

商锐凌晨时分离开，姚绯醒来时身边已经没人了。天还没彻底亮，灰蒙蒙的光从窗帘的缝隙里挤了进来，屋子里的轮廓隐约可见。

姚绯转身把脸埋在枕头里，她似乎闻到了商锐身上的香水味。身边的被子是凉的，他应该离开很久了。

桌子上的蛋糕不见了，包括点燃过的七夕蜡烛，收拾得干干净净。

他带走了吗？

姚绯起床晨练，发现隔壁换成了其他的演员。

荣丰让商锐搬走了。

半个月后商锐和姚绯要拍一场重要的对手戏，他们必须在这之前把状态调整到非情侣，各自冷静是最好的方式。

姚绯这半个月的对手戏大多是跟陈锋一起。

荣丰擅长折磨人，一场很小的打戏让姚绯拍了三天。一开始调情绪，后来调动作，直到姚绯完完全全沉浸进角色，荣丰才满意。

拍完，姚绯的膝盖都是青的。

她和商锐分开一周，没忍住，周末晚上收工后借着路过的名义，顺便看了一眼商锐拍戏，商锐今晚有夜戏。

她没有惊动任何人，悄悄地进了场，混在场工中看向片场中央。

商锐一身湿漉漉的黑色无领衬衣，头发也湿着，拎着一把枪站在灯光下。周围很安静，剧组所有人各司其职。

"给你十分钟调整时间。"荣丰喊道，"你要是还进不去，我们就在这里淋一夜。"

这是一场雨戏，重拍一次淋一次。他不知道重拍了多少次，身上衣服早就湿透了。虽然西州的温度不低，可一直淋雨绝不是什么好受的事。

骄矜的商锐没有罢工也没有叫苦叫累，他很平静地垂着眼站在原地调整情绪。

他是真的想演好这场戏。

这是一段很残暴的虐杀戏份，蒋啸生发现手底下重用很久的一个人是卧底，他亲手清理门户。

这段戏商锐做了很长时间的心理建设，他很努力地把自己代入蒋啸生的情绪里——杀伐果断的大毒枭，在他眼里，所有人都是蝼蚁。人命如草芥，他杀人如麻。他在那种环境中长大，他没有道德感也没有人性。

商锐握着枪在原地缓慢地走，每一步都走得十分沉重，感受着枪的重量，感受蒋啸生的情绪。

他懂姚绯说的表演方式，从《盛夏》剧组开始，他就把表演课程相关的资料全部翻了出来，一遍遍地练习。他当时只是不想在姚绯面前丢脸。

他到《寒雨》剧组后真的想演好。剧本之外，他自己设定了人物特点，用姚绯的方式来理解蒋啸生这个人。

他知道枪这种东西有多危险。他见过一次子弹打穿胸膛，很多血流出来。他很早前就见过死亡，越是清楚地认识死亡，越是敬畏生命。

荣丰的剧组场景太真了，他想到脑震荡养好回来第一天看姚绯拍戏。

他在姚绯眼里也看到了恐惧。

姚绯害怕死亡，那天她的恐惧很真实。他站在荣丰身后看她去克服，她每一遍都更好，一直到最后一遍。她冷静地杀人，那就是活着站在那里的景白。

商锐环视四周，忽然跟一道熟悉的目光对上。她穿着最普通的T恤、牛仔裤，戴着帽子，融入人群不会有人发现，她会刻意地改变形象。

剧组很多人戴口罩，姚绯戴口罩也不突兀。

商锐焦躁的心渐渐沉了下去，他有了安全感，那种置身旷野的感觉越来越淡。他看着姚绯，她站在那里，周围的一切暗淡无光，只看得到她。

她用信任的目光看着他，她会等他回来。无论他走得多远，她都在那里。

姚绯信任他，她倾注了全部的信任。

商锐收回目光，看向荣丰说道："导演，我准备好了，再来一次。"

他要接住姚绯的信任。

夜色深沉，商锐穿着湿淋淋的衬衣拎着枪走到指定的位置。道具组开始洒雨，他垂下眼，荣丰的剧组所有男演员都不能化妆，他最近的皮肤不算好。睫毛被淋湿，黑沉沉地压在眼上，他把自己完全地放进了蒋啸生里。

怕什么？

拉开门，外面就是他的爱人。这里的一切都是假的，外面的世界，才是他的人间。

姚绯说让他放大阴暗情绪，用阴暗面去填充蒋啸生这个人。

他有阴暗面，他的控制欲很强，他希望他爱的人一辈子都别离开他，永远地爱他，永远地跟他在一起，身心都是他的，眼里只有他。

蒋啸生没有对错观，他自认为是天地间唯一的神，他信任手下，却被信任的手下背叛，损失了一批货物，甚至被警察抓进了警局。

背叛这种情绪商锐不陌生。

雨淋湿了他的西装，淋湿了他的头发。

这是蒋啸生在电影里第一次露出狠厉的一面，必须有很强烈的反差感。他带着肃杀，走向了那个奄奄一息的"背叛者"。

商锐的脸上并没有太多的表情，他很淡地看了那个人一眼，仿佛在看蝼蚁。

跟他搭戏的演员愣了下神，有点被商锐吓到了。

"咔！"荣丰站起来拿起喇叭怒喊道："刘辰你的表情不对，怎么回事？"

商锐这一遍情绪非常好，荣丰被拖进了戏里，还没来得及享受就被打断了。

演刘辰的演员连忙道歉："抱歉抱歉，抱歉锐哥。"

"没事。"商锐很淡地看了他一眼，就那么个眼神，演刘辰的演员又吓了一跳。入戏的商锐，可太凶残了。

商锐抹了一把脸上的水，道具组关掉了水，蔡伟跑过来递给他浴巾和毛巾："擦一擦吧，别感冒了。"

商锐擦了一把脸，摆手："不用，继续吧。"

再回头看，姚绯已经不见了，她大概是回酒店了。

商锐扬起下颌，他为了拍蒋啸生最近在练散打，面部轮廓线条更冷硬。

"我想看一眼回放。"商锐开口，"导演，可以吗？"

商锐从不看他的表演回放，他不爱看，他怕自己的缺点被放大，面对自己是一件很难的事。可姚绯会看回放，她会对着镜子演戏，她会真正地面对自己，有问题一点点改正。

"来吧！"

商锐湿淋淋地站在荣丰身后，看了一遍回放。

"你这里的眼神可以再狠一点。"荣丰提点了商锐两句，说道，"把你的动作稍微收收，全部放到眼神里。等会儿你杀他，动作一定要干脆。"

商锐第一次用这个视角认真地看自己，没有想象中那么糟糕。

"进步很快。"荣丰说，"你刚才怎么入戏的？之前怎么都入不了戏，一瞬间就变了。"

商锐扬了下长眉，单手插兜，他整个人湿淋淋的，手落入潮湿燥热中，他又把手抽了出来。他抬起下颌拉出傲慢的弧度，慢悠悠道："福至心灵，祖师爷突然赏了我一碗饭。"

"那你这福来得可真及时。"

商锐扬起唇角，看完了录像，把需要记下的地方记住，转身走向镜头："我的小福星，闹呢。"

暗沉夜雨中，光线穿不透黑暗。

蒋啸生迎着雨来，闪电划破天际，照亮了他的脸。他的睫毛很黑，眼眸里带着很沉的杀意。他一步步走到刘辰面前，用枪托起刘辰的下巴，整个动作缓慢，带着居高临下的意味。

"接应你的是谁？"

刘辰一身是血，仰起头，知道今日没活路了，看了眼蒋啸生身后的人："蒋啸生，你早晚会得到报应！"

蒋啸生是个多疑的人，这个眼神就足够他想很多。他顺着刘辰的目光，缓缓回头，看向跟他多年的三号人物。

"生哥？"那人被看得后颈一麻。

蒋啸生抬脚就踹翻了刘辰，出脚迅猛又狠辣，刘辰被踹到地上有出气没回气。他干脆利落地抬手一枪打死了刘辰，把枪扔给了三号人物。他站直，在雨水中抽出洁白的手帕静静地擦拭修长的手指，雨水浸湿了他的睫毛，他吩咐手下："把他扔下去。"

面前是暗沉沉的湖面。

这场戏拍完已经是半夜十二点，商锐披着浴巾靠坐在宽大的座椅里。他还沉浸在戏里，在商锐和蒋啸生之间拉扯。

"锐哥。"

"嗯？"商锐抬眼。

蔡伟后颈发麻，商锐这样的眼神真的很可怕，难怪跟他对戏的人会害怕，蔡伟都害怕。蔡伟说："锐哥，你别用蒋啸生的眼神看人，真的很可怕。"

商锐垂下眼："她给我留东西了吗？"

"留了。"蔡伟知道他问的是谁，能让商锐一下工就问的人，除了姚绯还能有谁？"给你留了半截烟，半截烟是什么意思？"

蔡伟看到密封袋里的半截烟，一脸蒙。

是姚绯从剧组顺的道具，装证据的透明袋被她拿来装了半支烟。

商锐接过袋子打开，确实是半支。他狭长的眼尾眯了起来，悠悠扬扬的笑在黑眸中荡开，他往后仰靠在座椅里。

"这玩意儿能抽吗？"蔡伟目瞪口呆。

"蔡总，你一个单身狗是不会懂这种浪漫的。"商锐嗓音慢沉，拿起打火机点燃了香烟。抽同一支烟，做最亲密的事，他们是彼此的羁绊："有时间去谈个恋爱吧。"

淡淡的烟草气息在空气中蔓延，蔡伟蹙眉看他。

这样的商锐他很熟悉，又是曾经那骄矜的他。

"谈恋爱的都爱抽半支烟吗？"蔡伟"啧"了一声。

商锐眼角的笑更深了："没谈过恋爱的人，真的太可怜了。"

蔡伟："……"

他们抽同一支烟，他们隔空接了个吻。姚绯可太会了。

他想要的灵魂伴侣就是这样的，她懂他，他们有默契。

"我后天回S市，以后张林跟着你，你这边注意着点，别被媒体拍到不该拍的东西。"蔡伟要回去处理工作了，商锐公开表示喜欢姚绯，倒是没掉什么商务活动。他还是血厚，六年时间积攒的粉丝数量非常庞大，不会轻易掉到一无所有。

"嗯。"商锐把半支烟抽得十分珍惜，半支烟太短了。

"我看荣导这进度，《寒雨》可能要拍到年底了，明年你有什么安排吗？"

"不接剧本。"商锐说，"留一年。"

"一整年？"蔡伟回头，"那接什么？综艺？商务接吗？"

"我要筹备演唱会，商务你看着接，综艺不要超过两个。明年会发专辑，我写了十二首歌。"

蔡伟张了张嘴："锐哥，你都写十二首了？"

"再不让我和姚绯见面，我估计《寒雨》拍完我能发两张专辑。谈恋爱让人灵感爆棚。"

口水歌也写得很嗨，他写歌时很快乐。

"你不会十二首歌写的都是姚绯吧？"蔡伟有种不好的预感，他拿起一瓶水拧开，灌了一大口，"锐哥，恋爱题材吗？"

商锐唇角上扬："都是她。"

蔡伟："……"

商锐："全是爱情。"

"你的演唱会估计卖不出去票。"蔡伟委婉地提醒商锐，"你的粉丝可能没那么想看你和姚绯秀恩爱，而且，明年你发专辑？姚绯让你发？"

姚绯那种事业脑，怎么会让你公开？

"她不让我发的话，"商锐闭上眼，嗓音里有着明显的困倦，"那给我空出一年，我全职谈恋爱。"

蔡伟："……"

你还是发专辑去吧。

"给我放一首《小星星》，英文版的。"商锐几乎要沉入梦乡，他浓密漆黑的睫毛投映在眼下，像是浓重的阴影，他仰躺在座位里，凸起的喉结拉出脆弱的弧度，嗓音越来越低，"我们的定情歌。"

蔡伟："……"

"你们两个幼儿园毕业了吗？手拉手唱《小星星》？"蔡伟还是打开了车载音乐播放器，点了一首《小星星》。

商锐唱蔡伟还能理解，姚绯那么高冷的人，跟着商锐唱《小星星》？

这个世界还好吗？

商锐笑出了声，淡淡道："我们要是幼儿园时认识就好了，我护她一辈子，谁也不敢欺负她，我让她无忧无虑地长大。"

九月，商锐拍摄在西州的最后一场戏，拍完他们要回 K 市补拍 KTV 的戏份。之后大部分都是东南亚的戏份，这里的内容在剧本中也偏后期。

刘辰手里的消息是景白透露出去的，当时是想让警方在没有防备的情况下抓捕蒋啸生。可她低估了蒋啸生的势力。刘辰虽然不知道她的具体身份，但在死之前还是本能地相信景白，把"锅"甩到了蒋啸生最得力的助手之一陈三身上。

其实景白的嫌疑更重，她之前抢在陈三之前枪杀卧底。在出事的时候，陈三一直跟在蒋啸生身边，而景白消失了一段时间。

蒋啸生生性多疑，对谁都不信任，哪怕是枕边人。景白跟了他多年，为他出生入死多年。

景白弄了证据"甩锅"到陈三身上，离间了蒋啸生和陈三。蒋啸生折断了陈三一只手，但也没有放过景白，他给景白注射了最新型的毒品。

这段戏的情绪非常重要，蒋啸生不能动一点恻隐之情，景白对蒋啸生只有滔天的恨意。

一旦注射，景白再也回不去了，全部的希望都没了。

这一段前前后后演了十天，特别折磨人。一开始姚绯和商锐都没办法入戏，姚绯一哭，商锐就出戏了。

商锐出戏就把姚绯的情绪带了出去。

但电影要拍，这场戏非常重要，他们必须得把这个点顺下去。两个人不断地磨合，不断地对戏、试戏。他们约定了一个入戏和出戏的点，拍摄渐渐顺利起来。

最后一个镜头。

景白被注射后看了蒋啸生一眼，一滴泪顺着她的眼角滑落。她昂起头，身体颤抖，新型毒品成瘾性更大，她永远地失去了太阳。

姚绯在拍摄之前看了大量第一次被注射时人的反应，她表现得特别真实。

镜头落到她身上，她颤抖着昂起苍白脖颈，她瘦削单薄，她绝望、痛苦，她在极度扭曲下身体发生变化。

商锐的呼吸都在颤抖，他没到约定的时间就出了戏，站在原地看那样的姚绯，他有些无法喘息。

姚绯的演技太好了，让一切变得真实。

导演喊了"卡"。

荣丰站起来抬手抹了一把脸，说道："拍得很好，姚绯，起来吧。"

姚绯还躺在肮脏粗糙的地面上，裙子在她身后散开，她苍白得仿佛下一刻就要从这个世界上消失。她有些恍惚，眼角的眼泪没干。

景白的情绪太强烈了，这场戏姚绯酝酿的时间很久，久到她觉得注射进身体里的就是毒品，她也跟着失去了太阳。

视线里走进了高大的男人，姚绯抬眼看去，皱了眉。

天杀的蒋啸生。

随即她被搂起来，男人用力把她圈到怀里，脸埋在她的脖子上，滚烫的眼泪滚到了她的脖子上。他哭得颤抖，死死地抱住姚绯的腰。

姚绯在短暂的恍惚后，也回抱了商锐。

这不是蒋啸生，这是商锐。

她抱着商锐放声大哭。

商锐是十月十六号生日，二十七岁。

他正在 K 市拍戏，蔡伟当机立断就把今年商锐的生日会放到了 K 市。他在 K 市的戏份不多，昨天就拍完了，主要是跟姚绯拍那场床戏。他确实能腾出一天时间参加生日会，于是就同意了。

早上九点，他上了蔡伟的车赶往会场。

商锐刷了一路手机，看着手机上的生日祝福，零点开始他的手机就被各路祝福消息塞满了。而他最在意的那个人，自始至终像个世外人。

到化妆间已经是上午十点，姚绯依旧没有发消息过来。

"锐哥，眉毛能动吗？"化妆师熟稔地帮商锐选衣服、化妆，商锐的生日会每年都会搞得很隆重，他的妆容不能有一点闪失。

"不能动，包括头发，我还在拍戏。"商锐放下手机，提醒化妆师，他敢动一根眉毛，回剧组都会被荣丰追杀三千里，"不要化浓妆，越淡越好，我马上戴帽子。"

为了符合人设，商锐已经很久没修过眉毛了。他虽然最近卸下了很多包袱，可大镜头撑脸拍放到微博上让人讨论他的颜值，他还是不想让自己太丑。

商锐翻着剧组群，姚绯今天有戏，早上七点就进组了。可能她在拍戏没看到热搜吧，不知道他今天生日。

他给姚绯找了个理由。

化完妆换好衣服，中午他会唱两首歌，下午吃蛋糕。每年生日会都这样，也没什么特殊。

中午他的唱歌视频就上了热搜，以蔡伟的宣传能力自然是轰轰烈烈地往热搜顶冲。微信上，姚绯的对话框已经被压到了最下面，送祝福的人太多，熟不熟的在这个时候都熟了。商锐翻着长长的列表，蹙眉面色不悦，他怎么加了这么多好友？

应该删一部分。

商锐从聊天页面最底下把姚绯捞上来置顶，新改了一个备注，发消息过去："几点收工？"

锐哥家的小甜宝："晚上七点半。"

锐哥家的小甜宝："有事？"

商锐心想：你男朋友今天生日，你说呢，有没有事？

不过他也就是想想，接着发消息："没事，问问你有没有好好吃饭。我在市区，晚上回去，需要带什么吗？"

锐哥家的小甜宝："不用，我要开工了。"

商锐："去吧，注意安全。"

姚绯再没有回消息过来。

商锐坐在化妆间的椅子上转了下，身子后仰靠在椅子上，他穿了件黑色毛衣，这么靠着露出半截清冷的锁骨。

"锐哥，粉丝在外面等你，你在干什么？"

商锐面无表情地抬起眼皮，看了蔡伟一眼，把手机装进裤兜直起身，大步往外面走："几点能结束？"

"六点。晚上还有饭局，合作方的局，你去吗？"

商锐不太想去，他最烦客户的饭局。

"去吧。"

下午五点半活动结束，商锐第一时间拿出手机看消息，姚绯依旧没回消息。

商锐面无表情地牵了下唇角，很好，好得很。

她是完全忘记了。

一个生日而已，他也不是很在乎。

"这些贺卡给你搬回去？"蔡伟跟上商锐，指了指会场中心好几米高的贺卡。商锐不收贵重的生日礼物，不收吃的，不收超过十块钱的东西，于是每年他都会收到很大一堆贺卡。

"你找个地方放吧。"商锐蹙眉看着手机。

"送你的礼物。"蔡伟从助理那边拿到个手提袋递给商锐，"锐哥，生日快乐。"

"谢谢。"商锐接过盒子看了眼，没什么新意，蔡伟每年都是送钻石胸针。

"你家那位送了你什么？"蔡伟吩咐助理收拾那些贺卡，随口问道，"怎么不见你秀？"

半天没听到声音，蔡伟抬眼对上商锐阴沉沉的眼。

"怎……怎么了？"

"晚上的饭局我不去了，你自己去吧。"商锐阴沉着脸接过助理递来的口罩戴上，迈开修长的腿大步就走，"我回酒店了。"

蔡伟一脸震惊，随即"扑哧"笑出声："不会没送吧？"

商锐停住脚步，下颌上扬，缓慢地转头，冷锐锋利的黑眸睥睨着蔡伟："再通知你一件事，你今年的奖金没了。恭喜你，得偿所愿。"

蔡伟敛起笑："真没送啊？"

"送了。"商锐漫不经心地整理袖扣，语气冰凉，"你明年的奖金也没了。"

晚上的饭局商锐还是去了，由于他心情不好，全程很敷衍。合作方那边跟他拍了合照就匆匆散了场。

其间荣丰给他打了两个电话，说剧本上有个事找他商量，他应付着。

商锐从餐厅出来是晚上九点，K市的秋天十分清寒，商锐穿一件毛衣无法抵御寒风。他双手插兜站在台阶上眺望天空，天空是极深的灰蓝色，星辰点缀在浩瀚的夜空，世界浩大。

远处有媒体记者拍照，商锐抬眼看去，抽出手跟人打了个招呼。

蔡伟把保姆车开了过来，拉开车门："锐哥，上车。"

商锐大步走下台阶，弯腰上车，把自己扔到座位上："回酒店吧。"

"剧组酒店？"

"嗯。"商锐抬手按了下眉心，手肘架在窗户上，手指支着头姿态散漫地靠着。

姚绯只是粗心，又不是不爱他，而且他也没告诉姚绯今天是他的生日，何必在意？在意这个有意思吗？

没意思。

"今年你打算参加那些跨年活动吗？"蔡伟回头问道。

"没时间。"

"好吧，我都帮你推了。"

之后蔡伟没再说话，商锐垂下的睫毛遮住黑眸中的全部情绪，全程沉默。

酒店在郊区，十分偏僻。荣丰生怕粉丝找到，恨不得躲进深山里。晚上的酒店很安静，商锐下车看了眼姚绯的房间，房间里没有亮灯，她已经睡了吗？

"我去停车，你上去吧。"蔡伟摆摆手，开着车艰难地进了停车位。

商锐蹙眉十分嫌弃地移开眼，跨步走进酒店，制片人迎了上来："生日快乐，锐哥。"

"谢谢。"商锐目光倦懒，眼皮都懒得抬。

"荣导让你去他房间一趟。"

"现在？"

"是，现在。"制片人跟着进了电梯，按下顶层，把商锐那一层的按钮取消了——荣丰住在顶层，"我正好也要找他，上去吧。"

商锐不太想这个时间去找荣丰，抬手按楼层："我明天找他。"

制片人一步横过来挡住电梯按钮，说道："你先跟我上去，耽误不了你多长时间，两分钟。"

商锐斜睨他："两分钟能讲什么剧情？"

电梯停到了顶层，制片人推着商锐的肩膀往外面走："你去看了就知道了，肯定是你喜欢的剧情。"

商锐轻嗤，他怎么不知道自己喜欢什么剧情？

荣丰的房间在第一间，制片人敲门，喊道："锐哥来了。"

"你怎么不叫整个楼层的人过来围——"商锐漫不经心地抬眼，声音戛然而止。

荣丰拿着彩条往他脸上喷，扬声道："生日快乐！敢挂我电话，还挂两次，今天看在你生日的份儿上不弄你，回头再跟你算账。"

铺天盖地的彩条撑到商锐脸上，他抬手挡住脸。这群人是蓄意报复吧！彩条终于喷完了，他抖掉身上的彩条，站直偏了下头，黑眸中的笑意蔓延开来。

他看到了站在最后抱着蛋糕的姚绯，姚绯穿了条白色长裙，头发散着，笑着端着蛋糕，上面插着蜡烛。

"快关灯！"荣丰指挥众人，说道，"来，吹蜡烛。"

商锐进了房间门，摘掉了口罩。他凝视着烛光里的女孩，敛起了笑，深邃的桃花眼沉了下去。他拿掉头上的彩带，嗓子有些干，走到姚绯面前。

"生日快乐！"姚绯唇角上扬，笑得很甜，"锐哥。"

商锐喉结滚动，姚绯的睫毛被烛光映成了金色，肌肤细腻莹白如凝脂，清澈的眼像是最美的琥珀。

商锐停到姚绯面前，低头吹灭了蜡烛。

"锐哥，你许愿了吗？"刘曼说道，"这么快？"

开灯的一瞬间，姚绯的唇上忽然一热，有一点酒气。她的耳朵烧起来了，手里还抱着蛋糕。没等动作，商锐就退开了，灯光亮起。

商锐若无其事地转身去拿蛋糕刀，嗓音低沉道："愿望留在心里才能实现，说出来就不灵了，谁许愿拿喇叭大张旗鼓地昭告天下？"

姚绯很轻地抿了下唇，看蛋糕上被压扁的水果，又看商锐毛衣胸口上的一块奶油。他俊美的脸还能保持着平静淡然，他的演技能拿最佳男演员奖。

"给你过个生日，还要三请四邀。"荣丰走过来，说道，"以后再不给你过了。"

整个剧组的人都在，荣丰的房间比较大，容得下这么多人。

"这个套路可真——"烂。商锐唇角上扬，没把最后一个字说出口，他有种直觉，这么烂这么笨的生日惊喜肯定是姚绯想的。"深得我心，谢了。"

他很深的黑眸掠过姚绯，接过蛋糕放到桌子上。姚绯居然给了他这么大一个惊喜，她太可爱了。

商锐切出一块，拿了两个叉子，说道："剩余的你们切吧，我可不伺候人。"

刘曼自告奋勇："我来切。"

屋子里热闹起来。

剧组的人在一起待了几个月，早熟起来了。

商锐端着蛋糕盘走到姚绯面前，看他们在分蛋糕，捏着蛋糕上的草莓迅速塞到姚绯的嘴边。

姚绯一愣，怕其他人看到连忙咬走草莓，唇碰到他的指尖。

火热一片。

姚绯咬着酸甜的草莓，看他的指尖："你洗手了吗？"

商锐唇角绽放出灿烂的笑，深邃的眼眸笑成了弯月，闪烁着光。他拿了另一半草莓放到自己的嘴里，舔了下指尖上的奶油。他下颌上扬，红唇潋滟，他认真地品尝，吃完点头评价："很甜，但没我女朋友甜。"

姚绯和商锐坐在沙发上吃完了一块蛋糕，蔡伟过来收走了生日礼物，这场简陋的生日惊喜暂时落幕。

众人离开荣丰的房间，姚绯和商锐落在最后。

他们并排走着，走动间手指无意地碰到一起，姚绯抬头望着他，两人的目光对上便有了纠缠。

"今天阴历是九月十一。"姚绯开口。

"嗯？"商锐扬了下眉。

"今晚有月亮。"姚绯看其他人已经走到电梯口，指了指安全通道方向，"楼顶可以上去。"

商锐停住脚步转身面对姚绯，也挡住了众人的视线，垂下睫毛："嗯？"

"看月亮吗？"姚绯抬起瘦削的下巴，眼眸清亮，用口型道，"五分钟后见。"

商锐笑得有几分张扬，抬起下颌一偏头，抽出插在裤兜的手挥了挥，嗓音浸着温沉的笑："好，我先去等月光。"

一语双关。

姚绯抿着笑转身回房间穿了件外套，对着镜子涂上红唇，戴上口罩走进了安全通道。

顶层的锁已经开了，姚绯拉开门走出去就被卷入了强势的怀抱中。姚绯的手已经放到了他的手臂上，打算给他个过肩摔，闻到熟悉的淡香水气息，她又把手落回去。

商锐低头，吻就落了下来，他的吻带着水果糖的甜。

他吃了一颗水果糖。

天台寂静，风声卷着海浪声遥遥传来。

"我的女朋友果然是世界第一甜。"咽下了硬糖，他亲了下姚绯的额头，嗓音低沉带着满足的愉悦，"姚老师，谢谢你的生日礼物。"

"还没送呢。"姚绯最近因为入戏，其实有点不太想搭理他。可商锐抱她的时候，她没有任何思考余地地想给他一点甜。

"嗯？"商锐尾音低醇，垂下黑眸看她，"没有吗？"

你不是把自己送给我了？

"手松一点。"姚绯提醒他。

商锐松开手，往后倚靠在墙边，黑眸深邃地注视着她："什么礼物？"

姚绯从大衣口袋里取出红色丝绒盒子，商锐瞬间心跳到眩晕，忽然紧张。

他直直地看着姚绯纤细白皙的手指握着的包装盒，不会是戒指吧？

姚绯是个打直球的高手，一切皆有可能。

"生日快乐！"姚绯把盒子递给他，说道，"时间很赶，来不及买其他。"

商锐接过盒子，迎着姚绯的目光，嗓音沙哑："能在这里打开吗？"

"可以啊，它已经属于你了。"姚绯很喜欢他这种询问，笑着说道，"二十七岁生日快乐呀！"

商锐打开盒子，不是戒指。

一个链条胸针，白金上镶嵌着碎钻，一颗祖母绿眼睛让猎豹生动，猎豹环抱着黑色缟玛瑙，缟玛瑙闪烁着矜贵的光。

姚绯很喜欢上面的猎豹，很野，很像商锐。一百多颗碎钻，满足了商锐喜欢的华而不实。

"喜欢吗？"

"喜欢。"商锐今天穿得休闲，没办法试戴，他谨慎地把盒子盖回去，攥在手心，"在这边怎么买到的？"

"托苏总给我买的。"

很好，今年苏洺的春节红包有了。

"谢谢。"商锐倾身揽住姚绯的后颈，低头亲到她的头顶，很深地抱她，"这是我二十七年以来收到的——最好的生日礼物。"

姚绯挺节俭的，她的衣服都没几件名牌，永远是那几套衣服，珠宝首饰几乎没有，但肯花钱给他买生日礼物。

多深的爱。

风很大，天台很凉。

商锐只穿了一件毛衣，毛衣被风刮得很凉。姚绯把脸贴到他的肩膀上，微微地寒，贴得久了，能感受到商锐身体的温度。

她圈住商锐的腰身，仰起头亲了下他的脖子，很用力地回抱。

当晚商锐用了无数个角度拍那枚胸针，在朋友圈秀了九宫格照片，秀得像是卖珠宝的。微博上放了十二张照片，全是生日礼物，不过他选的大多是价格不太贵的小礼物，胸针放在中间最显眼的位置，瞬间就引爆了话题。

"商锐胸针品牌"上了热搜，商锐的朋友圈也被截图晒上了微博。

能这么晒，众人纷纷猜测这个品牌是不是要换代言人了。商锐有固定的珠宝代言品牌，但不是这个。

明星戴哪个品牌的珠宝，穿哪个牌子的衣服，在微博上秀品牌都是为了宣传代言品牌。商锐换品牌是大事，他在广告行业的地位挺高的，形象和自身商业价值都高，几家大公司一直在暗戳戳地竞争。

这突然放出来个从来没有合作过的品牌，很是劲爆。

没到零点，蔡伟的电话便被珠宝合作方打爆了，无奈加班。

商锐要秀女朋友，谁来都拦不住，他有什么办法？百万公关费都摁不住商锐。

拍《盛夏》时姚绯怕太入戏爱上商锐，拍《寒雨》时姚绯也怕太入戏，失去对商锐的所有感情。景白对蒋啸生的恨意太强烈，商锐把蒋啸生演得很绝。他用心在演，这是他做演员以来最认真的一次，他很入戏。他在《盛夏》里的光环已经彻底消失，姚绯看着他，想不起来他在《盛夏》里的模样。

他是商锐，入戏后他是蒋啸生。

商锐的戏感越强，姚绯的内心就越是恐惧。

她明白了商锐最初的怕入戏。

当初荣丰问她怕不怕入戏后失去商锐，她反驳说"怎么可能"。事实上，她真正地入戏后，确实会失去商锐。

《寒雨》前前后后拍了快七个月，最后两个月，姚绯和商锐是彻底地入戏。他们的对手戏太多了，为了保持这种入戏的状态，他们收工后几乎不见面。

腊月十七拍景白死亡的戏。

西州到底还是变了天，省厅早就关注到了西州这边的问题，先安排郑泽过来探路，随着越来越多的证据，西州的黑暗终会被撕破。罪恶暴露在阳光之下，河清海晏的那天来了。

景白把最后一份线报送出去，故事也明朗了。

五年前，景白警校毕业后进入西州缉毒支队，表现优异。她是在"清雨行动"中失去身份成为通缉犯的，当时他们接到线报，有毒贩交易。

景白伪造了身份，卧底进去。行动日是在清明节，他们就把这场行动命名为"清雨行动"。连绵的阴雨终会在太阳升起时停止，阴云散去，天地清明。

根据线报，这只是小毒贩的交易。可这一场行动以失败告终，死了十二个人，行动组除了景白全部死去。景白被抛在了原地，谁也没想到小小的行动会有这么大的牺牲，没有人能证明景白跟毒贩之间的联系是为了工作，她的顶头上司也死了。行动失败，她身上那些伪造的身份就成了铁证如山的事实，她被诬陷收了毒贩的钱，所有人的死都被推到了她头上。

她失去了警察的身份。

但她没有上法庭，她逃跑了，混进了毒贩集团，成了没有档案的无名卧底。

景白暗自搜集了五年证据，进入了毒贩集团高层，取得了蒋啸生的信任。

她发完交易信息，又发了一句加密信息："我还能回去吗？我想做警察。"

郑泽回复她："行动结束，你的档案会被记录，你会穿上警服恢复职位。等你归来。"

蒋啸生如约交易。

边防武警联合公安厅大批的警力，悄悄地摸到了边境线上，准备开启一场浩大的清毒行动。

她满怀希望却没等来黎明，她守在边境线上等一个信号。成功了，她会看到山顶的烟花。没想到意外出现，蒋啸生的交易进行到一半接到一个电话，他迅速地折回边境线。

景白冒险通知郑泽行动有变，她因为这次联系彻底地暴露了身份。蒋啸生的命令是杀了她。她在和毒贩的缠斗中，中了枪。

遥远的天边发生了第一场爆炸，映得天边通红。

连绵的阴雨已经下了半个月，还没有停。

高大的树木被雨水冲得墨绿，森林在阴沉沉的黑暗中像是吞天食地的怪兽。

她整个人浸在水中，血染红了灰黄的泥水，她仰起头看暗沉的天空升起最后一道光，那是回家的方向。爆炸声告诉她，蒋啸生要死在那里了，上百公斤的新型毒品会被拦下来销毁。

又一颗子弹射穿她的身体，她彻底地倒了下去。她的眼却一直睁着，她在看回家的路。那双漂亮的眼一点点黯淡下去，直到再也没有光。

最后的温度从身体里流失，她永远地留在了边境线上。

荣丰每拍一部获奖的作品，都要拍好几部爆米花电影来缓解情绪，他没办法持续地拍摄悲剧。他也不是很爱拍悲剧的导演，可姚绯身上浓重的悲剧色彩，让他想拍这个人。

所以在沈成把剧本递给他的时候，他毫不犹豫地接了。

景白死亡的这个画面他想象过很多次，都不及眼前这一次来得震撼。

道具组停下了洒雨，姚绯坐起来吐出血包。她恍惚着，脑子还是混乱。她冷得发抖，却不想去拿毯子和衣服。

刘曼跑过来给她递水，让她漱口，把厚重的毯子包在她身上，擦她脸上的污泥。刘曼也在看戏，哭得不行："绯姐。"

姚绯的头发湿漉漉地带着污泥，整个人十分狼狈。她接过水喝了一口，看到站在人群中的商锐。

她第一眼吓了一跳，本能地恐惧，恍惚着，有些分不清戏里戏外。她漱口吐出水，嘴里还有着血包的甜腻感。

"扶我一下。"姚绯开口，十分虚弱。

刘曼扶起姚绯。

商锐踩着泥水大步走了过来，用力地抱住她，她挣扎着想推开他，他低头吻住了她。

旁边的刘曼瞪大了眼："锐……锐哥？"

商锐的手指颤抖，死死地搂住姚绯，想要把姚绯揉进他的身体里，想要把姚绯留在他的世界里。

他们拍了太久，久到商锐觉得都过去了一辈子。他在戏里克制着对景白的爱，蒋啸生是个很变态的人，他对景白有感情，但他不信任任何人。他费尽心思把景白留在身边，不死不休。他在戏外，也克制着对姚绯的爱。

姚绯倒进泥泞里，血涌出来。他的大脑一片空白，停止了思考。

要什么理智。

"蒋啸生——不是，商锐，你太入戏了。"荣丰擦了一把脸回过神，他刚才哭了，姚绯这场戏太震撼了。商锐抱得太突然，他被迫出戏，维持局面："收收你的情绪，姚绯没死，活着呢！"

剧组几十号人都在看，他们当众接吻是想公开吗？

商锐手扣着姚绯的后颈，头贴着她的额头，感受姚绯的温度。他嗓音沙哑："别怕，我带你回家。"

眼泪汹涌地滚落，他想从姚绯身上找到一点和这个世界的联系，来证明姚绯活着。

姚绯本来不想哭，但看到他通红的眼角，不知怎么就落了泪。她抿了下唇，唇上有商锐的味道。

人间的气息。

"嗯。"姚绯特别疲惫，思维很乱，她摸了下商锐的耳朵感受真实，来区别他和戏里的质感，"以后别演敌人了。"

这回她没有因为入戏不接受他，只是因为他是商锐，才接受他。

商锐把脸埋在她的脖子上，眼泪灼烧在两个人的肌肤上。

别演了，他受不了。

荣丰走到他们面前，张开手把两个人都抱进了怀里，很用力地抱了下，直起身开口时嗓音里还带着哽咽："商锐你准备下，等死吧。"

夫妻双双把家还。

两个人都得死，荣丰不偏不斜。

腊月十八，商锐的杀青戏，姚绯没去看。

晚上杀青宴，剧组的人都参加了，只有姚绯没去。姚绯还没杀青，她也没出戏。K市的戏份只剩姚绯一个人，姚绯把自己关在房间里看电影，她在看《盛夏》。

商锐敲门的时候，姚绯看到第六遍。

她暂停电影，起身去开门，商锐穿着烟灰色毛衣搭配牛仔裤，手里拎着蛋糕，抱臂斜靠在门口，身高腿长。走廊的灯光从他头顶打下来，落到他身上。他剪短了头发，不是蒋啸生的造型了，一边耳朵上戴着钻石耳钉，俊美的一张脸非常冷峻。

好吧，看来还有点没出戏。他看了眼电视屏幕："怎么在看《盛夏》？"

姚绯关上门走进去，把桌上的剧本抱到床上，这些全部拍完了，她要装起来了。

"生日快乐。"商锐放下蛋糕，又从口袋里摸出个盒子放到桌子上，"生日礼物，恭喜，二十六岁了，小姑娘长成了大姑娘。"

他们认识两年多了。

姚绯的二十四岁生日那天，商锐也在。

《寒雨》的情绪牵动太大了，姚绯有点出不了戏。

景白还没等到她的三十岁，就寂寞地死在了无人知晓的地方。她不会有墓碑，她没有等到她的梦。

姚绯曾经也几乎要死在无人知晓的黑暗中，她看不到未来，看不到希望，铺天盖地的黑暗，伸手不见五指。她有些恐惧，她仿佛陷在天寒地冻的冰水之中，远处是雪山，湖面上是薄冰，她浸在冰水里。

温度在流失，意识仿佛离开她的身体。

她四肢麻痹，她快沉入黑暗中了。

她渴望回到人间。

以前她喜欢演戏，那时她在戏外没有羁绊，戏中幸福圆满，她眷恋那份幸福。后来她遇到了商锐，她有了唯一的戏外人。

入戏之后，她看商锐有点陌生，她觉得离商锐越来越远。她坐在房间里一整天，感觉这个世界都很遥远。直到商锐敲门，拎着蛋糕站在灯下。

蛋糕是哆啦A梦造型的，商锐那个幼稚鬼，送的蛋糕都是卡通的。他们住的酒店没有暖气，冬天很冷。

商锐的怀抱很温暖，她靠在商锐怀里，双手合十闭着眼，很虔诚地许愿。

"吹蜡烛。"商锐在她耳边说道，"许什么愿？"

"不能说。"姚绯吹灭蜡烛，灯就亮了起来，"说出来就不灵了。"

"与我有关吗？"商锐偏头看她。

"嗯。"姚绯拿掉蜡烛，切出一块蛋糕递给商锐，"你明天回去吗？"

现在她已经从潮湿的冰水里走了出来，重回人间。

她在这个世界上有商锐，他炽热滚烫，他能融化冰雪。

"陪你去K市。"商锐眸子荡漾着笑意，越来越深。他温柔地挖了一块蛋糕喂给姚绯，只是随口一问，并没有多少期待，没想到她的愿望里真的有自己。

"别跟我去。"姚绯咽下他喂过来的蛋糕，懒得切了，放下蛋糕刀等他喂。她有些疲倦，不管是身体还是精神。

"为什么？"

"别跟就是了。"姚绯有很多顾虑，她和商锐不能公开，比较麻烦。她还有点担心商锐在片场会影响她的情绪，她入戏太深，商锐演的蒋啸生太真实了，对她影响很大。

三天后的戏要拍怀着希望穿上警服的景白，她有着最阳光炽热的笑容。

"你在，我入不了戏。"

"为什么？你是不是有点怕我？"商锐跟她用一个勺子，吃了一口蛋糕又喂她，"我的意思，你是不是怕我演的蒋啸生？你觉得我是他？你出不了戏？"

姚绯抬眼：他怎么知道？

"姚绯，"商锐一开始还是疑问，等看到她的目光，确定了，"你的眼里写着加粗加大的两个字，'是的'。"

姚绯倚靠在他的腿上，试图把这个话题带过去："是吗？"

"是。"商锐咬牙切齿，吃了一大口奶油，忽然想到一件事，黑眸沉了下去，"你是不是很讨厌我？我的意思是，你把我和蒋啸生弄混了。"

商锐怀疑她在入戏的时候，有一瞬间想过抛弃他。商锐低头亲了她一下，嗓音沙哑："现在有没有出戏？"

"我不知道，我不想冒险。其实荣导也有些入戏，你别跟去了，不然这戏没法拍。"姚绯分不清很多情绪，唯一能确定的是，无论何时，商锐都是她很信任的人，她不会丢下商锐，"我杀青后会去找你。"

"你最好去找我。"商锐恨恨地低头亲她，也没有再多说。

两个人吃了半个蛋糕。

姚绯回到了人间，她的人间是奶油味的商锐。

"你不看看生日礼物是什么吗？"商锐起身去拿水，回来看到姚绯窝在沙发里发呆。她刚洗过澡，眼眸漆黑，如瀑长发散在肩头，柔软乌黑。她穿着一条黑色睡裙，赤脚踩在沙发上，肤白如雪，整个人有种上等玉石的清冷质感。

"是什么？"姚绯接过水，看到商锐已经帮她拧开，她喝了一口。

商锐居然会帮她拧瓶盖，她这种经常帮别人拧瓶盖的人第一次体会这待遇。

"你打开看看。"商锐在对面坐下。

姚绯的控制欲是不动声色的，不说出口，但做起来一点余地都不留。

商锐坐在对面，尽可能让自己放松，手指搭上沙发扶手，但看向姚绯的目光却有着紧张。

姚绯拿起盒子打开，里面躺着一把钥匙。

"哪里的钥匙？"姚绯拿出钥匙，抬眼看商锐。

"我家的。"商锐放下腿坐直，注视着姚绯，"我们组个家，怎么样？"

"家？"姚绯愣了下，这么快？

商锐点头，紧紧盯着她："我考虑过买新房，我们两个的收入买房子都不是问题，但装修需要一段时间，新装修的房子对身体伤害很大，也不适合居住。我在香海有一套房子，目前在我名下，我可以转给你。那房子装修得比较舒服，住了好几年，不会有甲醛困扰，地理位置和保密性都做得不错，这把钥匙就是那套房子的。"

商锐是想过把房子直接转给姚绯，但想到姚绯的性格，他怕这个人矜毛了，回头弄巧成拙。

"你觉得怎么样？"

"我们还没有公开，我不需要你的房子，我有钱。"姚绯看着钥匙，她还没想好。

"电影上映后，找个机会公开。"商锐的语气慎重了很多，他把手肘撑到膝盖上，双手交叠握着，"姚绯，你是演员，作品才是你的招牌，公开对你不会有太大的影响。而我，也在转型，粉丝对我来说是锦上添花。我本身也不是完全吃明星这碗饭的，我做明星是为了兴趣。我有公司、有投资，商势传媒也有我的股份。我不靠这个吃饭，我们早晚要公开，早公开也坦荡。"

"你给我点时间。"姚绯把盒子盖回去，觉得太快了，握着盒子抬眼望着商锐，"我考虑考虑，行吗？"

姚绯没把盒子还给他，已经是最好的结果了。

商锐垂下眼，沉默了许久，点头："我希望不要太久。"

姚绯没说话。

第二天，姚绯醒来时，商锐已经离开了。床边放着一张 A4 纸，上面写着几行字：

"我不想要短暂的欢愉，我想和你共度余生，不管未来什么样，我们一起走，没有什么东西是不能面对的。姚绯，我等你一个一生的承诺。我回去了，我在家等你。"

署名："你的爱人商锐。"

他的字笔锋锐利，棱角分明。

姚绯把这几个字翻来覆去看了几遍，看到最后一行。他倒是会给自己加一些前缀，看上去亲密了不少。

姚绯拿起手机看信息，商锐发了航班号给她，下午一点的飞机，随后又发了一张飞机上的自拍。他戴着帽子、口罩，只有深邃的桃花眼和桀骜的眉骨露在外面。

商锐："醒来记得吃东西，我让刘曼给你准备了吃的。蛋糕别吃了，放了一夜已经坏掉了。"

商锐："不知道你几点醒来，醒来后别把昨晚的事忘记了。我不是蒋啸生，我是商锐。我永远不会伤害你，你要是还出不了戏，我给你联系心理医生。"

剧组该走的人都走了，酒店里只余下她的人。

没有麻烦刘曼，姚绯煮了一碗面，一边吃一边跟离组的演员发消息告别。她陷入剧情出不来这个事儿，整个剧组都知道。

没有人苛责她，能进荣丰的剧组都是为了演好戏，演员入戏太深也是常有的事。何况景白这个角色，没有演员能很快出戏。

晚上十一点二十分，陈锋回消息过来："答应了带你回家，让你干干净净地穿上警服，最终也没能实现。"

姚绯的眼泪立刻就滚了出来。

陈锋："K 市那边的戏拍完，发一张剧照，穿警服的景白。"

姚绯："好，再见郑警官。"

陈锋："再见，景白。"

姚绯发消息给商锐："睡了吗？"

商锐的电话打了过来，姚绯接通电话按下免提，取了一瓶水，还没拧开就听到商锐惺忪沙哑的嗓音传来："刚醒。"

慵懒性感，十分撩人。

"在 S 市吗？"

"嗯，我家，你有钥匙的那套房子。"商锐嗓音懒懒地道，"吃饭了吗？"

"在吃。"姚绯听到他的声音，心情好了一些，"商锐。"

"嗯？"

"你出戏了吗？"她当初劝商锐入戏，她入戏了很痛苦，那商锐呢？商锐一开始就抗拒入戏。

蒋啸生的个人色彩太浓郁了，坏得刻骨铭心。那种角色对演员的影响也很大，出不了戏，他也会痛苦吧？

电话那头是漫长的沉默。

姚绯把水放下，坐回原处："商锐？"

"没有。"

姚绯听到电话那头有打火机的声音，商锐似乎在抽烟，她搅了下面："难受吗？"

"你活着，我也在，不算特别难受。"商锐很低地笑了下，"我约了心理咨询，明天我会接受初阶段的心理干预。"

"共沉沦确实会短暂地压下那些痛苦。"商锐说，"但这太脆弱、太不健康，不堪一击，我需要更牢固的心理来面对我们的感情。姚绯，我一开始设置的出戏点是你，你太入戏我就失去了方向。我不知道你的出戏点是什么，今天在飞机上，我想了很多。我想昨晚你说的话，你的出戏点是否跟我有关呢？如果是，我们互相影响，只会越来越差。所以我需要心理医生的干预，我走出去，我在戏外等你。"

姚绯抿了下唇，垂下眼。

"你还记得你之前说过的话吗？戏外我们还有很多感情、很多朋友，有很多粉丝爱你。苏洺的孩子快出生了，预产期是在三月。过段时间俞夏的孩子已经会叫你'舅妈'了。"

"舅妈？"姚绯抽出一点理智，自己怎么突然就多了个配偶？"舅舅是谁？"她问。

"我。"

那你很优秀啊。

姚绯扬了下眉，道："俞总的孩子为什么管你叫舅舅？"

"我和俞夏五岁就认识了，我和司以寒十岁才认识，明显我和俞夏关系更好，当然要叫我'舅舅'。"

"你是不是喜欢过俞总？"姚绯忽然想到一件事，拍《盛夏》之前，很多人说商锐是为了俞夏的男一号才去演的，"你当初为什么要选择盛辰光的角色？没有其他的意思，单纯好奇，随便聊聊。"

商锐笑了下："想问就问，我们之间有什么不能问的？我的任何事你都可以问。"

"第一个问题，我对她不是男女的喜欢，认识你之前可能会有些模糊，但认识你之后就明朗了。"商锐从床上坐起来，"你知道《盛夏》里的周尚吗？盛辰光的发小。我大概就是他的原型，特喜欢给女主角使绊子那个。从旁观的角度看得更清楚，周尚觉得盛辰光认识夏瑶后整个人都变了，不重视兄弟，他被忽略了，所以要搞事找存在感，我的感情差不多就是这样。之前有人传《盛夏》有原型，确实有原型，但不是剧情的原型，只有部分人设原型。盛辰光的原型是俞夏，夏瑶的是司以寒。十八岁之后，他们走到了一起，我走了另一条路。"

姚绯想到周尚的角色，跟男主角是发小，同样父母早年离婚，没人管教，爹不疼娘不爱，他们一起吃喝玩乐。夏瑶进了盛家，盛辰光喜欢上夏瑶后就开始学好，于是就剩周尚一个人堕落。

"我接《盛夏》是因为人设贴盛辰光，我和俞夏的出身一样，这里面有我的青春。我觉得很好演，可能效果会不错。剧本有 IP 加成，这是俞夏写的"青春三部曲"里面的第三部，前两部反响都很好。在接《盛夏》之前，网上那些人骂我的演技已经到了失控的地步。再不拿出一部好作品，我可能就没有粉丝喜欢了，这是蔡伟分析的。我自己的想法是，我需要做点什么来证明自己，我不年轻了，不能永远混日子。"

事实证明，商锐接《盛夏》接对了。电影爆了，他还重新认识了姚绯，也重新认识了自己。

"你介意的话——"

"我不介意。"姚绯回答得很快。

"你不用回答得这么快。"商锐停顿了片刻，缓了语气，说道，"你回答得这么快，会让我怀疑人生。"

"我——不——介——意。"姚绯一字一句，她只是想知道这件事是怎么回事，并不是想知道什么答案。

商锐笑出了声，他在电话那头越笑越张狂，笑得手机震动。

姚绯以为他就要这么笑到电话挂断，他忽然说道："姚绯，我爱你。"

声音里还带着笑后余韵，微微沙哑。

姚绯愣住。

"不是亲情，不是友情，你是独一无二的爱情。"商锐敛起了笑，正色道，"你是我要共度一生的人，和任何感情都不一样，你是我的爱情。"

商锐跟她说过很多次爱，一次比一次真挚。每一次，她的胸口都更滚烫炽热一点。

"商锐，我对你的感情，也跟对其他人不一样。"姚绯开口，她不吝于表达感情。

"以后有这样的疑问，早点问我，我都会回答你。"商锐嗓音沉了下去，很喜欢姚绯这样的表达，"我跟他们依旧是朋友，你是我的爱人。"

"我知道了。"

"我们的事，我父母已经知道了，他们很赞成我们在一起。"商锐返回最初的话题，"只要你想要，你回来我们就可以有一个家。你也有亲情、爱情、友情，你会拥有所有的感情。"

"你什么时候告诉你父母的？"姚绯很是意外，她之前只是隐约有个猜测，但不敢往深了想。她和商锐家差距太大，他的父母会接受自己？

"他们去 K 市那次，我有预感你会答应，所以我提前就告诉他们了。"商锐笑了起来，姚绯背他下楼的时候，直觉告诉他姚绯肯定会同意跟他在一起，"他们要是不知道你是我女朋友，怎么会那么放心地把我交给你？"

姚绯："……"

"放心吧，他们很喜欢你，也很尊重我的感情。我哥比他们知道得更早，他去年就知道了，他跟你介绍了我的家人，就是接受你成为我们家一分子的意思。当然，这个需要你同意。"

姚绯倒吸一口凉气。

"我可以不对外公开，但我谈恋爱，一定要让我的父母、家人、亲朋好友知道。你是我女朋友，我们坦坦荡荡在一起，我需要他们的祝福。"

直到挂电话，姚绯还在眩晕中。商锐的父母早就知道了，当时商锐的妈妈还笑眯眯地给她拿水果，商子明介绍了他们家成员，商子明的太太还给自己拿了午饭。

全世界都知道她在谈恋爱，而她以为她和商锐在谈一场无人知晓的地下恋爱，她地下了一个寂寞？

手机又响了一声，来自苏洺的微信。

"'《寒雨》杀青'上热搜了。发你两张截图，你看是自己转发还是工作室转发？"

苏洺发来了陈锋十分钟前发的微博截图。

微博文案是："长夜终明，浓雾渐散。愿天下无毒，致敬缉毒警察。再见，景白。@ 姚绯 #《寒雨》杀青 #"

配图有两张：一张是他和姚绯的微信聊天，两人与角色再见的对话；另一张是姚绯和陈锋的合照，他们在警官学院训练的照片，两个人都穿着特战警服站在训练场。

那时候他们还不熟，距离有点远，两个人表情都冷酷，拎着枪，冷冷地看着镜头。

这一张的姚绯有点当初她拎着拳击手套站在镜子前的模样，眼神特别像。

还有一张是《寒雨》官博的截图，标签也是"《寒雨》杀青"。

姚绯："我要转发吗？我还没杀青呢。"

苏洺："先转吧，发个跟陈老师差不多的微博。《寒雨》的男女主演是陈锋和你。"

姚绯打开微博，看了眼评论。陈锋作为实力派演员，微博粉丝并不是很多，但评论区数据还不错。现在已经有两万条评论了。陈锋是个很少夸年轻演员的前辈，难得夸奖一次，还直接提到了对方。

评论区有人打趣。

"看起来合作得很愉快？锋哥，你这微博多久没提及过别人了？我还以为你的 @ 键被人买走了呢。"

陈锋回复："姚绯是个好演员，对好演员要尊重，高价又把 @ 键收回来了。"

这个评价很高了。

于是就发散出了个"陈锋姚绯"的热搜，在评论区发散得很快。有嗑姚绯颜值的，觉得这张照片拍得很绝。姚绯的粉丝等着嗑颜等了很久，姚绯在拍摄期间，社交平台没有发一张照片，也是绝。电影终于杀青，粉丝从别人的微博里翻出了姚绯的照片，一顿狂嗑，场面十分感人。

姚绯的事业粉期待他们二次合作，姚绯要飞升了，彻底地站稳了。

姚绯转发了陈锋的微博，写了很长一条感言感谢剧组所有人。她不想转发别人的微博来告别景白，她想更慎重一点，她还没杀青。

零点整，商锐也发了一条微博。

"七个月的拍摄，#《寒雨》杀青#，感谢所有的遇见。@姚绯 @陈锋 @荣丰 @沈成 @电影《寒雨》"

配图是一张剧照，背景暗沉，似在下雨，雾气浓重。穿着黑色衬衣、戴着眼镜的商锐和穿着警服的姚绯举着枪互相对着。商锐露出来的半张脸阴狠肃杀，隔着屏幕都能感受到杀气。姚绯正义凛然，眉目清冷坚定，站姿和握枪姿势标准端正。

针锋相对，一触即燃。

"商锐姚绯二搭"轰轰烈烈冲上热搜，霸占了榜首。

双人团粉疯狂尖叫，拦都拦不住。

这样的商锐是全然陌生的，肃杀阴狠，一半脸隐在黑暗中，不那么精致，却非常有质感，颠覆了所有人过去对商锐的认知。

姚绯这一张也跟陈锋发的气质不一样，这一张的姚绯穿着最干净的警服，整个人十分阳光。商锐微博里的姚绯一直都很明亮，她是连绵阴雨中的那一抹光，似乎要撕裂整个黑暗。

他站在浓雾阴雨中，姚绯站在光明处。

姚绯、商锐上了一天一夜的热搜，荣丰气急败坏地发了十几条一分钟语音过去骂商锐。

K市在下雨，没法拍摄，一群人待在片场看剧本。姚绯刚剪了短发，长发的姚绯美中带一点柔，短发利落明艳，有着少年的意气风发。

刚毕业的戏份需要青春洋溢，姚绯最近一直在增肥，拼命把演瘾君子时掉的秤补回来。

K市的雨阴冷，连绵不绝，一直下到腊月二十五才彻底放晴。姚绯在这段时间里胖了三斤，脸上稍微有那么一点肉，正式开始拍摄。

她在拍摄前给商锐打了个电话，商锐最近也没有工作，他年后接了个综艺，年前进入短暂的休假期。

两个人也没说什么，聊了几句日常。商锐说S市这两天阴天，可能要下雪，S市好几年没下雪了。

也许姚绯拍完回去能赶上 S 市的雪。

K 市很少下雪，姚绯站在警官学院的操场上仰起头看湛蓝的天空，K 市的冬天不算特别冷。

"你今年在哪里过年？"姚绯问道。

"S 市。"商锐说，"你想来我家过年吗？"

姚绯愣了下，拒绝道："不了，过年不太方便。"

"为什么不方便？"

姚绯单手插兜抬起尖瘦的下巴，短发发梢扫过脸颊，有一些痒。她仔细思考这个问题，除了去年过年要宣传电影，跟剧组的人在一起，往年她都是自己一个人过年，煮个饺子看个春晚，自由自在。

"我不太习惯人多。"姚绯听到副导演在喊，说道，"我要去拍摄了。"

"你回来我去接你。"

"你再上一次热搜，荣导会追杀到你家。我回去找你。"姚绯说，"再见。"

挂断电话，姚绯深吸一口气。要去商锐家过年？跟很多人在一起过年是什么感受？姚绯扬了下唇角，不知怎的，心情突然就好了。她把手机递给刘曼，脱掉外套只穿里面的戏服，大步走到镜头下。

一共要拍两个镜头，一个是刚加入警队念入警誓言，一个是她站在学校台阶上迎着太阳的长镜头。

念入警誓言有群演，拍摄起来还好，他们当天就拍完了，可第二个镜头就很难拍，荣丰一直说感觉不对。

磨了两天才拍完。

按照设定，景白是夏天毕业，她穿着单薄的警服，在阳光下站得笔直，迎着镜头抬起手，敬了个标准的礼，阳光灿烂，唇角上扬笑了起来。

她抬起头看阳光，满眼的向往。

这是荣丰最喜欢的一个镜头，她笑得太漂亮了，好像全世界的希望都落在她的眼睛里，她整个人都带着光辉。

拍摄结束那一刻，荣丰起身大步走向姚绯。走到镜头下，他很深地和姚绯拥抱："恭喜。"

"谢谢。"

商锐说得很对，她并不孤独。

这个世界上有很多善良的人，对她释放着善意，等她归来。

沈成没等最后一幕拍完就走了，他从景白死去那一刻情绪就崩溃了，当机立断离开剧组，跑回了 H 城。他写景白就是为了圆《春夜》的遗憾，"还"姚绯一个剧本，如今景白拍完了，他也没有留下来的必要。

他们在 K 市待了半天，晚上举办了一个只有两个人的杀青宴。她跟荣丰在酒店的天台上喝了一箱啤酒，主要是荣丰喝，姚绯在旁边看星星。

腊月二十七，月亮升得很晚。天空中悬挂着零星几颗星星，姚绯拎着一罐啤酒许久才喝了一口，冰凉彻骨。

"你拍完景白死亡那个镜头，我是真的害怕。悬着一颗心，怕你回不来。没想到你这么快就回来了，把后面这段拍得这么好。"荣丰拎起啤酒跟姚绯碰了下，仰头灌了一大口，"你是天才。"

"商锐在 S 市等我。"姚绯转头看着荣丰，眼睛笑得弯着，半晌后，她说，"荣导，我要回家了。"

"那真好哦，有男朋友就是不一样。"荣丰也笑了起来，仰起头把酒喝完，敛起了笑，靠在椅子上点了一支烟，仰靠着看天空，许久后才说道，"挺好的，有人等你回家。"

姚绯也觉得挺好的，她想了一会儿，说道："导演，你下部戏打算拍什么？"

"三五年内是不打算再拍片了，我要休息，这回谁来劝我都不拍戏了。"荣丰缓缓抽了口烟，吞云吐雾，"跟你合作太费导演。"

演员越好，导演越是入戏。

荣丰估计要休息几年才能缓过来，《寒雨》的后劲儿太大。

他们在天台坐到凌晨，荣丰把酒喝完又抽了半包烟。

荣丰喝多了，姚绯打电话让他的助理和制片人过来把他扶回了房间。姚绯把易拉罐捡起来装进箱子，拎着下了楼。

有人等她回家。

姚绯在凌晨时分发了一张剧照，配文："再见，景白。#《寒雨》杀青 #"

第二天中午十二点的飞机，姚绯跟荣丰一起飞，荣丰去 S 市看司以寒的孩子，姚绯回家。一路上荣丰蒙着头睡觉，谁也不理。

姚绯又翻出她去剧组时带的那本书看，作者叫拾亿，写得非常好。三个小时的飞行时间，她看完了整本书。

飞机落到 S 市机场，斜前方有人拍照，姚绯抬眼看过去，对方对着她的脸连拍了几张照片。姚绯恍惚了一会儿才回过神来，出剧组了，她是明星姚绯，镜头无处不在。她连忙合上书戴上帽子，好在她原本就戴着口罩，应该没有丑照出去。

"到了？"荣丰把墨镜戴到眼睛上，解开安全带活动脖子，转头问姚绯，"你在机场遇到粉丝的概率高吗？"

"还行吧。"姚绯上次回 S 市就有粉丝认出了她。

"有的话，我不跟你走了。"荣丰说道，"挤死了。"

"我的粉丝数量不太多。"姚绯说道，"苏总安排了车，您还是跟我一起走吧，苏总送您去寒哥家。"

姚绯说话还是挺实在的，荣丰信了她的"不太多"。

两个人走出 VIP 通道，粉丝十分激动。

这是姚绯剪短头发后第一次露面，她戴着帽子，穿了一身黑，身材高挑。露出来的眉眼清冷，眸子很黑，不笑时有几分冷。

姚绯挥挥手，幸好苏洛谨慎，提前跟机场打了招呼，安排了人。她也戴上了墨镜，被保镖护着往前走。

"外面怎么了？"姚绯往旁边退了下，问刘曼。

"啊！锐哥！"有尖叫声响彻出口。

姚绯脚步停住，大脑一片空白：不会吧？

前面的荣丰回头看了姚绯一眼。

商锐不会这个时候来接机吧？他要是来接机，那真是疯了。姚绯心跳得飞快，抬头看过去，商锐从另一边下车，保镖帮他挡着。

商锐直起身整了下外套，似无意地转头看过来。商锐身高腿长，在人群中格外挺拔。姚绯站在台阶上，两个人隔着无数喧嚣对视。

他们的眼神似乎有了纠缠，空气燥热。

他没有戴口罩也没有戴墨镜，穿着烟灰色短款外套，休闲裤子衬得腿笔直修长。他的身材比例很好，看起来会比同样身高的人腿长一截。

旁边有人跟他说话，他微一偏头，耳朵上戴着的钻石耳钉随着他的动作闪烁着光芒。

姚绯心跳得飞快。

他来干什么？

到达和出发碰到的概率可太小了，不会这么巧。

这也太高调了，他是一点都不想瞒着。

从不在机场给人签名的商锐抬起手接手幅，手一扬，露出手腕上戴着的黄金手镯。他肤色又白回去了，戴黄金显得肤色更白，有种矜贵的漂亮感。

他拿着笔潇洒地签名，显然心情很好。

"锐哥，我爱你！"

商锐偏头忽地就笑了起来："过年了，新年快乐。"

"绯姐？"刘曼小声提醒，"有媒体拍。"

签名本还回去时，商锐又看了姚绯一眼，他扬起下颌，提高了声音："早点回家，有人在家等你。"

商锐朝姚绯挥挥手，喊道："姚老师，回 S 市了？"粉丝齐刷刷看了过来。

姚绯脸上滚烫，隔空朝商锐挥挥手，算是打了招呼，幸好她戴了墨镜和口罩。

荣丰在旁边吐槽："真会。"

姚绯收回视线，大步走向保姆车。

姚绯拉开车门让荣丰上去，弯腰上车摘下墨镜，拿起一瓶水拧开，拉下口罩灌了一口，压下狂跳的心脏。

"商锐来机场接人？"荣丰问道。

副驾驶座上的苏洺吩咐刘曼关上车门，让司机开车，一边翻着手里的平板电脑，一边说："商锐吃饱了撑的，来机场走秀，他下午飞 B 市，晚上飞回来。荣导，寒哥在家做饭，等着你过去晚上一起喝酒。"

"好啊。"荣丰应下来："姚绯一起去吗？"

"我可以去吗？"姚绯喝下半瓶水，根本不知道他们在说什么。她把瓶盖拧回去，打开微信发消息问商锐去哪里。

苏洺回头说道："姚绯，那晚上我们一起去寒哥家吃饭，吃完饭我再送你回去。"

姚绯终于听清了，好在姚绯提前让刘曼买了礼物，不算空手过去。她缓了下点头："好的。"

手机响了一声，来自商锐的微信。

商锐："欢迎回家。"

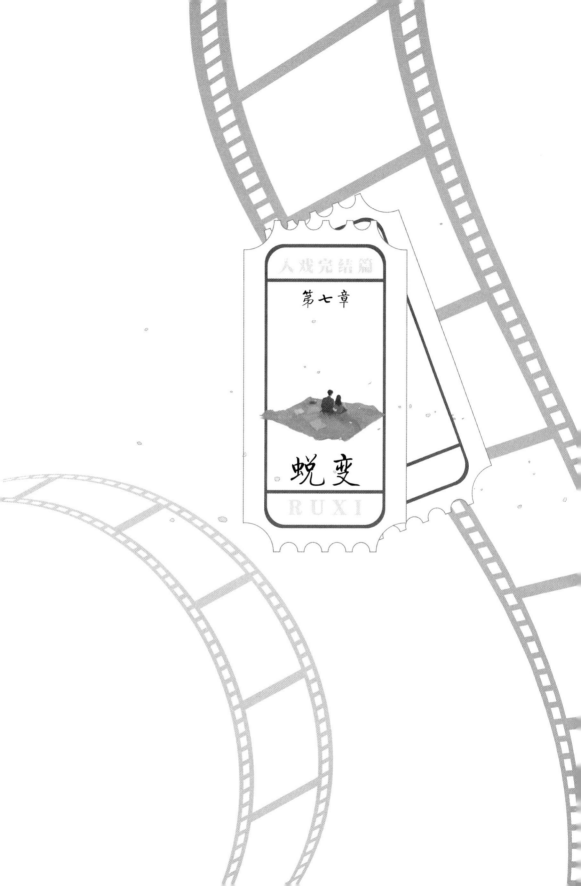

大戏完结篇

第七章

蜕变

RUXI

商锐确实是去机场走秀，出发和到达不在一层，他绕着机场走了一圈，全方位地展示，让媒体拍了个够。

姚绯还没到司以寒家，她和商锐就上了热搜。

"商锐绕路跟姚绯打招呼"在热搜第七，评论区好多粉丝都像提前过年。

商锐亲自创造"糖"。有机会就产"糖"，没机会，创造机会也要产"糖"，俨然成了制"糖"机器。

"商锐的车特意绕到出口跟姚绯打招呼，他就是想见姚绯，看他那个笑！商锐以前跟人这么笑过吗？甜死了有没有！"

"他从不在机场给人签名！他今天显然是心情很好，能签的都签了！锐哥，你就是爱吧！"

"你回来，不管多远我都去接你，哪怕只是远远地看一眼！绯宝，他来接你回家了！"

"只是恰好遇到，你们想象力真丰富。"

"两位是很好的朋友，你们别乱嗑。"

微小的澄清声音被淹没在大家的狂欢中。

"有没有人拍到他们隔空相望的画面？我想看他们在人群中对视！我又相信有爱情了。"

"我把民政局给你们搬过来，求你们赶快领证！"

"这是我嗑到的最甜最真的一对，他们什么时候出双人活动？我想给他们送份子钱！"

《娱乐周刊》发了一条相关新闻："商锐和姚绯机场打招呼，疑似恋爱。商锐今天在B市没活动，这个时间出现在机场为了接姚绯？半年前商锐公开表示喜欢姚绯，两个人合作了两部电影、三档综艺，姚绯回归的综艺首秀就跟商锐有互动。商锐为姚绯撑过华海力捧的人，微博上也一再力挺姚绯。这两个人太甜了，大家都在等两人恋情公开。"

姚绯到司以寒家的时候，新的热搜已经冲了上来——"商锐明星年夜话"。

商锐去 B 市要参加"明星年夜话"活动，是提前录制的春晚特别节目。往年他会上春晚，今年他因为档期参加不了，只录了这个。

这个热搜解释了商锐为什么这个时间去 B 市。

"他为什么不从外地赶回来恰好'遇到'？这剧本不比绕一层楼好看？"荣丰也在看热搜，一边看一边吐槽。

"商锐说太刻意了。"苏洺下车关上车门，绕到后面拿东西。

姚绯连忙去拿，苏洺怀孕已是后期，肚子非常大了。

姚绯把礼物拿出来，司以寒夫妇迎了上来。

"绕机场一圈不刻意？"荣丰把手机装回口袋，大步走过去捞走了司以寒的孩子，一通亲，孩子发出惊天动地的哭声。

姚绯简直怀疑商锐就是为了更"刻意"才来这么一出。

"ME 想找你拍情人节封面，你想接吗？"ME 是五大时尚杂志之一，姚绯只拍过一次。

"我一个人？"姚绯把东西全部搬出来，拎着往别墅里走。

"你和商锐。"

姚绯停住脚步抬眼看去，苏洺也被商锐同化了？怎么都疯了？

"瞒得越严实越是乱猜，最后你们公开，说不定舆论会更差。高调秀恩爱，接代言、接双人商务，就像现在这样。你看他那样做，翻车了吗？反而会很稳，该有的一样都不少。"

"那媒体若是采访，我怎么回答？"

"模棱两可，说在接触，有可能，谁知道呢。"苏洺把万金油回答扔出来，说道，"不拒绝、不回答、不负责，若即若离的尺度把握好。"

姚绯："……"

司以寒大步过来接姚绯手里的东西。

"寒哥，新年好。"姚绯跟司以寒有一段时间没见了，司以寒也是她的贵人之一，"我可以拿，没关系。"

"新年好。"司以寒拿走了几个袋子，笑着说道，"让你拎东西，那位少爷会上门来找我拼命。"

姚绯脸有些热。

她走过去跟俞夏问了好，又抱了下他们的孩子。

孩子一岁多了，长得很漂亮，走路特别稳。

她认识俞夏的时候，俞夏的肚子还是平的，如今孩子已经满地跑，会嗲嗲地叫人了。时间过得很快，非常快，转眼就到了二〇二二年。

商锐去 B 市不能白去，不然明天全网都是他和姚绯恋情公开的新闻。他晚上也飞不回来，蔡伟为了让这一趟变得合理，当机立断给他接了工作。于是，他被迫留在B市录节目。

姚绯大半年没回家，家里落了一层灰尘，到处都是冰冷的。

她打扫卫生到凌晨两点，感慨为什么要住这么大的房子？如果是四十平方米的，她一个小时就能打扫完。

洗完澡吹干头发，姚绯拿起手机看到微信上商锐发来了二十多条语音吐槽蔡伟和节目组。

姚绯躺到床上听商锐的语音，原本想听完再回复，一条条播放，姚绯没听完就睡着了。

今年没有年三十，腊月二十九就是除夕。禁烟花爆竹的除夕是安静清冷的，姚绯一觉睡到中午十一点。

苏洺打电话过来她才醒来。

苏洺跟她确认年后工作，她今年有三天年假，初四开工去拍封面，之后要拍个服装品牌的代言。

"来找的剧本有几个，但都不怎么样。我把剧本发给你，你挑挑看吧。"

"好的，谢谢。"

"哎对了，你在看拾亿的书？"

"嗯。"姚绯点头，"已经看完了。"

"昨天有人拍到你在飞机上看这本书，已经上热搜了，你觉得这本书怎么样？"

"挺好看的。"姚绯想了想，又加了一句，"我很喜欢。"

"我们公司想把这本书的版权买下来，你想拍吗？"

"导演是谁？"这本书一定会改编，剧情写得非常好，但她们公司买下来，姚绯倒是没想过，"这个题材很适合拍电视剧，电视剧导演有靠谱的吗？"

"在找，如果找到合适的导演，你想拍吗？"

"想，但我不想搭流量。"姚绯不局限电视剧或者电影，她拍什么都可以，"还有，剧要按照原著拍，不能改动太大。"

苏洺笑出声："宝贝，你知道吗？你现在就是流量，不需要找什么流量。你可以提很多要求，我跟人谈。"

姚绯的要求是拍好戏，别敷衍。

她不在乎咖位，她尊重所有努力做事的人。

挂断电话，姚绯打开热搜看了一眼，热搜上有一条"姚绯疑似要接《女律师》"，配的照片是她坐在飞机的座位上看书，书的封面是拾亿那本《女律师》。

评论区都在刷《爱情悄悄然》里姚绯的剧照，女律师英姿飒爽，又美又艳。这个形象倒是很贴《女律师》里女主角的人设，作者转发了最热的那条微博，配文：

"希望梦想成真。祈祷、祈祷、祈祷！"

苏洺那边版权还没买下来，姚绯也不好跟作者互动，返回去发了个"除夕快乐"便退出了微博。

她在洗漱的时候把商锐的语音听完，没有特别重点的东西，昨晚他熬夜录制，心情比较糟糕吧。

姚绯清了清嗓子，按着手机语音键："昨晚睡着了，刚醒。"

点击"发送"。

她很少跟人语音，又按着手机说："除夕快乐。"

半年没回家，家里连一瓶能喝的水都没有，净水器嘀嘀地报警，提醒她该更换滤芯了。厨房里小电器基本上都不能用了，放的时间太久。

姚绯换上衣服出门，她家附近有个超市。过年期间超市人山人海，姚绯跟风买了些年货。她初四就要开工，之后不知道能回来几天，囤东西纯属浪费。

她租房子都是浪费，住酒店要便宜得多。

姚绯先把年货搬到家，又去楼下超市搬了两箱水，门口的餐厅全部关门，她顺手取了一桶泡面放到箱子上搬进了楼。

电梯还停在地下停车场，不知道下面的人在干什么，电梯特别慢，迟迟不上来。姚绯等了两分钟，打算走楼梯，电梯才缓缓上来，电梯门在一楼打开，姚绯正面撞到商锐。

商锐穿着白色羽绒服、浅蓝色牛仔裤，歪戴着帽子，口罩遮到眼睛下面，他闻声往后退了半步，垂着眼在看手机，睫毛浓密，漆黑一片。

"商锐？"姚绯搬着箱子看着他。

商锐抬眼，眼神深邃，随即直接接走姚绯怀里的箱子，摞到旁边的箱子上，抬手就要抱她。

"摄像头。"姚绯立刻退到另一边，看到电梯已经显示九楼，"你怎么回来了？"

"终于把节目录完了。"商锐咬牙切齿，将手机装回口袋，看箱子上的泡面，又看姚绯，嗓音沉缓，"除夕夜吃泡面？"

"中午吃的，晚上我包饺子。"姚绯心情有点好，商锐就这么突然地出现了，毫无征兆，"你过来有没有被拍到？"

"放心，你和苏洺一个小区，就算拍到，理由也多着呢。"

姚绯心跳得有些快，又转头看他。他身高腿长，站在电梯里特别有存在感，空间都显得狭小了。

四目相对，姚绯若无其事地移开眼。

商锐唇角上扬，眼角就弯了下去。

电梯停到了九楼，姚绯要搬东西，商锐把泡面递给她："你有男朋友，为什么要自己搬东西？"

"有男朋友就不用自己搬东西了吗？"姚绯拎着泡面抬手挡着电梯门，隔着口罩闻到他身上的淡香水味。

商锐跟姚绯认识的其他男人不一样，他很爱美，永远把自己打扮得很好看，身上很香。今天他没有抽烟，身上没有烟味，只有淡淡的甜，像是果香。

"当然，男朋友的功能有很多，以后你慢慢解锁，不急在这一时。"商锐理所当然地把箱子一个个搬出电梯，摞到门口，从间隙中抬眼看她，用下颌示意，"去开门。"

"你搬过来的是什么？"姚绯走过去打开门，扭头回来搬了一箱水往家走，"你下午还有工作吗？"

"没有。"商锐把最大的箱子搬进门，他第一次来姚绯的住处，环视四周，皱了皱眉，太简陋了，她怎么能住这种地方？"这一箱是晚饭，你别搬，你站着别动。"

商锐最后一句语气有些严肃，道："给你男朋友留点表现的空间。"

好吧，你说什么就是什么。

千娇百宠的商锐来给她做苦力。

姚绯打开了客厅的空调，走过去关上窗户，摘掉口罩和帽子，说道："你吃午饭了吗？"

"吃过了。"商锐把最后一箱搬进门，也摘掉了口罩和帽子，拉开羽绒服外套露出里面的粉色休闲毛衣，叉腰敞着腿站在门口喘气，"你还没吃？这里有半成品，你拿出来加工一下。"

商锐刚录完节目，妆还没卸，浓密的睫毛垂下，鼻梁高挺，薄唇微红。

"喝水吗？"姚绯拆开了装水的箱子，取出一瓶水递给他。

商锐没接水，只是凝视着姚绯。

姚绯被他看得脸热，偏了下头："看什么？"

商锐越过地上的水箱，长腿跨过来，揽住姚绯低头就亲了下来。

过了一会儿，商锐故意露出自己的胯骨，尽头处有个"F"。

"好看吗？"商锐嗓音慢悠悠的，收回手，任由裤子松松垮垮地挂在胯上，他身高腿长，一股子张扬劲儿。

她心里仿佛装满了乌云，阴沉沉地压着，有些喘不过气来。

他怎么会把她的名字留在身上？

他们是青春期的小孩吗？他们已经二十多岁了。商锐二十七岁，她二十六岁，他们都是奔三的人了。

这份感情太重了。

"嗯。"商锐握住姚绯的手腕，垂下浓密的睫毛，声音很低，"喜欢吗？"

"你是明星，身上任何地方都可能会被拍到，会被关注。"姚绯深呼吸，压下翻涌的情绪，迎着商锐的眼看回去，"你有没有想过，假如有一天，我们分手了，你该怎么处理？"

"没有那一天。"商锐松开姚绯的手，他若无其事地把衣服整好，看了她一眼，"你想都别想。"

"我是说假如，假如有那一天呢？"

他们是成年人，应该更理智地对待这份感情，把利益放在前面，其他都是次要的。

一时欢愉，真的能持续一辈子吗？

他真的愿意为这份感情承担一切风险，疯狂炽热地爱着她？

漫长地沉默，商锐很轻地嗤笑："那我就改成'Free'吧，我一生都在追寻的自由。既然得不到，就留在这里吧，这自由是你送给我的。我和别人不一样，我是因爱而自由的人。失去的那天，我可能再也没有自由了。"

姚绯用力抱住商锐的腰，死死地抱着。

商锐永远都是这样张扬狂妄，想干什么就干什么。

她不想负担那么多东西，商锐一件件砸过来，坦诚炽热。

"你别有压力，真有那么一天，我会把所有事都揽下来，不会给你造成困扰。"商锐揽住姚绯的腰，把她搂在怀里，低头亲了下她的耳朵，"享受当下，真那么不喜欢我身上有你的名字？"

怎么可能不喜欢？

"商锐，"姚绯的声音很低，"你以后不要在身上乱留东西，一个都不要。"

商锐有一点失落，叹口气："好，我知道了。"

"你中午还没吃饭？"

"我今天都没吃饭。"

商锐沉默了片刻，把姚绯放到沙发上，起身脱掉羽绒服，去翻那几箱吃的："你会用火吗？"

谁不会用火？

姚绯也脱掉了外套，起身去看商锐搬过来的东西。

"那你加热下，我不会用。"商锐从里面翻出包装好的半成品，"先吃饭。"

保鲜箱里琳琅满目，全是配好的半成品，酱料什么的写得清清楚楚，十分丰盛。姚绯看了一遍，说道："谁准备的？"

"我妈。"商锐取出一盒牛肉、一盒素菜，说道，"你会做吧？不会的话我叫厨师过来。"

"会。"姚绯拿着菜起身，"谢谢伯母了。"

"你要真想谢，"商锐从另一个箱子里取了水果，起身望着她，"改天你登门去谢，她很盼望你过去。"

姚绯性格有些孤僻，情商也不高，她还没做好面对商锐家人的准备："这几个箱子里都是吃的吗？我四号就开工，吃不完的。"

"没关系，我陪你吃。"商锐唇角扬了下，"我也是四号开工，我这几天就住你家了。"

姚绯脚步顿住，商锐迈开长腿往厨房走，找到盘子放水果，心情显然很好。他穿着粉色休闲毛衣，显得肤色很白，身形高大挺拔。他说："谢谢招待。"

姚绯："……"

"你不回家过年？"姚绯也走到厨房，看到商锐把山竹、草莓、火龙果、樱桃全部倒在水池里洗。姚绯找了干净的盘子："你分开放，火龙果不用洗。"

商锐的手浸在冰水里，抬眼看姚绯："是吗？"

"是。"姚绯找到蒸锅把鱼放进去，她不想吃主食，"你要吃主食吗？你还吃饭吗？"

"不吃主食，要减脂，过完年除了那个情侣杂志，我还有个封面得露一点肉。你做饭，我吃一点。"商锐把水果分类摆盘，再次环视这简陋的房子，想把这里面的东西全部换掉，"你这里没热水吗？我的行李箱在车里，你同意的话，我搬上来。我以前也不回去过年，今年回去吃个饭就行。"

姚绯走过去把开关扭到热水的位置："你去搬上来吧。"

商锐捞出山竹，抽纸擦手，捞着姚绯亲了一口，笑着道："好。"没想到姚绯答应得这么干脆。

他转身大步就走。

"外套穿上，记得戴口罩、帽子，门口玄关盒子里有备用钥匙，你拿一把。"

商锐穿上外套戴上口罩，大步出了门。

姚绯炒了个青菜，又煎了两片牛排，心情突然很好。这十几年，第一次有人陪她过年。

房门打开，商锐拎着箱子进门，他把钥匙放到玄关处说道："哪个房间是卧室？"

姚绯指了指主卧的方向，把牛排放进盘子，鱼已经蒸好，她把鱼拿出来浇上了蒸鱼汁又切了葱丝放到上面。

商锐就这么搬进了她的房子。

姚绯下午三点才吃上午饭，商锐原本在家吃过了饭，看到姚绯做饭，又坐上了餐桌。姚绯的厨艺不错。

商锐切着牛排看向对面的姚绯，姚绯的头发剪短了，硬照很明艳很飒。她的五官确实因为短发美得更有冲击力，但私底下少了一份侵略性，柔美并没有减少，她的骨子里浸着温柔。

"你家没有贴对联。"商锐说，"你没买吗？"

"租的房子，没必要贴。"姚绯倒了两杯水，递给商锐一杯。

"房子是租的，生活是自己的。"商锐说，"吃完饭出去买？"

"有必要吗？"姚绯是问句，她很认真地看着商锐的眼，"你觉得有必要贴吗？有的话，等会儿我出去买。"

"有啊，新年新气象。"商锐挑了一块没有刺的鱼肉放到姚绯面前的盘子里，他们这顿饭吃得很杂，中西合璧，"凑个热闹。"

西餐牛排配中餐蒸鱼。

"那吃完饭我去买，门口的超市应该有卖。"

"我陪你？"

"我不想在大年初一上免费热搜。"姚绯吃着商锐夹过来的鱼肉，"你初四也是去拍 ME 的封面吗？"

"嗯。"商锐吃得不算多，把盘子里的牛排吃完就放下了刀叉，专注地看姚绯吃饭，"其实我们大大方方地秀恩爱，反而不会有什么舆论风险。这方面你放心，我有分寸。"

姚绯怕了他的"有分寸"。

"你的有分寸要是绯闻满天飞，你还是没分寸着吧。"

商锐抱臂笑歪在椅子上，懒洋洋地支着身子："不出意外的话，《寒雨》应该是赶五一档，我们七月公开吧？"

"到时候再说。"

"你必须对我负责。"商锐嗓音低沉，修长的手指叩了下桌面，"你不准再反悔。"

当初无意中亲他一下，姚绯被他"追杀"了大半年。

如今，商锐能放过她吗？

吃完饭姚绯就出门买了对联，自从父亲离世后，她再没买过对联，没有这么隆重地过过年，感觉特别新鲜。

商锐仗着身高腿长，不用踩椅子就贴好了春联。他在外面拍了张照片，才拎着胶带进了门。

姚绯整理好送过来的半成品菜，分类放好。

腊月二十九是阴天，屋子里光线不算很足。姚绯穿着米色休闲毛衣，身材偏瘦高挑，侧脸静美。

听到动静回头看过来，目光对上，她扬唇就笑了："贴好了？"

"嗯，你要检查下吗，姚老师？"商锐关上门，摘掉口罩大步走向姚绯，"除夕快乐。"

"除夕快乐。"姚绯走进厨房，温柔出声，"新年好。"

"新年好。"

商锐走进厨房，从后面抱住她，低头亲吻她的脖子："以后家里的春联都由我来贴吧？"

"好啊。"姚绯回头找到商锐的唇，吻上去。

你最好每年来给我贴春联。

商锐家准备的饭菜很齐全，但姚绯作为北方人，春节的必备项目是吃饺子。她另外又准备了饺子，十指不沾阳春水的商锐给她打下手。

商锐认认真真地擀出一个个奇形怪状的饺子皮，他的手上和毛衣上都沾了面粉，连英挺的鼻梁上都沾到了面粉，认真又可爱。

他这辈子第一次碰面粉，以前他从不会做这些琐事。他被人伺候得很好，不需要操心吃喝，自然会有人端到他面前，放到手边，追着他喂。

如果不是认识了姚绯，他永远不会进厨房。

他做得并不好，他再一次把三角形的饺子皮递给姚绯。

姚绯秀白的手指接过饺子皮，商锐擀成什么样她都能把馅塞进去，并且包得很漂亮。她不嫌商锐擀得慢，专注地看商锐擀皮，跟欣赏艺术品似的。

两个人目光对上，商锐停住动作，修长的手指点了下面粉："姚绯。"

"嗯？"姚绯眼神清澈，"怎么了？"

商锐沉默片刻，垂下眼继续跟面粉作斗争："没事。"

姚绯不再继续包了，等他擀出好几个才拿出手机拍了一张照片。

歪歪扭扭的饺子皮摆在盘子里，姚绯拍了饺子和饺子皮的照片，加了个滤镜发朋友圈，配文："除夕快乐！"

姚绯一年多没发朋友圈，她上一次发朋友圈还是为《盛夏》宣传。

点击"发送"，不到一分钟，朋友圈有人问："皮是谁擀的？是八级手残吧？"

苏洺："是我想的那样吗？震惊！我的妈！"

蔡伟："！！！"

周挺："？？？有生之年！"

俞夏："你们在说什么？"

片刻后，俞夏回复："！！！震惊！下巴已掉。"

不熟的朋友震惊，高冷如姚绯，居然会发朋友圈秀这么几个丑兮兮的饺子皮。

知道真相的人震惊，商锐居然会下厨！这是价值几个亿的饺子皮？

姚绯统一回复："艺术家的艺术品。"

她放下手机洗干净手，继续包饺子。

商锐的手机响了一声，他拿出手机看了眼，黑眸中的笑就荡漾开来。他打开姚绯的朋友圈，给她点了个赞。

他们眼神交会，姚绯就知道他在想什么。

商锐放下手机，抬手在姚绯的脸上抹了下面粉，压抑不住地快乐，低头去看她的眼："你在秀我吗？嗯？姚小绯。"

"嗯。"姚绯也不去擦脸上的面，"我觉得你很有做饭的天赋，第一次擀皮居然可以做得这么好。"

商锐唇角上扬，张扬的眉眼里有了很深的笑："是吗？"

姚绯点头。

"这是我第一次下厨。"商锐食指弯曲蹭了下姚绯的脸，"以后会很好。"

"这是我第一次跟男朋友做饭。"姚绯拿起一个丑兮兮的饺子皮娴熟地填馅料，捏了个元宝形状，放到盘子里，"我觉得很好，很有家的感觉。"

商锐深邃的眼眸中盛满了笑。

他感受到了做饭的乐趣，两个人一起做一顿晚餐，不单单是为了满足食欲、填饱肚子，也是一种情趣。

做成什么样并不重要，他们参与了，两个人合力去为这个"家"做一件事。

暮色降临之际，他们把年夜饭端到了餐桌上。很丰盛，也很有烟火气。

姚绯打开了电视，拿春晚当背景音。

商锐绕着餐桌拍照，特意拍了几张年夜饭的照片，整理了一个九宫格发到了朋友圈，又高调地发了微博。姚绯拍的是生饺子，商锐拍的是煮熟的饺子。

同一盘饺子在两个人的镜头下呈现，他们各自发了公开的状态，他们用饺子隔空秀了个恩爱。

几个知道真相的人心照不宣地沉默，此外没人知道姚绯发的丑兮兮的饺子皮是商锐擀的，也没人知道商锐盘子里整整齐齐的饺子是姚绯包的。

商锐倒了两杯香槟，跟姚绯碰了下："新年快乐！"

姚绯笑着看他："新年快乐！"

晚上七点，微博上出了个明星饺子盘点。姚绯发在朋友圈的饺子也被人截图拿出去展示了，由于饺子皮太丑，在一众明星中独领风骚。

她和商锐的饺子照片贴在一起，紧紧地挨着。

随时都会被人揭穿，但又无人知晓。

两个人吃完饭看了一会儿春晚，明天是大年初一，有三天假期，足以尽兴。

姚绯过去的十几年除夕都过得冷冷清清，只有这个除夕有个人陪在身边。

等到零点整，她发了条微博："愿新的一年所有人幸福安康，得偿所愿。新年快乐。"

以前她从不期待新年，也不发什么新年愿望。

每一年都差不多，没什么好期待的。

结束或者开始，对她没有意义。日复一日，直到结束。

但是现在，她期待未来，期待新生。

姚绯的微博热度已经很高了，发完很快评论就过万了。粉丝们发来了无数的祝福，姚绯挑了几个眼熟的粉丝，挨个儿回复了"新年祝福"。

她的身体很疲倦很累，但睡不着，她有点兴奋。

她看到商锐腰上的"F"十分显眼，像是专属标记，带着点占有欲。她拥有商锐。

放下手机，她在黑暗中听着熟悉的呼吸，陷入了沉睡。

"新年快乐。"姚绯在拜年电话中醒来，她迷迷糊糊地接通，闭着眼跟人客气地拜年，根本看不清屏幕上是谁。

商锐倒是很有先见之明，睡觉前就把手机开了飞行模式，没人打扰他。

姚绯接到第十个拜年电话时，商锐睡眼惺忪嗓音沙哑："这都什么人，大清早扰人美梦。"

大年初一他们只下床吃了顿饭，又窝回床上玩游戏，十分堕落。

演员这个职业，活动范围有限，能娱乐的东西很少。

只有宅在家玩游戏最安全，不容易翻车。这点姚绯和商锐的爱好重叠得很彻底，他们全是"游戏宅"。

他们在家厮混了两天，初三，姚绯决定陪商锐回家。也许他们可以更长久，她愿意试试。

姚绯原计划初三早上去超市买礼物，她早上睡醒就没见到商锐的人了，以为他回家了。

她洗漱结束，商锐拎着早餐一身寒气地进门。

商锐起了个大早，回去把准备好的礼物取过来。

锐哥蓄谋已久。

吃完早饭姚绯上车看到准备的礼盒一个个码放整齐。商锐根据每个人的性格准备了相应的礼物，礼物价格不算贵，是姚绯的消费水平，但足够用心。

"我奶奶今年九十岁，做了一辈子公主，是个很浪漫的老太太。给她送钻石首饰，越浪漫越好，她喜欢这些。"商锐发动引擎把车开出地下停车场，带姚绯往世茗开，跟她介绍家庭成员，"我爸古板严肃喜欢书法，笔墨纸砚这些有格调，价格还不高。我大哥爱酒，我给他选了一瓶红酒。我妈爱美，给她送东西往护肤上选，她喜欢跟人聊护肤、别人夸她皮肤好。

"大嫂是做学术研究的，很低调，不爱那些奢侈品，她的礼物实用为主。"

姚绯把口罩往上拉了些，转头注视商锐的侧脸半响。他也戴着口罩，高挺的鼻梁让口罩拢起弧度。

"你什么时候准备的礼物？"

"跟你确定关系，上次你见过他们后。"商锐斟酌用词，"我有种预感，这一天总会来，提前准备肯定没错。"

"你很会选礼物。"商锐的细心程度超出姚绯的想象，姚绯第一次上门，礼物挑选很重要，姚绯选礼物有一定的风险。商锐想得很周到，做事也很谨慎，把每一个细节都想到了。姚绯认真道："辛苦你了。"

"你男朋友优点还有很多，以后你就知道了。"商锐扬了下桀骜的眉骨，修长的手指敲了下方向盘，语调慢沉，"找商锐做男朋友是多么正确的决定，恭喜你，姚绯，你真幸运，能拥有他。"

姚绯笑得眉眼弯弯。

前方红灯，商锐伸手过来握住姚绯的手，跟她十指交扣："别紧张，我能理解你。我们各自独立生活了几十年，有各自的生活圈子和习惯，突然进入另一个圈子一定会有不安。如果是我，我可能也会跟你有同样的焦虑。实际上吧，不需要这样。见家人并非逼你融入我的家庭，不用强行融合，只是他们很爱我，想看一看和我共度一生的人是什么样。看到了，他们就放心了。"

姚绯的手心冰凉，确实紧张。

"嗯，我知道。"她点头。

商锐隔着口罩亲了下姚绯的手指，松开她："不要担心。"前方直行变成了绿灯，他把车开出去，"你很优秀，你是我的伴侣。你是因为我才认识他们，最重要的永远是我，我在你身边。"

车子缓缓开进了别墅区，常青树浓绿，遮住了早晨的太阳。世茗别墅区里面比她想象得要大，别墅与别墅之间距离很远，环境宜人。

道路旁有人工湖，湖面清澈，映着蓝天。

车在小区里又开了五分钟才进入一栋很大的老式别墅院子，大隐于市，低调奢华。商锐把车停稳，转身抱住姚绯，拉下口罩在她的额头上印下一吻。

姚绯一惊，不会被人拍到或者看到了吗？这是在他家，他胆子真大。

商锐修长、骨节分明的手指贴着她的下颌，固定住她的脸，看她的眼睛："给你勇气，吸一口锐哥的自信，别紧张。"

他的睫毛很长，眼眸深沉如海，像是寂静温暖的海面。

姚绯抿了下唇，弯起唇角。她很多年没有跟长辈打过交道，确实紧张，商锐看到了，一路都在安慰她。

姚绯不安的心渐渐有了归处，她点头："好。"

初三是个晴天，阳光正好。

花园里的玫瑰冒出了新芽，在白色的阳光下显出一点嫩黄，生机勃勃。

姚绯下车快步走向后排去拿礼物，商锐拎着礼物，腾出另一只手递给姚绯。他已经把口罩拿掉了，偏了下头，睫毛在阳光下是金色的，他勾了下修长的手指，示意姚绯牵手。

姚绯把手放到他的手心，拿走了两个袋子，压低声音说道："给我表现的机会。"

商锐笑了起来，稠密的睫羽垂下，在眼下拓出阴影。他把小盒子全部塞给了姚绯，拎着最重的盒子："你加油，争取早日把锐哥娶回家。"

谁要娶你。

两个人顺着侧门走进了花园，迎面便看到商锐的妈妈，她穿着优雅的烟灰色大衣，端庄大方，踩着高跟鞋，快步往这边走："宝宝，回来了呀？"

她身后的台阶上，还有商家其他人，全是盛装，郑重而严肃。

"小绯，你好。"

"伯母。"姚绯心跳一下子就快了起来，用余光看商锐。

商锐握着姚绯的手，十指交扣。他面色沉着，嗓音低醇冷静："妈，重新给您介绍下，这是我女朋友，姚绯。"

二月十四号是情人节，商锐、姚绯的情侣封面上了热搜，造型十分朋克。

姚绯穿着明艳色彩的短裙，跨坐在机车上歪头叼着一根棒棒糖，明艳勾人中又有着很极致的天真感。白皙的长腿露出一截，自由烂漫。

商锐穿着黑色机车服，短发染成了十分耀眼的银色，机车服上夸张的金属件让他透着股野性难驯的狂妄感。他抱着头盔姿态散漫地站在机车边，下颌上扬拉出傲慢的弧度，似漫不经心地抬眼睨视镜头。

标题是《初见》。

"初见"就很耐人寻味。

什么时候初见的呢？姚绯出道，商锐的少年时。

姚绯刚出道时就是这样明艳，商锐出道时桀骜不驯，在舞台上唯我独尊，把头发染得五颜六色，是舞台上最浪的那个仔。

当天下午，商锐发了一首新歌，名字叫《星星》。

同时发布的还有一段 MV。

商锐开着越野车在夜晚的海边飞驰，风卷起他的头发，吹动他的衬衣。他在黑暗中飞驰着，音乐声响了起来。

孤独的男孩遇到了一颗没有命名的行星，那是独属于他一个人的光明。

星星照亮了漆黑的长夜，他不再惧怕太阳沉落。

星星坠下夜空，消失在黑暗中。

车停下，音乐声暂缓，画面进入了黑暗，只有海浪拍击沙滩的声音。随着一串类似风铃的轻悦声音响起，似乎是风铃，又似乎是玻璃器皿，清脆悦耳的音调缓缓响在风里，寂静悠扬，飘向了远方。

镜头陡转，天地一片洁白。

抱着尤克里里的商锐靠在车上抬起头，他身后是大海，阳光照在海面上波光粼粼。整个画面很纯净，是梦幻的颜色。

大片的天空与湛蓝的海面，他身上的白衬衣随风飘荡。他扬起唇角，笑得睫毛垂落。

离开星星的第七年，我们再次相见……

这段美到了极致。

黑与白的极致碰撞，万丈光芒驱散了黑暗，世界一片光明。

《星星》跟着情人节封面发出，反响非常大，很多人已经"疯"了。

"他写的是姚绯吧，'离开星星的第七年，我们再次相见'是指《街舞团2》上的相见吗？那个时间距离姚绯离开整整七年！他以前真的是她的粉丝，到底谁是谁的救赎？啊啊啊！"

"这一对太甜了。曾经的偶像与粉丝，如今的搭档和朋友，比肩而战。"

"锐哥真的很爱她吧！他很爱她，这是我嗑得最真情实感的言情情侣！追星女孩应该都能理解锐哥的追星感受，那是他世界里的全部光芒啊。"

"这首歌绝对是为绯宝写的！"

"你们是彼此的星星！"

杂志卖到断货，"绯商"直冲超话榜第一，一骑绝尘。

《星星》上线四个小时卖出了千万的销量，销量还在持续地上涨。这首歌迅速冲上了销售榜首，并且有了个热搜——"好听"。

这是商锐第一次有"好听"热搜，他以前出一首歌有一次"难听"的热搜。

这是商锐的第二首慢节奏原创歌曲，没有以往的狂躁，没有歇斯底里的喧嚣，他很安静地唱着童话故事。

《星星》很治愈，整首歌充满了童话般的梦幻色彩。

他在讲一个童话故事，男孩和星星的故事。

姚绯也付费买了《星星》，把轻音乐那段截出来做了手机铃声。这首歌的曲子是商锐在海岛上写的，那天他开车带姚绯上山看日出，他坐在引擎盖上弹尤克里里。

他们第一次在戏外接吻。

风掀起商锐的衬衣，他的睫毛被阳光映成了金色，他笑得比阳光更灿烂。

经过几次修改，歌词已经跟最初相差甚远。可故事还是那个故事——看星星的小男孩，悬挂在天空中的孤独星星。

他们隔着宇宙，隔着整个世界。

这首歌曲调轻松悠扬，MV拍摄画面美好，很快就出圈了，传唱度非常高，短短一段时间，大街小巷都是《星星》。

商锐终于有了一首真正的红歌。

姚绯三月进了主旋律电影剧组，是内地很有名的一个导演的作品，十一黄金档的主旋律电影，一线艺人纷纷在里面露脸。

这次是陈锋搭线，姚绯试镜后得到个女四号的角色，拍摄了一个月。

《寒雨》定档五月一号，四月十号之前还没有开启宣传。陈锋在拍摄新电影，荣丰最近心情不好，制片人不敢让荣丰来宣传电影，生怕他跟媒体急眼，起到反效果。

姚绯一出剧组就被抓过来宣传。

《寒雨》虽然投资不大，但谁也不想赔钱。

电影宣传方给她安排的第一站是个真人秀综艺，商锐是常驻嘉宾，男一号在剧组里出不来，只能搭着商锐做宣传了，商锐过完年就进了这个综艺。

商锐原本计划休息，但事不遂人愿。有个熟悉的综艺制片人找他，打算做一档旅游类综艺节目。商锐的综艺收视率一直很有保证，对方想让商锐做主要嘉宾，开的价格非常高。

商锐衡量之后，放下专辑制作选择了拍综艺节目。一方面是因为人情和价格；另一方面是考虑到《寒雨》上映宣传，姚绯一定会进综艺，到时候他们还能搭综艺合作。

《行在路上》这一期在Y市录制，姚绯四月十一号晚上十点飞到Y市。刚刚到机场，迎面看到摄像头，姚绯有些紧张。这个真人秀不给艺人剧本，只有一些小提示。跟拍编导用小纸板提醒她把口罩拿掉，让摄影机拍到脸。

姚绯是第一次录真人秀，十分不习惯。

姚绯拿掉口罩对着摄像头不知道该说什么，半晌后憋出一句："Y市没想象的那么热。"

没人理她，姚绯转头看窗外。

Y市刚下过雨，高大的椰子树湿漉漉的。天空中乌云翻涌，路灯静静地亮在凌晨时分的海风里。

"绯姐，再说点话。"跟拍编导提醒。

姚绯收回视线，看着摄像头："我第一次录真人秀，节目组什么提示都没给我，不知道会是什么样。"

姚绯一直很排斥录真人秀，她因为性格问题被骂过。她知道这种性格不会讨观众喜欢，暴露本性后，她会掉粉。

可为了电影宣传，姚绯只能硬着头皮上了。

"你希望在酒店遇到的第一个人是谁？"编导看姚绯这个闷葫芦是憋不出什么有梗的话了，直接问道。

——商锐。

姚绯当然不敢把这个答案直接放出来，她迟疑片刻，说道："这个时间会有人没睡吗？他们在酒店吗？"

"这个我不能说。"编导说，"你希望遇到谁？"

"许之廖吧。"许之廖也在这个综艺里，他前段时间拍了部仙侠剧，小规模地爆了，如今人气也很旺。这个节目里，姚绯就跟许之廖和商锐熟悉，她和商锐太暧昧了，再往前一步就会暴露。许之廖跟她有合作，他们之间又不可能有暧昧，是纯姐弟关系。SW 和夏铭影业关系又好，艺人之间互相捧理所应当。"好久没见他了，不知道他现在的游戏技术有没有进步。"

姚绯上个月跟许之廖打游戏上过热搜，粉丝从许之廖的游戏 ID 里扒出了姚绯，开始怀疑姚绯跟许之廖之间的关系。其实那几场游戏，姚绯带的是商锐，许之廖是后来进队伍的。

之后为了澄清，许之廖特意开了一场游戏直播——现场直播他一个游戏菜鸡是怎么抱大腿躺赢的。他们打游戏能为了什么？当然是为了上分，许之廖就是"铁分奴"①。

直播完三个小时游戏，粉丝相信了许之廖跟姚绯之间是纯友谊，并且纷纷跪倒在姚绯的技术下。姚绯游戏打得非常好，还上了一次热搜。

"哇，你不想见锐哥吗？"

姚绯看着编导，怀疑她想搞事。

"锐哥这个时间应该睡觉了吧。"姚绯保持着熟稔但又不过分亲密的语气状态，说道，"听说锐哥最近在养生。"

"如果你见到的第一个人是锐哥，你最想跟他说什么？"编导很会找话题，姚绯和商锐最近热度很高，观众最爱看这个。

想说什么？

"大佬，求带。"姚绯找了一句比较不容易出错的话，说道，"我看了锐哥的节目，锐哥很会玩游戏，如果由他带的话，明天应该会非常顺利。我第一次录真人秀，不太会玩。"

编导终于转移了话题。

---

① 游戏术语，指打游戏时非常看重分数和输赢的玩家。

姚绯松了一口气。

酒店有些远，他们聊了十分钟录够素材，编导暂时放过了姚绯，收起了摄像头，姚绯靠在座位上拿起水喝了一口，调节情绪。

商锐没在酒店，他今天去西岛录素材了，应该还没回来。

节目组问这个问题，应该是为明天的见面做准备。

姚绯发消息给商锐："睡了吗？"

商锐迟迟没有回复。

二十分钟后，节目组的车缓缓开进了租住的别墅酒店。海景房，离海滩应该很近，姚绯下车，强劲的海风便卷了过来，她闻到了空气中海水的味道。

高大的椰树在风里摆动着叶子，林荫深处，别墅入口亮着灯。凌晨时分，整个酒店幽静。

姚绯从后备厢把自己的行李箱拿出来，接过节目组给的房卡，推着行李箱走进了别墅。摄影师还在跟拍，她在摄影师拍不到的地方拿出手机看了眼消息，商锐没有回消息过来。

可能睡着了。

姚绯的房间在二楼，她推着行李箱往电梯间走。

忽然身后一道悠长的喊声："姚老师。"

他不是在西岛拍摄吗？什么时候回来的？

姚绯在最短的时间内调整情绪，用老朋友的状态面对商锐。她回头看过去，唇角的笑停住。

商锐抱着巨大的一束白玫瑰站在水晶灯下。他穿着休闲白衬衣、黑色长裤，腿长而直。他姿态优雅，缓缓地从楼梯上往下走。他最近头发留长了一些，面目轮廓没有短发时那么桀骜冷锐，偏成熟了。

"惊不惊喜？意不意外？"商锐正经不过三秒，唇角上扬，露出洁白的齿尖，"好久不见，你想不想我？"

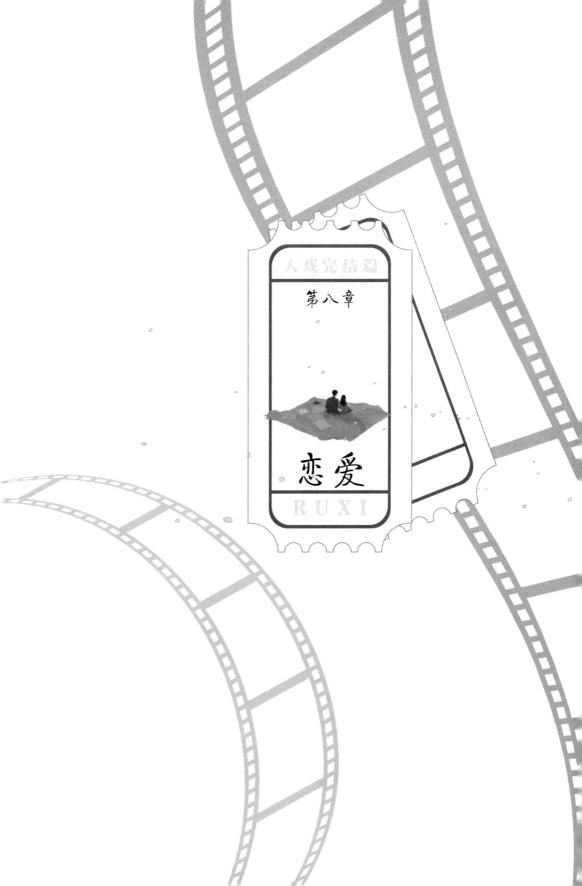

入戏完结篇

第八章

恋爱

RUXI

商锐静悄悄，必然在作妖。

到处都是摄像机，商锐身后也跟着摄影机。姚绯瞬间就反应过来，保持着完美的微笑，推着行李箱快步走向商锐："锐哥，好久不见。"

商锐张开手臂给了姚绯一个很大的拥抱，带着浓郁的玫瑰花香。

"好久不见，最近在做什么？"商锐抱完就松开，把花递给她，退后两步，深邃的黑眸注视着她，"这是我今天的晚饭。"

"刚拍完戏。"姚绯很自然地接过花，说道，"你的晚饭是鲜花——饼？"

商锐站在面前，很有存在感，他最近彻底地白回来了，冷白肌在灯下有种清冷感。姚绯闻到他身上很淡的果味。

前段时间他拿了很多香水让姚绯挑，姚绯才知道他的香水都是定制的，不会随便用。他们重新为彼此选了春、夏、秋、冬四个味道，淡果味是夏天的味道。

"这个节目组巨坑，吃饭需要打工赚钱，我今天赚的钱只够一束花或者一顿饭。迎接姚老师这么隆重的事，我怎么能空手来？于是，我的晚饭就成了你的鲜花，怎么样？够意思吗？"商锐保持着银幕前的人设，走到姚绯身边，很自然地拿走了她的行李箱，"感不感动？"

"我不敢动，太吓人了。"姚绯抱着白玫瑰，压下狂跳的心脏，保持微笑，看他一眼说道，"真人秀都这么狠？"

"送你上去。"商锐扬起棱角分明的下巴示意，敞开长腿直接走了步梯，要在镜头前展现男友力，"特别狠，你没参加过是吧？"

姚绯点头："第一次。"

摄影师还在拍，他们说的每句话都是"台词"。

两个人上了二楼，根据节目组的提示，姚绯找到自己的房间。打开门，姚绯开灯检查房间，已经看到三四个摄像头，全方位拍摄无死角。

姚绯推开洗手间门，忽然身后一道劲风袭来，她转身，商锐也卷了进来，当着七八个工作人员的面关上了洗手间门。姚绯头皮发麻，瞪大眼。

洗手间空间并不大，两个人快贴到了一起。空气炽热滚烫，他垂下睫毛，遮住了翻涌着情绪的眸子。

"有没有带钱？"商锐压低声音，靠着姚绯的耳朵，灼热的气息落到姚绯的耳朵上，滚烫地烧。

姚绯："……"

节目环节？

姚绯从包里取出钱包递给他，说道："现金吗？有一千。"

商锐接过钱包装进了他的裤兜，直起身单手插兜，神态自若："你觉得这里环境怎么样？"

姚绯反应极快，瞪大眼："那是我的钱包。"

"来，锐哥带你熟悉下这里的环境。"商锐若无其事地在洗手间走了一圈，检查设施的同时检查了一遍摄像头。节目组真疯，洗澡的地方都安。"出门在外，一定要检查好住处。"他说。

"是挺好的，整体不错，你先休息。"商锐迈开长腿走出了房门，"再见。"

姚绯装作愣了几秒，回过神："锐哥？我的钱包！"

商锐已大步流星地出了门。

房门关上，他带着他的跟拍走了。

姚绯的钱包就这么被抢走了。

这一段素材大概是拍够了，姚绯在房间里走了一圈后，跟拍就离开了房间。她跟刘曼在房间里检查摄像头，商锐的信息就过来了。

商锐："先别洗澡，全是摄像头，我让节目组去撤。晚上睡觉别穿睡裙，别在房间换衣服。"

商锐："等会儿我去找你吃消夜，会拍摄。你随便吃两口，吃完饭回房间今天的拍摄就结束了。去三楼露台找我，别带人。"

果然，姚绯整理着衣服，节目组给她的手机就响了起来，她拿起来看到商锐发来的照片和位置。

一楼餐厅，红彤彤的大龙虾。

他是把一千块都花了吗？

败家玩意儿。

姚绯下楼要回钱包，果然，商锐把钱全都花完了。他点了一桌海鲜大餐，节目组故意做效果，他们刚坐下，《行在路上》其他常驻嘉宾也到了，除了许之廖，都享受到了海鲜大餐。

姚绯很少吃消夜，全程就吃了一只虾，商锐给她剥的。

节目组有个常驻女嘉宾叫苏澄，对外立的是大大咧咧的女汉子人设，她看了眼姚绯，笑着说道："绯姐这么注重饮食，难怪你身材这么好，吃得这么少。不像我，管不住嘴，无法抵御美食的诱惑。"

"她拍《寒雨》时伤到胃了，"商锐给姚绯倒了一杯水，不动声色地接过了话茬，"晚上吃东西会胃疼。我们在剧组时，她就经常胃疼。还胃疼吗？"

在这种节目中，吃东西少点都会被骂矫情，苏澄这话就是火上浇油。

姚绯的少吃东西和她的少吃能一样吗？

"养了半年好多了。"姚绯点头配合商锐，这次来的目的就是宣传《寒雨》，"《寒雨》的剧组拍打戏比较真，所有演员都需要真打。我跟陈老师的那场打戏过于投入，被打到了胃，我在医院住了一段时间。我现在过了晚上九点就不怎么吃东西，消化不了，第二天会胃疼。"

"《寒雨》的打戏是真狠。"商锐抽纸擦手，把话题往《寒雨》拍摄上引，说道，"我有一场打戏，荣导觉得打得不够漂亮，反反复复地拍一个镜头。我挨了一周的打，身上就没有好的地方。姚老师的角色打戏更多，没有替身。"

之后的话题都在《寒雨》上，商锐很会在综艺里控场。

他们吃完饭快凌晨两点了，嘉宾回各自的房间。

姚绯等摄影师离开，换了套衣服转身上楼。

三楼有一片露台，没有开灯，男人背对着她靠在栏杆上抽烟，海风强劲。

空气潮湿，寂静的深夜偶尔能听到海浪声。遥远处的海面上有灯塔，她关上露台的门走到栏杆处。

商锐转头看过来，黑眸望着她，看得很深。

姚绯靠在栏杆上，也在看他。

两个人对视半晌，商锐掐灭了烟，把烟头扔进烟灰缸里，抽出湿纸巾擦手，纸巾带着薄荷的清凉。

"你这个综艺还有多久能录完？"姚绯问道，"《寒雨》的宣传你参加吗？"

商锐擦干净手，取出一颗薄荷糖撕开咬在齿间。他舔了下糖，走过去揽住姚绯接了很深的吻。

他们吻了很久，商锐揽着姚绯的肩膀，下巴搁在她头顶，声音很哑："想你了。"

"这里会不会被拍到？"姚绯气息也有些不稳，看向视线尽头的海面。

"只有这个地方没有摄像头。"商锐亲了下她的头顶，整个人都倚在姚绯身上，圈住她，"剧组不让我参与前期宣传，上映后有一周的路演时间，我们会一起。"

这个真人秀的制片人虽然跟商锐关系不错，但他和导演都是很疯的人，为了收视率，什么都敢搞，姚绯和商锐在摄像头前什么都不能做。

"明天录制，你跟节目组其他人别说太多话，保持基本礼貌就好。这是一个节目，也是竞争的舞台，每个人都希望自己是C位，明争暗斗，为了博出位不择手段，每一句话都可能是陷阱。"商锐常年混综艺，什么人翘一下尾巴他都能看出来端倪，他摸了下姚绯的耳朵，说道，"明天我会带着你。"

"房间不能回了是吗？"姚绯回头看他。

"嗯。"商锐亲到她的额头上，俯身撑在栏杆上，把姚绯圈在其中，看她的眼，"想干什么？"他的眉骨动了下，眼眸中浸着笑意，"嗯？"

"想给你看惊喜。"姚绯唇角上扬，"看不看？"

商锐黑眸明暗不定，环视四周。

"什么惊喜？"

姚绯想了想，靠近商锐的耳朵："我也有了一个'S'。"

商锐的睫毛动了下，动作停住，他的大脑一片空白，有些眩晕。

姚绯软软的嗓音在海风里不那么真切，她转过身面对着商锐，仰起头："'商锐'的'商'，开头字母，要看吗？"

胯骨位置，她的在另一侧。

海风卷走了乌云，天空渐渐清澈。隐隐有星星浮现，姚绯看了眼星空，又看怀里的人。

姚绯摸了摸他的头发，手落到商锐的后颈上："商先生。"

商锐抬起潮湿的眼看她，撑在她上方："姚绯。"

"看不看？"

"不在这里看，不在外面。你回去拍照发给我，用私人手机。"

姚绯点头。

两个人又抱了一会儿才分开，各自回房间。

露台有太多蚊子了，姚绯是招蚊子体质，他们在露台不到半小时，她的腿被叮出三个包。

姚绯回到房间洗澡，上床，私人手机响了一声，她拿起来看到商锐发来的微信。

这人在催照片。

姚绯拿起手机翻着之前拍摄的照片，选了一张打算发给商锐，看到聊天框里已经发来十几张照片了，频率大概是十秒一张。商锐这些照片若是泄露出去，姚绯毫不怀疑，他的百亿身价还有上涨的空间。

姚绯点击"发送"。

手机安静了。

她把手机放到床头躺进被子里，商锐发来了一段语音，姚绯戴上耳机才点开语音，怕房间里有收音器。

商锐："我完了。"

商锐看着那个字母，满脑子就一个念头：他想这辈子跟姚绯锁死在一起，将钥匙扔进海底。

第二天的游戏是两两分组做任务，拍摄游戏项目宣传片，放到旅游网上，哪一组点击率最高就可以获得豪华晚餐，最差的那组晚上吃泡面。商锐和姚绯挑选着游戏项目，对视了一眼。他们身上的字母穿泳衣很容易暴露，这里大部分的项目都需要穿泳衣。

"我选择潜水。"商锐和姚绯异口同声，随即商锐转身扬手，两个人默契地击掌，迅速地组成了一队。

商锐和姚绯的互动让其他人愣了下，商锐平时在节目组里挺高冷的，几乎不跟人互动。姚绯过来后他的态度都变了，昨晚给姚绯剥虾，今天两个人一起做最难的任务。

姚绯是第一次潜水，准备时间比较长。教练跟他们交代了一些潜水的手势，他们在海底全靠手势交流，以免发生意外。

姚绯记下了手势，转头看到商锐跟她比了个手势。

姚绯看过去："什么意思？"

"如果你要叫我，就用这两个手势。"商锐穿着黑色潜水服，身高腿长，修长、骨节分明的手指又比了一遍，认真道，"这是我在水下的代称。"

"真的？"姚绯跟着他比手势，说道，"每个人的代称都不一样吗？"

"是。"商锐英俊的脸沾了水，眉眼清俊，"来，我再教你一遍。"

教练在旁边欲言又止，最后什么都没说。

下午彻底放晴，太阳炽热，蓝天清透，海水清澈。姚绯架好摄影机跟着商锐下水，一瞬间的失控让她生出些恐惧，尽管教练拉着她，她还是无法抑制地恐惧，立刻往旁边看去。

不远处高大的身影朝她比了个手势，他的手指很长，姚绯一眼就认出来了。

不安的心放了回去。

她渐渐看清了珊瑚群和鱼群，午后阳光穿过清澈的海水照射到海底，整个世界一片明亮。

指尖被碰了下，姚绯回头看去。

商锐游到了鱼群中，用手势示意她拍摄。

商锐有潜水证，他能脱离教练。他在水里非常自由，体形优美，身后是五彩斑斓的鱼群在光下游动。

姚绯觉得他们这个宣传片一定会成为第一。

商锐忽然比了个心，姚绯眨眨眼，想叫他回来。

商锐更兴奋了，表演欲十分旺盛，长手长脚，在蔚蓝洁净的海水里，他像漂亮而自由的美人鱼。

拍摄很快就结束了，姚绯剪片子。

商锐在旁边看，两个人穿着 T 恤、短裤，顶着湿淋淋的头发坐在电脑前配合默契，画面美得让跟拍编导有些兴奋，这一期肯定会收视爆棚。

做旅游宣传片原本只是噱头，导演也没指望几个明星能做出什么样的宣传片，看得下去就行。

晚上六点全部人到岛上酒店集合，一共五组嘉宾，把片子拿出来挨个儿播放。

大家拍的宣传片五花八门，什么样的都有，姚绯和商锐的宣传片放在最后一个，播放前所有人还在互相吐槽。

大屏幕上出现第一个镜头，旁边的许之廖惊讶地张嘴转头看向姚绯，说道："你们这是请了专业的剪辑师吧？"

商锐换上了休闲白衬衣，搭配短裤，长腿敞着抬手往姚绯肩膀上一揽，唇角上扬："剪辑大师姚绯，请大家献上膝盖。"

顿时一片惨叫，许之廖哀号："锐哥你过分了！你带了个专业的大佬，还怎么玩？"

其实导演组也没想到姚绯会剪片。

姚绯做的宣传片里主角是商锐，每一帧都融合得非常美。她把商锐和自由融合得很完美，是非常完整有质感的一个宣传短片。她在剪辑上特别有天赋。

姚绯在 Y 市录了两天节目，陈锋的拍摄也结束了，他腾出时间跟姚绯一起做宣传。让姚绯头皮发麻的真人秀终于结束了，她火速飞回 S 市跟陈锋搭上了。

《行在路上》是在《寒雨》上映前播出，姚绯特意看了节目。

商锐送花的环节并不算突兀，根据节目组的设定，他那天只赚了两百块，又想吃大餐，于是拿钱买了一束花迎接嘉宾，忽悠嘉宾的钱包。

节目组很会剪，这一期的笑点和反转都很多。为了配合他们电影宣传，放出来了拍戏时的一些片段。

姚绯在节目里轻描淡写地讲《寒雨》拍摄，随后剧组微博放出了姚绯躺在病床上的照片，还有商锐满是伤的脊背。

这个真人秀比姚绯想象的效果要好很多，她的性格好像也没有那么不讨喜。

过了四月二十号，《寒雨》开了预售，点映也开始了。预售卖出去五千万元，比预计的好太多。

这部电影一共投资一亿元，没人觉得这部电影能赚钱。

这个故事的剧本太虐了，在这个喜剧电影时代，不会有多少人喜欢去电影院看一部从头压抑到尾的电影。

点映的口碑爆了，这不意外，荣丰拍的质量电影不爆口碑，那就不是荣丰了。

观众担心的点全没有出现，他们担心商锐会影响整部电影的质量，可很多人看到结尾才发现蒋啸生是商锐演的。他在这里面的演技非常颠覆，妆容也很颠覆，导演把商锐打碎重组了。

他剑走偏锋地演了一个没有商锐痕迹的大反派。

而姚绯在里面演技达到了巅峰，一开始让人恨得牙痒痒到后面真相揭露，她的牺牲，紧紧地揪着观众的情绪，她的表演恰到好处。陈锋在电影里就是那根最稳的定海神针，没有商锐那种剑走偏锋，也没有姚绯那样浓墨重彩。

演员的表演让这部电影成了完美的作品，将近八个月的时间，荣丰再一次交出了一份满分答卷。

这就是荣丰，他的作品无可挑剔。

五月一号当天《寒雨》全国正式上映，姚绯、陈锋、商锐三个人一起路演，他们跑了两个城市宣传保排片。他们心里也有预期，这部电影的基调决定了票房不会太高。

做完活动已是晚上十点，三个人出了电影院走向保姆车。姚绯刚上车，商锐紧随其后弯腰进了车厢，车门关上，商锐长手一摊往后靠在座位上，解开一粒衬衣扣子："你猜《寒雨》今天单日票房多少？"

制片人从另一边上了车，笑得眼睛眯成了一道缝："恭喜啊，锐哥！过两亿了，您眼光真好。"

商锐是零片酬接的《寒雨》，他的收益来自电影票房，他是《寒雨》最大的投资人。

商锐伸出手："同喜。"

姚绯拿出手机看到群内消息，《寒雨》截至晚上十点，票房两亿一千万元。

《寒雨》的票房第一天能过两亿出乎了所有人的意料，这部电影从第一版预告出来，网上有很多人都觉得剧情太虐，不想在过节的时候上赶着找虐。

尽管评价不错，但片方还是不敢期待什么。

结果票房给了他们一个惊喜，两亿一千万，单日票房冠军。

陈锋是百亿票房先生，线下号召力非常强。荣丰导演的作品，官方媒体下场帮忙宣传。姚绯和商锐前面有十六亿电影票房打底，无数的电影博主大力推荐这部电影。

虽然知道姚绯和商锐在电影里结局不好，但是他们还是抱着最后的期待，买了一张电影票，走进了电影院。

不抱期待地进去，相互搀扶哭着走出来。

好电影，很好，很震撼。

最后一幕，景白死在黎明之前，她仰起头看着密不透风的阴雨天。天空的尽头是黑暗，黑暗的尽头是她入警宣誓的场景，她站在阳光下穿着笔挺的警服，短发英姿飒爽，她笑着看向太阳。

姚绯的演技一直在神坛上，从来没有走下来过，她有牵动人心的能力。

荣丰的故事讲得很完美，好的导演、好的演员，成就了好的作品。

当天《寒雨》有四个热搜："找不到的商锐""接景白回家""无名英雄""哭晕在电影院的我"。

商锐的粉丝都想不到，有一天商锐的演技能被夸。可商锐确确实实演技称神了，《寒雨》里他把蒋啸生演活了，坏到了极致，坏得深入人心。

无论第二天票房多少，第一天能有两亿一千万，这电影就是赚了。

保姆车开了出去，粉丝越来越远，姚绯放下手机转头看向商锐，两个人目光对上便有了纠缠。随即姚绯扬起唇角，张开手跟商锐拥抱。

"恭喜。"

"恭喜。"商锐拉下口罩，低头亲到了姚绯的额头上，"同喜。"

他很幸运，遇到了姚绯。

制片人目瞪口呆地看着他们，真是大胆。前面是司机助理，外面就是粉丝，他们真的敢。

商锐深邃的黑眸浸着笑，抬起下颌，大大方方地揽着姚绯的肩膀，介绍道："我们恋爱了。"

姚绯点头："对，我们在一起了。"

谁不知道你恋爱了？有眼睛的都看得出来好吗？

可你们用得着每时每刻都秀吗？

制片人面无表情："好意外啊，你们居然在一起了。恭喜，双喜临门。"

《寒雨》第二天票房两亿两千万，依旧是日冠，五一档票房不会太高，这已经是极限。

电影小范围地爆了。另一边也得到了一个好消息。

《寒雨》入围金影奖竞赛单元，还入围了四个单项奖：优秀影片、最佳男演员、最佳女演员、最佳男配角。

五一一共五天假期，《寒雨》累计票房十一亿，超出预期好几倍。这个类型的电影能有这样好的成绩，荣丰也没想到。

过了假期，票房开始下降，这是很正常的下降幅度，看电影的人没有那么多了。随着新电影的上映，《寒雨》票房每天大概几千万。

《寒雨》题材特殊，票房最后累计十五亿，这部电影的投资商锐占股大头，他赚得盆满钵满。当初零片酬出演，他接对了。

这部电影也成功地让商锐转型，他从流量小鲜肉跨进了真正的演员行列。他损失了一部分看脸的粉丝，得到了大众的好感，至少提起商锐，绝不再是那个演烂片的小鲜肉。

六月十七号，二十二届金影奖在S市举办。

姚绯再一次接到了颁奖典礼的邀请，入围最佳女演员。

早上九点苏洺就过来接她去做造型，她还住在租住的房子里，她在Ｓ市没有买房资格，也没有搬去商锐那边。

"你拿奖的概率很大。"苏洺把早餐递给姚绯，她今年三月生了孩子，生完孩子后迅速投入工作，状态恢复得很快很好，"我看了入围的其他人，都不如你。"

金影奖是国内电影五大奖之一，含金量很高。

"不到最后一刻都不好说。"姚绯翻看热搜，"金影奖"已经上了热搜，"你觉得商锐拿奖的概率高吗？"

苏洺蹙眉沉思片刻："不好说，拿奖不单单要看演技，还要看很多方面，今年最佳男配角还有个老演员入围。别抱太大期待。商锐已经打破了标签，他以后往正剧上走，奖项不会少。"

姚绯看了几部入围影片，商锐的蒋啸生表演质量很高，很有可能是今年最佳男配角的获得者。

可是奖项会考虑很多，他们一个剧组入围四个奖项，最多能拿两个奖，金影奖上目前还没有一个剧组拿两个奖项以上。陈锋和姚绯、商锐其实还是竞争关系，不管谁拿了奖，另外两个人都少个机会。

姚绯到工作室做造型，今天造型团队给她选了一条大裙摆的白色裙子，前面偏短，露出修长白皙的腿，看起来像是婚纱，隆重华丽，把姚绯衬托得明艳又美丽。

姚绯的头发最近已经过了肩，她把头发扎了起来，露出光洁的额头和姣好的面容，妆容精致明艳，她戴上了商锐送的钻石耳钉。

她原本想戴商锐送的那款手表，刚拿出来就被苏洺收起来了。

这款手表去年以极高的价格在拍卖行被神秘人拍走，若是出现在姚绯手腕上，怎么去解释？姚绯戴这样的东西，也很容易引起争议。

退而求其次，她戴了商锐送的钻石耳钉。

这是她第一次把商锐送的礼物戴到公众场合，她直觉今晚会拿奖，所以要戴一样重要的东西。

化好妆的姚绯光彩夺目，摄影师给她拍了照片，精修的照片美得不似凡人，姚绯看着都觉得脸红。她选了一张露出右耳耳钉的照片，发到了微博。

她的照片很快就冲上了热搜——"姚绯白色礼服裙"。姚绯翻了下热搜，看到评论区里有很多人在讨论她耳朵上的钻石耳钉。

"绯宝的耳钉和锐哥的是同款吗？"

"绯锐永远的神！世界上最完美的情侣！真的是同款耳钉，是要官宣了吗？！快点官宣！"

中午十一点半，商锐给姚绯点了个赞。

中午十二点，商锐也发了一组照片。商锐穿着黑色三件套西装靠在墙上，他倒是没戴耳钉，只是胸前别着猎豹链条胸针。

他难得系上领带，白金链条搭配复古三件套西装让他十分优雅。

商锐发完微博后，很快就收到了姚绯的点赞。

他懒洋洋地靠在椅子上，姿态慵懒，让造型师给他整头发，冲动地想把耳钉拿出来戴上。

"锐哥，你怎么不干脆官宣呢？公开得了。"蔡伟把袖扣递给商锐。

蔡伟一天想吐槽商锐八百遍，商锐自从跟姚绯谈恋爱后，恨不得昭告天下，蔡伟一开始胆战心惊，久了也淡定了。

舆论最差能怎么样？还能比商锐接蒋啸生这个角色时闹得更厉害？

何况《寒雨》十五亿票房让他们公司赚翻了，商锐的投资眼光和运气都很好，蔡伟跟着他赚钱，随便老板怎么折腾。

"等下个月。"商锐垂下睫毛，翻着评论区。

"为什么要下个月？"

商锐缓缓抬眼，睨视他："你个单身狗——"

"对不起了锐哥，我不是单身狗。"蔡伟打断商锐的嘲讽，说道，"我十一结婚，谢谢您了，我上个月就和未婚妻搬到了一起，我们婚纱照都拍了。"

商锐敛起了情绪，盯着蔡伟。

什么玩意儿？蔡伟都要结婚了？

"所以，为什么是下个月？下个月几号？"蔡伟说，"我好提前准备，我可不想临时加班。"

商锐和姚绯恋爱的时候，蔡伟是单身，如今蔡伟要结婚了，他们竟然落后了。

"我一定会让你临时加班。"商锐垂下眼。

商锐打算七月六号官宣，他和姚绯在一起一周年的日子。

去年的七月六号，他们在 K 市拍戏遇到地震，两个人袒露心扉，接受了彼此。这个日子对于商锐来说非常重要。

"这是获奖感言稿子。"蔡伟把一份获奖感言递给商锐，说道，"你先看看吧，万一获奖了呢。"

商锐看了眼获奖感言，没什么兴趣："今年八成是霍达老先生的。"

霍达年轻时演主角一直没拿到奖，这两年年纪大了，也演不动了，这可能是他的最后一部戏。

商锐一开始还有期待，知道有霍达老爷子后就死心了。

"别想了。"

"梦想还是要有的，万一实现了呢？"

"不要做梦，脚踏实地，好好做人。"

商锐没拿过奖，一次都没有。

《寒雨》是他演过最认真的角色，他拼了半条命去演，渴望拿奖，哪怕被承认一次也好。

下午六点姚绯和商锐在活动现场见面，群星汇集，姚绯和商锐同一时间下车。场下粉丝尖叫，姚绯和商锐一黑一白走向了会场。商锐穿着华丽的三件套西装，姚绯穿着类似婚纱的长裙，乍一看还以为新人入场。

姚绯的裙摆过于长，上台阶时，商锐弯腰帮她抬了下裙摆。

高冷傲慢的商锐，只对姚绯一个人绅士温柔。

红毯是四个人一起走，由于商锐是男配角，分开走的话就是陈锋和姚绯一组，商锐和荣丰一组。商锐疯狂抗议，最终四个人一起走，陈锋和姚绯走在中间，荣丰和商锐走在两边。

商锐走在姚绯另一侧。

这是姚绯和商锐第二次一起走红毯，姚绯接过笔签下名字，把笔还给了工作人员。

她转头看到商锐拿着签名笔在她名字旁边写下了张狂的签名，"商锐"两个字紧紧地挨着"姚绯"。

姚绯转头面对主持人。

"对于今晚的颁奖典礼，姚绯，你有什么期待？"

"所有人都拿奖。"姚绯微笑回答，"心想事成。"

"还有个私人问题。"主持人看了眼旁边的商锐，商锐漫不经心地把笔还回去，黑眸看过来，主持人移开视线，问道，"对于网上那些关于你和锐哥的传闻，你怎么看？有没有可能？"

"也许有。"姚绯不确定今晚商锐的行程安排，话没有说尽。

台下有媒体尖叫。

主持人问："真的吗？是不是好事将近了？"

姚绯斟酌用词："我希望有好事发生。"

不管是拿奖还是官宣。

姚绯转头隔着导演和陈锋跟商锐对上视线，商锐忽地笑了，他稠密的睫毛微垂，眼眸深邃，望着姚绯。

商锐和姚绯走进会场，"我希望有好事发生""商锐姚绯对视"两个话题就一前一后上了热搜。

姚绯打开热搜看视频，旁边的男人把头靠了过来，两个人靠得很近。他的嗓音很沉："你希望有什么好事发生？"

姚绯保持着每一帧都是最美的姿态，颁奖典礼上到处都是摄像头，她只是转了下头，看着商锐偏白的耳郭，声音轻得只有两个人听得见："今晚我若是拿奖，我搬过去和你住。"

商锐笑得非常灿烂，他整了下西装外套，偏头到姚绯那边，几乎贴上姚绯的脸："一言为定？"

姚绯坐得笔直，她在外面很注重仪态，颈部流畅又漂亮。她红唇微动："一言为定。"

另一边荣丰跟陈锋在聊电影，商锐那边有个空位置。两个人的声音压得很低，只有他们听得见，姚绯隐隐能感受到商锐呼吸的灼热。

"还没有公布获奖名单。"姚绯垂了一下睫毛，嗓音很轻，"一切都是未知数，商先生。"

商锐的下颌线条优越，他微仰着头："今晚你是主角，一定会拿。"

入围的几部电影商锐看了很多遍，每一部都认认真真地看。《寒雨》他也看过很多遍，这部电影是沈成为姚绯而写的，姚绯也接住了这份珍重，她把景白演成了经典。

各大视频网站都是景白的剪辑，景白是一个让人仰望的英雄。仿佛又回到了二〇一三年，姚绯站在聚光灯下，万众瞩目。

"先想。"

"我的房子是租的，每个月租金两万二，每年就是二十六万。"

商锐转头注视着她。

"我打算把这笔钱省下来，捐给福利院。"

一直没有搬过去住不是不想，而是他们两个在 S 市的时间太短了，工作都很忙。酒店匆匆见一面，各奔东西，吃个饭都要提前预约排档期，同居不同居也没什么意义。

今年她只回了两次中央花园，住的时间加一块儿不到一个月。

姚绯没有老家，父母去世后她就到处飘荡，四海为家。当初跟着钱英去 B 市，生活了七年，短暂地把 B 市当过家。

认识苏洺后，她搬到 S 市。如今朋友和经纪公司都在 S 市，她大约是要留在 S 市定居了，可她暂时没有买房资格，还得再缴几年社保。

她不能让商锐跟着她租房，当年她妈骂她爸的话，她至今记忆犹新。

鸟找对象还知道搭个巢，一家三口租在小破屋里，随时面临着被房东赶出门的风险，很没有安全感。

单身可以随波逐流，有了对象，就得考虑对方的感受。

搬到商锐那边住很合理。

"什么时候搬？"

姚绯看着金色的舞台，万丈光芒，她很轻地动了下唇："我的东西很少，一个行李箱就能装下。"

"嗯？"

"我的行李箱在客厅放着。"姚绯翘了下唇角，"随时可以走。"

商锐倾身靠近，姚绯没动，但他也没有亲她。他只是靠近姚绯的耳朵，贴得非常近，两个人的肌肤几乎要挨着了。

"那就今晚，结束去你家拿箱子。"

晚上八点整，金影奖颁奖典礼正式开始。

姚绯和商锐坐在第二排中间的位置，灯光扫过来，他们朝着镜头打了招呼。

随后荣丰被邀请上台开场，荣丰的资格都可以进电影审委会了，奈何他十年如一日地叛逆。今年他能上台开场还是为了《寒雨》送审更多奖项，他出来社交了，不然就他那个叛逆性子，最多来个颁奖典礼。

"我总觉得他随时会甩开话筒开口骂人。"商锐一边鼓掌一边压低声音跟姚绯吐槽。

姚绯保持着完美的微笑鼓掌："摄影机在拍，回头大家猜你嘴型，再把你骂上热搜。"

商锐抬了下眉骨，放下手。

荣丰的开场演讲很犀利，他确实说了很多好听的场面话，这是姚绯认识他以来，第一次见他这么说，但他也在最后批判了如今电影市场的浮躁，顺便展望了对未来电影市场的期盼。

姚绯很认真地鼓掌。

荣丰的底气来自他的才华，他的任性叛逆来自他的实力，他有很强的业务能力。姚绯很羡慕荣丰这样的人，真正自由的人。

"今年你最希望得奖的演员是谁？"

"姚绯。"荣丰突然叫了姚绯的名字。

姚绯倏然抬眼，灯光落过来，她看向台上的荣丰。

"希望是她。"荣丰点头，很认真地说道，"她对电影的那份执着，也是我进入电影行业最初的梦想。希望这样的演员多一些吧，谢谢。"

姚绯站起来朝荣丰很深地鞠躬，坐回去。

荣丰走下台，姚绯弯腰跟他握手。

颁奖典礼正式开始。

前面几个奖项都是针对作品的。

第三个奖是年度优秀影片，入围的有《寒雨》，大屏幕上播放着影片的剪辑，姚绯看到自己出现在银幕上，画面剪辑播放了一个卧底警察的一生。

最后一个画面停在她躺在泥泞中，不管过去多久，她每次看到这个画面还是觉得阴冷。

入围的有五部影片，播完后，姚绯紧张地盯着颁奖嘉宾，她还是希望《寒雨》能有一个作品奖。这部电影从故事构架到画面都非常完美，这是荣丰的满分作品，应该拿奖。

最有竞争力的一部文艺片名字叫《鸽子》，电影上映后虽然只拿到了九千万票房，但这部电影的质量也很高，是著名导演谢风的作品。这部电影对于社会底层人员的艰难生活刻画得非常深刻，被观众预测一定会拿奖，大部分演员也这么认为。

姚绯看过《鸽子》，非常压抑，但不得不说拍得很好。画面和剧情都属上乘，导演很大胆地起用了新人演员，这个新人演员也很有灵气。

"金影奖二十二届优秀影片是谁呢？"颁奖嘉宾打开名单，提高了声音，"恭喜《寒雨》，恭喜荣导！"

荣丰站了起来，他对这个奖不意外。

《寒雨》拍完他都抑郁了，这还不拿奖，他白抑郁了？

姚绯疯狂地鼓掌，笑着看向导演："恭喜恭喜！"

剧组四个人站起来拥抱鼓掌，荣丰上台领了年度优秀影片奖。

姚绯转头看了商锐一眼，最佳影片拿了，那他们三个人中间估计只能再出一个奖了。陈锋的角色太中规中矩，很难拿奖。

八成落到姚绯身上。

作品奖有四个，接下来是演员奖，第一个颁的是最佳男配角奖。

入围的几个人的表演片段在大屏幕上播放，最后一段是商锐：他穿着黑色衬衣，随意地蹲在地上，手上握着一把刀轻描淡写地划开了一个人的喉咙，血喷了出来。

他站起来，微瘸着腿，擦了下身上的血，漫不经心地抬眼看向镜头，很轻地笑了下，冰冷的寒意席卷而来，他的腰并没有站直，但把那种杀人如麻的疯狂演绎到了极致。

他笑得太瘆人了。

镜头一闪，他装好人骗警察，一双眼诚恳得仿佛他真的无辜。最后一个镜头，他倒在血泊中，睁着眼看向了山的另一边。

姚绯一直没敢看这段，她不敢看。她看了很多遍《寒雨》，但每次到最后一段，她都选择离场。

他把死这段演绎得非常真实，连身体的抽搐细节都表现出来了，难怪商锐杀青后看了那么久的心理医生，这样的死亡表演太真实了。

镜头落到商锐身上，商锐坐得笔直看着镜头，他和电影里的蒋啸生差距甚远，他在镜头外是优雅的贵公子，他站起来点头。

镜头扫到了姚绯身上，姚绯眼睛里泛着眼泪。

商锐转头看向姚绯，迟疑片刻，伸手过去握住了她。

商锐的体温一直很高，但此刻，他的手冰凉。

尽管没有期待，但还是会想。

万一呢？

几个片段放在一块儿对比，霍老爷子的角色确实有些平庸了。

颁奖嘉宾的每一句俏皮话对于等待在台下的人来说都是折磨，刀就悬在头顶，落下来或者放下去让人离开刑场。

生还是死，赶紧的吧。

姚绯握住了商锐的手掌，手指肌肤相贴，细腻到几乎融在一起。

"哇！这很意外啊。"颁奖嘉宾握着名单，看向台下，说道，"那么，我们恭喜商锐。《寒雨》里的蒋啸生的扮演者商锐，获得二十二届金影奖的最佳男配角，恭喜商锐。"

商锐的大脑刹那间一片空白。

主持人在台上念商锐的获奖理由，商锐还愣在原地。

"你拿奖了，恭喜。"姚绯转身抱住商锐，说道，"恭喜啊锐哥！"

商锐很用力地抱住姚绯，站起来看向姚绯，欲言又止。

他拿奖的话，姚绯怎么办？

"请商锐上台来。"

姚绯的笑容很甜，仰起头："快去，拿奖了。"

商锐大步走过去跟荣丰和陈锋分别抱了下，他再次看向姚绯，姚绯朝他点头。

商锐从来不相信自己是有演技的，他第一次进入人物，还是姚绯跟他讲的戏。他们合作了两部戏，姚绯成就了他。

商锐没想过自己有一天能登上领奖台，被所有人认可。

他上台领奖，跟颁奖嘉宾握手、拥抱。主持人示意商锐上前发表感言，他握着奖杯说道："等一下。"

他大步下了台阶，走向姚绯。

观众席众人惊诧。

他走到姚绯面前，姚绯也站了起来，两个人拥抱。商锐的眼角红了起来，他用力抱着姚绯，在她的额头很重地亲了一下。

灯光落过来，全场哗然。

商锐真的敢。

商锐松开姚绯，扬起下颌，往后退了两步，举起奖杯，又转身走回领奖台。

"我没有准备获奖感言，我没想到。"商锐的眼梢还红着，他握着奖杯，站在话筒前，俊美的脸在灯光下棱角分明，嗓音有些哑，"感谢我的父母，感谢剧组所有人，导演、编剧、灯光、摄影……感谢大家的努力，才有了《寒雨》，成就了角色。

"最后呢，我感谢姚绯，没有她就没有我的今天。"

姚绯和商锐的绯闻传了很长时间，商锐公开感谢姚绯，台下有人鼓掌，觉得他们可能要在台上公开了。

"她教会我如何做一个好的演员，如何为角色负责，如何为人生负责。她是我的人生导师，没有她就没有现在的我。"他看着台下的姚绯，扬唇笑了起来，举起手里的奖杯扬了下："姚绯，你是我的偶像，一直都是。"

姚绯看着台上的他，这个光芒四射的男人是她的男朋友。

与有荣焉。

"我是一名演员，我叫商锐，谢谢大家。"

商锐获奖后心情并没有那么好，他激动是真的，担心也是真的——怕姚绯拿不到奖，姚绯比他更值得。

他抱着奖杯走回去再次跟剧组众人拥抱，拿出手机发消息给蔡伟："怎么回事？为什么是我？"

蔡伟的消息很快就过来了："你的蒋啸生演得我都害怕，就是演得好！你相信你自己，你值得！"

片刻后，蔡伟又发来消息："评委组觉得今晚这个奖是你的，给别人的话对你太不公平了。"

商锐转头看姚绯，抿了下薄唇。

"没事，我有能力总能拿到，跟你拿不拿奖没有关系。"姚绯用口型道，"你拿奖很好，你演得确实好，你非常优秀。"

商锐的眼梢微红。

姚绯扬起唇："你是演员，你值得。"

最佳女配角颁完，很快就到了最佳男演员奖。

最佳男演员的获奖爆冷了，《鸽子》的男主角拿到了年度最佳男演员奖。他只有二十岁，是影视圈新人，这是他的第一部作品，处女作就拿了金影最佳男演员奖。

高瘦的男孩走上台，拿着奖杯还有些拘谨。

"一个剧组拿三个奖的也有吧？"商锐靠过来，压低声音说道，"如果最佳女演员奖颁给其他人，今晚热搜非得炸。除了你，谁敢拿？"

得了吧。

您歇会儿吧。

"我也没你想得那么优秀。"姚绯怀疑商锐看她是有滤镜的，她现在细想，《寒雨》的演技也不算是完美到巅峰，"后面还有别的奖项，别想那么多。"

商锐握住了姚绯的手，握得很用力："对，还有别的奖项，别紧张。"

谁紧张了？

姚绯回握商锐发抖的手，他太紧张了。

男演员奖颁完，女演员奖开始了。

颁奖嘉宾是笛亚老师，姚绯进会场的时候看到笛亚，她坐在第一排，没想到她会是今晚最佳女演员的颁奖嘉宾。姚绯看着台上。

笛亚在外面讲话很温柔，跟另一个颁奖嘉宾打完招呼，看向大屏幕。

等待入围演员的影片播放。

《寒雨》的片段依旧在最后一个，入围的是姚绯的景白。

片段里一共有三个画面，一段中间的打戏，一段结尾景白的死，最后一段是她在太阳底下穿着警服的样子。

"笛亚老师，你觉得今天可能是谁？"另一个老师问道，"这里面有你两个学生吧？"

姚绯站起来鞠躬，又坐回去。

"是啊，姚绯和刘思。"笛亚接过获奖名单，说道，"我都不敢看，要不，您来拆？手心手背都是肉，紧张。"

另一个老师接过名单，翻开后就笑了起来，说道："笛亚老师，那你可以高兴个手心。"

姚绯的心跳几乎要停止了，看着大屏幕。

"恭喜姚绯！"

"二十二届最佳女演员获得者姚绯！恭喜姚绯！你又拿奖了。"

"十七岁出道，一部《寒刀行》横空出世，惊艳众人。她以精湛的演技为观众带来佳作，她被观众称为最有灵气的年轻女演员——"

姚绯起身就落入了商锐的怀抱，商锐抱起她转了半圈，又把她放到地上："恭喜你！姚绯！"

掌声如雷，姚绯听到商锐的声音。

她转身跟陈锋和荣丰还有旁边的制片人拥抱，她挨个儿抱了一遍，朝着观众席鞠躬，走上台抱住了笛亚。

"谢谢老师。"

笛亚眼睛有些红，拍了下姚绯的背："你值得。"

姚绯学着商锐的样子，在笛亚的额头上亲了下："我爱你，老师。"

她被所有人放弃的时候，笛亚给她希望，从来没有放弃过她。

"好了，赶快拿奖，回头叙旧。"

姚绯接过奖杯——金色的小人——她握着奖杯又跟笛亚抱了下，才走到舞台中间："感谢大家，我很幸运，我回来了。"

她亲吻奖杯，抬起头看向观众席尽头。

"我是个很幸运的人，我非常幸运。

"我十六岁遇到第一个贵人——沈成导演，演了《寒刀行》，成就了演员姚绯。我十八岁遇到了笛亚老师，她告诉我演员的意义。二十四岁遇到了苏洺、俞夏、司以寒、商锐，他们让我看到了希望，我出演了《盛夏》。重回银幕，我也有了参演《寒雨》的机会。荣导是个非常好的导演，《寒雨》剧组的所有人都非常优秀，他们成就了《寒雨》，成就了我。感谢最初遇见的沈导，感谢我的朋友们给我希望。感谢荣导，您是非常优秀的导演，感谢刘总，感谢陈老师，陈老师的戏非常棒，陈老师帮了我很多。感谢——商锐。"

姚绯在掌声中看向台下穿着整齐西装、打着领带的商锐，扬起唇笑了下。

"因为你，我见到了最热烈的太阳。"她顿了下，说道，"我喜欢太阳。"

入戏完结篇

第九章

求婚

RUXI

姚绯鞠躬走下颁奖台，跟第一排的笛亚拥抱后才走到第二排。

她踩着高跟鞋，穿着最隆重华丽的礼服裙走向第二排的剧组团队，再次跟主创挨个儿拥抱后，走到商锐身边。

商锐站起来张开手，姚绯没有跟他拥抱，她抬起手，商锐的拥抱转成了击掌，两个人非常默契地把手心撞到一起。

商锐握住她的手，把她带到怀里。

"恭喜。"

颁奖典礼结束，"姚绯商锐"就冲上了热搜第一，后面跟着鲜红的"爆"。

剧组拿到了"三黄蛋"，商锐是《寒雨》投资人之一，他请了整个剧组还有众多的朋友吃饭，恨不得把所有人都请来。

小型的庆功宴。

晚上十一点，商锐和姚绯离开宴会现场。姚绯开车，因为商锐喝了酒，他坐在副驾驶座全程盯着姚绯看。

车开进中央花园，他们带走了行李箱。

凌晨时分，路灯照亮了寂静的城市。车辆稀疏，道路广阔。

姚绯从倒车镜里看了眼紧跟着他们的车，已经跟了一路。

"商锐。"

"嗯？"商锐坐直也看了眼紧跟其后的车辆。

"我们公开吧。"姚绯说。

商锐摘下口罩，坐直很慎重地点头："好。"

从一开始，姚绯就是他世界里的意外。她打乱了商锐的全部计划，强势地入侵，侵占他的生活，在他的世界里生根发芽长成了参天大树。

她带来的所有东西，商锐甘之如饴地接受。

姚绯没有往商锐家开，她掉转方向，开向了东明中学。

商锐看窗外路况，盛夏季节，高大的梧桐树茂密浓绿。一条笔直的路被树荫覆盖，路灯静静地亮在其中。

拍《盛夏》的时候，他们曾经在这里骑过单车，场景跟现在差不多。寂静的深夜，他们在无人的街道，商锐载着姚绯骑出了片场，飞驰在炽热的夏天。

姚绯把车停到了学校门口，晚上的学校只有门卫室亮着灯。她拉上手刹，静静地看着媒体车辆在前面掉转车头，装模作样地往远处开。

姚绯解开安全带，转头看商锐："大晚上的他们还要熬夜、加班、追车，都不容易。"

"确实不容易。"商锐深邃的眼眸中全是笑，他解开安全带，嗓音缓慢低沉，"那就给他们一个大新闻吧。"

姚绯出了会场就换掉了身上的礼服裙，此刻她穿着一条黑色长裙。商锐依旧是颁奖典礼上的三件套西装，他解开了西装外套的扣子，拉松了领带。

他身上有很淡的酒气，眼尾暗沉潮湿，走向姚绯，抬手脱掉西装外套随意拎着。姚绯靠在驾驶座车门上，白皙瘦削的下巴上扬。

她漂亮的眼眸中含着笑意，静静地看着商锐。

商锐走过去，俯身贴上了姚绯的唇。远处有人拍照，商锐拉起西装外套，盖到两个人头上，不想让姚绯接吻时的样子被拍到。

夏日空气灼热，滚烫炽烈。

"你觉得明天会上几个热搜？"商锐的唇近在咫尺，带着一点酒气。

商锐用余光看不远处的记者，嗓音压得低沉："他们还没走，再不走我可生气了。"

"车里有糖，拿去分给他们。"姚绯唇角上扬，"给他们送一包喜糖，怎么样？"

商锐站直靠在姚绯身边，若有所思片刻，点头："好主意。"

商锐拉开车门从里面取出一袋水果硬糖，把西装外套扔进了车厢，拎着糖在夜色下走向记者。

车里几个人默默收起了相机，看着越走越近的男人。商锐穿着衬衣、马甲，勾勒出他完美的身材，腿长得逆天，俊美的脸上看不出喜怒，从路灯下走了过来。

"走不走？"

"锐哥会不会打人？"

"锐哥走过来这段赶紧拍，好绝！"

车窗被敲响，商锐的长手放在车顶。

车窗缓缓降下，记者笑道："锐哥？"

"请你们吃喜糖。"商锐把一袋水果糖递进了车厢。

"啊？谢谢。"记者接过糖连忙说，"恭喜，恭喜锐哥。"

商锐单手插兜审视车内的人，似随口问道："哪家媒体？"

"新名。"

商锐若有所思："橙子旗下的？"

"对。"

商锐"啧"了一声，笑道："大厂就是'卷'，快凌晨一点了还跟呢？这么拼，不回家睡觉？这一单能赚多少钱？"

商锐跟橙子的关系一般，其他家拍到会跟商锐打招呼，只有这一家穷追不舍，为了流量不择手段。

"锐哥，您别笑话我们了，我们这就走。"男人说道，"马上。"

"拍得好看吗？"商锐依旧懒洋洋地靠在车窗上，垂下眼看车内扛摄像机的人，下巴一扬，"怎么样？"

"好看。"副驾驶座上的人快缩下去了，商锐淡淡的笑特别吓人，特别是在他演完蒋啸生后，总觉得他随时会摸出枪杀人。但不得不说，刚才那一幕他真的好看。

"你们打算几点发？"商锐抬了下眉骨，嗓音依旧淡然。

"还不确定。"

"熬夜挺辛苦吧？我可以让你们拍到的东西一文不值。"商锐笑着摸出手机编辑微博，说道，"可惜，你们白辛苦了。"

"哥！"记者扑过来拦住商锐的手，立刻把拍到的东西递给商锐。商锐是打算现在官宣吗？确实，一旦明星自己官宣了，他们拍到的东西一文不值。"给您看。"

"把你们负责人的电话给我。"商锐接过摄影师递来的手机查看刚才的拍摄。

"好。"

商锐看了一遍拍摄的内容，十分满意，把手机还回去，拿到了对方的电话迈开长腿大步走了回去。

姚绯还靠在车边，风卷起她的头发和裙摆，她仰头看东明中学大门上的招牌。

记者的车很快就开走了，商锐走过去靠坐在车引擎盖上，递给姚绯一支烟。

姚绯没接，她不是很想抽烟。

"你武力威胁他们了？"姚绯转头看商锐，"这么快就走了？"

"我说，再继续跟，我会让他们今晚熬的夜一文不值。"商锐拿下烟，长手撑在车身上转头注视姚绯绝美的侧脸，她美得过分，"我现在就发官宣微博。"

"拍得怎么样？"姚绯唇角上扬，眼尾勾勒出迷人的弧度。

"我决定明天早上八点发，让他们先把这段放出去。"商锐姿态慵懒地靠在车身上，仰起头看"东明中学"四个字，"想不想翻墙进去？"

"这样，明天上头条的就不是我们公开，而是我们翻墙进学校。"姚绯笑出了声，说道，"你在这里读了多久的书？"

"初中加高中。"商锐拿下烟，随手一指另一边的别墅区，"我家以前住在那一片，后来举家搬到了世茗。"

商锐抱着姚绯坐到车引擎盖上，撑在她身侧，很深地凝视她："姚绯。"

"嗯？"

"我们结婚吧。"

话出口，两个人都停住。

太突然了，念头一起，商锐就无法自控地渴望，他想跟姚绯结婚，很想。

"我说真的，我们结婚吧？"商锐站直，目光沉了下去，显得有几分严肃，"我们去民政局领证，办婚礼，宴请所有亲朋好友，让他们来参加我们的婚礼。怎么样？"

夜风温热，拂过肌肤，像是情人亲昵。

"你觉得婚姻是什么？"姚绯开口。

"互相扶持，相爱相守，从法律意义上和对方建立关系，共享一切。"商锐斟酌用词，说道，"从此，我是你的合法丈夫，你是我的合法妻子。未来不管发生什么事，我们都是对方的第一责任人。"

姚绯抿了下唇，听起来很美好的样子。

"我之前没有想过，我以为你是不婚主义者。"姚绯把手搭在商锐的肩膀上，片刻后，把下巴搁在他的肩膀上，"让我再想想。"

"那你不是不婚主义者吗？"商锐揽着她，"嗯？"

"我不知道。"姚绯说，"我没有遇到过。"

商锐抱着姚绯，低头亲她："我以前确实没想过婚姻，我总觉得我这辈子不会心甘情愿迈进婚姻。可我遇到了你，我爱你，我想跟你建立更深层的关系。我开始向往婚姻，想象婚姻生活。"

商锐从十八岁独立后一直一个人住，他以前不太能想象自己跟另一个人住在一起的场面。遇到姚绯后，他恨不得二十四小时跟姚绯黏在一起。

他们在学校门口待到凌晨两点，两个人在寂静的夜色下拍了张合照，姚绯的下巴放在商锐的肩膀上，他们看向镜头。

拍完照，他们才开车回家。

姚绯第一次来商锐的房子，跟想象中的完全不一样。商锐的房子装修风格以蓝白色为主，十分梦幻。

浅色地板，白色的地毯。

非常干净，一尘不染。

"主卧在二楼，我先把行李箱搬上楼。"商锐进门换上拖鞋，又取了一双同款的粉色拖鞋给姚绯——情侣拖鞋。"一共三层，地下一层是音乐工作室，一楼主要是餐厅和客厅，二楼住人。"他介绍道。

姚绯换上拖鞋，跟着商锐上楼，整个屋子装修十分有格调，走廊里挂的壁画都很有细节。

"这房子是你装修的？"

"是。"商锐拎着行李箱走在前面，说道，"没有其他人干涉，我赚的钱买的第一套房子，装修是我找的设计师，色调是我喜欢的风格。我以前没考虑过跟人同居，房子设计得比较自我。你若是有喜欢的元素，可以跟我说，我们往里面加。"

商锐是个很有生活情趣的人，跟姚绯那种活着就好的生活态度截然不同。

"这样就很好。"

走上二楼，商锐的元素更明显了。这确实是他一个人的地方，他居然没有设客卧，二楼只有一个能住人的房间，是他的主卧。

剩余的房间做成了书房，书房是整面墙的落地窗，中间摆着一架钢琴。

书桌是不规则形状，上面堆满了稿纸。

书房里也有一块看起来很温暖的白色地毯。

"等会儿我们把奖杯放到书房。"商锐没有关书房的灯，带着姚绯进了主卧，说道，"来吧，我们的房间。"

难怪没有留客卧，商锐的衣帽间快赶上商场了，他的衣帽间入口在卧室，推门进去大有天地。姚绯小小的行李箱落进他的衣帽间，仿佛尘埃落进了大海。

"给你留了空间，你居然只有这么点东西。"商锐颇为遗憾。

姚绯环视四周，商锐很对得起他男明星这个身份，在爱美这方面他非常敬业。

"明天再收拾吧，先洗澡睡觉。"商锐扯松领带，打开了卧室全部的灯，把领带扔到中间的柜子上，解开一粒衬衣扣子，取了两套睡衣揽着姚绯的肩膀往外面带，"走，一起洗澡。"

一起洗澡那还能叫洗澡吗？

清晨六点，新名传媒发出一条很模糊的视频，身材挺拔的英俊男人穿着西装走向另一边穿着黑色长裙的女人，女人抱臂靠在车上，隐隐能看清一张脸美得不似凡人。

冷艳又美丽。

男人脱掉了西装外套，张开外套挡着两个人的脸，低头似乎吻了下去。

《盛夏》是二〇二〇年拍摄的，如今已经二〇二二年了。过去了两年，他们非但没有解绑，还用最甜的方式为"盛夏夫妇"画上了圆满的句号。

商锐答应让新名传媒放视频出去，这段拍得很有感觉，正好和《盛夏》电影呼应了。联动官宣也不错，商锐打过招呼，新名不敢乱发。

他这边团队都做好了早上八点官宣的准备，这个时间非常体贴，所有人都不加班，不占用大家休息时间。

没想到早上七点整，商锐就提前发了新微博。

"我恋爱了！@姚绯"

配图是他和姚绯在夜色下靠着车的自拍，商锐穿着衬衣、马甲，打着领带，一身正装，显然是刚从颁奖典礼出来。姚绯趴在他的肩膀上，黑发慵懒，明艳美丽。

背景隐约能看出是东明中学，他们为什么在东明中学门口接吻？就是为了来这里拍照公开。他们因《盛夏》结缘，因戏生爱。

所以他们的官宣背景是他们合作第一部戏的拍摄地，他们的感情从这里开始。

商锐发完微博，他们家的企业号纷纷评论。

商势集团："恭喜。"

商势传媒："恭喜。"

商势影院："恭喜。"

商势投资："恭喜。"

商锐工作室："锐哥绯姐百年好合！"

商子明："终于脱单了，恭喜。"

早上七点零一分，姚绯也发了一条微博："是他。@商锐"

配图是商锐的下巴搁在她的肩膀上，同样的姿势，不过是男女调换。

热搜词条爆炸，论坛整个页面都是姚绯和商锐相关的内容。几分钟后微博直接崩了。

微博在姚绯和商锐公开半小时后终于恢复。

商锐又发了一首新歌《我爱你》，在评论区统一回复："七夕节会出新专辑。"

午后阳光灿烂，世界一片金色。

别墅的房间里，窗帘遮住了全部的光，室内昏暗。

手机响到第三遍，姚绯睁开眼拿走腰上沉重的手臂，她早上发完微博就睡了，睡得不知夕何夕。

手机在门口的柜子上，她刚要起身，商锐从后面拖住她的腰，把她往怀里卷。

"手机在响。"姚绯刚睡醒，嗓音沙哑，"不知道是谁。"

商锐在她的后颈上亲了下，脸埋在她的脖子上蹭了一会儿，长出一口气，懒洋洋地开口："我的手机，找我的，不会有什么重要的事。"

手机铃声静了下去，不到一分钟，姚绯的手机也响了起来。

现在两个人都别睡了，商锐把姚绯按进柔软的被子里，起身去拿手机。

商锐直接接通了打给姚绯的电话，抬腿上床："若是事情不重要，你最好现在自尽。"

姚绯蹙眉抬眼，伸手："谁的电话？给我。"

"蔡总。"

姚绯用怀疑的目光看他片刻，翻身趴在床上。

"你在什么地方？我去找你。"蔡伟已经疯了，从昨晚到现在都没合过眼，今天还要忙商业合作。

"香海。过来给我带点吃的，中餐、不要辣、两人份。"

姚绯翻开微博，热搜上整齐的一排"商锐姚绯""商锐新专辑""姚绯我喜欢太阳"。打开微信查看消息，又是满屏"恭喜"。

苏洺跟她对接了一些业务，她昨天早上就跟苏洺说过了，她要公开。

"辛苦了，谢谢苏总。"姚绯回复消息。

商锐亲到她的额头上，黑眸凝视她，看得很深："老婆。"

姚绯后颈的汗毛都竖起来了，非常精神地向商锐敬礼。

商锐短暂地沉默，喉结滚动，随即唇角上扬，靠近环着姚绯的肩膀，抿了下唇角："排斥吗？"

姚绯想了一会儿，摇头："还好。"

姚绯隐约明白他的点，目光闪烁了半天，说道："你想叫什么都可以，但我叫不出来——那什么，老公。"

太肉麻了。

商锐停顿一下，随即唇角上扬笑了起来，笑得十分灿烂："哦——这样啊。娘子。"

姚绯耳朵滚烫："该起床了，蔡总是不是要过来？"

商锐手肘撑在床上："我在 B 市听他们叫'媳妇儿'，'媳妇儿'和'老婆'哪个好听？"

"起床。"姚绯起床找了条浴巾裹着去找衣服，走到衣帽间门口，回头，"你是我的爱人。"

商锐原本倚着床头在笑，还想再闹姚绯，闻言眼眸渐渐深了下去。

"爱人"是最好听的称呼。

姚绯的情话永远是那么直击心脏，他的心都软成了水。

姚绯洗完澡换了条长裙，不想等商锐，商锐洗澡慢得要死。她下楼找水喝，商锐的冰箱里塞满了矿泉水，她取了一瓶打开。

下午时分，金色的夕阳穿过落地玻璃铺满客厅。房间被照得特别暖，她拎着水穿过客厅走到落地窗前，花园里种满了玫瑰，夏季时分，开得正好。

手机响了起来，姚绯拿起来看到是苏洺的电话，走到客厅把水放到茶桌上，坐到米白色沙发上接通电话。

沙发柔软舒服，地毯也很软，姚绯往后靠着："苏总。"

"之前我跟你说的那个婚纱品牌，想找你和商锐代言，价格是之前报价的两倍，有兴趣吗？"

苏洺帮姚绯谈过一个婚纱品牌的代言，国际一线品牌，但最后没谈成。对方觉得苏洺要价太高了，没想到姚绯又爆了一部电影，身价水涨船高。

"单人的话我就接了，双人，我不能替他决定。"姚绯斟酌用词，说道，"我等会儿问问他吧。"

"你和商锐——住一起？"苏洺问道。

"嗯。"姚绯点头，"我昨晚搬到了他这边。"

"香海那套？"

"是。"

"有时间拍个照，我想看下商锐斥巨资装修出来的房子长什么样。他对这套房子非常宝贝，我们至今都没被邀请过，蔡伟到他家的活动范围也只有餐厅。"

姚绯看了眼脚底下的地毯，还有对面巨大的电视。

环视四周，只是看起来有点贵的装修，并没有特别之处。

"可能我不懂欣赏，我看不出来有什么特别之处，不过整体挺舒服的。"姚绯想了一会儿，说道，"回头我们来他这里煮火锅。他既然让我住，我也有一半的使用权。"

苏洺难得听姚绯说这样的话，觉得姚绯是真的走出来了，她笑了起来："好啊，煮重庆火锅吧，味儿大。"

"今天官宣，我们损失大吗？"姚绯说道，"抱歉啊。"

"你靠作品吃饭，你和商锐也是势均力敌，没什么损失，还有收获呢。今天我接到好几家合作商的电话，想找你们做情侣代言。"

"这个代言是双方的，我们可能需要跟蔡总商量。"

"我知道，我会跟蔡伟联系。"苏洺说，"《女律师》这个 IP 目前开发有很大的难度，没找到靠谱的导演，俞夏不想做这部的编剧，所以目前也没有编剧，一时半会儿开不起来。你想接其他剧本吗？"

"有什么剧本？"

"一个民国谍战剧，著名导演李应要拍。还有一个是电影，恋爱题材，系列电影的第三部，尺度有点大，但有基本盘，片酬很高。我都发给你吧。"

"好，麻烦了。"

姚绯正在看剧本，商锐缓缓下楼。他换了件白色休闲衬衣，搭配浅色休闲长裤，身高腿长，头发吹得一丝不苟。

姚绯看了他一眼，商锐也恰好看过来，四目相对。商锐的目光往下移动，非常短地停顿一下就移开了。

"柜子里有常温的水。"商锐取了一瓶冰水拎着走到客厅，看姚绯的水瓶外面已经结了一层水珠，"你喝冰水会不舒服。"

他握着水瓶仰头灌了一大口，坐到姚绯身边："看什么呢？"

"剧本。"姚绯把手机屏幕给商锐看了一眼,"《女律师》拍不了,没导演,我得接新的剧本。"

"不多休息一段时间?"商锐看姚绯手机上的剧本,"这个《情人3》尺度是不是有点大?"

"我正在看,还没看到大尺度的。"姚绯看着剧本,随口问道,"你能接受我拍戏到什么程度?"

半晌没听到声音,她抬眼看过去:"商锐?"

这件事早晚要讨论,他们是演员,必然会接戏。

商锐眼眸很沉,浓密的睫毛垂着。

"你能接受我到什么程度?"商锐抬眼,看着姚绯。

姚绯在思考。

"我怕说出来你不高兴,我对你有很强的占有欲,我私心里希望你属于我一个人。但这种想法太不理智,我也不会这么做。我欣赏拍戏时的你,你很有魅力。你对电影有追求,你拍戏时认真,这些都是你魅力的一部分。"商锐很久才继续道,"折中下吧,你能接受我的程度,就是我能接你的程度。"

姚绯握着手机,直到手机屏幕暗下去,她重新看向手机,继续看剧本:"我知道了。"

商锐长手倚在沙发扶手上,看姚绯垂下来的黑色发梢,她的发质很好,又不喜欢染发,黑色头发及肩,看起来有几分温柔。

"你的'知道了',尺度在什么地方?"商锐不知道她的"我知道了"到底是不是他想的"我知道了",姚绯心很大,对拍戏抱着崇高的敬意,她是会为拍戏牺牲的人,"能问吗?"

"吻戏之前。"姚绯把手机放到桌子上,认真地看着商锐的眼,"到吻戏,我大概会吃醋。"

姚绯也想过这个问题,跟商锐确定关系后,她选剧本就会考虑这方面。她偶尔也会想,商锐拍这样的戏,她会不会不舒服?她内心的答案是"会的"。

她对商锐有占有欲,这是她的人。

商锐黑眸中的笑渐渐漾开,心情愉悦。

"嗯,我也会吃醋,我会特别难受。"商锐低头亲了下姚绯的唇,靠在她身边,把心里话说出了口,"我做不到身心分开,身体和心在我这里是无法分开的,我不太能接受身体做什么跟心无关这种说法。这些都是独属于爱人之间的亲密行为,人又不是机器程序,设定什么样就是什么样。"

姚绯在他下巴上亲了一口,重新捡起手机看剧本,说道:"不接吻的优秀剧本也有很多,我再看看吧。"

"如果你想拍那种非常亲密的爱情戏，我们可以再合作一部。怎么样？"

"我们公开后就不要再合作影视作品了，会出戏。"姚绯拒绝了商锐的建议，说道，"商先生，死心吧。"

晚上六点半蔡伟过来，带了晚餐。

他进门看到姚绯穿着拖鞋踩在商锐的宝贝地毯上，震惊得瞪大了眼，转头看到商锐看姚绯的眼神。

好吧，商锐的世界里有两类人：别人和姚绯。

商锐的"不准动"原则只针对别人，姚绯不包括在内。

晚餐有一道鸭汤，放久了有一点凉。商锐的开放式厨房就这么开了第一次火。

姚绯在开放式厨房加热鸭汤，她身后有大大的落地窗，金色夕阳温柔地铺了进来，为她镀上了一层光。

屋子里有了烟火气，商锐取出从没用过的餐具，洗干净放到洁净的橱柜桌面上。他的长腿往后退出两步欣赏着姚绯煮汤的样子，姚绯也恰好抬眼看过来。

目光对上，她扬起唇角笑了起来。

这套房子是商锐亲自装修的，装修方案修改过无数次，每一个细节都是按照他的要求装的。可装完后，他依旧觉得少了点什么。

直到姚绯站在面前，一切刚刚好。

商锐下颌上扬，唇角翘起。他拿出手机拍了一张姚绯的照片，加上最温柔的滤镜，发了朋友圈，配文："我的爱人。"

七夕情人节商锐发了一张专辑 *Fly*，专辑一出全网哗然，专辑名有姚绯的名字。专辑里一共十二首歌，有细心的"盛夏女孩"发现这张专辑从里到外，字里行间都是姚绯。

这都是为姚绯写的情歌，他制作了一张专辑。

商锐从出道就任性跋扈，想做什么就做什么，谁也拦不住他，对任何事都如此。他爱上了一个女孩，爱得张扬热烈，丝毫没有保留。专辑出来后，他立刻宣布了全国巡回演唱会。

第一场演唱会的门票在预售时就卖空了。

他新专辑的十二首歌写得极其温柔，字里行间都是缠绵。商锐的温柔，谁能抵抗得了？

姚绯在影视基地拍《谍影》，商锐的歌火遍大街小巷，她经常在休息期间听到有人公放商锐的歌。一开始她还会耳朵滚烫心跳加速，仿佛商锐在她的耳边唱歌，但渐渐就习惯了。男朋友是歌手，在圈内地位还不低这事儿，习惯就好。

《谍影》拍了四个月，商锐探班二十二次，来一次上一次热搜，剧组众人被花样投喂美食。戏拍完，剧组的人胖了一圈，他们跟商锐的关系比跟姚绯还熟。

十二月杀青宴和商锐的演唱会时间冲突了，他们提前约好不参加对方的活动。商锐已经开了一场演唱会，姚绯没去。

一方面，她不想让现场粉丝不舒服，那些粉丝是去看商锐的，又不是看商锐的家属。另一方面，她的档期也实在排不开。

《谍影》的导演以严苛出名，姚绯怕入不了戏惹麻烦，拍戏期间几乎不出剧组。

上一次开完演唱会，商锐连夜赶到她这里，明显不高兴了。他不高兴时不会说出口，只是会睡不着，一个劲儿地蹭她。

很别扭的一个人。

杀青宴是下午四点举办，姚绯到现场跟众人拍杀青合照又喝了一杯酒，匆匆离场。坐上车，她吩咐司机："走，去 H 市。"

司机把车开出去，姚绯发信息给蔡伟，要蔡伟给她留一张票，叮嘱别告诉商锐。

"我的花订好了吗？"姚绯把信息发出去，问刘曼。

"到 H 市取，我怕在这里订会蔫。"

商锐在 H 市开演唱会，晚上七点开始，姚绯的行程非常赶。

"谢了。"

蔡伟的电话打了过来，姚绯接通电话："蔡总。"

"你要过来？"蔡伟急忙问道，"几点？"

"我刚从影视基地走，过去晚上七点左右，很有可能赶不上开场。"姚绯没有看过现场演唱会，但她看过商锐的演唱会视频，知道大概流程，"先别告诉他，给他个惊喜。"

"我安排人去接你。"蔡伟说，"你尽量别站起来，他唱完你再告诉他，我怕他在台上失控拉不住，当场跟你求婚。"

姚绯："……"

"你过来这个事儿冲击太大了，你知道他今天看了多少次手机吗？你下午是不是没给他发消息？他就化妆这一会儿看了至少三十回手机！三十回！一直在看微信页面上你的头像。"

"他要求婚吗？"姚绯的大脑有刹那的空白，很意外。商锐求婚？当众？疯了？

"啊——我不知道是不是。"蔡伟立刻改了口，说道，"就是担心嘛，他的性格什么事都做得出来，以防万一，你提前有个心理准备。"

蔡伟觉得姚绯比商锐靠谱，姚绯性格冷清，看起来很理智。

"我知道了。"姚绯知道商锐有结婚的打算是在蔡伟的婚礼上，蔡伟十月一号结婚，他又去做了一次伴郎，这已经是他第三次做伴郎了，回来就问她想不想结婚。

姚绯看他就是虚荣，爱攀比，人家有什么他也想有。

对于结婚，姚绯没有任何概念，她也没想过跟商锐结婚，她总觉得婚姻离自己十分遥远。

"那就这样，到了打电话，我这边忙了。"蔡伟匆匆挂断了电话。

姚绯放下手机，心跳得依旧很快。

商锐要是当众求婚，她会是什么反应？

穿上婚纱跟商锐结婚，两个人在父母的见证下步入婚姻的殿堂。听起来，好像也不错。

姚绯见过很多次商锐的父母，偶尔他妈妈也会来剧组给姚绯送补品，看上去很和善，也不是很难相处。

商锐因为筹备演唱会推掉了春晚邀请，他把过年时间留了下来。姚绯唱歌一般，不爱参加这种大型晚会，她是那种最刻板的演员。今年过年他们很有可能会一起回商家跨年。她和商锐恋爱一年多，除了那张证，似乎跟普通夫妻也没什么区别。

姚绯到 H 市取了花，天已经黑了。

九十九朵红玫瑰色彩浓艳，玫瑰花香萦绕在车厢里。姚绯戴上口罩、帽子，乔装打扮，车缓缓开向了体育馆。

体育馆外面到处都是海报和荧光灯，部分粉丝已经进场了，会场的灯光照亮黑暗，歌声隐隐传出来。

姚绯的车走了内部通道，直接开了进去。

她抱着沉重的花束走出车厢，商锐的助理瞪大眼看着姚绯。在秀恩爱方面，商锐和姚绯不相上下，全是走高调路线。

"绯姐，这边。"

姚绯抱着花跟着助理走进会场，现场已经开始了，灯光暗了下去。她抱着花往前面走。她第一次看现场，粉丝比想象中的更热情，他们全部站了起来，挡住了后排的视线。

忽然第一束灯光亮了起来，姚绯抱着花走到第一排。

穿着白色连帽衫的男人站在架子鼓前面，帽檐很深，遮住了大部分脸，露出来的鼻梁高挺、薄唇微红。

他一脸冷酷。

全场疯狂尖叫，姚绯把花放到座位上，听到旁边的刘曼尖叫着："锐哥！"

第一个音阶响起，舞台躁动起来。

商锐的现场非常好看，跟看视频是两种概念。

这首歌姚绯第一次听是在去年八月，苏洛结婚前一天，商锐非要唱歌给她听，他坐在音乐室里，身后是整面墙的落地玻璃，恣意张扬。

放肆地唱歌，放肆的自由。

那时候他的观众只有一个。

此刻有成千上万的观众，欢呼尖叫着商锐的名字。姚绯回头看去，灯海之中，有个巨大的天使翅膀。

这首歌最终命名为 Fly，商锐完全处在热恋状态。

这套演出服是商锐和姚绯在舞台上第一次正式自我介绍时，他穿的那套。当时姚绯很讨厌他，但不得不承认，他在舞台上真的很有魅力。

那一年商锐还没到二十六岁，如今商锐已经二十八岁了。

他的五官轮廓更加深刻，身上少了玩世不恭感，多了一分成熟稳重，跳起舞来依旧是光芒四射，非常有魅力。

商锐曾经问她，有没有看过演唱会，会不会为他欢呼尖叫。

此刻姚绯有了答案——是的，会。

开场效果炸裂，整个场子都热了起来。

姚绯没有买荧光棒，不过，她提前咨询了刘曼，把手机调成了应援牌，举到头顶。

上面写着："商锐，我爱你。"

文字滚动播放。

歌唱到中途，他脱掉了外套甩出去，握着话筒刚要飙高音，一眼看到台下一个高挑清瘦的女人。她戴着口罩、帽子，站在第一排角落的位置，举着手机，白光黑字。

商锐卡了一下，现场音乐师全看了过来。

蔡伟瞬间头皮发麻，这不会成为演唱会事故吧？姚绯已经包得这么严实了，这都能认出来？商锐是魔鬼吧！

下一刻商锐的高音飙了上去。

场下疯狂尖叫。

这首歌的后半段商锐异常地兴奋，全程很嗨。这首歌唱完，他拎着话筒垂下头站在舞台上，伴舞已经离开，一滴汗顺着他的下颌滚落，他仰起头笑着看向姚绯，拿起话筒："你来看我的演唱会，我很高兴。"

他的嗓音条件不是很好，飙完高音会有些哑，沙哑的嗓音从话筒里传至整个会场。

台下气氛已经被推到了顶峰。

他因为演唱会染了个偏白的发色，一缕发丝垂下来，让他那张脸更俊美，他笑起来眼眸潋滟。

"我等这一天很久了。"

台下蔡伟疯狂地给他打手势，让他别发疯，稳住。

商锐看了他一眼，笑着扬起话筒，喊了一声："我爱你。"

他不再听台下粉丝叫得有多疯，转身迈开长腿大步走了回去。

商锐在舞台上是个很自我的人，他一直秉承着他的舞台只能有一个焦点的原则，不管他唱得好坏，他都是唯一的焦点。他的演唱会没有邀请什么朋友，蔡伟只安排了几个公司签约的乐队来一起热场，让商锐有休息的余地。

商锐走下舞台换衣服，蔡伟跑了过来。

商锐一把薅住蔡伟的脖子夹着往里面走，下颌上扬："怎么不告诉我？她什么时候过来的？"

"给你惊喜。"蔡伟被他夹得喘不过气，说道，"锐哥，你就不配有惊喜！你松开我，憋死了。"

"我的戒指在行李箱最里面一个蓝色盒子里。"商锐松开他，大步走进去换衣服，吩咐道，"回去给我取，我今晚要求婚。"

"哥！真的吗？"

"真的。"商锐一边穿衣服一边说道，"你看到她的手机上写了什么吗？"

化妆师过来给他补妆，他低头让化妆师补，他出汗太厉害了。

"她写的是，'商锐，我爱你'。"商锐一字一字重复了一遍，翘起唇角，"她爱我。"商锐笑得太肆意，离得最近的化妆师都有些眩晕。商锐随着年纪的增长，这张脸越长越好看。褪去少年的青涩，现在俨然是颜值巅峰，五官精致到了极点，深邃眼眸笑着的时候十分深情："姚老师爱我。"

蔡伟按了下眉心。

好吧，她爱你。

谈恋爱快两年了，她没说过爱。商锐这恋爱是谈了个寂寞？就这还好意思满世界地炫耀？

蔡伟想到他会当众求婚，当初商锐要开演唱会定票价时他就想到了。演唱会票价定得极低，低到仿佛在开慈善演唱会，几乎没有盈利。

商锐是个很别扭的人，他想求婚还不直说，非要绕着圈子来表露心迹。

第一次演唱会姚绯就没来看。他一个人唱完，回去养了几个月嗓子，又筹备第二场。

依旧是奔着求婚去的。

所以蔡伟跟姚绯通话时，给了信息出去，姚绯要是不能接受就别来现场，以免尴尬。毕竟求婚是大事，姚绯也是公众人物，蔡伟不知道她想不想结婚。

她抱着一束玫瑰过来，那就是能接受。

"这是我的最后一场演唱会。"商锐抬眼，黑沉的眸子看着蔡伟，"我以后不会再开演唱会了。"

他的嗓子真不行，唱不下来整场。

他已经二十八岁了，体力也过了巅峰期。这次说是全国巡回演唱会，不过是唱两场。他后面的活动全部取消，他一开始就打算在演唱会上跟姚绯求婚。

但姚绯很忙，没时间来看。商锐的最后一场演唱会撞上她的杀青宴，商锐已经做好了她不来的准备。

她要是不来，他就准备第三场。

姚绯来了。

好了，他要在这里结束。

"我想给她一个难忘的求婚。"商锐扣着衬衣扣子，垂下睫毛，嗓音沉了下去，"一生只有一次，我要在所有人的见证下，向她求婚。"

商锐的第二首歌唱的是《星星》。

他换了件白衬衣，干净俊美，抱着吉他坐在舞台中央，静静地唱着情歌。姚绯切换手机摄像头录视频，录了一段发送微博。

配文："来看演唱会。"

音乐温柔，商锐垂下纤长的睫毛唱歌，大屏幕上是他的近景。姚绯点击发布，台上的商锐看了过来，似乎在看她。

姚绯觉得是在看她，他第一首歌结束时，应该就看到她了。

商锐扬起唇角笑了下，继续唱下去。

商锐的演唱会口碑并不是很好，有人质疑他的嗓音，但整体热度很高。他很少开演唱会，他是以原创歌手的身份出道的，但很快就封笔了。

时隔六年，他才出这张 *Fly*。他以前开过一场演唱会，这次目前宣布的只有两场，谁也不知道他下一次开演唱会是什么时候。粉丝愿意宠着他，商锐的热度就居高不下，一直挂在热搜榜上。

姚绯发完微博，"姚绯去看商锐的演唱会"很快就上了热搜。

"姚绯去看了商锐的演唱会！她去了！"

"难怪商锐在第一首歌唱完时，突然说了句'我爱你'。他是在跟绯宝表白吗？'盛夏女孩'现在激动得在原地跳跃。"

"第一首歌唱到一半他好像看到了台下的绯宝，绯宝去看他的演唱会没告诉他吗？他中间卡的那一下吓死我了，我还以为舞台事故！人在现场，已经傻了。锐哥不会当众求婚吧？'盛夏女孩'现在心跳一百八。"

这个博主下面的评论是一溜的"八成是"。

随后有人拍了一张照片发上了微博——抱着玫瑰花站在台下的姚绯跟台上抱着吉他唱歌的商锐对上视线，商锐笑了起来。

《星星》后面跟了《吵》里面的几首歌，是他出道那年的专辑，基本上都是摇滚，非常耗费体力。

他之后又唱了四首新歌。

全程三个半小时，到最后，姚绯已经有些心疼他。

太累了。

接近零点，商锐唱完最后一首歌，他和团队上台集体感谢后，团队下了台。

台上只剩下商锐一个人，他穿着白色衬衣站在舞台上，修长挺拔，深邃的黑眸看着台下，骨节分明的手指握着话筒开了口："这是我的第三场演唱会，也是我的最后一场演唱会，以后不开了。"

场下粉丝惊呼意外，也有些难以置信。

商锐今晚的演唱会发挥得非常稳定，没有跑调没有劈音，是他出道以来唱得最好的一次。他们很期待商锐的下一场演唱会，可就这么结束了？

"我十九岁出道，写出第一张专辑《吵》，承蒙厚爱，我因为这张专辑拥有了很多粉丝、很多爱，那时候我非常快乐。"商锐垂下浓密的睫毛，嗓音沙哑，他咳嗽了一声，才接着说道，"可快乐是短暂的，随之而来的是质疑，是谩骂。曾经我一度想过放弃舞台，永远地离开。我有六年时间，我连一个字都写不出来。我写歌不再快乐，我只剩下痛苦。我的嗓音不好，我唱歌不行，我是个一事无成的人。"他自嘲地勾起唇角，"我很失败。"

"你不是。"台下粉丝喊道，"锐哥，你最棒！"

台下已经有粉丝低声地哭泣。

"我迷茫过很长一段时间，我不知道该做什么好。我唱歌不行，演戏不行，做什么都有人骂，做什么都被否定。"商锐很轻地笑，"除了一张脸，一无是处。我也怀疑自己，我存在的意义是什么？就是为了做一个好看的花瓶吗？"

商锐经历过很长一段时间的谩骂嘲讽，他很迷茫。

"二○二○年，我和她一起拍了《盛夏》，我和我曾经的偶像。她那么坚强，那么坚定，她像一团火，燃烧在黑暗中。谁也无法掩下她的光芒，她身处逆境仍然怀抱梦想，她太耀眼了，照耀着所有人。"商锐笑得眼睛微红，看着姚绯，"我在拍《盛夏》期间写了《星星》这首歌，是她陪着我写的，虽然她当时并不知道，我因为她生出勇气。我再一次体会到了写歌的快乐，自由地创作。

"我们困在荒芜的孤岛上，窗外是即将到来的台风，风雨欲来天地色变，没有网络没有信号。我在这样的环境下写歌，写我的失落与欢喜，写我的梦想，我无所顾忌，我没有再害怕彷徨。

"我在她面前写歌，一遍遍地唱给她听，她说音乐最大的价值是带给人快乐，能让人愉悦就是最大的意义。我的内心得到了前所未有的宁静，我找到了存在的意义。明天依旧会来，世界充满希望。怕什么呢？我只是写着我的喜欢，好坏都是我的喜欢，与别人无关。"

"*Fly* 这张专辑是从二○二○年开始写的，快三年了，写完的一共有二十二首，

249

有一部分被团队砍了，他们认为是残次品。但我认为，我写出来的歌都是完美的作品。"他停顿片刻，接着说道，"这张专辑，与她有关，是她陪我写的。"

台下因为他的自信笑出声的人，生生把笑憋了回去。

现场有粉丝已经捂着脸准备尖叫了，他们的眼睛泛红，历经三年，这两个人公开到如今，争议有很多。

但他们一直很坚定。

商锐喜欢姚绯很久了，他没有避讳过。

商锐出的这张专辑从名字到歌词，全是姚绯。能来看演唱会的都知道姚绯跟他的关系，都知道他的深爱。

"感谢大家的喜爱，我很荣幸能被你们爱这么久。作为歌手商锐，今天的工作结束了。"商锐朝台下鞠躬，说道，"有愿意离场的朋友，请有序地离开现场，给大家五分钟时间。希望大家每天开心，爱值得爱的人，追值得追的梦。愿大家得偿所愿。"

最后几个字，他是喊出来的。

声音响彻整个会场，他站在舞台中间："再见！"

再直起身，他的目光落到了台下的姚绯身上。他深邃的眼眸浸着点红，唇角上扬有几分跋扈的味儿："在这最后一场演唱会上，我要办点疯狂的私事，我和她的私事。我知道每一份喜欢都很珍贵，我尊重每一份喜欢，我尊重你们，我也尊重我的喜欢。"

现场有尖叫声，有歇斯底里的喊声，没有人离去。

商锐握着话筒闭上眼，抬起了头，发丝垂下，他的肌肤在灯下十分精致，睫毛在眼下拓出一片阴影，他的喉结凸起，脖颈线条拉出光。

他在寂静中等了五分钟，走向了舞台边缘，弯腰伸手："来，姚绯。"

姚绯抱着一束巨大的玫瑰，灯光落过来，她戴着口罩，怔怔地走到他面前，抿了下唇，把手递给他。

蔡伟跟她透露了商锐要求婚，她有心理准备。

但真到这一刻，她手心冰凉，还是不知所措。

商锐握住她的手把她拉到台上，用力地拥抱她。

商锐身上有汗，滚烫炽热，贴着姚绯的肌肤。姚绯仰起头看他，喉咙滚动："送你的花。"

姚绯抱着巨大的花束，花十分沉重，也很碍事。

商锐接过花递给一旁的助理，助理上来送戒指盒，商锐嗓音很低："帮我拿一下。"

声音从话筒里传出去。

整个会场都沸腾了。

商锐接过戒指盒，再次拥抱姚绯，眼眸很深。

"我要在我最爱的舞台上，做一件我人生中最重要的事。"商锐穿着白衬衣、黑色长裤，单膝跪下，打开了戒指盒，"我想每天早上能和你一起迎接太阳的升起，我想我们能组建一个家庭，让我不再漂泊。我想与你一日三餐，共度四季。"

姚绯从他单膝下跪就开始哭，她也不知道哪里来的眼泪，她的大脑一片空白。

她不算多么爱哭的人，也很少在戏外落泪。

她捂着脸，才发现口罩还在，她摘下口罩低头，眼泪就滚了下来。

"姚绯，我爱你。"商锐握住姚绯的手指，盒子里的钻石在灯光下闪烁着璀璨的光芒，商锐眼睛泛红，仰起头看她，"我们结婚吧。"

姚绯听不清有多少声音，听不清他们喊的是什么。

她和商锐认识三年整，此刻他单膝跪在她面前，在他最重要最盛大的日子里，他拿出了戒指，在所有人的见证下，要跟她定下终身。

"别哭。"商锐亲了下姚绯的手指，扬起唇角笑得眼泪也下来了，他说，"姚绯，别哭。"

商锐什么都不在乎，他只在乎姚绯。

他喜欢姚绯，他喜欢这个人，他就要昭告天下。

让所有人都知道，他热烈地爱着姚绯，这是他的爱人。

"我愿意。"姚绯哽咽着开口，说道，"商锐，我愿意。"

商锐拿戒指的手都在抖，他把戒指戴到姚绯的手指上。这个画面他在心里演习过无数遍，这是第一次真实地发生，比想象中更庄重严肃，他把硕大的钻石戒指戴到姚绯的手指根部。

姚绯的手指很漂亮，纤细修长。

他亲吻戒指。

姚绯俯身抱住他，亲吻他的唇。

"我爱你，商锐。"

戒指套上手指，面前的男人把她拥入怀中，炽热的吻席卷而来。姚绯被他亲得失去理智，她什么都听不清，也看不清，全世界只有眼前这个人与她有关。

她被商锐牵着手走到舞台中央，两个人鞠躬落幕退场。商锐穿着演出服，眉眼精致张扬，跟姚绯十指交扣，大步流星地往后台走。

一路上遇到的人，都被商锐送了喜糖。

蔡伟送来戒指的同时，也让助理去买好了喜糖。商锐是高调的性格，蔡伟把所有的可能都想到了。

走进试衣间，商锐也取了一颗糖，塞到了姚绯的手心。

无论在什么场合，商锐总不会忘记给姚绯带一颗糖。

姚绯握着糖坐在椅子上等商锐换衣服，手机在口袋里振动，她的大脑稍微清醒一些，拿出手机先接通了苏洺的电话。

"苏总。"

"求婚了？"

"嗯。"姚绯抿了下唇，捏着已经软掉的巧克力糖，无名指上的钻戒在灯光下折射出光芒，"刚发生。"

"太疯狂了！"苏洺说，"我现在已经不知道该说什么好了，太疯了，锐哥真是性情中人！"

"明天回去请你吃饭。"姚绯握着手机站起来，在原地走了两步，垂下眼看戒指，"很意外，但我接受了。"

商锐像是太阳，他太耀眼了。

"恭喜恭喜！"苏洺说，"太意外了，我们之前都没有得到消息！真的太好了，结婚挺好的，幸福就好。"

姚绯跟商锐在一起挺幸福的。

至少目前，她很幸福。

"谢谢苏总。"

"你今晚还发微博吗？"苏洺问。

"不会再发了，回家睡觉。"姚绯说，"我还有些眩晕，辛苦苏总了。"

"那你早点休息，我也不加班了，让蔡总加班去吧。"

挂断电话，姚绯又接了几个电话，全是来恭喜的。

商锐在演唱会上求婚太轰动，姚绯温和地回应了每个人的恭喜，身后脚步声很沉，随即男人的身体贴了上来，炽热有力量。

姚绯靠在他怀里，挂断最后一个人的电话。

商锐嗓音沙哑，贴着她的耳朵："累了。"

"你没事吧？别再晕我身上。"他整个人都倚在姚绯的背上，修长的手臂环绕着她。

商锐趴在她耳边大笑，他们拍《盛夏》时，他进组第一天就晕到姚绯身上："姚小姐，你在质疑你老公的体力吗？"

"你真没事？"她第一次看演唱会，从头看到尾，商锐唱最后一首歌的时候，她是提着心脏在看，"演唱会都要唱这么久？"

"嗯。"商锐嗓音倦懒，还靠在她的肩膀上，语调越来越慢，"特别累，开一次，十年都不想再开。"

若不是为了求婚，他才不开演唱会。

姚绯转过身，抱住商锐："你真的做好结婚的打算了吗？"

"姚绯，"商锐亲她的发顶，"我想跟你结婚。"

姚绯的手放在他的腰上，感受着他的身体，许久后她点头："好。"

"商锐，回家吗？"

"回家。"

两个人连夜回 S 市，商锐在车上就睡得昏天暗地，到家连澡都没洗倒头就睡。他太累了，演唱会绷了四个小时，求婚时他的情绪被推上了巅峰。

姚绯答应后，他的疲倦感就上来了。

商锐这一觉睡得漫长且沉，他意识清醒的瞬间，本能地伸手去摸身边人，却摸了个空，心里骤然一惊，彻底清醒。房间里亮着光，窗帘只拉了一层，金色的阳光斜着打在床沿上。

手机规规矩矩地摆在床头柜上，商锐拿起来看到时间是下午四点半，手机开了飞行模式。

熟悉的房间格局，他把手臂压在额头上片刻，才拿起手机关闭飞行模式。

瞬间，无数消息涌了进来。

手机振得手心发麻。

商锐想给姚绯打个电话，可手机消息一直在跳，他打不出去。商锐起身发现身上的衣服已经脱掉，只穿了一条内裤。

他扯了件睡袍穿上，下床拉开门走出卧室，屋子里飘荡着饭菜的香气。商锐脚步一顿，唇角上扬又退了回去。

得了，先去洗澡。

能在这套房子里做饭的除了姚绯，没有其他人了。

商锐冲了热水澡，看到浴室里放着整齐的休闲套装，摆在触手可及的位置。商锐擦了把头发，拿起衣服穿上。

姚绯是很温柔的人，对他也是极好。

他换好衣服下楼就看到坐在沙发上看电视的姚绯，她戴着耳机，客厅窗帘拉了一半，遮住了强烈的阳光也留足了光亮。

厨房的炉灶上放着煲汤的锅，还冒着热气。

很浓郁的鸡汤味道。

商锐走向姚绯，姚绯转头看过来，她立刻摘下耳机起身："醒了？"

"嗯。"商锐没发出声音，他停住脚步，咳嗽了一声，"嗯。"

还是没声音。

他拧眉抬眼看姚绯，张开嘴："姚绯？"

只有嘶哑的气音。

姚绯也意识到不对，盯着他："你——说不出话了？"

商锐在疯狂的演唱会结束后，失声了。

姚绯立刻换衣服开车带他去医院，打电话通知蔡伟，她到医院的同时蔡伟也到了，蔡伟直冲向商锐："锐哥，你真的说不出话了？"

商锐戴着口罩面无表情。

姚绯替他回答："他睡到下午四点半才醒来，醒来就说不出话了。"

"你不会成哑巴吧！"

姚绯和商锐同时看向蔡伟，商锐拉下口罩用口型道："不会说话，你就闭嘴。"

"他说什么？"蔡伟彻底傻眼了，商锐真的发不出声音。

虽然他很早之前就做好了商锐早晚会退圈的准备，可这也太突然了。

姚绯看了看商锐的唇，觉得这话还是不翻译为妙。

商锐前前后后检查了两个小时，声带没有问题，问题大概是出在用嗓过度引起的喉咙炎症上。

医生给开了药，说让再观察几天。

姚绯推掉了全部的工作，专心陪商锐。一开始她还担心商锐的失声，可这么过了几天，姚绯体会到了失声也有失声的好处。

商锐一开始还郁闷，突然哑巴，搁谁都会焦虑。

他的焦虑只持续了半天，听到姚绯打电话跟苏洺改行程通告，他快乐了。

失声让商锐也没办法工作，只能在家养着。他和姚绯恋爱以来，第一次有假期，难得的机会。

小年他们原计划回老宅，由于商锐失声，怕家里人担心，他们就没有回家。商锐失声一直瞒着家里，奶奶年纪大了，经不起惊吓。

"你之前的计划是什么？约会计划，我们去！现在就去。"

商锐笑得肩膀发抖，揽着她的腰："在家挺好，我喜欢。"

两个人在家厮磨到下午才一起出门逛超市，买晚餐需要的食材。

姚绯搬过来后就很少麻烦商锐的助理去买菜了，门口就有一个超市，非常便捷，没必要让助理跑。

他们戴着同款的渔夫帽、同款的口罩，穿着同色的羽绒服手拉手逛超市，姚绯挑菜，商锐推着推车。

"要是过几天还不能恢复，得告诉商总了。"

商锐刮了下她的手心，这个意思是：知道了。

姚绯把两盒青菜放进购物车，说道："医生说正常的话两三天就能恢复，你这好几天了，一点声都没有，要不我们再换家医院吧？"

商锐的指尖在她的手心横着划了两下，意思是：等等看，不急。

痒痒的。

商锐很讨厌闻鱼腥味，姚绯逛到海鲜区，他松开姚绯的手短暂地离开。等姚绯买完虾，回头看到商锐换了辆推车，拉了半车的甜品以及糖分极其高的水果。

"我建议你把甜品放回去，你最近几天什么都不能吃，糖不利于你的嗓子恢复。"

手机响了一声，姚绯拿起来看到商锐的微信："先买，回去放着，过几天再吃。"

姚绯拿起一个蛋糕给他看保质期："两天。"

商锐垂下浓密的睫毛，若有所思。

他最近两个月都没有工作，当然要趁这个机会放纵一把。

两个人僵持着，商锐嗜甜如命，姚绯几乎不吃甜品，这是他们在吃上面唯一的分歧。

"绯姐？"身后有人喊了一声。

姚绯回头看到戴着口罩、帽子，穿着白色羽绒服的高挑男人，一时间想不起来在哪里见过。

"真的是你？"

商锐抬眼看去，瞬间黑眸沉了下去，只剩下阴沉。

乔璟大步走过来，伸手说道："好久不见，你住在附近吗？"

手在半道被劫走，商锐握住他的手，冷厉的黑眸盯着他。

"锐哥？"乔璟跟商锐握了下手，打量他，"你也在？"

商锐点头，当着乔璟的面拿出纸巾慢条斯理地擦手，随即揽住姚绯的肩膀拉到身边。

乔璟眯了下眼，打量商锐，听说商锐失声了，最近传得沸沸扬扬。他希望是真的，最好商锐真的变成哑巴。商锐要是哑巴了，他能放一整夜的鞭炮庆祝。

"你是？"姚绯看着面前的青年，迟疑着开口，"艺人吗？"

乔璟："……"

乔璟拉下了口罩，把脸露出来。

"认出来了吗？"乔璟扬了下唇角，又把口罩戴回去，说道，"有时间一起吃饭？我住在附近，我们也很久没聚了。"

"没时间。"姚绯朝乔璟点了下头，说道，"我们以前也没有聚过吧。"

她和乔璟有过一次合作，后来，姚绯去健身碰到乔璟，两个人聊了几句就被他的经纪人骂了几个小时。

乔璟："……"

"现在也没有聚的必要，那我们先走了。"姚绯朝乔璟点了下头，态度客气又疏离，"再见。"

姚绯带商锐到蛋糕区把大部分甜品都放回去，只留了一小块红丝绒蛋糕，压低声音说道："乔璟不住这里吧？他是不是在蹲你？"

商锐垂下睫毛，掩下眼眸中的笑意。

他在蹭你，宝贝。

"他的团队就盼着你出事，你要是被爆出来生病，他获利最大。"姚绯已经迅速地厘清了利害关系，她不想让商锐出门也是这个原因。商锐失声的消息一直被压着，没人知道他什么时候会恢复，一旦曝光，他会掉很多商务。

乔璟的出道路线完全复制商锐，他的团队拼命地给他打造"小商锐"的人设，商锐出事他就能捡漏很多机会。

"心机很深。"

商锐眼尾也染上了笑，接触到姚绯的目光，他立刻敛起了笑，漂亮的眼眸纯良认真，点头，很听话的样子，握住姚绯的手勾了下她的手心。

姚绯维护他的样子，太可爱了。

"所以，最近我们不能出门，很多人盯着你。"姚绯把话跟商锐说清楚，"你恢复后我们再出去。"

商锐点头。

老婆说什么就是什么。

商锐在家足足待了十天，他跟着姚绯学厨艺。姚绯的厨艺也不是很好，两个人在网上搜菜谱照着做，商锐也渐渐能做出一些能入口的饭菜。

商锐也会弹琴给姚绯听，他弹琴的时候，姚绯坐在书房的懒人沙发里看剧本，阳光从落地窗户照进来，铺洒到房间里，落到姚绯的身上。

温柔娴美，岁月静好。

商锐经常弹着弹着就跑调了，专心致志地看姚绯。

大年三十，商锐做最后一次检查。

两个人出医院就被拍到，当天中午，"姚绯怀孕"上了热搜。

姚绯和商锐从公布到求婚时间并不长，网上顿时议论纷纷，不少人开始猜测商锐求婚是因为姚绯怀孕，奉子成婚。

很快"姚绯逼婚"的绯闻就满天飞。

在某些媒体眼里，商锐和姚绯结婚的原因绝不可能是爱情。怀孕结婚，那就非常合理，似乎结婚只是为了合法生个孩子。

商锐的妈妈正在跟姚绯喝下午茶，看到手机上推送的新闻，小心翼翼地看姚绯，也不敢问。当然，姚绯也没说。

等商锐下楼，姚绯去洗手间时他妈妈才压低声音问道："小绯有了？真的吗？你们打算什么时候办婚礼？你赶紧跟人办婚礼。网上这些人说得太离谱了，有没有孩子难道只有女人能决定吗？男人责任很大，为自己做过的事负责合情合理，怎么能说人家女孩逼婚呢？宝宝，你不是这种人吧？"

"有什么有，我想跟她结婚只是我们想结婚，我爱她。"商锐嗓子虽然恢复了，但还是有些哑，"我去医院是看嗓子，我们暂时没打算要孩子，媒体倒是比我清楚。"

"啊？没有啊？"商锐的妈妈握着手机愣了下，才反应过来，"你嗓子怎么了？"

"演唱会唱得太用力，失声了，前段时间姚绯都在照顾我，已经好了，没事，别担心。"商锐发布新微博，拿起杯子喝了一口水，看着母亲说道，"我打算五六月份办婚礼，需要你们的帮忙。我和她的婚礼要办得隆重盛大，独一无二。我要给我爱的人，最完美的婚礼。"

太多信息一起砸过来，商锐的妈妈有些眩晕。

商锐下午三点发布了新微博，微博内容："演唱会结束我失声了，姚老师陪我看医生。"

他配了两张图，一张图是打码的病历，另一张图是商锐自己的表情包：穿着西装的小人咆哮"我爱姚老师，听清楚了吗？我爱姚老师"。

姚绯在长辈面前很规矩，没有看手机，也不知道自己上了热搜。她在洗手间才拿起手机，看到热搜的时候整件事已经结束了。

商锐高调地自曝失声，丝毫不在意这样的自曝会给他带来什么样的负面影响。姚绯一直提心吊胆，怕他的嗓子真出问题，也怕他的嗓子出问题被曝光。她能看得出来商锐很喜欢音乐，也很怕一些有心人故意诋毁。

结果，商锐自曝了。

姚绯看着商锐的微博足足沉默了一分钟，商锐做事是真的任性，她发消息给蔡伟。

"蔡总，他这么发可以吗？"

蔡伟的信息很快就过来了。

蔡总："生无可恋。"

蔡总："少爷开心就好，没关系。姚老师除夕快乐！"

姚绯回复："除夕快乐，辛苦了。"

姚绯看了眼热搜，就这么一会儿工夫，"商锐失声"已经上了热搜，而且在很高的位置，持续上涨。她蹙眉担心，甚至都有些没勇气点开看具体内容。

商锐在舞台上那么有魅力，姚绯不敢看别人会评价什么。

她站了一会儿把手机装回去，走出洗手间。

客厅里，商锐歪靠在姚绯刚才坐过的位置上。他穿着浅绿色休闲毛衣，衬得肤色冷白，长腿随意横着，眉眼间有着淡漠，姿态慵懒。

姚绯走过去，商锐往旁边挪了下，给她腾出位置。姚绯坐在他身边，商锐随手扎了一块草莓喂给姚绯，懒洋洋道："明天我们去游乐园玩吧？好几年没去了。"

姚绯咬着草莓，草莓很甜，看了商锐一眼。

旁边他妈妈在，姚绯不好问什么。

"你去过吗？"商锐接触到姚绯的目光，索性端着盘子靠回去，架着长腿倚在沙发上，修长的手臂几乎横到姚绯的腰上，以半抱着她的姿态吃草莓。

"我去过游乐场拍广告。"姚绯的视线移到了他的下巴上，又往下一些。

"那我们明天去？小绯想去吗？"商锐的妈妈说，"小绯有没有其他的安排？"

"没有，我都可以。"姚绯不再看商锐，说道，"我没怎么出去玩过，你们决定就好。"

商锐又喂给姚绯一颗草莓，垂下稠密漆黑的睫毛。

有些心疼姚绯。

他对游乐场兴趣不是很大，他很小就玩遍了世界各地有名的游乐场，这次只是想带喜欢的女孩儿去游乐场。

今年春节他们不用担心被拍，不用担心身份曝光带来的压力。他和姚绯只是最普通的情侣，他们想度过一个美好的春节假期。

"那等奶奶午睡醒来，我们让奶奶决定，怎么样？"商锐的妈妈温柔地询问，"你爸爸和你哥肯定是愿意去的。"

"可以啊。"商锐又吃了一颗草莓，起身放下果盘说道，"那我和姚绯出去贴对联，还有什么需要我们，尽管叫我。"

"多穿点，外面冷。"商锐的妈妈叮嘱。

"知道了。"

商锐取了羽绒服外套递给姚绯，两个人拎着对联走出门。姚绯帮他整了下大衣领子："把衣服穿好，外面很冷。"

商锐走下台阶，回头看姚绯的眼："怎么了？不高兴？"

刚才他感受到姚绯情绪有些低落，才找了个借口出来。

"担心你。"姚绯抬手把商锐的大衣领子扣上一颗扣子，说道，"没必要这么激烈地在网上回应，你失声影响很大，你会损失商务活动吗？"

"为这个？"商锐倾身亲到她的唇上，唇角上扬，深邃的眼眸浸着很深的笑，"也不看看你锐哥家是干什么的。刻在基因里的宣传大师，能让他们抓住把柄？我敢放出去是我的嗓子已经恢复，不影响工作。"

商锐握住姚绯的手，带着她往花园走，他们要去别墅门口的大门上贴。他语调缓慢尾音上扬："你老公可是有商势传媒撑腰。"

姚绯回头看了眼，房门紧闭，其他人都在家里："过完年你有什么打算？接剧本拍戏？还是治好嗓子，继续——唱歌？"

冬季的花园，蜡梅迎风盛放，花瓣在风里，有几分清寒。

商锐垂下黑睫，半晌才开口："你喜欢我唱歌吗？"

"嗯。"姚绯点头，随即道，"喜欢。"

商锐唇角上扬，绽放出一个异常灿烂的笑，眼尾弯下透着快乐。

"前半年筹备婚礼。"商锐揽着姚绯的肩膀，带着她大步往外面走，俊美的脸上有着压不住的喜悦，语调低醇，"五六月你留个时间，我们举办婚礼。你想去哪个国家办婚礼？"

姚绯脚步顿住，抬眼看他。

商锐笑着回头，慢悠悠道："怎么？你要悔婚？你可是当众答应我的。你要是悔婚，我就去开帖挂你，说你始乱终弃，只是馋我的身子。"

姚绯唇角上扬，她才不会悔婚。只是心情特别复杂，她居然会结婚。

她笑着从后面跳了下，挂到商锐的肩膀上，商锐顺势背着她走下台阶，笑着说道："姚小姐，你干什么？嗯？"

姚绯也不知道自己在干什么，她很激动，揽着商锐的脖子。

她和商锐在一起的第二个新年，他们决定结婚了。

一辆黑色轿车缓缓开了过来，刹在门口，后排车窗降下。

商子明低头看过来。

姚绯立刻从商锐肩膀上下来，站直："大哥，除夕快乐！"

"除夕快乐！"商子明看商锐手里拎着的春联，说道："需要帮忙吗？"

"不用不用，我们可以。"商锐摆摆手，"除夕快乐！"

商子明的车离开。

姚绯拿起春联说道："快点贴。"跟商锐在一起，姚绯经常会忘记做一个成熟稳重的大人，被他带进沟里了。

"你过完年有什么打算？"商锐问道。

"我原本留档期接《女律师》，但是导演翻车了，我前半年目前还没有工作。"

"原本导演定的谁？"

"秦蛟，以前的合同出问题了，八成要查到他，苏总不敢用他，目前在找导演，职场剧导演不好找。"

"你怎么不试试？"商锐贴好一边的对联，看向姚绯，"司以寒都能当导演，你不比司以寒专业？"

姚绯一愣："我比寒哥差远了。"

"哪里差了？"商锐下颌上扬，黑眸里有着与生俱来的傲，"你比他强多了，你天生就是吃这碗饭的。你就是缺乏自信，我要是有你这样的能力，我走路都不看脚下。"

姚绯："……"

"我看过你拍的东西，天赋非常高，你的镜头有讲故事的能力，这很重要。《女律师》是打算拍剧吧？你也拍了两部电视剧，对剧不陌生，为什么不试试呢？"商锐把另一边的春联贴好，说道，"你敢试的话，我给你投资。"

"你投资，我更不敢拍了。"姚绯从没想过跨行，她安安分分地拍戏，只追求做好演员，"两个人一起赔钱，有点难看。"

商锐贴完春联，捞过姚绯亲了一口，说道："演员转导演里面有很多技巧，还有很多规则，只要运用得当，绝不会赔。而且，电视剧赔不到哪里去，跟电影不一样。"

又一辆车在他们身后缓缓驶过，姚绯余光看到车里的人，一把推开了商锐。

车停下，车窗降下，商锐的爸爸看过来："贴完了吗？需要帮忙吗？"

"伯父好，除夕快乐！"姚绯脸烧得不知道该往哪里放。

"已经贴完了，马上回家吃年夜饭。"商锐揽着姚绯的肩膀，说道，"您先回去。"

"除夕快乐，外面很冷，别在外面吹风了。"商世看了商锐一眼，说道，"你不怕冷，小绯也会冷。"

姚绯脸上滚烫，连忙说道："谢谢伯父。"

"早点回去。"商世嘱咐完，升上车窗，司机把车开向了车库。

年夜饭十分丰盛，姚绯第一次跟这么多人一起过年，碗里的菜堆成了小山。奶奶给她夹菜，盯着她吃饭。

奶奶坚持认为姚绯那么瘦肯定是没吃好。

奶奶的爱太沉重，商锐主动分担了一半，姚绯才得以解放。

晚上姚绯自然是住商锐的房间，商锐的房间比他本人还像公主。第二天一早，她和商锐各自得到了五个巨厚的红包。

姚绯长这么大，第一次拿到压岁钱。

受宠若惊。

商锐取了新衣服递给她，顺便把他的五个红包也摞到了姚绯的红包上，他扬着精致的下颌，对着镜子整衣服领口，嗓音慵懒："压岁钱又名'压祟钱'，寓意辟邪驱鬼，保佑平安。愿我的姑娘，明年一整年顺利平安。双份压岁钱，双重保障，一定会特别平安。"

姚绯看着他的背影，他的脊背轮廓在薄毛衣下清晰分明，长腿笔直。

她走过去从后面抱住商锐："商锐。"

"嗯？"

"我爱你。"

商锐看似不着调，其实做事很稳重，他不单单自己对姚绯好，还会平衡关系，让家人接纳姚绯、对姚绯好。商锐带她走进了一个她想都不敢想的世界，这个世界美好又梦幻。

商锐给了她一个家，如他当初的承诺。

商锐转过身把姚绯揽进怀里，低头碰到她的鼻梁，偏了下头，吻上了她的唇。

他们接了一个绵长而缱绻的吻。

"我也爱你，新年快乐，我的姚小绯。"

姚绯原计划是低调出行，乔装打扮，悄悄地玩。

结果商家的人一个比一个高调，恨不得穿礼服出门，甚至带了安保人员。姚绯知道商锐的性格是怎么来的了，一家子没一个低调的。

他们刚到游乐场就被拍到了。

阵势这么大，想不被拍也难。

当天上午十点，"姚绯商锐游乐园约会"上了热搜。

一共六张照片，第一张照片是刚进园，姚绯和商锐一人一边挽着奶奶往前走，第二张照片是一家子的合照。这一家人颜值都很高，也不怕拍。

第三张他们分开了。

姚绯和商锐去坐旋转木马，他们戴着可爱的动物耳朵，穿着情侣款白色羽绒服。姚绯长发披肩，侧脸温柔静美，专注地看商锐。商锐拿着手机自拍，头偏向姚绯这边。

隔着屏幕都感受到了甜。

随后商锐拿掉了口罩，笑得神采飞扬。

后面两张照片是姚绯和商锐牵着气球走在童话小镇街道上。他们不在乎任何眼光，肆无忌惮地秀恩爱，昭告天下，他们陷入热恋了。

姚绯从没想过自己会和一个男人步入婚姻的殿堂，她也无法想象长期跟另一个人生活在一起会是什么样。

商锐在演唱会上高调求婚，万众瞩目下跟她接吻，甚至推掉了半年工作，专心筹备婚礼。他期待着婚礼，姚绯期待着他。

似乎结婚没有那么恐怖，自然而然地就发生了，就像她融进商锐的生活，他们都算是比较自我的人，但她搬进商锐的房子，他们就非常融洽地生活在一起。

书房里剧本方面的书越来越多，厨房里渐渐被厨具填满。两个人的生活习惯都在改变，姚绯会在商锐不舒服的时候，多留给他一些空间。

商锐是个很懒的人，能躺着绝对不坐起来，信奉生命在于静止。他会在姚绯的生理期早起煮汤，让她醒来就喝到热的。姚绯去健身，他也会陪着一起练拳，他们一起去健身房。

都说商锐脾气不好，姚绯跟他在一起，没见他发过脾气。他不高兴了只会沉默，可沉默归沉默，该做的事是一样没少做。他很好哄，姚绯亲他一下，他立刻满血复活。

因为要办婚礼，姚绯的工作量也在减少。她前半年只接了一个主旋律电影的女三号，其他时间都在写《女律师》的剧本。

三月份，姚绯因为工作要去一趟 D 市，邀请了商锐。

姚绯的老家离 D 市不远，她带着商锐回了一趟老家，去迁户口，她也想带商锐去看看她生活过的地方。

时代发展迅速，城市变化极大。

她住过的地方已经拆迁，如今是一片繁华的商业区，高楼林立，再也看不到曾经贫穷潦倒的模样。她就读过的学校重建了，教学楼宏伟肃穆。

他们在当地吃了一顿饭。姚绯离开那年才十五岁，如今她即将二十八岁。十四年时间，她的口味早就变了，并没有什么记忆中的味道。

他们回家第二天去民政局领结婚证。

三月十号，三年前的三月十号《盛夏》拍定妆照，她给商锐带了一份早餐，商锐送给她一部手机。

早上商锐绕路去买那家三明治，他去排队，姚绯坐在车里看他。初春季节，路边的树木已经发起了新芽，刚下过雨，树枝被雨水冲洗得一尘不染，似乎还带着寒气。

商锐戴着口罩、帽子，穿着黑色长款外套单手插兜垂着头在排队，他的身材比例优越，长腿十分吸睛，不少人往他身上看，大约是在猜他是明星还是素人帅哥。

两分钟后，一个女生大胆地上前把手机递给商锐。

姚绯的手机响了一声，她拿起来接通。

商锐的声音就传了过来："老婆，有人问我要微信，我给不给？"

姚绯："……"

商锐："好的，你会吃醋，不能给是吧？我知道了。"

"你不怕被人听出来？"姚绯唇角带着笑，提醒他戏别太过了。

果然，姚绯听到那边一声尖叫："你是不是商锐？"

"是吗？我长得很像他？"商锐低哑嗓音响起，他的嗓子还没彻底恢复，早晨起床时会有些哑，浸着笑慢悠悠说道，"老婆，她们说我长得像商锐，你喜欢的那个明星。"

"谁喜欢你了？"姚绯笑道，"商先生，快点买完回来。"

"嗯，我也爱你。"商锐在那边演得不亦乐乎，压低声音腻腻歪歪地说情话，黏黏糊糊得像是吃了八百斤麦芽糖，"宝宝，亲一下，亲亲老公给你买好吃的。很快就回去了，不要太想我。"

后面几个女生一开始还怀疑这个人是不是商锐，听到他腻歪地打电话，瞬间退散，太恶心了。

商锐挺高冷的，不会腻成这样，而且商锐也不会来这里排队买早餐。

商锐拎着早餐上车，冷风随着他一起卷了进来，他拉下口罩唇角上扬，笑得十分张狂："宝宝，等久了吧？"

"商先生，"姚绯接过三明治，碰到他冰凉的手指，握住捂了一会儿才松开，提醒他，"今天领证一定会上热搜，你以为她们不会看热搜吗？你这套衣服藏得住？嗯？商先生，回家换衣服吧，你太崩人设了。"

商锐倾身过去拉下姚绯的口罩，侧头亲了下她的唇，慢条斯理地坐回去系上安全带："好，老公带你回去换衣服。"

越野车缓缓开了出去，姚绯咬了一口三明治，看商锐俊美的侧脸："你哪来那么多——那什么的话？"

"前面有个大哥一直在给老婆打电话，我排队半小时，听他讲了半小时。"商锐修长的手指敲了下方向盘，笑着说道，"腻到想吐，现学现用，你老公是不是学习能力很强，很优秀？"

太优秀了，姚绯头皮发麻。

前方红灯，商锐停下车，姚绯把三明治递给他。

商锐咬了一口，转头看着姚绯笑。

他吃完三明治，说道："这个话听别人说恶心，但从自己嘴里说出来，而且对象是真正的老婆，其实感觉还不错。"

姚绯把牛奶吸管塞到他嘴边。

堵他的嘴。

商锐喝了一口牛奶，专注地看前方的路："姚老师，你不要害羞，你要勇敢地面对来势汹汹的爱。这种话以后我们每天都会说，我们是夫妻了。"

姚绯跟他共享一根吸管喝牛奶，转头看窗外，压不下脸上的燥热，半晌后她又看回商锐："老公。"

商锐差点儿把车开进绿化带。

姚绯喝着牛奶很轻地耸了下肩。

你怎么不保持心平气和？激动什么？

"我们预约了上午十一点领证，别耽误了时间，好好开车。"

商锐回家又换了一套偏正装的衣服，两个人才奔向了民政局。

拍照、填表、领证。

他们拿到结婚证后经过民政局大厅，有人拿出手机拍照，两个人也没有过多停留。他们没带工作人员，怕围观的人太多引起踩踏。

趁着还有人没注意，他们大步走出了民政局。

商锐握着姚绯的手，走下台阶，拉开车门上去。两个人目光对上，商锐拿下口罩抱住姚绯，低头吻了下去。

姚绯揽住了他，加深了这个吻。

她和商锐的户口迁到一起，他们是同一个的户口簿，上面只有他们两个人的名字。

从此，她和商锐的关系变成了夫妻。

"笑什么？"商锐嗓音低哑，亲她的唇，"嗯？"

"最近论坛里叫你'姐夫'。"姚绯亲他的唇角，说道，"谁冠谁的姓？姚绯的丈夫，商锐。"

商锐歪了下头，亲她的额头。

"老婆。"

"嗯？"

商锐跟她十指交扣，两个戒指碰到了一起，他垂下浓密的睫毛："三年前的今天，我碰到了你的手，我心跳得很快，差点儿把咖啡打翻。你知道我当时在想什么吗？"

"你说，我故意碰你的手。"姚绯笑出了声。

只怪记忆太好。

商锐轻哼，还钩着姚绯的手指，他清了清嗓子才开口："我在想，你要是能永远牵我的手就好了。我把手给你，我们光明正大地牵手，让你牵一辈子。"

商锐的手机先响了起来，随后姚绯的手机也响。

铺天盖地的祝福一起涌了进来，姚绯握着手机，保持着最完美的微笑："是的，我们领证了，谢谢。"

商锐笑得张扬："对，我结婚了，我老婆是姚绯。"

他们提前跟团队打了招呼，今天会领证，两边经纪人倒是没有过多意外，等着这两个人上热搜，等满世界的祝福，等双方粉丝的"表现"。

两个人接了十分钟的电话。

商锐打开了手机飞行模式，举着两张结婚证拍了一张照片，顺手把结婚证塞回大衣胸口的口袋。

"发微博吗？"商锐关闭飞行模式，打开网络把修好的照片发给姚绯。

"发个朋友圈吧。"姚绯接收照片，发了朋友圈，她朋友没商锐多，不用开飞行模式，"不发微博了，一次次刺激粉丝不太好，婚礼的时候一起宣布吧。"

他们同一时间发了朋友圈。

姚绯："我结婚了。@商锐"

配图是两张结婚证。

商锐："迈入人生新阶段，我结婚了。@姚绯"

同样的配图。

尽管商锐和姚绯没有发微博，但两个人的朋友圈还是被搬到了微博。

当天他们去民政局领证被拍，在车上接吻被拍，两个人的朋友圈被截图，在热搜前排位置待了很久。他们不算闪婚，但在粉丝看来也够迅速了。

去年六月他们拿下金影奖最佳女演员奖和金影奖最佳男配角奖，当天两个人接吻被拍，随后商锐高调官宣。

今年三月领证。

四月，商锐团队公布了婚礼日期。

六月十七号，他们一起拿奖的日子，也是他们接吻正式面对公众宣布情侣关系的日子。

一周年纪念日。

一年前，他们在这一天向粉丝公众介绍自己的爱人。一年后，他们举办婚礼，在亲朋好友的见证下，走向婚姻。

商锐一开始打算去国外找个海岛举办婚礼，美好盛大又不会被打扰。商家人嫌国外不安全，亲朋好友太多，无法全部到达。

商子明结婚时商家人没经验，办得不够隆重华丽，商锐结婚，他们就全部补到了婚礼上。

姚绯每次参加家庭会议讨论婚礼，都想逃离地球。

怎么能这么浮夸？

商量了一周，最终全家投票决定，婚礼举办地点定在海上。游轮从 S 市出发，姚绯和商锐的婚礼在海上举办三天。

他们曾经在海边定情，如今在海上举办婚礼。

苏洺私底下跟姚绯吐槽，商锐是不是怕她中途悔婚跑路，才放到海上。上了他的船，不把这婚礼办完，谁都别想下船。

姚绯在确认婚礼流程时确实想过跑路，之前还想着留两个月档期办婚礼会不会太久，担心时间留多了。看了商锐的流程，她发现是自己想多了。按照商锐的构思，两个月根本不够用，至少得两年的筹备时间才能有他想要的效果。

经过几次改动，婚礼简化了一部分，但还是足够隆重。

六月十六号，众人在港口登船。

大半个娱乐行业的人都到了，入场变成了红毯秀，星光璀璨，华丽盛大。现场媒体众多，俨然成了世纪婚礼。

苏洺作为姚绯的娘家人，陪姚绯上船。姚绯没有亲人，性格也不外向，朋友不太多，寥寥几个。她定下来婚礼后和商锐去了趟 B 市，给笛亚老师送了喜帖，笛亚老师以行程不便拒绝了邀请。

笛亚老师素来低调，淡泊名利，姚绯跟商锐结婚，婚礼必然高调，她不来也在情理之中。

豪华游轮上铺满了白玫瑰，浪漫到了极致。炽热的阳光照在海上波光粼粼，璀璨夺目，光芒万丈，海鸟张开翅膀飞向天空。

姚绯穿着高跟鞋、提着精致的礼服踩着台阶走进了船舱，整个船舱仿佛被玫瑰绑架了，满是圣洁的纯白。姚绯很轻地松了一口气，旁边的苏洺压低声音："这也太奢华了！是所有女孩做梦都想要的婚礼。"

"三天，十三套礼服，向往吗？"姚绯微偏了下头，保持着完美的微笑，她没有娘家人，宾客全是商家那边的人，她跟人点头致意，攥紧了苏洺的手腕，"我想想都头皮发麻。"

别人婚礼办一天就够要命了，商锐办三天。

他把所有人带到他的游轮上，不办完都不准下。

苏洺从震撼中暂时抽离出来："十三套是有点多，不过，你这么美，谁不想看你多穿几套。"

"玩《奇迹暖暖》呢。"姚绯笑着吐槽了一句。

苏洺也笑出了声。

她回头望去。

商世一身盛装牵着妻子的手穿过红毯登上了游轮，这位传说中的大佬也没有那么高高在上，面对媒体拍照询问落落大方地回应。

从大年初一商家全家出行给姚绯撑场面就能看出来，商家人很在意姚绯，姚绯和商锐真得不能再真了。

一开始苏洺跟那些媒体一样，低估了商锐在商家的地位，也低估了商锐对姚绯的感情。

姚绯的手机在银色手袋里响了一声，她取出手机看到商锐的短信："五分钟后去找你，先去新娘房休息。刘曼给你准备了吃的，别饿着。"

姚绯回复："不需要我招待客人吗？"

商锐："不用，他们不配。"

姚绯："……"

商锐："你去休息，不用管其他人。你的鞋子那么高，很累吧？脚疼不疼？"

"我们先去新娘房吧。"姚绯拉着苏洺往新娘房走，她在婚礼前上过两次船，一次排练一次确认会场。

所到之处全是玫瑰，空气里弥漫着玫瑰的香气。为了保持色调一致，船舱的地毯也换成了白色，美得十分震撼。

新娘房在船舱最好的位置，有巨大的落地玻璃和观景台，海面蔚蓝，一望无际，连接着天地。

姚绯关上门脱掉了高跟鞋，换了一双拖鞋走到窗边看外面的海鸟。还在港口，没办法走出去，会被媒体拍照。

白色阳光落在玻璃上，洒进房间，世界炽白而温暖。

姚绯没什么朋友，她是个很孤僻的人。她的戒备心很强，唯一能说上话的也就是苏洺了。

"我从没想过我会结婚，还是这样的场面，仿佛在做梦。"

姚绯曾经很排斥有钱人，她对有钱人避之唯恐不及。结果，她结婚的对象却是最有钱的那个。

"幸福吗？"苏洺接过刘曼送来的香槟，取了两杯，走过去递给姚绯一杯。姚绯的登船礼服是一套白色裙子，她肤色白，在光下呈现出一种玉白细腻的质感，姿容清绝。

姚绯接过香槟，跟苏洺碰了下香槟杯："嗯。"

商锐花了五个月时间策划这场婚礼，不厌其烦地确认婚礼细节，力求把每一个环节都做到最好。

"我很幸运。"姚绯喝了口香槟。跟商锐在一起久了，她偶尔也会喝酒，低度数的酒没有问题，她也不会那么抗拒。

"新婚快乐！"

"谢谢苏总。"姚绯又跟苏洺碰了下香槟杯，一饮而尽。

第一天晚上甲板上是舞会，船舱里是单身派对。门外钢琴美酒，和缓的音乐流动，门里狂欢，音乐放纵，姚绯在两道门之间跟商锐接吻。

商锐靠在栏杆上揽着姚绯的腰，高挺的鼻梁碰到她的鼻尖，他身上有很淡的酒精味，深邃的黑眸浸着点潮。他换下了礼服，穿着休闲衬衣，领口散着露出半截清冷的锁骨。

游轮已经驶入大海，海上一片漆黑，头顶悬着明月。

海风卷着他们的衣摆，姚绯的手放在他的腰上。

"明天，我们就要正式举办婚礼了。"商锐嗓音有些哑，"仿佛在做梦。"

姚绯笑了起来，原来不是她一个人有这样的感受。

"商锐。"

"嗯？"

"我有点紧张。"姚绯把脸埋在他的脖子上，深吸气，"比上台拿奖都紧张。"

商锐握住她的手指，十指交扣，感受到她冰凉的手心，把她整个人都圈在怀里："想听歌吗？"

"听什么？"

商锐低头亲了下她的额头："《小星星》。"

姚绯环视四周，在海风中仰头看商锐："乐器呢？"

"这里。"商锐把手指指向自己。

"你用嘴弹。"姚绯漂亮的眸子弯着，"锐哥。"

商锐低头亲到她的唇上，拿出手机下载了一个钢琴模拟器，修长的手臂圈着姚绯，嗓音沉沉："手机能弹，不懂了吧？"

姚绯笑得更深。这个男人，将要和她共度一生。

商锐认真地看她，看了许久，低头吻住她。

姚绯抱着他接吻。

吻后，姚绯趴在他的肩膀上看远处的海面。

"还紧张的话，你把婚礼当成一场最盛大的戏剧，最优秀的制作团队，最华丽的布景。"商锐揽住她，亲了下她的发顶，"导演是你我，主演是你我，编剧是你我，我们演一场永不落幕的戏，如何？"

姚绯和商锐的这个单身夜和别人的不太一样，他们没有跟朋友狂欢，也没有再争取最后一点单身的时间。他们在一起守到凌晨一点，才各自回房间。

商锐的原话是，"如果单身真那么快乐，还要争取那么点时间狂欢？不如选择单身，永远快乐"。

他就是觉得结婚快乐才结婚，何必要争分夺秒地狂欢？

第二天举办婚礼，商锐只睡了一个小时。可能是习惯了姚绯睡在身边，一个人睡再加上明天就举办婚礼，他就睡不着了。

早上七点半他的房门被打开，化妆师、造型师还有伴郎团一起涌了进来。业内跟他关系好的都结婚了不能做伴郎；随便找公司的艺人，他们也不敢跟商锐闹。他就找了一些关系还算不错的朋友来做伴郎，这些人很能玩，不怕跟商锐闹。

商锐大早上便被揉成了"酸菜"。

他洗完澡换上衣服出来，其他人已经换好了伴郎服，商锐竖起手指警告："提前声明，不准闹女孩，都给我绅士点。"

于是他又招来一顿揉。

要不是造型师阻止，他的主礼服都要换了。

八个伴郎雄赳赳地走出了门，纯西式婚礼，他们没有接新娘的环节，他和姚绯在婚礼上见面。

整个甲板被白玫瑰淹没，宾客已经陆续到达。商锐穿着白色三件套西装，捧着一束玫瑰等在甲板上。

阳光正好，海面一望无际。

商锐站得笔直，心跳得很快，他其实见过姚绯穿那套主婚纱，但还是会期待。这套婚纱并不是这五个月做的，他和姚绯官宣之后就找设计师做了，历时一年，婚纱终于做好。

上午十一点整，商锐坐到了钢琴前，修长、骨节分明的手指放到了琴键上。乐队拉响了第一个音，钢琴音从他的手指流淌，响彻整个甲板。

商锐弹着钢琴，余光往二楼看，姚绯从二楼走了出来。

白色带钻的长婚纱，阳光下她美得像是真正的仙女，让人不由自主地屏住呼吸，怕打扰了她的美貌。头纱朦胧，遮住了她的脸，但她的美貌丝毫不减。她从铺满玫瑰的台阶往下走，长长的婚纱尾在她身后铺开，上面零碎的钻石在阳光下闪烁着，仿佛最灿烂的星河。

商锐喉结滚动，直直地看着她。

她走得很慢，婚纱太长。

姚绯抬眼看来，两个人目光对上，商锐起身整了下西装，离开钢琴走向了姚绯。伴郎想提醒他别走过去，流程错了，新娘会走过来。

没拉住。

商锐穿着华丽的西装，俊美潇洒，三两步上了台阶，把她拥入了怀中。

随即一个公主抱，带动长长的白纱，他们走下了台阶。

远处有海豚跃出水面。

宾客惊呼："这是什么运气？居然能在这里看到海豚。"

商锐迎着灿烂的阳光，抱着最美的新娘子，大步流星地走。

"商锐，你流程错了。"姚绯压低声音说道，"你的琴都没弹完。"

"婚礼结束再弹。"商锐不拘小节，反正他想抱姚绯，"海豚在迎接这世界上最美的新娘子，我先带你去看海豚。"

姚绯怀疑海豚也是商锐安排的，不然这运气也太好了。

由于商锐冲动抱上了姚绯，加上突然遇到海豚跃出海面，交接仪式也就没有了。

姚绯怀疑商锐是故意略过这个环节，他一开始就不想要交接仪式，他爸妈觉得最起码也沾点传统，姚绯已经跟苏洺那边沟通好了，她没有父母，交接时就让苏洺牵着她。虽然保留了这个环节，但最终还是没用到。

海面平息。

两个人牵手穿过玫瑰铺成的礼堂，长长的婚纱拖在地毯上，华丽到了极致。音乐、鲜花、海浪、远处的海豚，他们在众人的祝福下走到了花海中央。

海风吹动头纱，姚绯抬起头看到商锐紧张得睫毛颤抖就想笑，一笑，所有紧张的情绪烟消云散。他们有种很神奇的默契，商锐比她还紧张，她就忘记了紧张。

白纱在空中飘动，身后是一望无际的海面，头顶灿烂的白色阳光铺洒大地。商锐握着姚绯的手，面对面而立。

姚绯笑了起来，商锐也跟着她笑。

笑着笑着，商锐抬手把姚绯拥进了怀里。

旁边正打算念宣誓词的牧师："……"

商锐压根儿不按照流程来。

姚绯对他的想一出是一出十分纵容，商锐越是自由，她的紧张就越是淡。她不觉得哪里有问题，婚礼本来就是为了让亲朋好友祝福，怎么热闹怎么来。

商锐看着姚绯的眼睛。

"你愿意和我结为夫妻吗？未来我会老去，失去才华，变成不太好看的商锐。姚绯，你愿意一生都和我在一起，不离不弃吗？"

姚绯笑得眼睛弯着，眼睫毛潮湿。

"你愿意吗？"商锐又问了一遍。

"我愿意。"姚绯说，"商先生，我愿意与你结为夫妻，一生不离不弃。"

"请新郎和新娘交换戒指。"

他们的花童是司以寒的孩子，小俞深穿着小西装、戴着领结，迈着小短腿捧着戒指盒晃晃悠悠地走上了婚礼现场，仰起头："舅舅。"

商锐摸了下他的头，接过戒指盒，指着姚绯："叫'舅妈'。"

"'漂酿'姐姐。"俞深还不满三岁，话说得不太利索。

伴郎伴娘笑成了一团。

你赶紧下去吧。

商锐大手抵着他的后脑勺，把他送下了台。

商锐尽可能把这场婚礼办得很欢乐，他觉得余生只有快乐就好了，不要在婚礼上哭，他和姚绯会过得很幸福。

交换戒指，商锐掀开姚绯的头纱，低头接吻时还是没忍住，哭了。

他深邃的桃花眼泛着红，紧紧抱着姚绯："我爱你。"

姚绯邀请了一直支持自己的粉丝，小姑娘手撑成喇叭状喊道："要幸福啊！姐姐！一定要幸福！"

姚绯亲了下商锐的唇角："我很幸福。"

这场婚礼狂欢到晚上，他们在海上放烟花。

绚烂夺目，当"SY百年好合"几个字出现在天空上时，姚绯笑倒在了商锐肩膀上。

这个男人什么都干得出来。

她换了条白色带钻礼服裙，商锐换上了黑色三件套西装，领带打得整整齐齐，绅士优雅。

音乐响起，他们跳了第一支舞。

姚绯以前不喜欢在私下做这么高调的事，因为商锐，她把这些事做了个遍。

狂欢到凌晨，姚绯喝了几杯酒，微醺。这个婚礼越来越自由，到这个阶段，大家已经放飞自我了。

华丽的甲板上只剩下姚绯和商锐。

姚绯一晚上换了三套衣服，她有些疲倦，穿着红色裙子坐在栏杆上，荡了下腿，风吹起她的长发。

累也值得，这场婚礼终生难忘。

商锐敞着西装外套，领带不知所终，衬衣领口随意地散着，坐到钢琴前把中午婚礼上没弹完的曲子补完，又弹了一首《菊次郎的夏天》。

他的姿态自由又快乐。

这个精力旺盛的男人。

姚绯听得也很快乐，她看着坐在钢琴前的男人，踢掉了一只脚上束缚的高跟鞋。

商锐弹完曲子，起身整了下衬衣领口，迈开修长的腿走向姚绯，行了个绅士礼，戴着婚戒的手伸到姚绯面前："太太，我们该去洞房了。"

姚绯把另一只高跟鞋也踢掉，张开手抬起精致的下巴，漂亮的大眼睛看着他。

"先生，抱我。"

抱我去洞房。

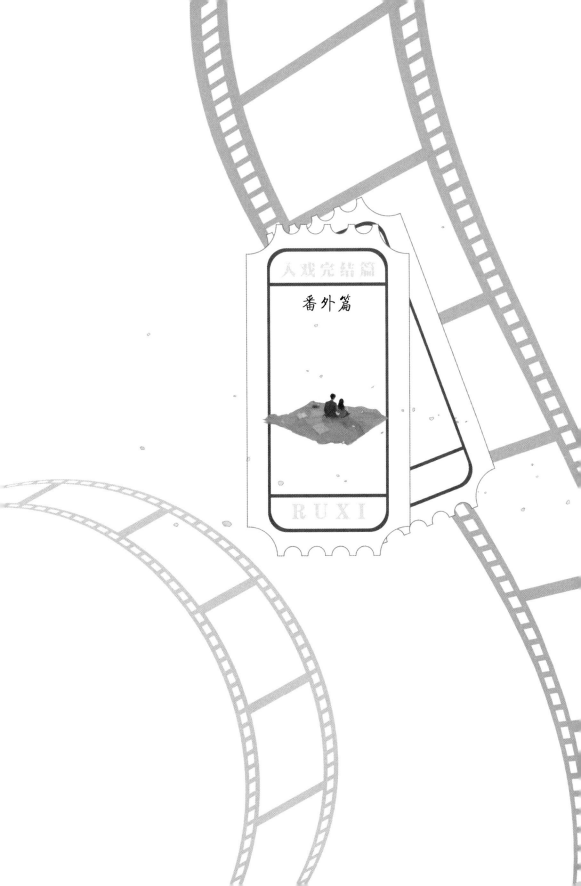

番外篇

番外一

《女律师》

　　姚绯决定接《女律师》后就投入了全部的精力，先是说服苏洺，又说服原作者做剧本顾问。姚绯原本还想邀请她来写剧本，可原作者确实是名律师，工作非常忙，实在腾不出时间。

　　七月中旬，她拿着剧本去 H 城找荣丰和沈成，想听听意见。

　　荣丰看完剧本决定做她这部剧的监制，但剧本要重写，荣丰的建议是改成正剧，不要拘泥于情爱。荣丰搬来 S 市亲自教姚绯，他不吝于培养新导演，为影视行业注入新鲜血液的事他一直很热衷。他还帮姚绯拉来个电视剧导演作为参考。在两个导演的指导下，九月，姚绯写出定稿版剧本。

　　剧本过了审核，项目正式进入筹备阶段，夏铭影业联合 SY 娱乐公司共同出品。"SY 娱乐"是商锐公司的新名字。

　　他的公司搬了新址，顺便把名字也改了。

　　她一开始没打算让商锐来演男一号，一方面是商锐的粉丝接受不了他被压番，这部剧是女性题材，一番肯定是女主角。另一方面，由于她和商锐的关系，她无法跳出关系来看待商锐。毕竟，她连商锐长胖了十斤都看不出来。

　　商锐被吐槽上了热搜，她翻了商锐的体重秤记录才发现他从婚礼结束到八月，两个月时间足足长了十斤肉。

　　他从去年腊月到现在一直在治疗嗓子，看了十几部剧本，全都没接，没遇到想拍的。他每天公司、家、医院，三点一线，荣丰搬到 S 市，他就跟荣丰混在一起吃吃喝喝玩玩，一天四顿饭，凌晨两点还要加个消夜。

　　商锐成功地胖到了一百四十五斤。

　　他一米八五，普通人这个体重不算胖，但他是演员。他的五官轮廓又过于精致，稍微长点肉，下巴线条就会从锋利变得柔和。

　　他陪姚绯去 B 市取景，两个人在机场被拍到了。于是"商锐婚后发福"和"男神堕落起来有多离谱""脱粉"上了热搜，随后又有"姚绯你管管你老公吧"也跟着上了热搜。

　　姚绯见识到了当初商锐说的他胖一点就被议论的盛况。商锐结婚都没这么大规模的嘲讽和吐槽，长胖做到了。

这种情况下，尽管商锐很适合这个角色，姚绯也不敢让他演。

爱情让人变瞎。

姚绯先找了女一号，她自己是导演，分不出精力来演女一号。电视剧和电影不一样，电视剧体量太大，很难自导自演。

经过两次试镜和试戏，她和荣丰一致决定用简晴。简晴二十九岁，二十二岁出道，第一部电影就因为美艳火了。她本人生得美艳，性格张扬火辣，有才华，演技好，这就足以让她任性。

她一连几部片子大火，拍的电影票房拿了个年度冠军，所有人都期待她再创高峰。结果她结婚去了，息影了。

结婚不到一年，她老公出轨被娱记拍了个正着，全世界都知道她被绿了。简晴打离婚官司打了两年，这期间她一直没有工作。

她的档期整整空了三年，再回来只剩下演"镶边"的角色，爱演不演。

《女律师》这部剧的女主角人设三十五岁，是离婚律师，不婚主义者。她生得美艳，个性强势，因为打过一场很轰动的离婚官司而出名。

这样的角色简直就是为简晴量身定制，姚绯见简晴的第一眼就觉得很适合她。简晴演技在线，颜值也没有垮，试镜后就决定下来了。

之后就是男主角和男二号的选择，男主角是个嘴巨毒的"万年寡"离婚律师，长得好看，但一张嘴就恨不得让人打死他，是精致的利己主义者，万事利为先。

荣丰第一次看到剧本，就问姚绯是不是照着商锐写的。姚绯没照着商锐写，是原作者有参考商锐。

原作者是商锐、姚绯的粉丝，这书写在《爱情悄悄然》后面，女主角参考了《爱情悄悄然》里面的女二号，男主角人设受商锐影响。

有商锐这个范本在，他们试了几个男演员全被否了，超越不了商锐。最后荣丰建议让商锐试试，商锐最近全是档期，拎着剧本就过来了。

试镜那天，商锐穿了套西装，头发剪了个很像精英的造型，他最近在减肥，下巴轮廓又锋利回去了。姚绯坐在镜头后面看他，感觉他就是《女律师》里面的顾行本人。

姚绯往后退了半米，尽可能使自己脱离商锐的妻子这个角色，用导演的目光去看商锐，依旧没看出商锐的缺点。

她转头问荣丰："荣导，你觉得有问题吗？"

"你怎么看？"荣丰往后仰靠在椅子上，抱臂笑着看她，"说来听听。"

"爱情可能会让人盲目。"姚绯长叹一口气，痛心疾首，她没想到自己有一天会这么恋爱脑，"我真的看不出来他有什么缺点，觉得他就是顾行本人。"

"那你确实滤镜挺厚的，他长肉了。"荣丰笑了一会儿，敲了下桌面，说道，"他再瘦五斤就更有感觉了，他这个长相是一点都不能胖，体重保持在一百三十五斤左右，让下颌轮廓更加冷锐，演这个角色就会特别绝，让他试戏看看。"

商锐的试戏让姚绯觉得他在家待了大半年没白待。他的演技趋向于成熟，开始使用技巧了。按照人设，顾行三十六岁，稳重中又带着独有的精明、刻薄劲儿，商锐拿捏得特别精准。

他一共试了三场戏，姚绯渐渐从商锐老婆的角色中脱离出来，用审视的目光看他。

商锐的演技很适合顾行。

十月六号，《女律师》正式官宣。粉丝大跌眼镜：姚绯导演？商锐主演？商锐搭简晴？这阵容也太离谱了。

虽然后面还有荣丰监制，但这几年荣丰的监制像是批发一样不值钱，他去各种剧组挂名监制。

商锐从去年演唱会后就从银幕上消失了快一年，粉丝以为他要憋出个什么惊天巨作。

商锐接了姚绯的《女律师》，还被压番了，是二番男一号，一番女主演是最近一直在各个剧组"镶边"的简晴。

姚绯今年就在一个主旋律电影里客串，结完婚后连商务活动都很少。粉丝猜测她在憋剧本，路人以为姚绯结婚生子去了。

没人能想到，姚绯转行干导演了。

半个月后，剧组又官宣了男二号是谢谌，二十一岁，去年因为出演《鸽子》的男一号拿过金影最佳男演员奖。

谢谌拿完奖后又演了内地大导演作品的男一号，主旋律电影。八月上映，票房可能要冲今年的年度冠军。

所有人都以为谢谌的下一部作品是大导演、大制作的作品，结果跑来电视剧里"镶边"了。谢谌的粉丝认为谢谌是被迫接的这部戏。

舆论越来越离谱，有人开始造谣是商家人在威胁新人，笛亚老师亲自打电话给姚绯，问是怎么回事。姚绯也不知道谢谌为什么要来《女律师》剧组，他一开始竞争的是男一号角色。姚绯让他试戏了，他年纪太小，脸太嫩，演三十六七岁的男人实在太违和。之后他就开始竞争男二号的角色，男二号年纪小，是女一号的助理。

他很合适，他的片酬又不高，没有不签的理由。这剧的制片人是苏洺，苏洺当机立断跟他签下了合约。

噱头很大。

十一月十一号，《女律师》在 S 市开机。选这个日子是因为男女主角都是单身。姚绯跟商锐一起到会场。

当天阴天，刮着寒风。

开机的酒店门口一早就有媒体在蹲，车停到门口，商锐先走下了车。他穿深蓝色西装搭配白衬衣，一如既往地不系领带，十分任性地歪戴着领针，细碎的银色链条垂落到一尘不染的西装上。

他戴着窄边眼镜，轮廓分明的脸俊美无俦，他关上车门随手整了下衣领，抬起眉骨审视众人。

"早上好。"

媒体无声地尖叫，商锐又帅回去了。

西装勾勒出他挺拔的身材，他迈开修长的腿走向车的另一边。穿着黑色风衣的姚绯下了车，握住商锐的手，两人牵着手大步走进了酒店。

"商锐又瘦回去了。"

"总裁和大佬。"

"《女律师》开机。"

商锐一瘦就回到了颜值巅峰，他穿着西装戴着眼镜，斯文俊美，下颌一扬，骄矜感立刻就上来了。

姚绯身材高挑，及肩短发让她美得更有侵略性，腰带勾勒出细腰。她穿着线条偏硬朗的黑色风衣，露出来的小腿因为高跟鞋线条优美笔直，气场十足。

不管是原著还是剧本，《女律师》里感情线都很淡，男女主角有着成年人的理智克制。两个精致的利己主义者谁也不愿真正地付出，害怕落空。全程互相试探，到结尾才点明感情。

这部剧姚绯最爱剧情线，案件精彩，一环套一环。

商锐站直把手机装进裤兜，敛起了张扬的笑，顿时索然无味。

"活动结束了再合照，我不跟她炒作，没必要拍那么多合照。"他能做到跟不是姚绯的女艺人合作已是敬业，他不会随意贩卖自己的感情。他单手插兜漫不经心地抬眼，看到从另一边进来的谢谌，顿时拧眉："你觉得谢谌接这部戏的目的是什么？"

谢谌约姚绯吃过饭，为了争取男二号的角色。谢谌确实有更好的选择，他的可塑性强又年轻，大导演比较喜欢他这样的。据商锐所知，谢谌今年有好几个比《女律师》更好的剧本，但他推了来演男二号。

目的很可疑，为了角色？可他是没争上男一号降级接了男二号，一开始是冲着男一号来的，绝不会是因为钟爱男二号才接，显然是为了剧组而来，或者说为了剧组里的某个人。

"不知道，但他演技好、片酬低，很适合周俊然这个角色——"姚绯说着抬了下眼，看到谢谌走了过来，止住了后面的话。

谢谌穿着白色休闲连帽衫，戴着帽子，他身高近一米八五，官方资料是一米八三，但这次给他做衣服，精准测量是一米八四点五。他清瘦，五官俊秀，单眼皮让他整个人显得阴郁冰冷。

"绯姐。"谢谌走过来跟姚绯打了招呼，转头看向商锐，商锐依旧是那副面无表情的模样："锐哥，早上好。"

作为导演的丈夫和电视剧的投资人，商锐保持着风度翩翩，微颔首："早上好。"

姚绯应该也看不上这种小孩，太嫩了。

姚绯跟谢谌握了下手，继续看今天的拍摄流程。她做事很认真，既然接了项目就会做到最好，一点纰漏都不能出。演员只需要代入自己的角色就好了，导演需要代入每个人的角色。

"导演。"

姚绯再次抬头，穿着黑色紧身裙的女人走了过来，姚绯目光停顿。简晴长得很是美艳，身材火辣，凹凸有致，大波浪卷发披散在肩头。她的真实身高数据是一米六四，穿着"恨天高"，硬是走出了一米八的气场。

姚绯的后腰多了一只手，很轻地捏了她一下，姚绯回神伸手："晴姐。"

简晴比姚绯大一岁。

"导演您客气了，叫我'简晴'就好。"简晴跟姚绯握手，又跟商锐握了下手，寒暄了几句，直接越过谢谌走了。

荣丰进了会场，简晴去跟荣丰打招呼，她和荣丰以前有过合作。

谢谌已经伸出了手，又若无其事地落回去，随即谢谌跟他们客套了几句，结束对话，走向了简晴的方向。

商锐抬手搭在姚绯的肩膀上，靠近她的耳朵，咬了下牙："为什么你看个女人也能看直眼？她好看吗？嗯？有我好看？"

商锐吃醋不分男女，他认为以姚绯的魅力，没有人会不喜欢她，性别根本不是界限。

姚绯转头注视商锐半晌，说道："我欣赏一切美的事物，这种美是艺术。商锐，你是我的爱人，不能比。"

姚绯觉得商锐是滤镜太厚才会有这样的效果。

爱情让人眼瞎。

开机仪式结束，下午会有一场拍摄，拍摄地就在这家酒店。现场各个机位检查了三遍，三点半正式拍摄。距拍摄还有十分钟，姚绯还是紧张得厉害，准备去安全通道缓解一下。

她推开安全通道的门，看到谢谌把简晴按在墙上亲。

谢谌一改平日阴郁冰冷的形象，强势霸道得火热。

闻声他们回头看过来，谢谌单眼皮下一双永远冰冷的眼此刻烧得通红。一人疯狂，一人冷静。

姚绯握着门把手半晌才憋出一句："打扰了，注意服装、妆发。"

"十分钟后拍摄，注意情绪。"说完，姚绯冷静地返回片场。

商锐已经做好了造型，拿着剧本在和旁边的助理试戏。

今天第一场戏有他的戏份，他穿着蓝色竖条纹西装，戴着眼镜，头发梳得一丝不苟，很有律师的感觉。

姚绯的目光在他身上停留，商锐果然适配这个角色。

"姚导，"商锐抬眼就看到了姚绯，一笑，浓密的睫毛微垂，"你看我怎么样？"

"很好。"姚绯停到商锐面前，商锐从《寒雨》剧组出来就没再接戏。他一开始的理由是要出专辑准备演唱会，如今他嗓子哑了，专辑都卖了几轮。姚绯跟他结婚已经半年了，他依旧没接戏。

《寒雨》让他拿了奖，走得越高，他身上的包袱就越重。商锐是个很骄傲的人，他不太能允许在意的事失败。

姚绯伸手帮他整了下西装领口，迎着他的目光："你觉得怎么样？"

商锐犹豫了很久才接下《女律师》，表面云淡风轻，背地里恨不得挑灯夜读。他为戏减肥健身，为戏调整状态。姚绯有次半夜撞到他对着镜子在练表情，他就像那种读书时期天天说自己没怎么学的优等生。

商锐把姚绯抱进怀里，亲了下她的额头，深呼吸。

"加油，姚导。"商锐松开姚绯。

"加油。"姚绯退后两步，难得活泼，挥了挥手。

她重新走回去做最后一次检查。

简晴和谢谌回到了片场，又是若无其事的样子。

"他们两个是不是有事儿？"荣丰叼着烟看了一眼，说道，"提醒他们一句，不准在剧组里谈感情，会影响拍摄。"

荣丰的眼毒得很，姚绯点头。

"紧张？"荣丰看了她一眼，在椅子上坐下。姚绯是个出乎他意料的人，从一开始就是。姚绯拿着剧本跑到 H 城找他，她的剧本天赋不算特别高，至少比起她的演技还差点儿，但她太真诚。

姚绯是荣丰见过做事最认真的人，认定了一件事就拼尽全力去做。她会进入角色所在的环境去感受——律所、法院、监狱——她不是走过场，而是真正地停下来去感受。

"嗯，紧张。"姚绯呼出一口气，认真道，"这对于我来说是个全新的领域，我没有很强的专业知识，我害怕搞砸。"

"我拍第一部电影时十九岁。当时什么都不懂，只有满腔热血。"

荣丰的第一部电影就拿到了青年电影年度最佳影片奖，他就是个天才导演。

"有激情，敢写故事敢去尝试，不要在意其他。"荣丰说道，"没技术没有关系，有思想就够了。有故事就去拍、就去尝试，不要等被磨去了棱角变成一个无趣的'成年人'，空有庸俗的技术。在这一行里待得越久越不敢表达，越是圆滑忌讳，那这一行就会彻底地死去。这就是我为什么要无条件资助新导演的原因，新导演怀有梦想，有尖锐的思想，我欣赏这种尖锐。你接拍这部剧的初衷是什么？你只需坚持这个信念，去做就不会太差。"

姚绯为什么接《女律师》？她愤愤不平如今有很多魔改原著的影视作品，当初演《爱情悄悄然》的时候，剧组糊弄到那个地步。沈成和荣丰感慨影视未来的发展时，姚绯也在想，他们这些人会不会有一天没戏拍了？

她看了一年《女律师》，翻来覆去地看，这是一部真正的女性题材作品，用女性视角去看待婚姻、孩子、家庭。市场上还是很缺乏真正的女性角度的，她也想做这样的剧。

"技术层面完全可以请教专业人士，你只需要拍摄你想要的思想。"荣丰掐着点，等演员到齐，"拍出想要的思想，那是一件非常过瘾的事，你会迷上这种表达方式。别有包袱，放开一点。"

姚绯有点明白荣丰说的点，但具体还需要拍摄后才能确定。

正式进入拍摄，第一场戏拍得并不好。

简晴和商锐各演各的，他们在同一个镜头里却仿佛隔着一个宇宙。

姚绯没叫停，看着他们把这场戏演完才叫停。

"你们过来一下。"姚绯起身招手让商锐和简晴过来，语调都没什么变化，甚至还有点温和。

简晴迎着姚绯的目光走了过来："怎么了？哪里有问题？"

"看看刚才拍的那条。"

商锐在原地站了一会儿才走过来，走到姚绯面前，单手插兜站得笔直。

姚绯打开了回放。

一分钟后，简晴蹙眉抿紧了唇，太难看了。

姚绯没说话，重复了一遍，重复到第三遍，简晴开口："导演，我知道问题了，我们再试一遍吧。"

她跟荣丰不一样，她不会开口骂人。她把你犯过的错拿出来，一遍遍播放给你看。

他们都是成熟的演员，知道什么是好，什么是坏。

"你没有看顾行，你的眼神不够有压力。你得从简晴中脱离出来，进入秦昭这个角色。"姚绯点到为止，简晴的资历也不浅，"晴姐，你知道该怎么演好的，这个我就不多说了。"

她要的从来都不是及格线，她要的是演好，最好的状态。

电视剧和电影不一样，电影近镜头特别多，有大量的时间去拍演员的细节表现。电视剧对情绪的连贯性要求很高，需要感情和演员融合，一气呵成。

姚绯转头看向商锐，说道："锐哥，你不要有任何顾虑，你可以再放开一点。"

"你们休息五分钟吧，不要再带着彼此的伴侣入戏。"姚绯想了想说道，"我希望下一场戏，你们是你们自己。"

第二次拍摄依旧不太顺。

一共拍了五条，虽然一遍比一遍好，但跟姚绯预期的还是有很大差距。

晚上收工，姚绯最后一个离开片场，走出门看到靠着墙等她的商锐。走廊灰暗，他的五官轮廓深刻。

姚绯原本有些空旷的心，忽然就很满。

姚绯走过去，商锐把烟掐灭扔进了垃圾桶，抬手揽住姚绯的肩膀大步往电梯方向走："你老公都快等成望绯石了。"

姚绯把手里的文件递给刘曼，跟着商锐走进了电梯。

刘曼进电梯按下按键，抬眼看上面的数字，不想理后面两个自打公开后就疯狂秀恩爱的人。这两个人的"狗粮"不要钱地撒，碰上就被强行灌一嘴。

"外面有媒体在蹲，你们要戴口罩吗？"刘曼鼓起勇气回头，很好，这两人没有接吻。

"不用。"商锐没有接口罩，亲了下姚绯的额头，"我们姚导这么漂亮，随便一张生图都绝美，让他们拍。"

刘曼："……"

您对姚绯的滤镜可真厚，亲老公的滤镜。

姚绯接过两只口罩，直接给商锐戴上。混迹片场一整天，妆早花了，什么颜值也扛不住这么撑脸拍。

"准备点小礼物送给他们。"姚绯叮嘱刘曼，"蹲了这么久也不容易。"

"好。"

两人牵着手走出了酒店，果然有记者在蹲。

姚绯上车后打开社交软件浏览了一下大家的祝福，内容五花八门。

"看什么？"商锐倾身过来下巴搁在姚绯的肩膀上，"百年好合，早生贵子，最好能生一个足球队。"

姚绯捂住了商锐的嘴，眼神示意：前面还有司机呢，乱说什么。

商锐稠密漆黑的睫毛近在咫尺，深邃黑眸凝视着姚绯，他的呼吸灼热，落到姚绯的手心。姚绯的手顿时烫了起来，商锐忽然咬了下她的手心，过电一般，姚绯立刻收回手。

商锐靠回座位，笑得眉眼飞扬，齿尖毕露。

姚绯抽纸擦手，眼睛还看着他。

"你是丁克吗？"

商锐敛起了笑，他们一直没讨论过这个问题。商锐冷峻的眉眼深沉，他这两年五官线条趋于成熟稳重，不笑的时候越来越严肃。

"你想要孩子吗？"商锐斟酌用词，很谨慎地说出口，怕说错话被姚绯甩了，"我不算丁克。"

"我不知道。"姚绯从来没想过孩子的事，转头看商锐，"我们好像从来没有考虑过这方面。"

"我考虑过。"商锐眼眸沉黑，注视着姚绯的眼，"我很早前就考虑过，我没跟你提，我不知道该怎么开口。我挺喜欢孩子，可我不太想让你生。"

商锐确实很喜欢孩子，他很喜欢司以寒和周挺的孩子，每次见面都会给他们带很多礼物，会带孩子玩，那两个孩子也很喜欢他。

姚绯和商锐不管是谈恋爱时还是结婚后，商锐都没有提过要孩子。

姚绯对孩子感觉一般，不讨厌也不喜欢，要不要都行，商锐不要她也不会主动要。今天看到这些留言，她忽然想知道他的想法。

姚绯为商锐的回答迷惑了一会儿，试探着问道："你想跟谁生？"

商锐俯身过去在姚绯的唇上狠狠亲了一口："不是跟谁生，我要有孩子的话，只会跟我的爱人有。我是不想让你体验那份痛苦。姚小绯，你在故意误解我的话。"

他说的有歧义，怎么能怪姚绯想歪？

"哦，这样？"

"你哦什么哦？你什么都不懂。"商锐握着姚绯的手送到唇边亲了下，靠回座位上，跟姚绯十指交扣。拍完戏他就把婚戒戴上了，两个戒指贴着，他沉默片刻才接着道："生孩子这方面，其实男人没什么话语权，也没什么资格决定。男人只是付出一时快乐，剩余的全是女人在承担，决定权在你。"

姚绯没有父母教导，没有这方面的经验。商锐是姚绯的丈夫，他起主导作用，他有必要跟姚绯讲清楚里面的利害。

"十月怀胎，痛苦十个月，生孩子的过程跟捅一刀没什么区别。"商锐很深地叹一口气，凝视姚绯，"换位思考，你舍得我被捅一刀吗？反正我是不舍得你痛苦。"

姚绯玩着商锐手指上的婚戒，在消化商锐的话。

她最初听商锐聊关于孩子的话题是在他们刚认识的时候，她去参加《街舞团2》的录制，结束后苏洺约饭，他们坐在一张饭桌上，商锐跟苏洺在聊女人怀孕付出的代价，当时俞夏刚怀孕。她以为商锐只是说说而已，没想到他是真的这么想。

"喜欢的话，玩玩别人的孩子得了。不是自己的孩子，不会有心理负担。"商锐拿下巴点了下姚绯的手机，"那些都是什么都不懂的小姑娘乱写的，若是她们了解过分娩的过程，说不出这种话。"

"如果有的话，我是说假如我们之间真的有孩子，你能负担起做父亲的责任吗？"姚绯注视着他的侧脸，之前没想到要孩子，这一刻，她开始考虑了。

"我觉得我会是个好爸爸，但我不考虑要亲生的，我承担不起让你痛苦的后果。"商锐不知道姚绯的具体想法，他像龙卷风似的，想一出是一出，把自己的底线放了出来，供姚绯参考，"我答应了让苏洺的孩子认我做干爸，虽然她孩子有点丑，不太符合我的审美，但好在性格还可以，当我们的孩子马马虎虎吧，还凑合。"

他好意思吗？不是他死乞白赖地让人家认他做干爹？

姚绯若有所思，可也没有再继续这个话题。

到家后，姚绯和商锐分别去洗澡，她洗完澡下楼时商锐已经把两份沙拉放到了餐桌上。商锐减肥，沙拉连酱料都没放，他苦大仇深地咬着没有味道的蔬菜叶子，一边吃一边看剧本。

他非得找点事分散下注意力，不然吃不下菜叶子。

"等会儿我跟你对戏。"姚绯拉开椅子在对面坐下，倒了两杯水，推给商锐一杯，"晚上你还要健身吗？"

商锐推开剧本挑起菜叶子："我都吃这玩意儿了，就为了晚上不运动。你那份有肉，我这份纯素，低碳低脂不运动。"

他们的餐食都是营养师搭配好的，只需拆开放上酱料。姚绯和商锐的营养餐是分开做的。

吃饭的时候，姚绯忽然想起一件事，开口道："简晴和谢谌是一对。"

"什么？"

"谢谌是冲着简晴来的，我今天看到他们在安全通道接吻。"姚绯转过身看商锐，摸了摸他的头发，"我本来想去松口气的，看到他们拥吻我就退出来了。"

"我知道了，睡吧，明天我会演好。"商锐翻身躺到姚绯身边，唇角翘了起来，很明显轻松了，说道，"谢谌和简晴是一对，那挺好。他们很般配，恭喜他们了。"

商锐调整得非常快，第二天拍摄时他已经放下了包袱。

上妆做好造型，他走到镜头前，漫不经心地回头看了一眼，眼神凌厉，状态非常好。

姚绯看向简晴："晴姐，可以吗？"

简晴朝姚绯比了个"OK"的手势，没说话，她在酝酿情绪。

经过昨天的折磨，简晴对姚绯有了新的认识。姚绯拍这部剧不是闲着没事做拿钱出来玩票，找一群大导保驾护航，她是认真地在拍戏，对演员的要求很高。

昨晚不单单是商锐回去开了小灶。

商锐走进镜头，这回拍对手戏时自然了很多。针锋相对时，他们的眼神有交会，厮杀得很到位。

打板离开镜头，整个摄影棚静了下来。姚绯的心高高悬着，她第一次导戏，到底还是有些没底气。

镜头里商锐刚结束一场胜仗，下巴微微上扬，桃花眼中的笑恰到好处。

"秦律师，承让。"

这场官司，秦昭输了，他们是对手。

二号机位拉近，拍摄商锐的特写。商锐的状态松弛，顾行的那种松弛也显得游刃有余。

他的台词出口，姚绯悬着的心落回了原处。

"顾律师，"秦昭比顾行年轻，也更冲动，她的笑就带了火药味，"你总有输的那天，来日方长。"

经过一夜的调整，简晴的状态也调整回来了。

这场戏昨晚姚绯和商锐对过，姚绯越过监视器屏幕看向商锐，商锐慢悠悠地转头，忽地就笑了起来，桃花眼潋滟。

他这么一转，目光正对着姚绯。

他直直地看着姚绯。

他笑得意味深长，慢条斯理地整了下领带，鼻梁上的薄镜片折射出冷光，他的语调里有着傲慢："我很期待，不要让我等太久。"

台词、语速拿捏得都恰到好处。

"锐哥怎么这么辣，他完全脱离了蒋啸生。"旁边的苏洺压低声音跟姚绯说道，"他现在的演技很好。"

商锐不是演技不好，他不能入戏是他太自恋。

商锐还是那个商锐，他在意的是搭档有没有家室，怕太入戏让对方产生误会，尺度不好把握。

这个男人。

"我有预感，他又要起飞了。"苏洺手插兜站直，看向镜头下的两个人。

姚绯也有这种预感。

顾行和盛辰光、蒋啸生都不一样，顾行毒舌傲慢，业务能力强。这个人设特别生动带感，演好了又是一个巅峰。

拍摄一周后，姚绯也渐渐找到了做导演的乐趣。

他们先拍摄第一个单元，其中第一个案件争议性很大。职场女性被迫放弃工作回归家庭，孩子五岁时遭遇丈夫背叛，女方身心疲惫地提出离婚，孩子归属却成了悬念。

女方失去了赖以生存的经济来源，没有工作，男方因为没有经济压力事业飞升，在公司里风生水起。无论母亲在孩子身上投入多少精力，孩子的最终归属很有可能是几乎没带过孩子的男人。

秦昭作为女方代理律师打这场争夺战，而顾行是男方代理律师。

秦昭赢的概率太小了。

一审时孩子判给了男方，男方有权有势有钱，女方连基本的工作都没有。女方当庭哭得声嘶力竭，字字泣血怒骂渣男。

这场哭戏非常震撼。

姚绯特意找了个离过婚的女演员演当事人，她也曾因为家庭放弃了事业，后来家庭没了，她也错过了事业。女演员的黄金期就那么长，失去了就再也没有了。尽管她的演技那么优秀，长得也算漂亮，可机会没有了就是没有了。

这一段重拍了一次，第二次一遍过。

姚绯起身走向影棚中央，俯身抱了下还在哭的演员，她在这一刻感受到了做导演的意义。

这场官司二审时翻盘了，秦昭不断地寻找新证据，最终找到男方出轨和转移夫妻共同财产的物证。她为了帮女方争夺孩子，在法庭上讲述自己的家庭，提起她的渣男父亲。

这是顾行成名后第一次输官司，但他并没有什么输的姿态，依旧风度翩翩。毕竟，他也希望女方打赢这场官司。

第一单元拍完，苏洺那边要求先做出第一单元的剧，有平台来谈合作，边播边拍。《女律师》属于节奏快的大爽剧，非常适合做系列剧。

这几年网播平台大火，甚至超越了电视台的热度。网播平台审核模式相对简单，渐渐就被推广了起来。最近有很多优秀的剧都放弃了上星，转网播，等网播结束数据好起来，再卖给电视台二次播放。观众受众不一样，收两份钱。

姚绯一边拍摄第二个单元，一边做第一个单元的后期。

正月初六，他们把第一个单元推上了线，《女律师》在泡泡平台正式开播。

他们的假期到初七，但初六就开始在家工作了。

姚绯一集分镜都没做完，商妈妈给她送了六次吃的，奶奶一会儿进来投喂一个小蛋糕或者一碟小饼干。商锐过完年就要进组，角色需要不能胖，于是她们全来喂姚绯，恨不得一天喂八顿。

姚绯这个难胖的体质，一个春节胖了五斤。

"晚上几点播？"商妈妈再次端着水果进门。

姚绯放下笔起身接水果："八点。"

"奶奶现在就在楼下等了，怕错过了首播。"

姚绯看了眼电脑上的时间，才下午四点，哭笑不得道："还早着呢，网上播放没有收视率，不用在乎是不是首播，什么时候看都算播放量，主要看播放量。"

"这样啊。"商锐的妈妈没怎么关注过网播平台，"那你忙，我下楼去了。"

"明天到剧组再忙。"姚绯端着水果挽着商锐妈妈的手臂，"下楼陪奶奶看看其他的剧。"她停顿了一下，说道，"也陪您。"

商锐的妈妈顿时乐了。

姚绯性格很好，除了忙，没毛病。

她们下楼，商锐刚从健身房出来，头发湿漉漉的，穿着雾霾蓝的毛衣。这个男人已经二十九岁了，看起来跟初见时没什么区别。

他拎着的一瓶矿泉水没到客厅就被劫走了，高个子大男人被一米六的奶奶拎到了沙发上，塞了一杯热的果茶。杯子上还有粉色猫爪印，十分可爱。

姚绯走到客厅，他喝完水拿着毛巾擦头发，顺手插了一块火龙果塞进嘴里："你的分镜弄完了？"

"差不多，剩余的明天到剧组再做吧。"姚绯把水果往他手边推了下，"腹肌练得怎么样？"

"姚导要检查吗？"商锐敞开长腿靠坐在沙发上，唇角上扬，桃花眼弯着，潮湿漆黑的羽睫垂了下来，在眼下拓出阴影，整个人都很快乐，"特别棒。"

要是姚绯现在跟商锐回房间检查腹肌，可能今晚就没办法爬起来看首播了。

"不要。"姚绯拒绝，拿出手机翻看微博，"体重没升，应该不会有什么变化。"

《女律师》的最终预告片上周才出来，评价两极分化，有人期待，也有人嘲，放出来的预告片很有质感，剧情冲突特别大，很有悬念。

被嘲是因为一众大腕跑去拍了个网剧。

几家粉丝都觉得掉价。

姚绯的第一部导演作品，说不紧张是假的。

晚上吃饭，她就开始心神不宁。吃完饭全家都聚到了客厅，打开电视，姚绯坐到单人沙发上，靠着扶手，有点蔫。随后商锐坐了过来，强行跟她挤到一起，握住了她的手。

她转头看商锐，商锐跟她十指交扣，姿态看起来依旧散漫悠然，但唇抿成了一条线。他们两个坐一个小沙发，靠在一起，非常近的距离。

姚绯勾了下他的手心，一脸严肃地看向电视。

商锐又勾了回来，以示安慰。

姚绯的焦虑稍缓。

晚上七点五十八分，还有两分钟。

姚绯拿出手机刷微博，她最近一年因为导演作品，微博热度降了很多。这是很正常的事，荣丰拍了那么多年电影，他的粉丝还不到一千万。

她翻看私信，五花八门什么都有，她的手指忽然停住，看到一个熟悉的 ID。

一个小时前"电视姬"发来私信，姚绯打开私信。

电视姬："你能拍《女律师》真的很棒，别听外界那些不好的声音！你的选择没有错，总要有人来发声。我没有喜欢错人，你一直都是那么优秀。不管这部剧最终如何，你是我心目中永远的女神，加油姐姐！"

姚绯唇角上扬，回复："谢谢。"

最初她们相遇，也只是因为单纯的喜欢。

商锐低头看她的手机，两个人靠得很近，他的发丝几乎蹭到姚绯的肌肤，呼吸很近，缓缓地交缠着，手指紧贴，手心盛着两个人的温度。

"我也很喜欢你，不管你是做演员还是导演，我都是你的粉丝。"商锐靠近姚绯的耳朵，缓缓道，"无论是扑还是爆，你都是我的偶像。最优秀的姚绯，老公永远爱你，支持你。"

姚绯耳朵红得快要烧起来。

家里众人的目光落到电视上，没人看他们。

《女律师》的片头出现在电视上，第一个镜头是简晴，第二个镜头是商锐。

"是我们家小锐！"奶奶回头冲商锐道："宝宝，你在电视上真好看，你这回演的是个好人吧？"

当初全家为了支持商锐，一起去电影院看《寒雨》，看完后奶奶的血压飙到了一百八。

姚绯扭头看另一边，憋住了笑。第一单元里，他还真不是好人。

客厅里灯光暗下去，大家为了更好的观剧效果，关掉了大灯。

"别看表面。"商锐说，"他表面是个不太好的人，但实际上非常好，前面四集看不出来。"

奶奶的注意力在电视上，商锐低头亲到姚绯的唇上。

他在姚绯的镜头里都没做过好人。

"商先生，"姚绯的心跳如同夏天深夜的暴雨，在燥热沉闷中激烈地碰撞着大地，"你也是我心目中最优秀的男演员，我们的第三次合作，合作愉快。"

"我们会合作一辈子，非常合拍。"

第一天官方放出来四集，六集一个案件，剧情紧凑，节奏非常快。四集过去，第一个案件进行到一半，商锐还是反派的代理律师，看到晚上十点，奶奶红着眼睛转头看商锐，说道："宝宝，你能过来让我打一下吗？"

姚绯看过无数次成片，这一次是真正的成品，放到大众面前。

前四集看完，她的心稳了些，至少家里人是认认真真地在这里把四集看完，没

287

有人离开。剧情太激烈了，代入感很强。

当晚，《女律师》冲上了一个热搜。

姚绯点开热搜，讨论得非常激烈。

《女律师》第一个案子很残酷，也很现实，妈妈为了家庭、孩子放弃工作，结果被社会抛弃，也被家庭、孩子抛弃。苏莹在法庭上哭的那段太难受了，女性的牺牲到底有没有意义？女性为什么要牺牲？

这个微博话题争议性特别大，已经讨论出三万多条评论。

这个案子是姚绯跟团队的女性高层，还有编剧、助理、原著作者讨论着一起写的，这个结果在预料之中。她们这群人，或多或少都遇到过类似的选择，很容易引起共鸣。

有讨论度，对于姚绯来说，这剧不扑就是爆。

姚绯一直在关注播放量，夜里十二点时，《女律师》单平台播放量破了两亿。

第一次拍剧有很多瑕疵，姚绯全凭一腔热血去做，结果出乎意料。

第二天早上，姚绯睁开眼第一件事是看播放量，《女律师》排在泡泡播放平台榜首位置，播放量四亿。

一共放出来四集，播放量四亿。

姚绯放下手机转身就把商锐亲醒了，商锐抬起修长的手臂揽住她的肩膀，眯着眼亲她的脸，嗓音低哑："怎么了？"

"破四亿了。"

商锐动作停住，半晌才睁开眼："什么？"

"四亿。"

商锐翻身把姚绯压在身下，狠狠地亲下去，笑出了声："四亿，不错啊，姚导。"

数据好起来，姚绯更忙了。

他们最初只剪了六集，送审播放平台，平台也是试水，不知道具体会怎么样。从前六集的质量来看不错，但谁也不知道后面如何，于是这部剧被评为 A 级项目上线。一夜四亿播放，平台兴奋起来了，这剧有得赚。

剧是周播，之后一次上线两集。姚绯这边第二个单元还没拍完，她只有两周时间，忙得原地都能起飞了。

这部剧从第六集收费，当天《女律师》的销量冲上了泡泡平台的销量榜第一。第一个单元播完，喜欢男二号和女一号这一对的粉丝有很多。

姚绯加班盯后期，见缝插针地刷了一下微博。她没有拍感情线，这剧走的是正剧向案件为主，可简晴和谢谌就这么被炒上了热搜。

第二单元商锐的人设就开始转变了。律师事务所合并，顾行和秦昭成了搭档，从两看两生厌到并肩作战。

两个人一起打赢了第二场官司，强强联手。

第二单元播完，粉丝几乎分成了两个群体，一派支持顾行和秦昭，另一派支持秦昭和周俊然。

谢谌饰演的角色叫周俊然，剧中人设偏向于忠犬小狼。他十五岁时父母离婚，秦昭当时在做公益律师，帮他的母亲打赢了官司。周俊然以秦昭为目标，毕业后凭借优异的成绩进入了秦昭所在的律师事务所，成为一名实习律师，跟在秦昭身后。

商锐在第二单元魅力飞起，穿着一丝不苟的西装，看上去禁欲、严谨，眼镜一戴谁都不爱，摘掉眼镜又撩得要命。第二单元里有一段剧情，他和秦昭在办案途中被对方当事人威胁，他一摘眼镜抬起长腿把人踹出去，气场十足。

商锐本身颜值就高，他这两年五官趋于成熟，桃花眼一挑十分有魅力。他在剧里人设傲娇毒舌，加之长得好看，十分吸粉。

播完十二集，《女律师》的播放量过了二十亿。这超出了所有人的预料，回报率高到姚绯都震惊，怀疑是谁刷了播放量。

太出乎她意料了，她都不敢想会有这么一天。

边拍边播对导演的心理要求特别高，一旦出错没有重拍的机会。数据越来越好，讨论度广，姚绯身上的担子越来越重。

拍摄完还要做后期，时间非常赶。好在演员都非常配合，几乎不会让她操心。

姚绯第一次和苏洺发生争执是在拍第四单元时。这部剧一共二十四集，四个案件，节奏非常快。

第四单元还没开始拍，苏洺提出加戏的要求。二十四集太短，剧大热正是赚钱的时候，多拍多赚。合作方那边给的价格很高，他们打算把《女律师》作为今年上半年的重点项目去推，二十四集赚得太少了。

姚绯拒绝了。

她们的争吵持续了四十分钟，准确来说，是苏洺单方面诉说了四十分钟的要求。姚绯的回答就两个字："不行。"

她是个很固执的人，不管粉丝怎么评价，她一直按照自己的节奏在拍。观众喜欢看什么那是观众的自由，她的故事就是这样，原著在那里，她尊重原著。

姚绯的态度很坚决，不改不加。不管她们私下关系如何，她欠苏洺的可以拿其他的还，但在作品上她绝不让步。

苏洺对她这个态度也是无话可说，两人不欢而散。

姚绯表面硬气，其实心里也没底。

影视项目中，大部分导演的权力都很小。

拍什么不是导演能决定的，签下合同，合作一个大项目，导演只是其中很小的一环。像曾经的沈成，他已经有名气了，还是被控制、被干涉拍摄。像后来《爱情悄悄然》的剧组，导演从头到尾都没有话语权。

荣丰那种算是异军突起，有很高的才华、很强的能力，而且他足够聪明理智，一开始就很清楚这个游戏的规则，迅速地拥有资本。握着资本再去拍作品，他才会有绝对的话语权。

《女律师》的制作公司是夏铭影业，整个后期团队都是夏铭影业的人，改剧太容易了，只要他们想改，姚绯也无能为力。

最终还是没改，剧方保留了姚绯的绝对权力。

《女律师》最大的投资人是商锐，商锐没放话，剧就按照原来的节奏拍。

十一月开机，四月才杀青。一开始是一周两集，后面直接变成了一周一集，越往后，期待的人越多，姚绯的压力就越大。

迫于各方的压力，剧本改了个结尾，原本的男女主角感情线被改成了开放结局，在结尾留了悬念。这是所有人共同决定的结果，创作团队打算做第二部，姚绯拍不拍，他们都打算做第二部，留个钩子给第二部创作空间。

意犹未尽，无限空间，这样第二部的呼声才高。

最后一集播完，《女律师》网络播放量破了四亿。

上半年唯一的爆款。

由于剧的完整度好，长尾效应异常明显。完结后一周，剧破了六亿播放量。电视台伸出橄榄枝，虽然是二次播放，但这部剧也正式上星了。

现象级的大爆，主创全部被推到了顶峰，简晴的身价直接到了一线，她和谢谌迅速地接了第二部戏，开始了二搭。

商锐和简晴拆绑的速度堪称光速。

拍完《女律师》，姚绯和商锐都没有接新剧本。《女律师》收益非常可观，最大的投资公司是商锐的 SY 娱乐，商锐最近在忙公司上市。

姚绯是拍完后陷入了一阵儿迷茫，她调整了小半年，这期间她也看了不少剧本，可没有她想拍的。

因为《女律师》的爆红，也有不少制作团队想邀请她继续导演。

姚绯心知自己几斤几两，婉拒了邀请。她拍摄《女律师》是无知无畏，一头热血扎进去，中途其实就有些吃力，拍摄完一部剧才知道自己离真正的导演有多远，技术层面差太多了。越是了解越是慎重，她想，下一次做导演，可能要等到她进修完戏剧文学后才能正式投入。

她调整到八月，开始筹备新公司。她和苏洛的经纪约快到期了，她不打算续约。在这个圈子里想真正站住脚，必须得自己有根基，姚绯在建立她的根基。没有钱，没有地位，她始终是别人手里的傀儡，没有话语权。

《女律师》这部戏的成功给了她一个很好的台阶，这是个非常好的机会。

年底有一个夫妻综艺来邀请姚绯和商锐，她想都没想就拒绝了。她很不喜欢参加综艺，她不太喜欢把真实的自己暴露在观众面前。

第二年三月，网上开始传她和商锐离婚。

铺天盖地的新闻，传得煞有介事，姚绯如果不是当事人，大概就信了这传闻。

虽然之前也传，毕竟娱乐行业的规律是单身的被传在恋爱，恋爱的被传分手或结婚，结婚的被传离婚，分手的被传复合。

可这次规模最大，一副商锐和姚绯非离不可的架势。

商锐和姚绯没结婚前还秀恩爱，结婚后倒是很少出席什么夫妻活动，开始有人猜测他们的感情是不是出了问题。商锐和姚绯结婚两年，一直没孩子，网友的逻辑是，夫妻没孩子，就是离婚的前兆。

结婚第一年，商锐和姚绯经常跑医院，被媒体拍到几次，有媒体猜测他们到底是谁不能生，跑医院是不是治不孕不育。

后来，商锐和姚绯不跑医院了，他们又猜这两个人是不是放弃治疗了。

论坛有个人爆料："商锐确实不能生，是遗传病。商子明就没有孩子，商锐也不能生。他们结婚初期，跑了半年医院没治好，拍完《女律师》他们就分居了，姚绯可能想要孩子，商锐不能生，他们过不长的。《女律师》这部剧大火，牵扯到的利益过大，双方一直在扯财产分配，所以才没有办离婚手续。最迟五一，他们肯定会办好离婚手续。至于有没有小三，这个不清楚，没听说。"

姚绯看着这些所谓的爆料，陷入了自我怀疑，她什么时候和商锐离婚了？

一个比一个离谱。

她和商锐结婚后不怎么出席活动是敬业，她怕秀得太多以后接剧本影响观众代入。她不秀，商锐也不去参加那些活动，夫妻俩深居简出。

没有孩子是他们暂时工作太忙，没计划要孩子，去医院是陪商锐看嗓子。刚结婚那会儿，商锐的嗓子还没彻底恢复。

认识或不认识的朋友，电话一个接一个地打过来，旁敲侧击他们什么时候离的婚，关心姚绯的"婚变"。连奶奶和妈妈都打电话过来，小心翼翼地问怎么回事，两个人前几天出门时还好好的，怎么突然离婚了。

姚绯耐心地解释："没离，我们感情很好，媒体造谣。"

接了二十多个电话，姚绯挂断电话打给了商锐。

商锐要接荣丰的新剧本，在 B 市试镜。荣丰的新剧本是纯男人戏，主旋律战争片，打算让商锐去试试男一号。

姚绯忙公司的事，没陪他过去，两个人暂时异地。他接得很快。

"你看到热搜了吗？"姚绯说，"怎么回事？"

"前段时间 X 电视台《夫妻观察日记》综艺来找过我，我特烦这家电视台，乱剪辑故意搞艺人，我就给推了。他们记恨上了，发通稿说我们离婚，编得煞有介事，故意抹黑我们的关系。我已经通知法务了，让他们去发律师函。"

《夫妻观察日记》就是去年来找姚绯的那个节目，姚绯陷入了沉思。

这也太丧心病狂了。

"我打算投资一个夫妻综艺，我们去做主嘉宾，跟他们打擂台，让他们这个节目烂到泥里。"商锐轻哼，"这群人，敢盼我离婚。是我这两年太低调了，让他们膨胀到这个地步。"

番外二

恋爱综艺

姚绯和商锐从官宣到结婚那段时间是粉丝狂欢季，颁奖礼结束后回曾经的拍摄地官宣，车门吻加官宣词"我恋爱了"，一时间成了秀恩爱的梗，所有人向往的甜蜜爱情不过如此。

商锐高调了整整一年，演唱会求婚，举办华丽盛大的婚礼。

婚礼照片传出来，他们在白色游轮的甲板上接吻。

阳光在他们身后的海面上洒出一层璀璨的金色。

长长的婚纱裙摆飘在风里，英俊的男人掀开头纱，头纱飘了起来，他俯身吻她。商锐曾经在综艺节目中说，如果他结婚，那一定是万众瞩目的婚礼。

他结婚了，在热搜上挂了两天。

他邀请了大半个娱乐行业，确实成就了"万众瞩目"的世纪婚礼。

他们被评为娱乐行业最甜夫妇。

十九岁的商锐是姚绯的粉丝，那时候姚绯风光无限，商锐还没有出道。二十五岁的商锐遇到了二十四岁的姚绯，他已经在巅峰，而她落进了低谷。他们拍了同一部戏，出演情侣，戏里甜蜜互动，两个人奔向对方。

二次搭戏，他们针锋相对，却成就了彼此。他们在颁奖典礼上拥抱，商锐亲吻姚绯的额头，感情呼之欲出却始终隐忍不发，那么张狂的人学会了克制。

大约是以为他拿了奖，姚绯就会错过奖项，他拿奖时并没有那么喜悦，眼角甚至有一丝潮意。姚绯拿奖时，他才真正地狂喜。

他成长了，为了喜欢的女孩，长成了更稳重的男人。

他们在镜头下接吻，他们官宣。

他们历经三年，穿着最美好最圣洁的礼服走向了彼此，戴上了婚戒定下终身。

都说娱乐行业没有真感情，别太真情实感。可这一对不一样，如果这一对不是真感情，那还有什么是真的？

结婚后他们并没有像粉丝以为的那样出来大肆秀恩爱，营业感情，他们结婚后便消失了，商锐这么高调的人，结婚后竟然有大半年不露面，两个人甚少同框。粉丝自我安慰：姚绯低调，都结婚了也没什么好秀的，他们感情好就行。

之后姚绯转去幕后拍电视剧了，商锐是男一号，剧播期间，三个主演出来宣传，姚绯神隐。

好吧，姚绯真低调，她是一个默默做事的人，不急不躁地做着她认为对的事。

电视剧的质量、演员演技都在线，很快出圈。剧火了，男一号和女一号的粉丝蠢蠢欲动，他们的粉丝心高高悬着。这两人再不营业，他们都过气了，他们就要被按在地上摩擦了。

女一号被男二号拐走了，很好。

两人的粉丝等着男一号和导演擦出火花，然而他们还是没有营业。剧播完，两个人又消失了。

《夫妻观察日记》是最近比较火的夫妻综艺，已经播了两季，前两季热度不错，剧组筹备第三季，总导演在微博发起投票——

"你最希望参加节目的娱乐行业夫妻。"

姚绯和商锐两人的票数一骑绝尘，网友投出了一百万票，打破了平台投票人数的纪录。

排在第二的夫妻才十万票。

《夫妻观察日记》的导演扬言一定能请到姚绯、商锐，之后也发了几个通稿，暗示姚绯、商锐会上《夫妻观察日记》。

粉丝沸腾了。

有生之年，居然还能看到这两位营业。

等了三个月，姚绯、商锐离婚的消息先出来了。粉丝傻眼了，不会吧？这两个人怎么会离婚？

论坛、微博、各大新闻网，瞬间涌出无数的爆料。

爆料越讲越真，有一些连细节都爆出来了。随后商锐和姚绯的工作室都出了声明，称这是谣言，并且告了几个发布谣言的博主。

可怀疑一旦生出，落地生根发芽，无数质疑便纷至沓来。

真的没有离婚吗？不是貌合神离吗？娱乐行业有真夫妻吗？

随后"商锐姚绯没有参加《夫妻观察日记》"上了热搜。

这个热搜从字面上看没有任何问题。商锐、姚绯确实没有参加《夫妻观察日记》，他们不喜欢。

但发出来，配合前面的热搜就形成了因果关系，似乎证实了他们的感情确实出了问题才没有参加夫妻综艺。

商锐转发了这个热搜的热门微博，评论："把你们节目导演的账号发过来，我给你们导演打点钱，让他去看看脑子。"

商锐在评论区回复粉丝的质疑："因为工作忙拒绝了节目组的邀请就到处散布

谣言说我们离婚了，无耻节目。"

商锐这一下炸锅了，他以前也高调，但很少这么直接骂人。

毕竟这牵扯到的利益很大，有些人惹了很麻烦，锐哥一直狂得很有分寸。

这次他是真气急了。

节目组发出声明，称他们从来没有做过这种事，要追究商锐的法律责任，并且疯狂地推商锐、姚绯的黑料上去，扒这两个人的相处。商锐、姚绯去超市买东西，姚绯跟他隔了一段距离，立刻就有媒体发通稿"商锐姚绯逛超市各走各的疑似貌合神离"。

朋友聚会，商锐帮苏洺拿了下东西，通稿成了"商锐跟异性行为亲密疑似出轨"。

通稿发多了，总有人信。

不断地有人质疑这对娱乐行业第一甜夫妇的感情，不敢上夫妻恋爱综艺，夫妻不营业了，两个人感情破裂。

五月一号，《夫妻的甜蜜旅行》上了热搜。

《夫妻的甜蜜旅行》是橙子卫视推出的新节目，夫妻旅行类综艺。橙子卫视是 X 卫视的死对头，两家竞争多年。《夫妻观察日记》在 X 卫视独播，橙子卫视跑来打擂台了。

《夫妻的甜蜜旅行》官宣了邀请到的明星，第一个提到的就是商锐，他们邀请到了商锐和姚绯。

商锐转发了微博，配文："老婆，出发吗？@姚绯"

姚绯也转发了微博，配文："出发。@商锐"

商锐的公司是做综艺起家，手里综艺资源大把。他跟《夫妻观察日记》微博上放话之后拉来团队，特意挑了 X 卫视的死对头橙子卫视合作。

橙子那边对打击 X 卫视兴趣很大，听说要跟 X 卫视打擂台，迅速地走完了合作流程。

何况有商锐的综艺，没扑过。

筹备了两个月，五月正式拍摄。参加节目的一共四对夫妻，其中有司以寒夫妇。这一对从结婚后就不怎么露面，最近为了新作品出来刷存在感，能进来是商锐的关系。有一对结婚二十年的演员夫妇，德高望重。还有一对刚结婚的小夫妻，两个人在摩擦期，负责制造话题。

拍摄是从出发前在家里准备行李开始，拍一点夫妻在家的相处模式。

中午十二点的飞机，早上七点开始录制。姚绯凌晨四点就醒了，把家里简单整理了一遍，去洗手间洗漱想化个简单的妆，刚打开化妆包就听到脚步声，转头看到商锐停在洗手间门口，懒洋洋地靠在门上，肩膀支着身体，垂着倦懒的眼打了个哈欠，睡眼惺忪："先别化妆，会被拍出来。"

"完全素颜很丑吧？"姚绯对着镜子看自己的脸，商锐直起身走进来，长手从后面落下来撑在洗手池台面上，看镜子里的女人。

她的长发已及腰，慵懒地散在肩膀上。

她就像一株幽兰，盛开在未明的清晨。

美得要命。

他亲了下姚绯的脸颊，下巴搁在她的肩膀上，抬眼凝视镜子里的女人："你化不化妆都是最美的，不需要化妆，自然点就好。"

"你怎么醒了？"姚绯靠在他怀里，商锐很爱睡懒觉，平时叫都叫不醒，今天居然起这么早，"你也紧张？"

"身边没人我感受不出来吗？当你老公是傻的？"两个人肌肤相贴，"哼。"

商锐哼得很轻，有一点鼻音，很可爱。

姚绯回头亲他的睫毛，商锐的睫毛很长，睫毛精。

"那你还睡吗？"姚绯问。

"你陪我去床上躺着，你不在我很不舒服。"商锐收起手，揽住她的腰。他没睡醒时像一只大猫，整个人都懒洋洋的，嗓音低哑缓慢："你别那么焦虑。"

姚绯抬头看商锐："我不太擅长真人秀。"

"真人秀也没什么特殊，你平时什么样，上节目怎么样就好了。你这么优秀，无论哪个角度拍，都优秀得没有死角。"

姚绯笑出声："商老师，你是不是对我的滤镜太厚了？"

"并不是我有老公滤镜才这么说，你确实很好，认识你的人哪个不喜欢你？嗯？有不喜欢你的吗？这是你的人格魅力。你不要把真人秀当成你的作品，对它那么苛刻。你自然点，把这些当成游戏，当成我们的蜜月旅行。至于观众的反应，满意，他们就多看两眼；不满意，换台找满意的看去。我们就是这样的人，活在这里，我们的感情不会因为他们的言论而改变。有人讨厌有人喜欢，都很合理，随他们去。"商锐亲了下她的发顶，揽着她的肩膀往外面走，"你老公我可是综艺大神，我带你，别担心。"

他们没有蜜月旅行，结婚的时候计划了，但办完婚礼姚绯就不干了，坚决不去蜜月旅行，她被三天婚礼折腾得精疲力竭。无论商锐怎么游说，她就是不上贼船。之后她又投入工作，忙得不可开交。

这个节目不算临时起意，商锐很早前就想做夫妻旅行类节目，以工作之名拉他家姚老师去度蜜月。

他原计划是好好策划几年，可那个该死的节目打乱了他的计划，只能把行程提前了。

窗帘没拉，房间里开着一盏壁灯。昏黄的光铺满卧室，暖洋洋的。两个人回到床上，商锐关灯揽住姚绯："再睡一会儿。"

姚绯看着商锐的眉眼，想陪他躺一会儿。

结果一闭眼她就睡着了，还睡过了头。

摄影师进门时，两个人是很真实的刚起床。姚绯穿着睡衣，长发凌乱地散在肩头，素颜没上妆，清丽得仿佛初春挂在树梢上的寒露。

"商老师还没起床。"姚绯拿遥控器打开了窗帘，说道，"抱歉，睡过头了。"

私底下的姚绯说话温温柔柔，长得又十分漂亮，摄影师脸红了。

"没关系，您忙。"

姚绯表面上云淡风轻，实际上心跳加速，很是紧张。

窗帘打开，卧室的装饰显露出来。温柔的浅蓝色色调，搭配白色。房间里每一样装饰都充满了童真，窗边的小沙发是奶白色的小鹿形状，柜子上放着的小摆件也很可爱。他们家的装修风格和两个人对外的形象有着极大的反差。

床头放着商锐和姚绯的拥吻照，很生活，两个人接着吻笑着看看镜头，笑得灿烂。床上是浅粉色四件套，睡得满头卷发的商锐从被子里出来。一个对外冷酷的男人，从浅粉色的被子里出来，俊美的脸上还有惺忪睡意："这就开始拍了？"

商锐揉了下上翘的头发，早上刚醒来，他俊美的脸上没有什么表情，他抬腿下床走到窗户边看外面的天气，阳光正好，铺洒进来："早上好啊。"

他身高腿长，穿着衬衣式睡衣，姿态倦懒，带着点漫不经心。他站在落地窗前，抬手做拉伸，衬衣因为他的动作往上移动。他的睡裤穿得不太高，露出一截精瘦的腰，他最近在健身，身材很好。

人鱼线蜿蜒而下延伸进了睡裤深处，一个字母显露出来。

字母"F"在他好看的胯骨下方，在冷白肌上特别显眼。

商锐身上有着姚绯的名字。

摄影师看向了导演和蔡伟，想问这真是他们能拍的吗？

商锐转过身漫不经心地放下手，遮住了，笑着说道："今天天气不错。"

桃花眼微眯，商锐的笑有让人眩晕的功效。

摄影师已经能想象得到，这个镜头放出去，他的粉丝得疯成什么样。该给的福利给足了，商锐才迤迤然进了洗手间。

他和姚绯一人站一边洗漱，灯光柔和，他们一俊一美，画面异常美好。姚绯漱完口忽然转头看商锐，两个人目光对上，商锐叼着电动牙刷看着她，大约有十几秒。商锐当着摄影师的面，反手关上了洗手间的门。

"换地方拍，先出去吧。"导演冷静地分析面前的局面，让其他人退出去。他们都结婚两年了，居然还能这么腻！

两个人眼神对上那瞬间，站在镜头外都感受得到那种滚烫的灼热。

卧室基本上拍完了，摄影师拍了些空镜头，以免之后删得太多，没素材可用。导演撤掉卧室安放的摄像头，转头问蔡伟："蔡总，锐哥身上的——"

"姚老师的名字。"蔡伟面无表情地回答，咳嗽了一声说道，"没关系，拍吧。"商锐那种平时露一下就觉得亏了八千万的人，为了秀这个费尽心思，蔡伟敢拦着，商锐能送他去火星。

"好的！"

两个人再出来已经换好了衣服，姚绯拿出大行李箱收拾东西，商锐看了眼就出去了，一点帮忙的意思都没有。

导演也不知道商锐想干什么了，难道第一集就想制造话题？

商锐下楼打开冰箱取出鸡蛋和面包，他穿白色休闲T恤搭配牛仔裤，年轻英俊，有十分美好的颜值。他娴熟地烤面包，然后开火倒油，拿出模具剪了两颗心形的荷包蛋。

他拿下模具，完整的两颗"心"放进白瓷盘子里。

一群工作人员惊讶：商锐居然会做饭！还做得这么好。

他为了秀厨艺，大清早开火炒了个菜，当众表演颠勺。

蔡伟在镜头外翻了个白眼，居然被商锐装到了。

十指不沾阳春水的商锐跟姚绯结婚后才学会开火，为了参加节目秀恩爱，他特意去找大厨学厨艺。

他做的菜口味一言难尽，花架子招式倒是学了不少。厨房完全是西式餐厅风格的装修，在这里颠勺，商锐要是孔雀，现在估计已经开始对着众人撅着屁股开屏了。

姚绯下楼时，商锐已经把早餐做好了，面包、煎蛋，还有一坨看不出是什么东西的炒菜。商锐把两杯美式咖啡端到桌子上，拉开椅子让姚绯坐下，抬起手腕看时间，说道："快一点，不早了。"

姚绯看了他一眼，又看看周围拍摄的工作人员，咬了一口面包，眼眸弯下去笑得很满足。他们上这个节目的宗旨还是秀恩爱，她根据最近搜寻的恋爱综艺，找到一句匹配的台词："谢谢老公。"

商锐转身膝盖就撞到了椅子上。

姚绯好做作。

他快绷不住笑了。

他握着椅子扭过脸让镜头拍不到表情，姚绯放下面包起身扶住他："没事吧？撞到了？"

商锐强行绷住表情转头看姚绯，两个人目光对上，他笑得睫毛颤抖，将声音尽可能稳住："没事，吃饭。"

那么清脆的一声，姚绯听着都觉得疼。

不过经过这么一撞，姚绯也不演了，两个人恢复平时相处的状态。

姚绯坐回去，又看他的腿："真没事？"

商锐喝了一口咖啡。他录了这么多年真人秀，对节奏的把握一直很好。但跟姚绯一起录真人秀，整个过程像是脱缰的野马。

他现在已经不知道节目效果会是什么样了，节奏不在他的掌控内，录制朝着一个奇怪的方向奔去。

商锐原本特意嘱咐姚绯收拾完行李别搬那个巨大的行李箱，让他去搬，这样既能体现夫妻恩爱，也能让他有点男友力。

由于他磕到腿，姚绯把两个行李箱都搬下了楼。

商锐想帮忙，还没走过去，她就推着两个行李箱出了门，径直走向了他们的车。她一手一个行李箱，轻轻松松地放到了后备厢。

商锐拿着两个人的包，拎着防晒霜，想了想，又拿上了一小支防晒喷雾。

反正他们两个人的人设都崩得渣都不剩，也不在乎这一点了。

夫妻的浪漫旅行第一站是 A 市，几组嘉宾在 S 市候机厅见面。姚绯和商锐第二个到达，第一个到达的是司以寒夫妇。他们刚到地方，另外两对夫妻就到了。

年纪较长的夫妻男人叫王威，女人叫沈佳，这对夫妻在娱乐行业也是出了名的感情好。少年相识，相互扶持走到今天。

年轻的小夫妻一个叫苏樱，一个叫蒋霖。

四对夫妻自我介绍之后，开始一起聊天熟悉彼此。

商锐在旁边闲着没事儿，打开防晒霜把姚绯露出来的地方全部涂上。他对外的人设高冷桀骜，可他给姚绯涂防晒霜时那个温柔劲儿，跟他的人设没有半毛钱关系。

年长的夫妻在传授婚姻长久秘诀，聊到夫妻相处模式。

"你们吵过架吗？"苏樱还年轻，刚二十二岁，目光里带着天真。

"吵过啊，哪有夫妻不吵架的？"沈佳笑容优雅，说道，"吵架也是维持夫妻关系的一种方式，两个人在一起久了，不可能一点矛盾都没有，有矛盾就要沟通，沟通了才能解决。"

姚绯默默回头看商锐，他们虽然也有过矛盾，但没有真正地吵过架。

苏樱无意中看到对面的两个人坐在一起，眼神对上就亲，瞬间捂着嘴尖叫："锐哥！你们！"

"别太意外。"旁边的俞夏说道，"他们一直都是这样，习惯就好。"

这已经很克制了，商锐和姚绯结婚第一年，他们这群人都不想跟商锐来往，他太能腻了，恨不得每天把老婆扛肩膀上，天天炫耀。

商锐把防晒霜装回去，长手随意地搭在姚绯身后，郑重地点头，说道："习惯就好。"

"你们感情真好！"苏樱放下手，从商锐给姚绯擦防晒霜就看到了高冷锐哥在线宠妻。她说道："你们吵过架吗？吵架之后是怎么和好的？"

"没有吧。"商锐看向姚绯，语气迟疑了一下，说道，"我们吵过架吗？"

姚绯摇头。

"不会吧？你们没吵过架？"所有人的目光都落到了姚绯、商锐身上。

姚绯仔细地回忆，好像真没有。

"你们发生矛盾的点都是什么？"商锐收回手，坐直后认真说道，"我和姚老师好像没什么矛盾。"

"就比如今天早上。"苏樱捶了下旁边玩游戏的蒋霖，他们从进机场就吵了一轮，说道，"我让他把防晒霜放到随身带的包里，他说'好'，可托运完行李，我们找防晒霜却发现没有带。他还死不承认，认为这是我的问题。如果是你和绯姐的话，你会不会吵架？"

姚绯从包里取出防晒霜，说道："需要吗？用过的，不介意的话你们用。"

商锐看了姚绯一眼，又靠回去。

"谢谢，不用了，刚才买了新的。"苏樱兴致勃勃，"绯姐，你们因为这个吵过架吗？"

"没有。"姚绯把防晒霜收了起来。

"我们不会有这样的矛盾，我知道她不会带防晒霜，我就不会提这种无效要求，我会提前装好或者让助理备好。"商锐修长的手臂搭到了姚绯的肩膀上，唇角轻扬，稠密的睫毛垂下，"如果我真的需要她帮忙，提出了要求，她一定会回应我，姚绯不是会冷落爱人的人，我们的关系是互相包容、互相理解。"

苏樱目瞪口呆，人设真的不靠谱。

商锐和姚绯与外界传闻中的一点都不一样。

王威笑了一声，喝了一口咖啡，以过来人的语气说道："你们刚结婚，是会这么持续几年，时间久了你们就知道了。"

商锐刚要接话，广播响了起来，提醒他们该登机了。

姚绯握住商锐的手，捏了下他的手心，提醒他不要再继续这个话题了。

上了飞机，姚绯和商锐坐在一排。节目组拍完素材，摄影师回到了座位上，艺人可以休息一段时间。

飞机缓缓地攀上天空。

姚绯耳朵有些不舒服，她歪了下头，商锐长手落过来缓缓地揉着她的耳朵，压低嗓音道："你刚才看我，是想说什么？"商锐说话间呼吸落到她的肌肤上，高挺的鼻尖蹭到姚绯的脖颈，他顶了姚绯一下，"嗯？"

"我们没有吵过架。"姚绯话说得慎重，"不过，我已经有答案了，人和人是不一样的，我们和他们也不一样。性格、三观不同，各有各的活法。"

"对，是不一样的，我爸妈不吵架也过了这么多年。"商锐回头看了眼后面几组嘉宾，声音压得更低，只有两个人听得见，"'沈王'他们吵架是有原因的，王威年轻的时候出轨过一个女演员，中间两个人差点儿离婚。还说什么我们没到那个年纪，得了吧，我什么年纪都不会出轨。苏樱和蒋霖只领了结婚证，没有办婚礼，至今蒋霖还没在公开场所介绍过苏樱。苏樱属于低嫁，她极度没有安全感，太过于年轻，还看不懂人心。她不断地用各种方式来找存在感，让蒋霖关心她，然后用来证明他们感情好、蒋霖爱她。可越急切地证明，越说明什么都没有，我估计他们的婚姻不会持续太久。"

姚绯突然吃了一口"大瓜"，商锐的"瓜"还基本上保真。

"我们就不一样了，我们势均力敌，感情是在平等上建立的，无论经济还是社会地位，相差不多。我爱你，你也爱我，我们不需要用这种东西来证明我们的感情，我们本身就很相爱，三观一致，懂彼此的想法，没有那么多矛盾。"

商锐等飞机平稳地飞到云层上，拿出耳机塞到姚绯的耳朵里，怕姚绯晕机，耳机会缓解因为耳朵不适带来的晕机症状。他打开了音乐，抬手越过姚绯的肩膀，把她的头按到自己的肩膀上。

"闭眼睡觉，该怎么样就怎么样，不要随大流。我们是独一无二的爱情，也是独一无二的夫妻。"

两个人一人戴一只，音乐在耳朵里响了起来。

自恋的商锐，姚绯听的歌必须是他写的。

姚绯闭上眼靠在他的肩膀上，闻到熟悉又安心的淡香水味，她唇角翘了起来，有着很温柔的弧度："如果我们之间有什么我没意识到的矛盾，提前告诉我，我们及时沟通，不要积累矛盾。"

商锐亲了下她的额头，嗓音低醇："我知道。"

节目组的录制行程被人泄露出去，他们刚到 A 市机场，外面便挤了很多等待接机的媒体。姚绯、商锐被传婚变后，高调宣布参加夫妻综艺，身上可以扒的新闻太多了，好几家媒体在蹲独家。

来的媒体规模很大，到处都是人，原计划的机场游戏环节改到了酒店。节目组临时调整行程，安排录制的艺人尽快上车。

人群拥挤，姚绯和商锐走在最后，司以寒和俞夏算是前辈，得让他们先走。对王威和沈佳是"尊老"，对苏樱和蒋霖是"爱幼"。

商锐全程护着姚绯，拿手臂挡住往上扑的媒体，十分小心地把姚绯送上车。

姚绯已经上车了，看商锐和认出他们的粉丝打招呼，她也招了招手。他们戴着同款的黄金手镯，黄金手镯造型不算多好看，好在这两人的手腕都漂亮，方边的手镯贴到冷白的肌肤上，手镯被衬托得高级起来。

"对于前段时间的离婚传言，你们怎么看？你们有过感情危机吗？"离得最近的记者大声喊道，"你们参加节目是为了证明你们感情很好吗？"

商锐回头，凌厉的黑眸漫不经心地掠过记者，抬起修长的手指，扯掉口罩唇角上扬，绽放出一个肆意张扬的笑。他单脚踩到车底，俯身进去揽着姚绯，拉下她的口罩两个人接了个绵长的吻。

所有人都没想到他们会在众人面前接吻，商锐亲完很温柔地揉了下姚绯的头发，退出车厢关上车门。

在喧嚣声中，商锐的桃花眼有着潋滟，嗓音慢沉："谢谢关心，我们感情很好。参加节目是补我们的蜜月旅行，姚老师平时太忙了，档期很满，我也只能约个综艺了。"

商锐单手插兜，姿态闲适，迈着修长笔直的腿绕到另一边拉开车门，修长的手指抵着车门，环视众人，笑意深了些："盼点好的吧，别盼我们离婚了。劝你们善良。"

商锐和姚绯的粉丝都很生气，这两个人虽然结婚了，但婚后低调不怎么秀伴侣，婚后两个人事业都很稳定、有质量，可 X 台实在太不做人了，竟然去挑衅商锐和姚绯。

以商锐的性格，能忍吗？肯定不能。

商锐和姚绯官宣上夫妻综艺，是《夫妻观察日记》的对手电视台的竞品节目，两个人公开高调肆意地秀恩爱。

由于行程更改，他们原本设定的游戏选酒店就没办法进行了。节目组紧急会议，更改流程。

嘉宾到酒店放好行李就约上了下午茶，等待录制通告。

下午四点，节目组制定好了新的流程。他们在餐桌上收走了所有嘉宾的钱包，发布任务。一共有四个赚钱项目，四组嘉宾，每一组只能选择一个，根据赚到的钱来决定明天的旅游基金，赚得多的会过得舒服点，赚得少的可能连饭都吃不上。

这设定，是夫妻的甜蜜旅行还是夫妻的沿街乞讨？

姚绯拿到卡片看上面的项目，应该是根据在场几位夫妻的经历来设定的。其中有个剧院演出，"王沈"夫妇曾经做过话剧团演员，他们应该会选择话剧团，剩余三个分别是街头表演、游乐场导游、海上钢琴师。

"我们选择游乐场导游！"苏樱举起了手，十分兴奋，拉着蒋霖说道："游乐场导游多浪漫！是吧，亲爱的？"

"都可以啊，你喜欢就好。"

没人跟他们争游乐场。

商锐和司以寒的目标都是钢琴，他们是玩音乐出身，钢琴是他们擅长的。商锐慢条斯理地喝了口咖啡，笑得桃花眼深邃，慢悠悠道："寒哥，尊老爱幼是优良传统，那我和姚绯就把街头卖艺让给你和夏夏了，我们选择——"

"海上钢琴师。"司以寒抬手去抽卡片，扬眉，"谢了。"

商锐揪着下半张卡片不松手，他和司以寒关系好，什么玩笑都能开，这种竞争也是节目效果："海上钢琴师是我们的，您要点脸吧！"

他们合作过项目，一起参加过好几期节目，玩得比较开。

司以寒转头看向姚绯："快点管管你老公，他一直对我进行人身攻击。"

姚绯笑出了声，劝说商锐："让给司导，你别争了。这是夫妻表演，我又不会弹钢琴，我们去街头表演吧。"

"不如决斗吧，良性竞争。"俞夏放下咖啡杯，认真建议道，"我们就用技术来决斗，凭能力决定命运，公平公正。"

"决斗什么？"商锐松开了手，转头朝姚绯眨眨眼："不会弹钢琴没有关系，你老公会弹，海上钢琴师肯定比街头浪漫，等我给你赢回来。"

"剪刀石头布。"

"你这可真是太有技术含量了。"商锐吐槽，"来吧。"

两分钟后，商锐、姚绯拿着街头表演的卡片离开了餐厅。商锐玩剪刀石头布输给了司以寒，一局定输赢后商锐不服，三局两胜，商锐又输了。

商锐就是剪刀石头布"黑洞"，他在这个游戏上没赢过。

商锐把节目效果拉满，餐厅这一段的笑点和冲突十足，导演十分满意。

之后选择街头卖艺的项目，姚绯翻看着节目给的卡片，看到里面有舞剑和长枪表演，这是节目组特意给他们准备的吧？

"舞剑怎么样？"姚绯拿到舞剑的卡片，看向商锐，"你给我配乐。"

商锐长手搭在姚绯的肩膀上，倚在她身边："好。"

两个人一拍即合，节目组送来表演服，他们拿着衣服回酒店换。

商锐拿衣服盖住酒店房间的摄像头，又关掉了收声，才伸长手臂伸了个懒腰。他穿着白色 T 恤，一抬手露出一截精悍腰身。

姚绯翻看着红色表演服，衣服尺码都是她的，她看了商锐一眼："这个环节不会本来就是为我们准备的吧？商先生，你是不是提前知道剧本？"

演得那么逼真，姚绯以为他真的在跟司以寒竞争，竞争输了还有点心疼他。

这个人欠一顿打。

商锐忽地就笑了起来，睫毛覆在眼下："没有，你怎么还质疑我？"

"真没有吗？"姚绯对这个结果很满意，但看他的表情，应该是提前知道一些。

"我是知道一些，一开始节目组跟我提了，我最初也答应了。但过来后，这边天气热得要死，舞剑太累了，我就想要不要把这个项目取消，可如果告诉你，你肯定会答应。你什么事儿都往身上揽，责任心那么强，我就竞争其他项目试试，钢琴师肯定比街头卖艺舒服。没想到最后，你还是选择了舞剑。"

姚绯之前发过一段舞剑视频，馋了不少人，商锐也是其中一个。结婚前商锐不好要求她舞剑，结婚后两个人都很忙，姚绯即便练剑，商锐也没时间去看。

"姚老师，你舞剑非常好看，在我心目中排第一。"商锐迈开长腿走过来打开表演服，是红色简易版汉服，"我帮你穿衣服？"

商锐的夸赞越来越不值钱了，批发似的往她这里砸。姚绯对舞剑更感兴趣，她脱身上的衣服，说道："如果我一开始知道有舞剑，可能剪刀石头布的环节都没了。我更喜欢舞剑，我不怕累。"

姚绯不太喜欢看商锐输，哪怕是节目组玩梗："以后如果有类似情况，你告诉我，让我参与进来，我们商量后再做决定。"

"好。"商锐郑重地点头，看她脱掉衣服后姣好的身材，眼神黯了下去，"换衣服是多长时间？"

姚绯抬手穿衣服，睨视他："想什么呢？只有一个小时，换衣服、化妆都不够。"

他们的衣服都是汉服，姚绯的是红色，商锐的是白色。

姚绯扎了个高马尾，特意化了个眼妆。她化完妆从洗手间走出来，商锐仰着头让造型师整理衣服领口，看到她后目光停住。

红色汉服束着腰，姚绯身材高挑挺拔，腰细而有力量。她没有留刘海，绝美的一张脸显露出来。高马尾让她气质偏冷，她拿起节目组送来的表演长剑，抽出了剑，抬眼看商锐："怎么样？"

比他想象中还要美个几十倍吧。

商锐心跳得飞快，嗓子有些干，他清了清嗓子才开口："美。"

房间里还有造型师和摄影师，统一停住了动作。

姚绯似乎从《寒刀行》里走了出来，但跟当年那个小姑娘又不一样。如今的她成熟了，五官线条更加清晰，漂亮的眼眸依旧是锋利的，但没有曾经那种刀刃一般薄而锋利，再多一寸就会折断的脆弱感。如今的她更坚韧，目光也更豁达。

姚绯挽了个剑花，说道："好久没练了，不知道会怎么样。这里有空地吗？能不能让我先试试。"

"楼下有排练大厅，等会儿你和锐哥有一个小时的排练时间。"导演从惊艳中抽出理智，说道，"我们有安排老师，如果需要可以求助。"

"谢谢。"

舞剑配乐商锐选了很久，他原本想选古筝，却高估了自己的音乐天赋。他确实不是全能的，一个小时根本学不会古筝。他临时学了鼓乐，鼓相对来说就简单得多，他有架子鼓的基础。

傍晚七点，天边燃烧起火红的火烧云，一路烧到了世界的尽头。

他们到了场地。

繁华的街道，空旷的广场，姚绯一身红衣拎着长剑走到了中间，这个广场每晚都有卖艺的人。卖艺不算稀奇，但武术表演还是挺少见的，有不少人停下脚步看了过来。

暮色降临，天暗了下去。城市的灯光亮起来，第一声鼓乐响起，戴着口罩拎着长剑的女孩就走到中央，朝四周拱手行礼。

两个人都戴着口罩，商锐敞开腿站在鼓前，抬手击鼓，急促的鼓乐响起。

姚绯舞起了长剑，艳红色裙摆随着她的动作飘动。凌厉的剑式划破长空，挽出优美又不失锋芒的剑花。她一跃而起，身形优美，随剑而动。

围观的群众疯狂地鼓掌，这不是剪辑视频，而是真人舞剑。

鼓乐跟她配合得很好，鼓配剑气势如虹。穿白衫的男人身形高大，戴着口罩的脸隐约能看出英俊的轮廓。

有人拿出手机录像，为街头惊艳的一幕震撼。

火热的鼓乐配着凌厉的剑式，刀光剑影渐渐慢了下来，鼓乐也慢了，婉转柔和起来。围观的人越来越多，他们被音乐和舞剑的人吸引，勾动着情绪。

持续了十几秒，鼓乐再次激烈，音乐大开大合。打鼓的男人看起来非常有力量，白衣被他穿出恣意的气场，他抬眼，那是一双凌厉深邃的桃花眼。

白衣潇洒，红衣明艳。

剑客与知己，高山流水遇知音。

姚绯收起最后一个剑式，鼓点也落了下去，场下短暂寂静，随后姚绯收起长剑拿下口罩，商锐也拿下了口罩，两个人走过来站在一起弯腰鞠躬。

她喘得厉害，她如今的体力跟十几岁时没法比。商锐拉住了她的手，跟她十指交扣。

围观的群众原本在鼓掌，看到两人的脸，有年轻的女孩尖叫出声："锐哥！绯姐！啊！"

姚绯和商锐牵着手走到中间，接过工作人员递来的话筒，她喘得说不出话，商锐对着话筒微笑，低沉的嗓音通过音响响彻广场："是我们，感谢大家的观看。"

全场尖叫。

姚绯是第一次街头表演，意外地没什么尴尬和紧张。身边是商锐，商锐游刃有余，她也就放松下来。

他们表演完三段舞剑，商锐临时起意，拿着话筒忽然喊了一句："你们想听我唱歌吗？"

姚绯倏然转头看向商锐，商锐红的时间太久了，他的粉丝数量庞大，尖叫声一度让姚绯回到了曾经的演唱会上。

惊天动地。

姚绯攥紧商锐的手指，蹙眉抿了下唇，想说话可围观的人太多了。

"我们唱《落下》怎么样？"商锐转头看姚绯的眼，声音从话筒里传出去，"我们第一次合唱时就唱的这首，你会唱。"

商锐的眼眸沉黑，犹如盛着整个宇宙。

姚绯想问：可以吗？

商锐从嗓子出事后就再没唱过歌，哪怕在私底下，他也没有唱过。装作对什么都不在意，实际上在意得要命。

商锐是个心思特别细腻的人，他会敏感，他会难受，他对外界的声音非常在意，他和他表现出来的是截然不同的性格。他走不出去，他永远不去碰。

跟他认识越久，越是清楚他的性格，姚绯知道他在意，也刻意不去提，维护他的心思。

"姚小姐，"商锐开口，偏低的嗓音浸着温柔调，"我可以邀请你，唱一首歌吗？"

"好。"姚绯跟他十指交扣，唇角上扬，"商先生，加油。"

商锐笑得更灿烂了，微俯身在姚绯的额头上印下一吻，郑重道："谢谢。"

"嗯。"姚绯用口型道，"我爱你。"

观众看不到姚绯说了什么，商锐看得到。

他的桃花眼弯下去，张开手臂抱住姚绯，在众目睽睽下贴着她的耳朵，嗓音低成了气音："我可以唱，没事，别担心。"

两人一抱便松开。

第一个音离开商锐的嗓子，从话筒传出来响彻广场。

场下粉丝尖叫，姚绯跟上了他的声音，接了第二句。

姚绯也只会唱他的这首歌，跟着他的声音进入了他的领域。

商锐全程看着她的眼，所有的喧嚣都跟他无关，只有这个女人在他的世界里。他的嗓子不行了之后，他很少唱歌，怕唱得不好。

可姚绯在身边，好像一切都变得不那么重要了。

姚绯始终会陪他。

当地最繁华的街头，围观的人特别多。

他们表演了半小时，收到的打赏已经超出了节目组的预期。节目组匆匆叫停，但围着的粉丝还没有离开。姚绯让助理去附近的商店买明信片，她和商锐现场给人签名。

节目组也很配合，迅速组织起来。

发出去两千张明信片他们才结束了晚上的演出。两个人回到车上，商锐立刻就脱掉了外套，热气腾腾地解着里面的衣服。

他把上衣完全脱掉，里面的白 T 恤已经湿透了，额前黑发也潮湿，姚绯拿纸巾给他擦了汗，提醒他别对着空调吹。

"刚才的明信片从你们赚到的钱里扣。"导演说道，"明信片一共花了五百六。"

"你们是周扒皮吧？"商锐往后靠在椅子上，拿起扇子给姚绯扇风，姚绯里面没穿衣服，不能随便脱表演服，"这应该算道具，节目组支付。"

"不算，这是额外支出的费用。"导演冷酷无情，"不过，目前你们减去支出，依旧是赚得最多的一组。"

两个人默契地击掌。

他们这一组最辛苦，但赚得也最多，可以享受节目组提供的情侣豪华一日游。

商锐计划玩到凌晨，结果第二天由于姚绯例假突然造访，中止了所有行程。姚绯肚子疼，他们把豪华一日游让给了年纪最长的"王沈"夫妇。

早上六点，商锐出去给姚绯买止疼片，又借用酒店的厨房给她煮了一碗稀粥。姚绯窝在沙发里吃完药又慢吞吞地喝粥，她已经很少疼了，所以这次出来都没带止疼片，可能是因为昨晚的项目太激烈。

姚绯以前肚子疼从来没在意过，吃止疼片就过去了。可自从跟商锐结婚，他每次都如临大敌，姚绯渐渐地也习惯了不舒服时，商锐停下来陪她。

她还没吃完粥，商锐进门把暖手宝递给她，端起粥喂她。

姚绯在认识商锐之前，从不知道两个人能腻歪到这个程度。

姚绯拿着暖手宝焐肚子，一口一口地吃商锐喂过来的粥："你吃过了吗？"

"吃过了。"商锐喂完一碗粥，靠过去跟她挤在一个小沙发里，让姚绯躺在他的怀里，有一搭没一搭地聊天。

节目组原本还担心这样的日常录制起来不好看，可录了一段日常相处，导演发现这两个人私底下的相处模式也很有看点。

两个人不出门在家打游戏，默契十足，是最好的搭档。不想打游戏了，他们就拉上窗帘窝在沙发上看老电影。

傍晚时分，他们换上情侣装出门逛街，戴着口罩、帽子，融入人群，像是最普通的恩爱夫妻。

他们在 A 市录了一周，飞往了第二站 T 国。

在 T 国有穿泳衣环节，他们要在海上做竞赛。姚绯跟商锐结婚后，心境变了，也不会避讳在镜头下穿泳衣。

换衣服时几个女艺人在一起换，众人就发现了她身上有一个"S"。姚绯偏瘦，身材很好，胯骨下方露出来半截，有几分性感。

苏樱惊叹姚绯皙白的肌肤上露出来的半截很明显是个"S"："是锐哥的名字吗？"

姚绯点头，大方承认。

"哇哦！锐哥也有！"苏樱惊呼完，表情有明显的落寞，"你们感情真好，真羡慕你们。绯姐，你是怎么说服锐哥的？"

苏樱和蒋霖吵了一路，在 A 市时玩游戏吵架，游戏输了吵架，每天不是在吵架就是在吵架的路上，他们有没有吵累姚绯不知道，姚绯听都听累了。

"没有谁说服谁，心有灵犀一点通。"姚绯想了想，很认真地看向苏樱说道，"感情里两个人应该是平等的，互相尊重互相珍重。两个人能明白那个点才能去做同一件事，如果还没到那一步，贸然把意愿强加到别人身上，可能会起到反效果。"

苏樱皱了下眉，说道："你是在说我和霖哥吗？"

更衣室没有摄像机，她们可以聊一点私人话题。

"我不是很了解你们的感情，说得也许不对。"姚绯跟苏樱接触了一周，总觉得苏樱很可惜，她生得挺有灵气，如果专注事业可能会有很好的发展，可非要在蒋霖身上耗，"其实没必要一直试探别人的底线，如果他爱你，他会表现出来。看不到爱，试探也没用。"

没有的东西，无论怎么试探都没有。

苏樱垂下头半晌才扯了下唇角："也许吧。"她走过来挽住姚绯的手臂，说道，"走吧，我们出去。"

显然，她也不是不明白，只是她做出了这样的选择。

姚绯也没再继续这个话题，人有很多种，每个人需求不同，追求的也就不同。

早上他们竞赛海上摩托，两个人一组，玩得嗨了自然会湿身。商锐的 T 恤湿透贴在身上，他撩起衣服下摆，"S"和"F"一左一右，十分显眼。

当然，播出时可能被遮挡，但不重要，目的达到了。

他们录到第三期，节目开播了。

《夫妻观察日记》由于差评太多，暂时延后。

商锐私底下跟姚绯吐槽，这玩意儿八成是逃档了，知道打不过《夫妻甜蜜旅行》，跑掉落个体面。

第一期商锐和姚绯就上了热搜，他身上笑点很多，每一帧都能让观众捧腹大笑。比如，商锐本来想秀厨艺，结果"姿势很帅"地把菜炒煳；想体现男友力，特意叮嘱姚绯一会儿让他拎行李，结果最后是姚绯把行李扛下了楼，留商锐一个人"在风中凌乱"。

他们私底下的相处模式出乎了所有人的意料，在姚绯面前的商锐很不一样，他们跟银幕上表现出来的状态反差很大，可是两人意外地融洽。他们没有演的痕迹，他们就是普通的夫妻。

第一期还火了苏樱和蒋霖，蒋霖的行为很多人看不惯。

节目组倒是没怎么剪辑，直接把两个人的相处放了出来。路人还有苏樱的粉丝一起把蒋霖送上了热搜位。

第一期收视率达到了零点九。不算特别高，但在当下综艺市场整体低迷的情况下，这算是很好的成绩了。商锐的综艺有基本盘，这是业内公认的。

第二期播放时，收视率达到了一点三。几对的性格，司以寒和俞夏是成熟稳重，姚绯和商锐是高调活跃、"狗粮"不要钱，苏樱和蒋霖是鸡飞狗跳、每天都在吵架，"王沈"夫妇是长辈夫妻相处模式。

一站两期，一共六站，十二期节目。

录到中途节目组终于回归主题：浪漫旅行。

他们在多瑙河畔浪漫约会，姚绯穿上礼服走进酒店便看到站在窗边拉小提琴的商锐。他穿着燕尾服，站在夕阳下，金色的阳光从他身后洒进餐厅里。他垂下浓密纤长的睫毛，俊美无俦的脸在阳光下更迷人。

他像是童话里走出来的王子。

姚绯停住脚步，注视着他。

商锐拉小提琴特别好看，手指修长漂亮，温柔又绅士。

一开始姚绯参加这个节目是为了澄清绯闻，录完几期后，她有些迷上跟商锐的旅行。他们去世界上最浪漫的地方，做尽浪漫事。

人生幸事，不过如此。

跟心爱的人去看最美的风景。

一曲结束，商锐放下小提琴抬眼看过来。

他并没有立刻走过来，而是站在原地笑，笑得眼眸潋滟，唇角上扬，露出齿尖。他站在原地微歪了下头，笑得灿烂。

姚绯走向了他。

最后一期，夫妻互相写情书送礼物。

姚绯和商锐早过了写情书的年纪，可他们还是为彼此写了一封认真且情深的情书。

姚绯送了商锐一盒自制的太阳形状的巧克力，商锐送了姚绯一整盒"我爱你"。

商锐在信中写道：

> 我并不是很优秀的人，我有很多缺点，我不完美。感谢你的包容，我们能成为彼此的爱人。
>
> 曾经我有个对爱人的幻想，想跟她到处旅行，牵着她的手看遍世间最美的风景。
>
> 等我真正有了爱人，我发现，风景并不重要。爱人在身边就是最美的

风景，不需要远眺，你就是我浪漫的幻想。

认识你之前，我总认为人生漫长难熬。

认识你之后，我希望时光能慢一些，再慢一些。只能爱你一生，实在太短了。我想贪心地预定你的生生世世，愿你不要嫌我太吵。

我爱你，我的灵魂伴侣。

——你的丈夫商锐

商锐总觉得跟姚绯认识后时间过得非常快，大约，快乐的日子总是短暂的吧。他不会再睁眼数绵羊等天亮，他不会度日如年。他和姚绯认识到现在已经五年，一眨眼就过去了。

姚绯回了他一封信，上面写着很简短的几行字：

谢谢你给我带来光明，我很幸运，很开心我们能遇见。我不后悔所有的选择，余生相伴同行，商先生多多指教。

——你的妻子姚绯

番外三

小宝贝的到来

　　夫妻综艺上也有关于要孩子的采访，结尾处商锐回应说："我们的身体没有任何问题，只是考虑到生孩子时妻子付出得太多，我没有把孩子放到人生计划内。"

　　姚绯从商锐第一次跟她讨论孩子的问题时，就认真思考过他们是否要孩子。孩子的意义是什么？——她和商锐的结合体？他们生命的延续？

　　孩子也许会长得像她，也许会长得像商锐，拥有着他们的基因却又有着独立的个性。她观察过苏洺和俞夏的孩子，俞夏的孩子性格、长相在三岁之前都像妈妈，好像孩子是俞夏一个人生的，跟司以寒没有一丁点关系。过了三岁，孩子的性格奔着爸爸去了，如今是个拥有着司以寒的性格、俞夏的脸的小孩。

　　苏洺的孩子以前像爸爸，后来越长越像妈妈。

　　商锐偶尔会把苏洺的孩子带到他们家玩，小孩思维敏捷、伶牙俐齿，姚绯看着苏洺的孩子，觉得生命很神奇。

　　一颗小豆芽着了陆，生根发芽，长成了有独立思想的孩子。

　　姚绯真正决定要孩子是过了三十岁生日时，商锐的奶奶在花园里摔了一跤，椎骨骨折。她已经九十五岁了，这个年纪的老人最怕摔跤骨折，要命的摔跤。

　　姚绯和商锐结婚后，他的家人爱屋及乌对姚绯也是极好。姚绯从来没有得到过的亲情，在商家全得到了。

　　骨折就要做手术，医生让他们做最坏的打算。商锐的妈妈本来就有心脏病，一下子吓出病住进了医院。

　　商子明夫妇在国外回不来，商世身体也不好，商锐和姚绯也不敢让他过来操办全部的事。

　　老太太的手术签字全程是商锐和姚绯在负责，两个人互相倚靠着。整个手术过程十分漫长，商锐把脸埋在姚绯的肩膀上，眼泪浸湿了姚绯的衣服。

　　他们真正地变成成年人了。

　　替代父母辈站到了这个位置上。

　　老太太做完手术从麻醉中醒来，第一眼看到商锐和姚绯，眼睛里泛着泪握住姚绯和商锐的手："宝宝，绯绯。"

姚绯的眼泪就滚了下来。

因为商锐，她遇到了很多亲人。她有很多爱，也对这人世间有了更多牵挂和眷恋。世界这么好，每一份感情都珍重。

她拥有的感情越多，心就越软，越是不舍得失去。

可自然规律就是如此，有人出生有人老去，这是不可逆的自然法则。无论愿不愿意，随着年龄的增长，他们都在不断地失去。

他们在医院待了一周，商子明从国外回来。老太太情况好转，化险为夷，姚绯和商锐才真正地松口气。

离开医院后，姚绯郑重地跟商锐谈了一次关于孩子的话题，她跟商锐谈了这个想法，商锐沉默了很久。

"我想有个女儿，我想再多一个亲人。以前我不敢想，我什么都没有，我怕我会成为我父母那样的人，不负责任害了她一辈子。如今的我不怕了，我有你，我有奶奶、爸、妈、大哥、大嫂。我拥有很多亲人，我可以去爱孩子，我可以护她一生周全。"姚绯以前是不敢期待，甚至连未来都不敢太认真地构思规划，她怕最终会成为一个泡影。如今她不怕了，也没什么好怕的，爱让人完整，大约如此吧。"我最近看了很多关于生产的纪录片，我觉得我能接受。生命的到来确实不易，这不易让我们更慎重认真地对待生命，而不是恐惧，你觉得呢？"

"有个像你或者像我的小孩，我们看着她长大。"姚绯注视着商锐的眼，他因为照顾奶奶，眼睛底下有了黑青，她说，"我们的母亲有我们时也经历过十月怀胎，艰辛地生育，生命大概就是这样吧。从痛苦中来，带着希望，走向美好。"

以前姚绯听过一句话，说父母是自己跟死神之间的一堵墙。她的父母离开得太早，她一直没有那堵墙。后来遇到了商锐，遇到了商家人，她才理解那堵墙的意义。

父母是那一道墙的话，孩子大约就是希望。新的生命，新生的向往。

商锐向往姚绯所说的小姑娘——长得像姚绯的小姑娘，那要多么可爱。但他也有顾虑，越是深爱想得越多。

漫长的沉默后，商锐说："我们再考虑考虑，这是大事。都别冲动，我们冷静下来好好想想再决定。"

这一想就又过去了一年，姚绯接了沈成的新电影进组了，这回是沈成导演。姚绯演一个失去孩子的母亲，打拐题材。

这一年她大量地接触孩子和母亲，了解每一个母亲的故事，沉浸角色，准备了半年，进组拍了半年。这部戏太悲了，大虐题材，商锐怕姚绯情绪代入太深影响身体，全程陪姚绯在剧组，俨然成了剧组的编外人员。

电影在腊月杀青。

他们在B市办杀青宴，商锐因为公司有事，提前一周飞回了S市，原计划杀青宴这天过来，却被事儿绊住了脚。年初老太太生病，商世就从商势传媒退了下去，商子明上位，商锐也被他塞进了公司。

最近一年，商锐渐渐淡出了娱乐行业，他在接触商势传媒的事务，作为一个成年人，负担起身上的责任。姚绯一个人参加杀青宴，晚上十点半宴会结束，演员散场，她跟沈成最后离开餐厅。

沈成喝多了酒，姚绯扶着他走出餐厅。

外面下了雪，纷纷扬扬的雪花落到大地上，世界被覆上了一层浅浅的白，雪粒在灯光下闪耀着。

"你家属来了。"沈成停住脚步。

姚绯抬眼看到戴着围巾、口罩，单手插兜靠在车上的商锐，他身形挺拔修长，穿着黑色短款外套，长腿笔直。

寒风席卷而来，姚绯的鼻尖碰触到严寒。明明没有喝酒，她却仿佛有了醉意，她的心里有一团火，滚烫地灼烧着，烧得旺盛。

"嗯。"姚绯唇角翘起，眼睛直直地看着商锐，下巴上扬，语调里有着笑意，"我家先生。"

商锐直起身，大步走过来。

他的体形保持得很好，身高腿长。他走上台阶，伸手去接沈成，但沈成招手让助理将自己接过去了。

珍惜生命，远离商锐。

谁知道商锐会不会把他从台阶上推下去，这个狗东西，面上装得很像，谁挨姚绯一下，商锐能酸出八里地。

"那我们改日再聚吧。"沈成让助理扶着，跟跄着退了两步，推了下鼻梁上的眼镜，嗓音还保持着冷静，"再见。"

"扶得住吗，沈导？"

商锐已经走过来扶住沈成，跟他的助理一起把人塞到了车里。

其实商锐很少跟沈成闹，沈成这个人太严肃认真，商锐跟他差着辈，向来尊重。商锐喜欢跟荣丰互相刻薄，一天不掉对方就不舒服。这几年沈成偶尔会约荣丰喝酒，见过几次商锐掉荣丰，他非常当真。

沈成的车开走，商锐回头就看到站在原地的姚绯。她扎着低马尾，额头露出来，好看的脸洁净，一尘不染。她穿着长款白色羽绒服，拉链拉了一半，没有围围巾，白皙的脖颈，白色的毛衣，一截锁骨露在外面。

雪花纷纷扬扬，晶莹的雪落到她的肌肤上，又消融。

商锐走过去摸了下姚绯的头发，解开围巾围到她脖子上，围巾外侧冰凉，内侧有他的体温，上面有很淡的香水味。

甜橙香。

商先生很甜的，三十二岁的男人，仍然用偏甜的淡香水。

姚绯弯下睫毛看着他笑。

她没有问他为什么会来，她每一次杀青，商锐都会等她。姚绯在舞台上表演，她的观众只有一个，曲终人散，她走下台，这个人在等她。

"怎么不围围巾？"商锐把她的羽绒服拉链拉好，牵着她的手往副驾驶位方向走，"冷不冷？拉链也不拉好。"

"等着你来给我围。"姚绯抿了下唇，等商锐拉开车门，她弯腰进了车厢，转身，商锐扯下口罩，吻就落了下来，姚绯抬手攀着他的脖子，两个人接了个很深的吻。

甜橙的香气在两人之间萦绕，他们很深地吻对方，许久才松开。姚绯抱着他，又亲了下他的唇："回S市吗？"

她还没完全从戏里出来，状态带着疲惫。她的情绪处于拉扯之中，只有面前的商锐是真实的。

"先不回S市。"商锐唇角上扬，睫毛几乎蹭到了姚绯的肌肤上，"生日快乐，老婆，我们回这边的家，给你过生日。"

姚绯怔了下，笑了起来："谢谢你，商先生。"

姚绯对外过阳历生日，粉丝和团队都认准了阳历生日，亲朋好友还是会在这一天送她礼物。只有商锐每年单独再给她补过一个阴历生日，一年两个生日，收商锐两份礼物。

他们拍完《盛夏》至今六年了，商锐一次不落，每年都陪她过两个生日。

商锐在B市有房子，买了很多年，一直很少住。这半年因为要陪姚绯拍戏，他在B市的时间就多了起来。

他在B市的房子是大平层，装修风格比较中规中矩，商子明一次在这栋楼买了两套房，给商锐一套，自己住一套。两套房的装修风格一模一样，全是商子明的审美。两人牵手走出电梯，刷指纹开门，打开灯，姚绯便被满屋子粉色惊住了。

客厅里堆着粉色气球，气氛灯铺满了整个客厅，犹如繁星闪烁。一束巨大的白玫瑰放在客厅，投影仪里正在滚动播放姚绯的剪辑视频。

视频里是从她十七岁出道到今天的全部作品片段还有视频、照片，背景音乐是商锐清唱的《星星》。

房间里暖气十足，商锐摘下口罩，一边走一边脱外套，说道："你等会儿，我去拿蛋糕。"

姚绯忍不住笑了起来，他布置了一室浪漫。

她拿出手机拍了张照片，发了个朋友圈。

姚绯换上拖鞋，拿下包和围巾，脱掉羽绒服，商锐端着蛋糕走了出来。十分可爱的粉色蛋糕，商锐穿着薄毛衣端着蛋糕，上面插着四根蜡烛，三根粉色一根黄色。

"祝你生日快乐——"商锐偏低的嗓音响了起来，给姚绯唱生日歌，他停到姚绯面前，唱完最后一句，唇角上扬，"老婆，来许个愿。"

姚绯如今没什么愿望，她对现状非常满足。

她双手合十对着蛋糕认真地许了愿望。

吹灭蜡烛，睁开眼那一瞬间，商锐用手指刮了点奶油抹到姚绯的脸颊上，雪白的一点，姚绯舔了下，挖了一块抹到商锐的鼻尖上。

商锐立刻就要反击，姚绯眼疾手快跳到一边："打住！结束！不要再闹了，浪费食物。"

"哼。"商锐顶着鼻尖上的奶油，吃掉手指上剩余的奶油，端着蛋糕走向客厅，"说句好听的，我放你一马。"

两个人这么一闹，气氛好了起来，姚绯的心也跳跃着，有点快乐。

姚绯走过去，跳到沙发上，半跪在宽大柔软的沙发上，手臂圈着商锐的脖子，抱着他晃了下，靠近他的耳朵，压低声音道："我们生个孩子吧。"

商锐眸色暗深，僵在原地。

姚绯把他压到了沙发上，撑在他上方。她低头亲到商锐的鼻尖上，跨坐在他腰上，俯身亲他。

发丝垂下去，扫到商锐的肌肤，有些痒。

"你真的想好了吗？"商锐嗓音有些哑，暗沉沉的眼看着姚绯，"你有没有认真地思考过要孩子的代价？"

"嗯，我想好了，我把明年的档期空出来，一年后我再恢复工作。你不要太担心，如今医疗条件很好，危险系数很低了。假如有了，我来生，你来带。"姚绯抱住他，趴在他身上，"我们一人分担一半，怎么样？"

"还是你承担得多。"商锐揽着她的腰，看着她。

"如果能生孩子的人是你，你会愿意跟我生孩子吗？商锐，我们的答案是一致的。"

商锐的答案是肯定的。

"如果你觉得我付出得多，以后多爱我。"姚绯说，"比以前更多。"

商锐的睫毛潮湿，他把脸埋在姚绯的脖子上："我爱你。"

这一年，他三十二岁，能独当一面。他很少任性，为人处世越发成熟可靠，担负起家庭的责任，担负起爱人的责任，他是顶天立地的男人。

这一年，姚绯三十一岁。她早已没了彷徨不安，她有自己的公司，她的合约在自己手里，她能自由地选择一切。她经济独立，拥有一定的社会地位，有自己的人脉，真正地站住了脚。

说要孩子，商锐也没有冲动，当晚两个人吃完蛋糕就睡了。姚绯睁开眼看到他做出来一份严谨的备孕计划，事无巨细。

姚绯把他按进被子里揉了一顿。

她的备孕标准是戒烟戒酒，生活规律，身体健康。

他们从录完夫妻综艺就戒烟了，商锐要养嗓子，姚绯以前抽烟是因为压力大，如今压力大可以找商锐发泄精力，或者两个人去练拳，很快就没那么依赖香烟了。两个人戒烟还是快，有同盟共进退，过了最初的戒断反应，渐渐地就习惯了不抽烟。

这半年商锐也很少喝酒，两个人体检时身体指标都很正常。

但商锐强烈要求，姚绯还是耐着性子陪他做孕前准备工作。

他们一起去见了心理医生，看了生产纪录片，姚绯知道全部过程，做出了选择，她接受了。倒是商锐，紧张得身体都绷着，看完手心全是冷汗。

两个人备孕了三个月，孩子一点要来的意思都没有。他们去了趟医院，重新做了一遍检查，身体没毛病，主要原因是心理，商锐太紧张了。

姚绯知道问题后就不陪他在家浪费时间了，苏洺来跟她谈《女律师2》的合作，姚绯跟苏洺跑路了。姚绯又忙了起来，商锐松了一口气的同时也有些失落，也许他们命中注定不会有孩子。

《女律师2》要换演员，剧情还要有突破，很难弄剧本。原作者写了剧本框架，但具体还要姚绯来填。姚绯要勘察取景地，完善剧本。

五月，她在沿海城市勘察背景遇到台风，航班和高铁全部停运，她被困到酒店。窗外风声呼啸，暴雨倾盆，她住的这个酒店环境一般，没有备用电源，她的手机很快就没电关机了。姚绯提前安排工作人员回去了，她原本打算这两天回，没想到会遇到台风。她的心态还算平静，沿海城市的房屋结构都是经过评估的，能抗台风。

停电了十二个小时，晚上才来电。暴雨依旧在下，瀑布一般砸在玻璃上，窗外一片模糊，什么都看不清。姚绯怕商锐担心，长时间联系不上，他会着急。她连忙给手机充上电，前台打电话说有人找她，对方姓商，姚绯大脑刹那间空白。

他来了。

"让他上来吧，他是我的丈夫。"

挂断电话，姚绯匆忙穿上拖鞋，抽走房卡拉开门冲出去。她跟出电梯的商锐撞了个满怀，商锐身上的黑色衬衣湿透了，浑身都是雨水，他湿淋淋地看着姚绯，用力把她拥进了怀里。

姚绯手机关机，联系不上，商锐不敢去想其他的可能，只想尽快到她身边。他飞到离她最近的城市，开了六个小时的车赶到她住的酒店，才知道酒店停电了，姚绯的手机应该是没电自动关机。

台风持续了两天，他们在酒店待了两天。

待风平浪静，姚绯才陪商锐飞回S市。

一个月后，姚绯的例假延迟了，虽然她以前也延迟过，可这次，她有种很奇怪的感觉。她整个人心神不宁，总觉得有什么事要发生，于是找了个时间去医院做检查。

孩子是台风那天来的，已经住进了她的身体。

一个月大，目前很健康。

姚绯做检查之前没告诉商锐，拿到结果才发了检查单给商锐。

图片发出去，商锐的电话就打了过来："什……什么阳性？怎么会阳性？你在医院吗？"

"我来医院做检查了。"姚绯握着手机走进电梯，口罩下唇角扬着，语调浸着笑，"恭喜，你要当爸爸了。"

刚才医生跟她说了同一句话——

"恭喜你，你要当妈妈了。"

按照时间，应该是台风天那次，台风给他们送来一个孩子。

秘书推门进去就看到小商总猛地离开办公椅，撞翻了桌子上的文件。他握着手机弯腰去捡文件，秘书的提醒还没出口，他的头"哐"地就撞到了桌子上。

清脆一声，听起来就巨疼。

商锐捂着头拧眉，握着电话的手还没松。

"我来收拾吧。"秘书快步进来，放下手里的文件捡地上散落的纸张，"商总，你怎么了？"

"你站在原地别动，我去找你。"商锐朝秘书摆摆手，示意他别说话，握着手机大步往外面走，语调还是温柔的，"别自己开车，我这就过去。"

"商总，你要出去吗？是有什么要紧的事吗？"秘书被他的温柔语调惊得后颈汗毛都竖了起来，提醒他，"你十分钟后有会议，大商总让你主持。"

"跟我哥说，我主持不了，文件在桌子上，你送去给他。"商锐折回去拿起外套，往肩膀上一甩，走出了六亲不认的步伐，"我要去接老婆，我要当爸爸了。"

商锐犹如龙卷风，强势地卷着他需要的一切走了。

当爸爸？

秘书把捡起来的文件整好往桌子上放，猛然反应过来：商锐当爸爸？商锐有孩子了？

他一激动，膝盖也撞在办公桌上，抱着腿跳得跟商锐一样。

商锐和姚绯从决定要孩子到备孕全程保密，没有告诉任何人，这是他和姚绯的事，他不想让其他人参与。

以至于商家所有人都以为他是丁克。

商锐通知父母有孩子的时候，商锐的妈妈半天没回过神来，许久才把手机递给丈夫："你听宝宝在说什么，我没听懂。"

挂断电话，商世忍不住笑了起来，说道："我们要做爷爷奶奶了，绯绯有孩子了，一个月，今天检查出来的。"

商锐的妈妈高兴得想大摆宴席，他们家要迎来小宝宝了。以姚绯和商锐的颜值，不知道会生出多好看的宝宝。

姚绯性格谨慎，前三个月意外很多，并不想大张旗鼓，这才按下了众人想要庆祝的心。他们只是暗戳戳地秀了一番，私底下请相熟的朋友聚了几次。

商锐对怀孕有巨大的阴影，从医生宣布姚绯怀孕，他就把所有的孕期安排都提上了行程。他提前告诉姚绯可能会孕吐，孕吐很难受，让姚绯做好心理准备，如果难受了，他们要第一时间做出措施。

结果姚绯前三个月没动静，如果不是她口味大变，她简直要怀疑自己肚子里是否真的有个小生命，一点反应都没有。

苏洺跟她说怀孕后口味会变得很奇怪，姚绯听到这话时还好奇能有多奇怪，直到某天凌晨她突然想吃蛋糕，闭上眼满脑子都是蛋糕，睡不着只想吃蛋糕。

她睡不着，商锐也睡不好，他是个很敏感的人，姚绯翻身他就醒了。商锐联系了相熟的甜点师，加钱让人做了蛋糕，天亮之前取回来。

姚绯一个人吃了半个奶油蛋糕后心满意足地睡了。

商锐咨询了营养师之后，就在家里备了各类低糖甜点，可姚绯只有那一夜嗜甜如命，之后就再也不想吃蛋糕了。

蛋糕全成了商锐的消夜。

过了三个月，姚绯的口味变成了极端的酸辣。

姚绯胃不好，吃酸辣的容易胃疼，商锐绞尽脑汁想一些酸辣但吃了不会胃疼的菜式，姚绯怀孕后吃东西的点变得很极端，不像平时晚上一口都不吃，她现在不吃睡不着。家里的厨师不会留到晚上，商锐有一次撞到她凌晨在厨房煮酸辣粉后就跟着厨师学厨艺了，晚上她想吃的时候，商锐会主动给她煮。

好在她这个阶段持续的时间不长，很快口味就变得不那么极端了。

度过前两个月，姚绯就继续工作了，她和苏洺合作的项目可能会在明后年开机，前期准备工作很多。

肚子里的孩子安稳地成长，姚绯会经常忘记自己是个孕妇。

她真正地感受到孩子的存在是第一次胎动时。

当时商锐揽着她在沙发上看《女律师》，第一部有很多瑕疵，但也有优点。这一部节奏非常好，姚绯看得专心。商锐的手随意地垂在她的腹部，孩子忽然动了下，顶在他手心。

姚绯倏地抬眼，两个人目光对上。

"什么？"商锐开口，他又感受到手底下动了一下，隔着皮肤，特别神奇的感觉。

"是胎动吗？医生说这个时间就该动了。"姚绯也震惊，难以置信地看腹部，她体形保持得很好，四个多月并没有显怀。

"我问问医生。"商锐拿起手机打给了医生，目光灼灼地盯着姚绯的小腹，太神奇了，有一个生命在孕育。

商锐先是给医生打电话询问症状确定是胎动，又打给司以寒和周挺，问他们胎动时是什么样的。

姚绯冷静下来，抬手放到肚子上，很轻地呼吸。

她的第一种情绪是震惊，第二种情绪是感动。

第二种情绪很复杂，她学表演、做演员，她分析这种复杂的情绪，想找点相同的替代品，却发现这是独一无二的情绪。

如果没有经历过，她永远无法体会。

第六个月，姚绯开始显怀，感觉一夜之间肚子就大了，显怀后她就把工作放到了家里，最近在准备剧本，也不需要非得到办公室。商锐把负一层音乐室缩小面积，腾出来的空间做健身房，二楼改出一个婴儿房。

重新布局，他们家要多一个人了。

装修期间，两个人搬回了老宅。

老宅这边东西齐全，得知姚绯怀孕的消息，他们就改装出一个婴儿房，比商锐的房间还梦幻，是满屋子蕾丝的公主房。老宅一直有私人健身房，也不需要过多地改动。

老宅的厨师做饭更好吃，而且是住家厨师，还会准备消夜，比商锐做饭好吃太多了。商锐的厨艺经过百般折腾依旧原地踏步，可他还特别爱做。

于是他的饭花样百出地难吃。

姚绯这几年被商家的厨师养得会挑食了，不像以前，商锐做什么她都吃得下去，还能夸两句。

搬回老宅，姚绯更轻松了，终于摆脱商锐的厨艺折磨了。

她跟家人相处得不错，这有商锐在中间做工作的功劳，可最主要还是他们家原本家庭气氛就不错。他们很懂尊重别人的空间，大家互相尊重也就少了很多矛盾。

商锐在姚绯怀孕后变了很多，更体贴了。他很少应酬，饭局几乎全推，陪着姚绯去上产前课，体验生产过程。

姚绯怀孕期间，他几乎是寸步不离。

等到孕后期，姚绯肚子大起来后就够不着脚了，商锐为她做下半身辅助工作，他比姚绯做得还精细，各类精油、孕妇护肤技巧，他比姚绯熟。他给她抹精油按摩，就那么自然地学会了照顾人。

姚绯怀孕期间几乎没怎么受罪，她没有苏洺和俞夏那么大的反应。苏洺说姚绯怀的可能是个小公主，听说女孩会心疼妈妈，折腾得不会那么厉害。

商锐也笃定是个女孩，孩子在肚子里十分活跃，他认为孩子的性格像姚绯，胎动时力气很大，不像他，文静。

姚绯不想吐槽他，他跟文静没有半毛钱关系，就他那个话痨。他最多算懒人，能坐着绝不站着。

姚绯原计划顺产，不太想开刀，她没进过手术室，有诸多担忧。可孕后期姚绯依旧偏瘦，加上她有贫血，她生孩子这一年已经三十三岁了，接近高龄产妇加上胎儿不算小，顺生风险很大，预产期前一个月，医生建议剖宫产。

全家决定选择风险最小的方案，请了最好的医疗团队来做这场手术。

这是商锐和姚绯认识以来，姚绯第一次进手术室。从定下手术时间，商锐就坐立不安。手术当天，中午十一点的手术，整个早上商锐都没说话，处于极度焦虑的状态，坐立难安。

姚绯进手术室前握了下他的手，他的手心冰凉，尾指微微地颤抖。

"商锐，"姚绯亲了下商锐的手，"你亲我一下。"

商锐低头亲了她的额头，泪就滚了下来，他低下头亲姚绯的唇。姚绯摸了下他的脸，很轻地呼出一口气，没那么紧张了："你在外面等我。"

商锐亲着她的手背，亲到婚戒上："嗯。"

姚绯揽着他接了个吻。

"我等你。"商锐贴着她的脸，"我爱你。"

生孩子不是什么舒服的事，不管以哪种方式，不管做过多少心理建设。真正躺到手术台上，所有的一切都得她一个人扛。

姚绯在昏昏沉沉中把前半生都想了一遍，重点想商锐，又想未来。

孩子来到世界上的声音，她听到了，很响亮的啼哭声。她听到医生说："恭喜，是个很健康很漂亮的小公主，像妈妈。"

孩子哭声嘹亮，嗓门很大，很像爸爸。

那一瞬间，她的泪就涌了出来。她在拍上一部电影的时候采访过很多母亲，她们讲生孩子、讲养育、讲得到和失去。那时候她是隔着一层雾，此刻她才真正地理解那种感情。

姚绯也不知道过了多久，手术结束。

她在病房见到的第一个人是她的丈夫。

商先生哭得特别惨烈。

姚绯做完手术第二天才见到孩子，孩子生下来六斤八两，个子很大，腿很长，眼睛长得特别像商锐，很典型的桃花眼，很深的双眼皮，鼻梁、嘴唇、脸型都像姚绯。

算是小孩里比较好看的了。

商锐抱着孩子给姚绯看，笑得桃花眼弯着："小姚姚会笑，她还有头发，跟别的小孩不一样。"

"谁家孩子没有头发？"姚绯这两天听商锐吹小孩的颜值，从头发吹到脚趾。商锐有很严重的亲爹滤镜，虽然她女儿确实不丑，可是也不用夸到这个程度。

"苏洺的孩子生下来特别丑。"商锐是一个终极颜控，对颜值这方面极其挑剔，"只有稀疏几根头发，不堪入目。不像我们的孩子，头发又黑又亮，头发像你，很好看。"

"你差不多行了。"

"我让她笑给你看，笑起来更好看，跟你一模一样。"商锐斜着抱小孩，姿势还有些笨拙，"宝贝，来，睁眼看看我们最爱的人。这是最漂亮最伟大的妈妈，以后小姚姚一定要爱妈妈呀，给妈妈笑一个，让妈妈高兴高兴。"

小孩刚哭过，湿漉漉的睫毛纤长，沾着水雾，比照片上还要长。她似乎听懂了商锐的话，睁开眼看姚绯，双眼皮很深，眼尾微微上扬。

姚绯戳了下她的脸，脸很小，下巴尖得特别清晰，皮肤雪白，糯米团子似的，触感软绵。

这是她的女儿。

"你好宝贝，我是妈妈。"姚绯的语调不由自主地温柔起来，弯下手指打招呼，"很高兴认识你。"

孩子张开嘴"呜"了一声，似乎在笑，也似乎在回应她。

你好，我的宝贝，很高兴遇到你，欢迎你的到来。

番外四

掉马

姚绯在月子期间发现商锐就是"绯商"最大的粉头，那位神秘的、做生意的、最初顶着哈士奇头像 ID 的土豪粉丝，居然是商锐。

商锐从姚绯生了孩子后，一天二十四小时守着姚绯，几乎不离身。姚绯要做产后恢复，商锐陪着她，全程看护。

原本说好的商锐带孩子，因为商家人早把一切安排得明明白白，孩子不用他们操心。比起孩子，他刚做完手术的老婆更需要照顾。

他们太过于密切，总有东西会用混。

两个人的手机是同款同色，生完孩子后，他们拍了一张一家三口握手的照片宣布有了女儿，两个人就把屏保也设成了同一张。

以至于姚绯拿错手机都没发现，刷脸解锁，她打开微博想看看新闻发现页面不太对。

微博名叫"绯商百年好合"的博主一共有六百万粉丝，首页全是以"绯商"为主角创作的小说，姚绯之前看过几篇，写得让人脸红心跳。难怪他粉丝多，这换个题材都能出书了。

姚绯深呼吸，返回微博到账号管理页面，看到一排绑定关联，其中有商锐的微博账号。

姚绯迅速返回手机主页面打开通讯录，排行第一是"A- 老婆"，姚绯的电话号码。

她和商锐拿错了手机。

商锐很早之前就把她的人脸识别输进他的手机，当时他看了个文章写什么"夫妻不给对方看自己手机就是心里有鬼"。于是他就给姚绯录了面部解锁，让她随便看他的手机。

姚绯倒是没看过，商锐有事会告诉她，不会瞒着，所以她很信任商锐。

房门被推开，商锐拿着手机大步往里走："我们拿错手机了。"

姚绯把手机递给商锐，看他的目光意味深长。

商锐换了手机打算走，接触到姚绯的目光，又折回去俯身撑到姚绯的上方：

"怎么了？这是什么表情？有什么需要我做的？"

"你知不知道有个我们俩的忠实粉丝叫'绯商百年好合'？"姚绯抬手揽住商锐的脖子，保持着语调的温和，"这个人最早叫'帅裂苍穹'，一开始微博只关注我，后来一天到晚在微博写咱俩的小说，天天抽奖催我们秀恩爱。"

商锐黑眸中的笑溢开了，已经明白过来，他"掉马"①了。他去拿姚绯缠在他脖子上的手，一本正经道："这人还挺有前途，知道嗑真情侣才有出路，很有眼光，他嗑的情侣很甜，很相爱。"

姚绯抱着他将他拖到了床上，他立刻挣扎，姚绯皱眉"呜"了一声，商锐停下了动作："碰到伤口了？姚绯，你小心点——"

姚绯翻身压在他身上，抵着他的脖子，漂亮的眼眸中有得逞的笑："挺会写文呀？图画得不错，我们还没谈恋爱你就画上了，做生意的商先生。"

那时候他们刚认识，商锐给她砸了一百万元用来抽奖转发，姚绯问他是不是学生，一百万元确实太高调了，她想把一百万转回去。他的回复是："成年人，做生意的，不缺钱。"

果然很有钱。

她不是碰到伤口，商锐松了一口气，姚老师最近学会骗人了。他躺在床上摊开手，一副任人宰割的模样："好吧，我承认，我不怀好意。我喜欢你很久了，不由自主地想靠近你，想让你看到我，想在你面前刷存在感。我仰慕你已久。"他亲了下姚绯的手腕，很深地凝视她，"这应该叫故意喜欢。姚大人，你打算怎么处置我？"

姚绯低头看商锐，看了一会儿把唇印到了他的唇上："无期徒刑，判你这辈子属于我。"

---

① 网络用语，指伪装的身份曝光了。

番外五

少年的一见钟情

初秋的影视城空气仍然滚烫，炽热地灼烧着大地。

商锐下车不过五分钟便没了耐性，他扯着白色 T 恤的领口往里扇风，少年精致桀骜的眉眼显露出来，那是一张极好看的脸。十六七岁的少年，生得高瘦挺拔，穿着短裤露出笔直长腿。他肤色很白，站在阳光下有种白瓷的质感。他穿着一双限量版球鞋，不耐烦地踢了下路沿："我不走了，让他来找我。"

"发布会还需要两个小时，结束了商总才能来接你。"助理好言劝着上司的弟弟，商锐矜贵得很，娇生惯养没吃过苦，车不能开进景区，走两步路他就不愿意了。助理打开瓶装水递给商锐："没几步路，走进去就到了。"

"我想喝冰可乐。"商锐没有接水，松开 T 恤，甩了甩白皙的指尖。他的手指修长，骨节分明，煞是好看。

"那你在这里等着，别乱走，我去买。"

"走吧走吧。"商锐挥手，燥热的天气让他心情很差。

"有什么紧急事给我打电话，别走丢了。"

商锐蹙眉睨视他，脸上清清楚楚地写着：你觉得我是白痴吗？

助理离开。

商锐单手插兜站在路边的树荫下拿出手机看消息，俞夏去 B 市探班司以寒了，发了一串的图片夸司以寒的颜值。

商锐面无表情地往下翻：丑死了，哪里好看了？司以寒的粉丝都是什么审美？

俞夏："我打算学戏剧文学。"

商锐打字："戏剧文学是干什么的？京剧？"

俞夏："包含导演、编剧、剧本研究创作。大哥，你也读读其他的书好吗？我打算去学编剧，将来写剧本让寒哥来演！"

商锐确实不读数学十五分的人喜欢的书。

商锐："无聊！"

俞夏："你不无聊！你去学经济！将来你跟你哥一样，端着那么一张无趣的脸，某某项目季度盈利下降，拉负责人出去枪毙五分钟。一天到晚跟那些恐怖的报表数字打交道，你很快就会失去头发，变成老头子。"

商锐："不要因为你爸爸秃顶，就觉得所有商人都没有头发。我家基因很好，头发茂密。"

俞夏："你爸才秃顶。滚！不跟你说了，寒哥要出来了。"

商锐："追星的人最无聊了，你还追认识的'星'，无聊中的无聊。我们马上高三了，麻烦你把心思放到学习上吧。"

俞夏从社交软件上消失。

商锐又诋毁了几句司以寒和追星的行为，这回俞夏把他拉黑了。他看着发不出去的消息，"喊"了一声把手机塞回口袋，百无聊赖地拉起衣领再次往里面扇风，怀疑那位头发不太多的助理被外星人劫持了。他抬起手腕看黑色运动手表，上面显示已经过去了五分钟，还没有回来。

午后毒辣的阳光从茂密的树叶缝隙里洒到了肌肤上，有种灼烧感。商锐再次拿出手机，打算打给那位被外星人劫持的助理。

视线内出现了一个穿黑袍的女孩，这边拍戏的剧组有很多，穿黑袍的一般是主角，为了防止造型泄露。他家做影视行业，他多少知道一些。

只是大夏天穿成这样，不会热死吗？还出来跑。

他没吐槽完，女孩抬起了头。

她长得非常漂亮，那是商锐没见过的漂亮。她扎着高马尾，妆容很简单，细眉湖眸，高鼻梁，冷白的肌肤让她的气质偏冷，但唇色盈润泛红，脸颊有一点婴儿肥，把她的气质又拉回了一点少女感。

年纪应该不大。

商锐家从事传媒影视行业，他见过各色各样的美人，倒是没见过这样的。她美得不落俗，没有类别，独特的美。

她拿着一个滚烫的烤红薯迅速地咬了一口，拿出钱给了商贩，提着衣摆朝着明清民居奔去。

她跑得倒是飞快，一边跑一边吃。

商锐回过神的时候已经走进了明清民居，这边有好几个剧组在拍戏，也不知道那个吃红薯的女孩在哪个片场。

他拿门票扇风，觉得自己特有病。

顶着大太阳走了二十分钟的路，居然是为了找一个不知名的小演员。

手机在口袋里响了起来，他拿起来接通。

"商锐，你去哪里了？"

"我在明清园这里随便逛逛。"商锐转身往外面走，漫不经心地扇着风，他能走过来就离谱，"这就——"

忽然，不远处明清建筑的房顶，飞出来一个红衣女孩，他停住了脚步。

"商锐？"助理在电话里喊道，"小锐？"

原来她的戏服是红色的，非常明艳的色彩，让周围的一切都暗淡下来。

"没事，你们忙吧，忙完来接我，我也不想留在那里等我哥。"

长成那样还没红的演员很有潜力，如果他家能签下来，肯定赚钱。

大哥等着谢他的眼光吧！

商锐给自己找了个理由，对电话里的助理说道："不用管我，别来找我。"

刚刚一步路都不愿意走，现在居然走这么远去明清民居。

助理还想说什么，商锐把电话挂断了。

商锐单手插兜靠在凉亭的柱子上，仗着视力好，看屋顶的女孩。

她拎着长刀上了屋顶，衣摆被风吹起来，打戏有模有样，只是跟她对戏的男演员就差了点。

一个劲儿地重拍。

每次重拍她就要挂在威亚上重新飞一次，商锐看了半小时，她飞了半小时。商锐走下凉亭，靠近剧组拍摄地。

他在入口处被拦了下来，商锐扫了眼提示板上的剧组拍摄信息：《寒刀行》，导演沈成。

"不能进，里面在拍摄。"

商锐停住脚步抬头看拍摄地，她再次被挂上了威亚，飞上了房顶。接近四十摄氏度的高温，她飞这么久还能保持姿势飘逸，体力不错。

这一次站到房顶后，她脚下一滑就跪了下去。

商锐皱眉：很疼吧？这都不哭。

导演又喊了"Cut"，她缓了一会儿才从房顶上爬起来，昂起下巴往前走了两步，明显右腿走得不那么顺，但似乎没有人在意。

应该也没有处理伤口，因为不到五分钟，她再次被拉了上去，继续这场打戏。

一遍遍地拉扯，重复拍摄。

这场打戏她拍了两个小时，最后一遍非常成功。

一镜到底，一气呵成。她的打戏不像很多演员全靠群演配合，她的打戏是有生命的，长刀有力，气势凌厉。长刀与她合为一体，有着气吞山河之势。

她全程没喊一次疼。

手机在口袋里响了起来，商锐拿起手机接通才发现自己一直站在烈日下，身上晒得滚烫。

"小方说你在明清民居，还在吗？"商子明的声音传了过来，"我这边结束了。"

女孩从威亚上下去了，商锐站得低看不清剧组内部，这场戏大概是拍完了。

"我这就出去，你来出口接我。"

商锐挂断电话大步走向出口，他走出门把门票扔进了垃圾桶，抬眼看到商子明的车停在不远处，他走过去拉开车门坐进去。

空调凉风席卷而来，商锐热气腾腾地拉上车门："您这活动可真久。"

商子明把一罐冰可乐递给他，看他的脸被晒得通红："你大热天跑来这儿干什么？谁又惹你了？"

商锐单手拉开可乐拉环，仰起头灌了一口冰可乐。少年脖颈白皙，喉结微凸，他灌下半罐可乐才开口："哥，我给你物色了一个特有'钱途'的艺人，你要不要签？"

"这次又是你哪个哥们儿？"商子明抽纸巾递给他，"谁家的孩子？"

"我刚才在景区看到的剧组，叫什么《寒刀行》。里面有个演员，应该是重要角色，演技挺好的，长得也很——值钱。要是能挖到你的公司，你就赚钱了。"商锐接过纸巾先是擦了下湿淋淋的指尖，冰可乐外包装接触到空气，迅速凝出水珠，沾湿了他的手。

"真不是人家给你说了什么好听话？"商子明笑了一声，推了下眼镜吩咐司机开车，继续看文件，"《寒刀行》是华海的 A 级项目，导演沈成，哪个主演现在还没有签公司？是没签还是有合同纠纷？"

"我没跟她说话，我不知道她有没有签，只是在片场看到她的打戏不错。"商锐浓密的睫毛动了下，抽纸随意地擦了把脸，"咕咚"灌了一口可乐，"这么说，那她有可能是华海的艺人了？"

"《寒刀行》整个班底都是华海的人，若真是重要角色，那她一定是了，没签约进不了华海的 A 级项目。你都没问就要签人？你这是要跟华海抢人？华海的人我可抢不了。"

商锐回头看了眼已经消失不见的景区，身后的路隐在浓密高大的树荫里。他若有所思。

"你学校选好了吗？"商子明问回正事，"打算选哪所学校？"

"我不想去国外读书。"商锐捏扁了易拉罐，想起这一趟的目的，"我热爱这里，我热爱这片生我养我的土地。"

商子明按了下眉心："俞夏不出国吗？"

商锐"哼"了一声。

"俞夏读哪所学校？"

"不知道，还没说。"商锐把易拉罐彻底捏扁，扔进垃圾袋里，往后一摊懒洋洋地靠进宽大舒服的座位里，"哥，表演难学吗？"

"俞夏要去学表演？"商子明放下文件，转头注视商锐。商锐从上幼儿园开始就跟俞夏玩，两个人跟连体婴似的，俞夏选什么他也跟着选什么，"我觉得好朋友关系好不好，跟是否一个大学没有关系，关系好，离得多远也没关系，你没必要跟她选同一所大学。你的成绩可以选更好的大学，你不想去国外读书，那就留在国内，国内经济专业强的大学也有很多，回头我给你整理个大学排名，你选一个，最好选本地大学，离家近。"

"吊威亚疼不疼？"商锐问了个不相干的问题。

"你想象下，你在这个天气被吊在空中，就算不疼，你觉得会好受吗？还要做动作、说台词。"商子明没吊过威亚，怎么知道疼不疼？不过肯定不好受就是了。他摘下眼镜揉了揉眉骨。"表演没你看上去那么光鲜亮丽，演员并不好做。假如你选择表演，你就再也不能喝可乐，没有演员喝可乐、雪碧这些高热量的东西。你不能这么舒服地坐在车里吹空调，你会大夏天穿着厚衣服被吊到威亚上晒太阳。"他继续说道。

高三开学，商锐转到了艺术班。

高三前半期结束，俞夏出国了，她报了国外的大学。

商家人以为看到了曙光，俞夏不学表演，商锐该放弃了吧？商锐报了 B 市电影学院，毅然决然地奔向了 B 市。

二〇一三年。

《寒刀行》在内地上映，第一场路演在 B 市商势影院。姚绯进场之前悄悄看了眼，人很多，她还没见过这么多人。

很多人是冲着沈成导演来的，这电影前期宣发不错，毕竟是华海的电影。

临上台五分钟，姚绯紧张得手心冰凉，手指微微颤抖。第一次参加这样的活动，她想去洗手间。

钱英给她指了个内部洗手间，姚绯在洗手间看着镜子深呼吸三次，冰凉的水冲过手背，她调整好情绪。没什么好怕的，钱英说这只是起点，以后会有更广阔的舞台。

拉开洗手间的门，她抬起下巴大步走出去。

"喂，你东西掉了。"

姚绯停住脚步回头看去，那是个长得非常俊美的少年，眼睛很漂亮，身高腿长。他穿着干净的白色休闲衬衣，敞着领口，里面是纯白色 T 恤，牛仔裤勾勒出笔直修长的腿。他歪戴着帽子，抬着手，很长的手指上夹着名牌。目光对上，他也停顿了一下，稠密的睫毛垂下，立刻去看手上名牌。

主演：姚绯。

"谢谢。"姚绯接过名牌重新别到衣服上，朝他点了下头。她穿着白色裙子，长发披肩，比起镜头里明艳的她，真实的她更稚嫩。

"不客气。"商锐喉结滚动，发出声音。

姚绯转身快步走了回去。

"商锐，你怎么能进商势影院的内部洗手间？"夹着海报的男生走了出来，分给商锐一张海报，"帮我要签名，你拼命往前挤，我们两个人拿到签名的概率更高。若是能要到，我晚上请你吃麻辣香锅！"

"我在乎你一顿麻辣香锅？"商锐避开他的手，迈开长腿往电影院走，"你知道商势传媒为什么叫商势传媒吗？"

"这个我知道，商势传媒的大老板叫商世，取了个谐音。我是商爸爸流落在外的亲儿子，我家的事儿，我当然清楚。"郑萧笑嘻嘻地抬手往商锐肩膀上揽，"其实我是富二代，我只告诉你一个人，你别说出去。"

商锐避开他的手，"喊"了一声："你知道商世的小儿子叫什么吗？"

"郑萧。"郑萧笑着说道。

"商锐。"商锐下颌上扬，唇角拉出傲娇的弧度，"我刚才见到你女神了，她跟我说了'谢谢'。"